U0074397

中國現代文學史稀見史料3

新文學運動史

謝泳、蔡登山　編

「中國現代文學史稀見史料」前言

謝泳

　　這裡搜集的有關中國現代文學史研究的三種史料並不特別難見，但在事實和經驗中，它們的使用率並不高，有鑒於此，我和登山兄想到把它們集中重印出來，供從事中國現代文學史研究的學者使用。

《中國現代小說戲劇一千五百種》

　　第一本是英文《中國現代小說戲劇一千五百種》（*1500 Modern Chinese Novels & Plays*）。

　　本書是一九四八年輔仁大學印刷的，嚴格說不是正式出版物，所以可能流通不廣。夏志清寫《中國現代小說史》的時候，在前言裡專門提到宋淇送他的這本書非常有用。這本書的作者，通常都認為是善秉仁。關於此書的編輯情況是這樣的：當時「普愛堂出版社」計劃出版一套叢書，共有五個系列，第一個系列是「文藝批評叢書」，共有四本書，其中三本與中國新文學相關，一本是《文藝月旦》（甲集，原名《說部甄評》），一本是《中國現代小說戲劇一千五百種》，還有一本是《新文學運動史》。《中國現代小說戲劇一千五百種》由三部分組成：

　　第一部分是蘇雪林寫的「中國當代小說和戲劇」（Present Day Fiction & Drama In China）。

　　第二部分是趙燕聲寫的「作者小傳」（Short Biographies Of Authors）。

　　第三部分是善秉仁寫的「中國現代小說戲劇一千五百種」。

　　本書印刷的時間是一九四八年，大體上可以看成中國現代文學結束期的一個總結，作為一本工具性的書，因為是總結當代小說和戲劇以及相關的作家問題，它提供的材料準確性較好。特別是善秉仁編著的《中國現代小說戲劇一千五百種》，主要是一個書目提要，雖然有作者的評價，如認為適合成年人、不適合任何人或者乾脆認為是壞書等，但這些評價現在看來並不是沒有價值，我們可以從他的評價中發現原書的意義，就是完全否定性的評價，對文學史研究來說也不是毫無意義。比如當時張愛玲出了三本書，分別是《傳奇》《流言》和《紅玫瑰》（原名如此），提要中都列出了。認為《流言》適於所有的人閱讀，而對《紅玫瑰》是否定的，建議不要推薦給任何人。對《傳奇》則認為雖然愛情故事比較危險和灰色，不合適推薦給任何人閱讀，但同時認為，小說敘述非常自由和具有現代風格，優美的敘述引人入勝且非常有趣。另外，本書對《圍城》的評價也不高。

　　本書的編纂有非常明確的宗教背景，前言開始就說明是向外國公眾介紹中國當代文學，但同時也有保護青年、反對危險和有害的閱讀。作為中國早期一本比較完善的現代文學研究著作，本書的價值可以說是相當高的，除了它豐富和準確的資料性外，蘇雪林的論文也有很重要的學術史意義。它基本梳理清了中國現代小說和戲劇的發展脈絡，而且評價比較客觀。她對魯迅在中國現代小說史上的開創性地位有正面的評價，對老舍、巴金的文學地位也有較高評價。對新興的都市文學作家群、鄉土作家群、北方作家群等等，都有專章敘述，中國現代文學史上有地位的小說家和劇作家基本都注意到了。本書敘述中國當代小說，蘇雪林第一個提到的就是魯迅，她說無論什麼時候提到中國當代小說，我們都必須承認魯迅的先鋒地位，這個見識體現了很遠大的文學史眼光。

《文藝月旦・甲集》

　　第二本是善秉仁的《說部甄評》。

　　本書原是用法文寫的一本書，後來譯成中文，名為《文藝月旦・甲集》，一九四七年六月初版，署景明譯，燕聲補傳。書前有一篇四萬餘字的〈導言〉，其中第三部分「中國現代小說的分析」，多有對中國現代文學的評價。本書除了善秉仁的〈導言〉外，還有趙燕聲編纂的「書評」和「作家小傳」，這些早期史料，對中國現代文學研究很有幫助，特別是其中一些史料線索很寶貴，比如善秉仁在《文藝月旦》的導言最後中提到：「文寶峰神父的《中國新文學運動史》業已出版。一種《中法對照新文學辭典》已經編出，將作為『文藝批評叢書』的第三冊，第四冊又將是一批『文藝月旦』的續集。」

《新文學運動史》

第三本是文寶峰的《新文學運動史》（ *Histoire de La Litterature chinoise modern by H.Van Boven Peiping* ）

我最早是從常風先生那裡聽到這本書的。我查了一下印在《中國現代小說戲劇一千五百種》封面上的廣告目錄，提示英文正在計劃中，而法文本已經印出。本書列為「文藝批評叢書」的第二種。

常風先生在世的時候，我有時候去和他聊天，他常常告訴我一些上世紀三十年代文壇的舊事，有很多還是一般文學史中不太注意的。文寶峰（H.Van Boven）這個名字，我就是從他那裡聽到的。記得他還問過我，中國現代文學界對這個人有沒有研究，我說我不清楚。他說這個人對中國現代文學很有興趣，寫過一本《中國現代文學史》。聽常風先生說，文寶峰是比利時人。一九四四年春間，他曾和常風一起去看過周作人。常風先生後來寫了〈記周作人〉一文，交我在《黃河》雜誌發表，文章最後一段就寫這個經歷。他特別提到「見了文寶峰我才知道他們的教會一直在綏遠一帶傳教，因此他會說綏遠方言。文寶峰跟我交談是英文與漢語並用，他喜歡中國新文學，被日本侵略軍關進集中營後，他繼續閱讀新文學作品和有關書籍，我也把我手頭對他有用的書借給他。過了三四個月，文寶峰就開始用法文寫《中國現代文學史》，一九四四年七月底他已寫完。一九四五年日本帝國主義投降後不久文寶峰到我家找我，他告訴我說他們的教會領導認為他思想左傾要他回比利時，他在離開中國之前很希望能拜訪一次周作人。與文寶峰接觸近一年，我發現他對周作人和魯迅都很崇拜。」[1]

---

[1]　常風：《逝水集》（瀋陽：遼寧教育出版社，1995 年），頁 106。

　　梁實秋在〈憶李長之〉一文中曾說：「照片中的善司鐸面部模糊不可辨識，我想不起他的風貌，不過我知道天主教神父中很多飽學之士，喜與文人往來。」[2]

　　梁實秋這篇回憶李長之的文章，就是由常風先生寄了一張一九四八年他們在一起吃飯時的合影照片引起的，這張照片上有當時北平懷仁學會的善秉仁，文寶峰當時可能也在這個機關服務。這張照片非常有名，主要是當時「京派」重要作家都出席了，此後他們大概再沒有這樣集中過，梁實秋此後也再沒有回過北平。記得好多年前，子善兄曾托我向常風先生複製過這張照片，我幫他辦了此事，還就此事給《老照片》寫過一篇短文。

　　文寶峰（H.Van Boven）是比利時人，曾在綏遠、北京一帶傳教，喜歡中國新文學，一九四四年，被日本侵略軍關進集中營後，他繼續閱讀新文學作品和有關書籍，用法文完成了《新文學運動史》（*Histoire de La Litterature chinoise moderne*），一九四六年作為「文藝批評叢書」的一種，由北平普愛堂印行。此書中國國家圖書館現在可以找到，希望以後能翻譯出來供研究者使用。關於文寶峰其人，我後來還在臺灣大學古偉瀛教授編輯的一本關於傳教士的名錄中見到了相關的介紹，印象中他後來到了日本傳教，二〇〇三年在日本姬鹿城去世。

　　《新文學運動史》正文共有十五章，除序言和導論外，分別是：

　　一、桐城派對新文學的影響

　　二、譯文和最早的文言論文

　　三、新文體的開始和白話小說的意義

　　四、最早的轉型小說──譯作和原創作品

　　五、新文學革命：

　　　　（一）文字解放運動

　　　　（二）重要人物胡適和陳獨秀

　　　　（三）反對和批評

　　　　（四）對胡適和陳獨秀作品的評價

　　　　（五）新潮

---

[2]　《梁實秋懷人叢錄》（北京：中國廣播電視出版社，1989 年），頁 318。

　　趙燕聲在《現代中國文學研究書目》一文中認為，「西文的中國新文學史，此書現在是唯一本。內容偏重社團史料，作家傳記；敘事截止於一九三三、一九三四左右。錯誤的地方很多。」[3]

　　在以往中國現代文學史編纂史研究中，還沒有注意到這部著述。因為它完成於上世紀四十年代中期，大體是中國現代文學史的完整歷史，是一部非常有意義的著述。我們從它的目錄中可以看出，文寶峰敘述中國現代文學史的眼光很關注新文學和中國傳統文學的關係，特別是對轉型時期翻譯作品對新文學的影響有重要論述。本書的影印出版，對開拓中國現代文學史研究視野很有幫助，同時也促使學界用新眼光打量中國現代文學編纂史。由於文寶峰對周氏兄弟的新文學史地位評價很高，本書對魯迅研究、周作人研究的啓示意義也是顯而易見的。雖然作者有明顯的宗教背景，但他在評價新文學史的時候，還是保持了非常獨特的眼光。文寶峰在序言中，特別表達了對常風先生的感激之情，認為是常風先生幫助他完成了這部著作，文寶峰說，在集中營修改此書的漫長歲月裡，常風先生審看了他的稿子並給他帶來必要的信息和原始資料。

　　希望這三種史料的影印出版能推動中國現代文學史研究的發展。上世紀六十年代中期，香港龍門書局曾翻印過《中國現代小說戲劇一千五百種》，但大陸一般研究者也不易

---

[3]　《文潮》第五卷六期，民國三十七年。

見到，其它兩種就更少聽說了。現在秀威資訊出版公司將三種史料一併同時推出，對於加強兩岸中國現代文學研究的交流有非常重要的意義。至於另外一種《中法對照新文學辭典》，目前我們還沒有找到，希望以後能有機會發現並貢獻給研究者。

謝泳

二〇一〇年九月三十日於廈門大學人文學院

SCHEUT EDITIONS

HISTOIRE

DE LA

LITTERATURE CHINOISE

MODERNE

P. HENRI VAN BOVEN C.I.C.M.

PEIPING 1946

Monograph

his

is an authorized facsimile made from the master
copy of the original book Further unauthorized
copying is prohibited

Books on Demand is a publishing service of UMI
The program offers xerographic reprints of more
than 136,000 books that are no longer in print

The primary focus of Books on Demand is academic
and professional resource materials originally pub-
lished by university presses, academic societies, and
trade book publishers worldwide

UMI
BOOKS ON DEMAND™

UMI
A Bell & Howell Company

300 North Zeeb Road
P O Box 1346
Ann Arbor, Michigan 48106-1346

1-800-521-0600   734-761-4700
http //www bellhowell infolearning com

Printed in 2001 by xerographic process on acid-free paper

SCHEUT EDITIONS

SERIES I

CRITICAL AND LITERARY STUDIES

Volume II

Histoire
de la
Litterature Chinoise Moderne

THE CHIHLI PRESS
TIENTSIN

新文學運動史

HISTOIRE

DE LA

LITTERATURE CHINOISE

MODERNE

P. Henri VAN BOVEN C.I.C.M.

———•••———

PEIPING 1946

IMPRIMATUR

Ludovicus Morel

Vic. Ap. de Suiyuan

27 feb. 1946

IMPRIMI POTEST

Corn. De Schutter

Sup. Prov. de Suiyuan

22 feb. 1946

HISTOIRE
DE LA
LITTERATURE CHINOISE MODERNE.

SOMMAIRE

PREFACE

Le présent travail n'a nullement la prétention d'être une étude complète de la littérature chinoise moderne. Ce n'est pas dans notre intention de toucher à toutes les questions ni d'étudier tous les auteurs. Nous voulons seulement donner une vue d'ensemble qui pourra servir d'introduction à tous ceux qui s'intéressent à la culture et à la littérature de la Chine d'aujourd'hui. Cette étude ne dispensera donc pas du travail personnel ceux qui veulent aller au fond des choses.

On trouvera bien des lacunes dans ce livre. D'où proviennent-elles? En prèmier lieu de l'incompétence de l'auteur. Quelques années d'étude ne suffisent pas à s'assimiler de façon adéquate une matière si vaste. C'est précisément pour cette raison que dans l'appréciation des auteurs et des oeuvres, nous laissons généralement la parole aux critiques chinois compétents, ne nous réservant le plus souvent que le rôle de compilateur ou d'interprète, et laissant au lecteur le choix entre les diverses opinions justifiées ou justifiables.

Un autre obstacle, inhérent à la matière elle-même, rendit ce travail plus pénible. C'est celui que Mr. E. Legouis rencontra aussi dans l'élaboration de son "Histoire de la Littérature Anglaise". Ses observations s'appliquent plus justement encore à la Littérature Chinoise moderne: "Il est banal de l'observer, à mesure qu'elle se rapproche du présent, l'étude précise d'une Littérature devient plus malaisée. La perspective manque; les oeuvres durables ne se distinguent pas des succès éphémères; le travail du temps n'a pas dégagé, par le jeu accumulé des jugements successifs, cette moyenne d'impression qui place les écrivains et les livres, à peu de chose près, dans leur catégorie et à leur rang. La figure de chaque auteur n'a pas montré tous ses aspects; les traits caractéristiques n'ont pas accentué leur relief.

"Plus difficile encore que l'évaluation des mérites, est l'ordonnance des groupes. Un principe intérieur de classification ne peut être appliqué. La personnalité de chaque écrivain reste fermée; une pudeur chez lui, une réserve chez les lecteurs leur en défendant l'accès. Les aveux implicites des oeuvres ont besoin d'être éclairés, complètés. Rares sont les auteurs qui se racontent eux-mêmes; et ce qu'ils disent n'est pas d'ordinaire ce que nous tiendrions le plus à savoir. Le biographe et le critique n'auront toute leur liberté, tous leurs moyens d'investigation, que lorsque l'homme aura disparu. Nous connaissons moins les vivants que les morts." (O.c. Hachette, Paris, 1921, p. 124.)

Une autre difficulté, peut-être plus gênante encore, est constituée par le fatras des critiques partiales qui détournent la vue et compliquent le jugement..

Ajoutons qu'en Chine, les différentes tendances littéraires se sont suivies et mêlées d'une manière complexe et instable, rendant le fil de leur évolution difficile à suivre. On peut d'ailleurs dire la même chose des lettres occidentales, qui pendant les dernières décades, ont suivi une ligne vraiment vertigineuse: romantisme et naturalisme, impressionisme et expressionisme, néo-romantisme, symbolisme et néo-réalisme... autant d'écoles qui se suivent, coexistent, se disputent le terrain, disparaissent et renaissent, souvent sans même atteindre une maturité, ne fût-ce qu'apparente. La Chine n'est pas restée en dehors de ce mouvement; elle a suivi le chemin et les remous de toutes les littératures nouvelles.

Cette multiplicité des tendances rend difficile, sinon impossible un jugement définitif sur la littérature chinoise contemporaine. L'existence de toutes ces écoles est trop éphémère et trop incertaine. Une école naît pour s'opposer aux excès d'une devancière; elle la combat avec plus ou moins de succès, pour tomber ensuite, elle-même, dans les excès contraires, faisant naître une nouvelle réaction et une nouvelle école. Combien d'auteurs contemporains ne connurent pas ce sort! Rois d'un jour, ils ne purent suivre le mouvement trop rapide qu'ils avaient eux-mêmes déclenché; et les âpres dénonciations qu'ils lançaient hier à la tête de leurs ennemis leur sont rétorquées aujourd'hui avec une vigueur encore accrue.

Malgré ces revirements continuels, chaque école et chaque auteur laisse cependant derrière soi un sillage qui marque la route suivie, et une empreinte, bonne ou mauvaise, dans le coeur, l'esprit et l'imagination de ses contemporains.

La brièveté du temps occupé par tous ces changements de direction n'est pas la moindre des difficultés pour ceux qui en veulent étudier l'évolution. Tels auteurs, comme Yu Ta-fou, par exemple, n'aurate' aujourd'hui que cinquante ans, et passèrent sans transition du naturali: au néo-réalisme et à la littérature de Défense Nationale, sautant les sta intermédiaires en des bonds vertigineux.

Les divers mouvements de la nouvelle littérature chinoise possèdent cependant une caractéristique commune: presque tous sont préoccupés par la recherche d'un ordre social; et leur activité est quasi toujours mêlée à celle de la politique, qui, elle aussi, a exécuté depuis trente ans des volte-face surprenantes. C'est précisément cette union intime entre la littérature et la vie publique qui doit nous intéresser aux points de vue religieux, moral, apologétique et social.

C'est là d'ailleurs le motif ultime qui nous poussa à entreprendre et à publier la présente étude. Analyser et classifier les principaux auteurs et leurs oeuvres, étudier l'influence qu'ils exercent, de l'aveu des critiques chinois, sur la Chine contemporaine, et mettre tous les matériaux ainsi rassemblés à la disposition des missionnaires, pour les aider dans la tâche culturelle qu'ils ont à accomplir. Voilà notre seul but. Nous osons espérer que dans ce sens notre travail n'aura pas été superflu. Dans la pratique de l'Apostolat Catholique, il sera en effet souvent nécessaire de distinguer les facteurs sociaux, moraux et politiques contenus dans la littérature, pour éliminer des préjugés et prévenir des abus dont on aurait plus tard à déplorer les conséquences désastreuses. "Sero medicina paratur, cum mala per longas invaluere moras". L'expérience du passé contient un avertissement plutôt dur pour l'avenir. Missionnaires catholiques avant tout, nous venons en Chine, au nom du Pape, pour y fonder l'Eglise du Christ, et nullement pour y apporter la civilisation ou la culture d'un pays étranger. Dès lors il est nécessaire que nous connaissions les influences capables de contrecarrer notre action, et aussi celles qui peuvent être utilisées pour la seconder.

Envers la culture nouvelle, et en particulier envers la littérature, deux attitudes extrêmes sont possibles: tout rejeter ou tout accepter sans discrimination. La vertu se tient au juste milieu. Or ce juste milieu ne peut être atteint que par une compréhension aussi profonde que possible des faits et des doctrines, compréhension qui doit être impartiale au moins, pour ne pas dire sympathique et charitable. Pour y parvenir il faut s'efforcer de voir et de juger des choses par soi-même et non se fier sans plus à telle ou telle revue en langue étrangère, qui fournirait des informations souvent partiales et ambiguës, trop souvent incomplètes et tendancieuses. On ne saurait assez déplorer le mal causé indirectement par une telle confiance aveugle qui éloigne de nous tout incroyant intellectuel. Nous n'avons le droit de condamner un livre que lorsque la morale ou la doctrine catholique l'exigent d'après les normes du Droit Canonique, et donc seulement après un sérieux examen du livre lui-même. Notons ici comme spécimen de ce genre dangereux les brochures éditées par "La Politique de Pékin", en particulier le "Ecrivains Chinois Contemporains", édité en 1933, qui n'est que la traduction des essais critiques de Ts'ien Hing-ts'oun 錢杏邨, édition 1929, et qui défigure dans un style pamphlétaire et avec des vues bornées, la vraie physionomie de Lou Sin et Yu Ta-fou.)

En fait, dans la Renaissance Culturelle, comme dans la Renaissance Littéraire, qui n'est qu'un aspect de la première, le bon et le mauvais se coudoient. Nous devons faire ressortir le bon et réprouver le mauvais, non par notre autorité personnelle, mais au nom de la raison et de la Foi Catholique. Il est dès lors indispensable de discerner les éléments en présence. Nous n'avons aucunement le droit de combattre ou de ridiculiser quoi que ce soit, pour la seule raison que cela ne cadre pas avec notre mentalité. Nous avons au contraire le devoir de rendre le dépôt de la Foi acceptable à tout homme de bonne volonté, en recherchant et en utilisant tous les "préambules" qui peuvent se prêter à un usage légitime.

D'autre part, il reste vrai que tous les prêtres, chinois et étrangers, ont l'obligation de séparer l'ivraie du bon grain, en vertu de leur mission qui est de protéger et de guider les âmes, en vertu de leur vocation de collaborateurs à la construction de la civilisation chinoise chrétienne et en vertu de leur vocation de bâtisseurs de la Cité de Dieu en Chine.

Je tiens à exprimer ici mes sentiments de profonde reconnaissance envers Monsieur le professeur F. Tch'ang 常風, qui m'aida si aimablement à faire ce travail. Durant les longs mois de réclusion dans un camp de concentration, il voulut bien contrôler mon travail et me procurer les sources d'information nécessaires. Ses visites hebdomadaires me furent toujours un plaisir immense et un stimulant continuel.

Un autre mot de remerciements sincères à tous les Confrères et amis qui m'aidèrent dans la rédaction et la correction.

En la Fête de St. Joseph, 1946

H.V.B.

INTRODUCTION

La période qui nous occupe restera connue dans les annales de la littérature chinoise comme une des plus importantes de tous les temps. Depuis 1890, en effet, les divers genres littéraires et la langue elle-même ont subi plus de changements qu'ils n'en avaient subis depuis plusieurs siècles. On peut donc dire que l'histoire de la littérature traditionnelle de la Chine est close, et qu'une autre littérature a pris sa place.

Au début de cette période nous trouvons encore le style traditionnel en possession de la place. L'école dite T'ongtch'eng-p'ai 桐城派 pour la prose, et celle connue sous le nom de Kiangsi-p'ai 江西派 pour la poésie sont à leur apogée. Mais nous assisterons bientôt à leur déclin, de fin si rapide, qu'à l'époque actuelle il n'en reste que quelques débris épars.

L'ancienne littérature fut entièrement autochtone, tandis que la nouvelle subira de plus en plus les influences occidentales.

Tant pour le fond que pour la forme, les anciens auteurs cherchaient leurs modèles chez les prédécesseurs (朵做古人). Les modernes, au contraire, cherchent à créer une littérature originale, adaptée aux hommes et aux choses d'aujourd'hui.

Les examens officiels étaient jadis la voie tracée pour satisfaire les ambitions des écrivains. Une telle organisation ne pouvait que dégénérer entre les mains d'un gouvernement absolu et conservateur. Son fonctionnement normal empêchait d'ailleurs tout progrès littéraire. Les candidats heureux aux examens entraient quasi automatiquement dans la carrière officielle, et "parvenus", ne songeaient plus qu'à maintenir leur position dans le système qui la leur garantissait. Ceux, plus nombreux, qui avaient échoué se voyaient généralement privés de leur place au soleil, et allaient grossir la foule mécontente et dangereuse des "ratés".

Vers 1890, l'attaque des novateurs commença définitivement. Sa première victoire fut l'abolition des examens officiels en 1905. Ce fut le prélude de changements culturels et politiques bien plus importants.

L'ancien régime ne considérait comme "littérature" que les oeuvres conformes, tant pour le contenu que pour la forme, aux canons du style ancien. Les romans en langue commune ne comptaient pas. Les modernes au contraire, veulent obtenir le droit de cité pour tous les genres, même pour les romans en langue parlée. Les chants populaires et les refrains enfantins doivent également trouver leur place respective dans le domaine des études littéraires.

La langue à employer dans les productions littéraires n'avait auparavant jamais présenté aucune difficulté. Maintenant les divers mouvements en faveur de la "langue nationale" (國語文學運動) deviennent le point central de la révolution littéraire. D'aucuns allèrent jusqu'à lancer un mouvement pour l'abolition des caractères chinois (廢棄漢字運動). Celui-ci échoua, mais fut repris plus tard, quoique sur un autre plan et dans un autre but, par la propagande communiste.

L'ancienne littérature, enfin, était l'apanage des classes privilégiées, un plaisir de luxe pour les riches oisifs. La nouvelle littérature, elle, a pour souci principal la pénétration des masses. Elle veut se faire entendre par le peuple, et en même temps, elle prétend devenir l'instrument dont le peuple se servira pour faire entendre sa voix.

Ces divers changements semblent à première vue disparates; ils relèvent cependant tous d'un fond commun: l'opposition à la tradition. Ils ont aussi tous le même cadre et le même arrière-plan: l'évolution politique et sociale de la Chine moderne. Enfin, tous subissent également le flux et le reflux des littératures et des philosophies occidentales contemporaines.

1. L'INFLUENCE DU T'ONGTCH'ENG-P'AI SUR LA LITTERATURE MODERNE

Pendant la seconde moitié du 19ᵉ siècle, les sciences occidentales prirent une place de plus en plus importante dans les programmes scolaires, qui jusqu'alors avaient été entièrement consacrés à l'enseignement des livres classiques et historiques (四書五經). A cause de ces changements les études littéraires eurent à subir des modifications profondes, parfois même radicales.

La coordination de la civilisation occidentale et de la culture chinoise devint une question brûlante, surtout depuis la guerre sino-japonaise de 1894, qui rendait plus urgente que jamais la modernisation de la Chine. Comme presque tous les problèmes sociaux et politiques, celui-ci divisa les intellectuels en trois camps: deux partis extrêmes et entre les deux le groupe des modérés, favorisant une conciliation. Des gens clairvoyants comme Tseng Kouo-fan 曾國藩, Tchang Pe-hi 張白熙 et Tchang Tche-tong 張之洞 estimaient que, faute de temps surtout, il fallait dorénavant se limiter à l'essentiel dans le programme des études classiques et donner plus de temps aux sciences occidentales. Ils gardaient cependant toute leur estime pour la langue classique, symbole de la culture chinoise traditionnelle. En cela ils ne faisaient que suivre les tendances de l'école littéraire prépondérante au 19ᵉ siècle, sur le terrain de la prose, la T'ongtch'eng-p'ai 桐城派.

L'école de T'ongtch'eng fut fondée par Yao Nai 姚鼐, un grand érudit du 18ᵉ siècle (1731-1815) qui se vantait de suivre les doctrines de deux autres érudits bien connus: Fang Wang-k'i 方望溪 (1668-1749) et Lieou Ta-k'oei 劉大櫆 (1697-1779). Tous les trois étaient originaires de la ville de T'ongtch'eng, dans la province du Nganhoei. L'école reçut donc le nom de la ville d'origine.

Tseng Kouo-fan (1812-1872), originaire de Sianghiang 湘鄉 dans la province du Hounan, fut le grand protecteur de l'école. Il voyait en elle la solution du problème de la conciliation entre l'introduction des sciences occidentales en Chine et l'ancienne culture chinoise. Son ouvrage 曾文正五種 fut longtemps d'un usage courant comme modèle de style épistolaire.

Mais parmi les derniers promoteurs du style ancien, le plus important est sans contredit Ou Jou-luen 吳汝綸, originaire de T'ongtch'eng-hien (1840-1903): "Sa pensée est la plus moderne et ses réalisations les plus remarquables". (思想最新，造詣最高 : cfr. 陳炳堃, 最近三十年中國文學史, éd. Librairie T'ai-p'ing-yang, Shanghai, 1931. p. 79.). Il exerça une grande influence sur les derniers écrivains en style ancien. En face de la marée montante de la civilisation occidentale, il voulut bien abandonner une partie des livres anciens, pour n'en garder qu'une chrestomathie: "La fine fleur de la littérature ancienne doit rester, parce qu'elle représente la culture chinoise authentique et exprime la morale confusianiste

traditionnelle," affirmait-il. (日後西學盛行,六經不必盡讀,此書決不能廢...
此後必思改習西學。中學浩如煙海之書行當廢去, 猶留此書。 司令周孔遺文綿延
不絕。 dans 陳炳堃, o.c. p. 80.)

Ou Jou-luen était un moderne dans son temps. Il recommandait
l'étude des sciences et la traduction de livres européens; il travaillait à
l'établissement d'écoles modernes et l'envoi d'étudiants à l'étranger. Il
fut le promoteur du mouvement pour l'unification de la langue, voulant
supprimer la distinction entre la langue écrite et la langue parlée (言文
一致) et introduire la langue parlée en littérature. Il craignait cependant
qu'une fois introduite dans les manuels scolaires, la langue parlée ne
portât un coup mortel à la langue ancienne. Il se posa lui-même comme
le représentant officiel du groupe de T'ongtch'eng. Sa mort marqua la
fin de cette école.

Jusqu'ici la préoccupation des rédacteurs de programmes scolaires
avait été de conserver le plus de "kou-wen" possible, et de ne sacrifier
que l'accessoire aux exigences toujours croissantes des sciences occidentales: mais bientôt, devant le succès montant de la modernisation, la
tendance devint de "conserver" le maximum possible de l'ancien programme. En outre, l'école de T'ongtch'eng ne se contentait pas de propager les sciences modernes, tout en sauvegardant le "kou-wen" et la
tradition, mais travaillait en même temps au maintien de la morale
chinoise traditionnelle. Tcheou Tsouo-jen dit d'eux: "Ils n'étaient pas
seulement des gens de lettres, mais aussi des moralistes. Pour eux, morale
et littérature formaient un tout inséparable". (他們不但是文人,而且並作
了道學家, 他們以爲文卽是道。 二者不可分離。 Cfr. 中國新文學的源流 par
周作人 éd. 人文書局, 北平, 1934.)

Ils résumaient le programme de la littérature dans deux mots:
"Idées et règles de composition "(義法) et s'appuyaient sur la définition
que le I-King donnait de ces termes: "L'idée, c'est la réalité exprimée
par le mot. La règle de composition, c'est l'ordre à suivre dans les mots".
(義之所謂言有物;法之所謂言有序。) Mais de cette belle devise ils ne sau-
vegardèrent à la longue que le deuxième membre, soignant le style de
leurs écrits, mais négligeant d'y injecter des idées. Ils devinrent ainsi
une "secte" (宗派) purement formaliste et réactionnaire avec un programme désuet, à l'usage seulement de quelques vieux conservateurs, qui
en firent leur dernière ligne de défense contre les attaques des mouvements culturels et littéraires nouveaux.

Au slogan littéraire de "idées et règles de composition" ils joignent
leur programme moral, résumé dans les deux caractères "bienveillance et
piété" (仁孝). Mais chez eux ce ne sont que des ombres du passé, dé-
pourvues de réalité actuelle. Ils finirent enfin par s'opposer avec
obstination et en vain à tout progrès et devinrent les défenseurs stériles
d'une littérature périmée. Devant les attaques de la nouvelle civilisation
ils agitent l'étendard du Confucianisme (孔敎運動) si fortement décrié
par Hou Che, Tch'en Tou-sieou et d'autres. Lou Sin surtout l'attaqua
avec un acharnement particulier dans un récit allégorique "Le journal
d'un fou" (狂人日記), il y condamne le Confucianisme comme une
doctrine "dévoreuse d'hommes". (吃人的禮敎).

2. LES TRADUCTIONS ET PREMIERS ESSAIS EN STYLE ANCIEN

Deux écrivains du T'ongtch'eng-p'ai eurent une influence prépondérante sur l'évolution ultérieure de la littérature chinoise, non par leur style, mais plutôt par leur oeuvre de traductions en style ancien Ils introduisirent en Chine les doctrines modernes et les genres littéraires de l'Occident. Par ces publications ils prolongèrent d'une vingtaine d'années la vie périclitante du style ancien. Ce sont Yen Fou, qui fut le premier à traduire des ouvrages modernes de sociologie et de politique, et Lin Chou, qui introduisit les premiers romans européens en Chine. Avant eux bien d'autres avaient déjà traduit des oeuvres européennes en chinois, mais ils s'étaient tous bornés à des travaux de religion, de sciences ou de choses militaires.

Yen Fou 嚴復 (陳炳堃 o.c. p. 78; 近五十年中國思想史 par 郭湛波 éd. 人文書局, Peiping 1936, p. 54 sq.)

Né à Minheou 閩侯 dans la province du Foukien en 1853, il fit partie du premier groupe d'étudiants envoyé en 1878 à l'étranger par Tseng Kouo-fan et Li Hong-tchang. Il étudia dans une école navale en Angleterre. Rentré en Chine, il occupa plusieurs postes importants dans l'enseignement supérieur, fut d'abord professeur à l'Ecole Navale (海軍學堂) de 1908 à 1912, puis devint recteur de l'Université Nationale de Pékin (京師大學堂), connue comme 國立北京大學 depuis l'établissement de la République. Yen travailla sous le patronage de Yuen Che-k'ai. De son séjour en Angleterre parlementariste il avait gardé des préférences marquées pour la monarchie constitutionnelle. Yuen Che-k'ai le prit pour conseiller et l'entraîna ainsi dans sa tentative de restauration monarchiste. Après la défaite de Yuen, Yen Fou se retira au Foukien et y vécut retiré jusqu'à sa mort en 1921. Parmi ses traductions multiples on retrouve: "Evolution and Ethics and other Essays", par Huxley. Ce livre valut au traducteur une accusation auprès de l'impératrice Tse-hi, en 1900 L'intervention du ministre Yong Lou le sauva de cette impasse. "On Liberty" par J. Stuart Mill. "System of Logics", du même auteur. "Study of Sociology" par H. Spencer. "Inquiry into the nature and cause of wealth of nations" par Adam Smith. "L'esprit des lois" par Montesquieu. "History of politics" par E. Jenks. "Logics" par W.S. Jevons, etc... (Voyez la liste complète de ses oeuvres dans 東方雜誌 vol. XXII, n° 21.)

D'après le jugement de Hou Che les traductions de Yen Fou ne sont pas dénuées de valeur littéraire. Il est même un modèle de traduction fidèle. Yen Fou avoue par ailleurs lui-même que pour rendre exactement le sens de certaines expressions et termes il devait parfois chercher pendant une semaine ou même durant un mois entier. D'autre part Ou Jou-luen, le chef de l'école de T'ongtch'eng l'estimait beaucoup, et pour Tchang Tche-tong il fut la réalisation de l'idéal "d'enrober la science occidentale dans la culture chinoise". (以中學包羅西學.)

Son oeuvre ne rencontra cependant pas une approbation unanime. On lui objectait que les doctrines occidentales, déjà si obscures en elles-mêmes, devenaient pratiquement inintelligibles, une fois traduites en chinois classique; que par conséquent, personne ne profiterait de ces travaux, en dehors d'une élite de Lettrés bien versés à la fois dans le style ancien et dans la philosophie. En Europe, disaient d'autres critiques, la littérature évoluait de pair avec le reste de la civilisation, et il fallait qu'il en fût de même en Chine, sous peine de rendre impossible la formation scientifique de la jeunesse. D'ailleurs, ajoutaient-ils, les traductions d'ouvrages scientifiques européens n'étaient pas destinées aux bibliothèques des vieux Lettrés, mais devaient être mises à la portée des masses du peuple. A cela Yen Fou répondait que pour atteindre la masse il fallait d'abord gagner les Lettrés et tâcher de les former aux nouvelles disciplines. Les travaux de vulgarisation viendraient plus tard et comme d'eux-mêmes. Entre-temps, pour se faire lire et comprendre par les Lettrés, il fallait écrire dans leur propre langue, et mêler, çà et là, aux traductions quelques considérations morales dans le goût confucianiste.

Lin Chou 林紓, connu aussi comme *Lin K'in-nan* 林琴南 (陳炳堃 o.c. p. 90.)

Né en 1852 à Minheouhien (閩侯縣) dans la province du Foukien, il passa par les examens officiels, et fut pendant plusieurs années professeur à l'Université Nationale de Pékin. En politique il est ouvertement rallié à la faction de Toan K'i-joei (Ngan-fou-p'ai) et très opposé à Hou Che, Tch'en Tou-sieou et la révolution littéraire. Il traduisit 93 livres anglais, 25 français, 19 américains, 6 russes et une douzaine d'autres d'origines diverses. "La Dame aux camélias" est celle de ses traductions qui remporta le plus de succès. Parmi ses traductions on retrouve des oeuvres de W. Shakespeare, Daniel Defoe, H. Fielding, Swift, Charles Lamb, R.L. Stevenson, Ch. Dickens, W. Scott, H.R. Haggard, Conan Doyle, Ant. Hope, W. Irving, Mme. H. Stowe, V. Hugo, A. Dumas père et fils, Balzac, Esope, H. Ibsen, Wyss, Cervantes et Tolstoï.

Lin Chou fut le premier à oser traduire en style ancien des romans d'amour, innovation qui ouvrit de nouvelles perspectives à la littérature de langue classique. En dehors de ses traductions, il publia aussi des oeuvres originales. Un de ses romans s'appelle 冷紅生傳. Il y décrit en grande partie ses sentiments personnels. Sentimental mais sincère, il critique fortement l'hypocrisie des décadents qui prennent envers la vie des sentiments une attitude pharisaïque. (雖心中私念奕女,顏色亦不敢動.)

Il incline plutôt vers le naturalisme (自然主義) qui tend à décrire les choses telles qu'elles se passent dans la réalité, derrière les décors d'un monde poli, éduqué par le rationalisme et le positivisme du 19ième siècle.

(D'autres préfèrent le terme de réalisme (寫實主義) pour cette école, laissant au nom de naturalisme un sens péjoratif très proche de pornographie. Ils classent alors le Kin-p'ing-mei 金瓶梅, reconnu par tous comme franchement pornographique, comme type du naturalisme; tandis que les oeuvres de Zola, Flaubert, Lawrence etc. .. sont classées comme réalistes.)

Lin Chou prétend ne pas vouloir jouer à l'honnête homme ni porter
un masque de vertu. Il veut se montrer tel qu'il est, même sous ses
pires aspects.

Au sujet de ses traductions il faut encore noter que, ne sachant pas
l'anglais il devait travailler à l'aide d'un interprète qui traduisait orale-
ment pour lui. La fidélité de la traduction en souffre souvent.

Pour la langue il se rattache au T'ongtch'eng-p'ai, mais comme Yen
Fou il a le mérite d'étendre l'usage du vieux style au domaine du roman
et à l'expression des sentiments, et d'avoir réagi fortement contre le
moralisme pétrifié de cette école.

Tchang Ping-lin 章炳麟, connu aussi sous le nom de Tchang T'ai-
yen 太炎.

Né en 1869 à Yuhang 餘杭 dans la province du Tchekiang, il reçut
la formation classique traditionnelle et se spécialisa surtout dans l'étude du
Tch'oen-tsieou 春秋, qu'il interprèta dans un sens opposé au Confucianisme religieux de K'ang You-wei. Il collabora aux réformes de Tchang
Tche-tong, passa les années 1903-1906 en prison pour avoir écrit une
préface à tendances révolutionnaires pour un livre de Tseou Yong 鄒容
réformateur politique et social. Celui-ci mourut en captivité mais Tchang
Ping-lin fut relâché et alla se réfugier au Japon, où il assuma la rédaction du "Min-pao" 民報, journal révolutionnaire chinois. Là aussi il
rencontra des adversaires, dont le moindre ne fut pas la pauvreté.
Devenu professeur il compta parmi ses élèves Ou Tch'eng-che 吳承仕 et
Ts'ien Hiuen-t'ong 錢玄同. Il fut l'ami de Ts'ai Yuen-p'ei, et à l'avènement de la République prit une part active au gouvernement. Mais lorsque Yuen Che-k'ai déclara ses prétentions au trône, Tchang se retira dans
une pagode de Pékin. Après l'incident de Moukden en 1931 il se distingua
par sa haine acharnée contre le Japon. Il se lia à Tchang Hiue-liang.
Il mourut en 1936.

Au point de vue littéraire il tient fortement au style ancien et
aux matières traditionnelles des examens. Mais au point de vue social
et politique, il défend les idées nouvelles du racisme antimandchou (種族
革命) lié aux anciens révolutionnaires T'ai-p'ing. Il était cependant
aristocratique, hautain et sarcastique envers tout ce qui ne s'accordait
pas avec son jugement. Il représente le Hiue-heng-p'ai 學衡派 (Cfr.
陳炳堃 o.c. p. 225), qui avait pour programme d' "approfondir la technique littéraire et scruter la vérité; mettre en valeur les perles de la littérature nationale et répandre le nouveau savoir; faire le métier de critique en regardant droit devant soi, sans partialité ni préjugés, sans pré-
cipitation ni servilité". 論究學術, 闡求真理。昌明國粹, 融化新知。以中正
的眼光, 行批評之職事。無偏無黨, 不激不隨。) Ce programme fut repris
plus tard sur un autre plan par Liang Che-ts'ieou. (Cfr. Infra.).

3. DEBUTS DU STYLE NOUVEAU ET SIGNIFICATION DES ROMANS EN LANGUE PARLEE.

Les deux dernières décades du 19ᵉ siècle virent naître les idées de réforme et de révolution. Le traité de Shimonozeki (下關) en mai 1904, qui consacrait la victoire du Japon modernisé sur la Chine arriérée, activa le mouvement.

En 1888 K'ang You-wei (1858-1927) avait déjà présenté au trône sa requête officielle (公車上書) dans laquelle plus de trois mille lettrés imploraient de l'empereur la réforme constitutionnelle nécessaire pour faire face aux besoins nouveaux du pays. Rejeté six fois, K'ang tint bon. La septième fois il parvint à se faire entendre de l'empereur Koangsiu. La lutte avait duré dix ans.

En 1894 Sun Yat-sen avait présenté une supplique semblable à Li Hong-tchang. Divers groupes se formèrent comme les K'iang-hiue-hoei 彊學會, les Pao-Kouo-hoei 保國會, et d'autres.

C'étaient autant de mouvements réformistes qui introduisirent un nouveau genre en littérature, la dissertation politique (論政文). Ce genre se présentait sous diverses nuances, dont celle de Liang K'i-tch'ao dans le journal "Sin-min-ts'ong-pao" 新民叢報 était la plus remarquable.

Liang K'i-tch'ao 梁啟超 (1873-1929) est connu comme le père du journalisme chinois, l'avant-coureur de la révolution littéraire et de la révolution républicaine. Après les "Cent Jours" de 1898 il dut s'enfuir au Japon, d'où il lança plusieurs revues et journaux, entre autres le "Tsing-i-pao" 清議報, mais surtout le "Sin-min-ts'ong-pao". Il y fait usage d'un style nouveau (新文體), nommé quelquefois style de journal (報章文字), détaché du style ancien (舊文體). Evolué de celui de l'école T'ongtch'eng et de la chrie en huit points (八股文), Liang lui-même l'appelle style européanisé (歐化的古文). Il désire que la langue soit claire et simple (平易暢達), ordonnée et grammaticale (有條理明晰), que l'expression des sentiments ait un droit primordial à l'existence (縱筆常帶情感). (Cfr. 陳炳堃 o.c.p. 111) Il se heurta cependant à une opposition générale de la part des absolutistes, aussi bien que dès constitutionnels minimalistes: de Tchang Tche-tong et de son maître K'ang You-wei. Ce dernier lui reprochait surtout d'être trop sous l'influence de la langue japonaise. En fait cette opposition littéraire n'était qu'une modalité de l'opposition politique. Liang avait des idées réformatrices trop avancées. Yen Fou surtout se posa en adversaire, accusant Liang de prêcher le désordre. (以筆提倡社會) Après 1914 cette nouvelle langue fut cependant beaucoup employée dans les journaux à tendances modernes, surtout pour les articles de controverse entre les partisans du régime constitutionnel (立憲派) et les républicains (民主派).

Liang K'i-tch'ao fut problablement le premier à comprendre l'influence culturelle, sociale et politique du roman sur le peuple. (Cfr. son 論小說與羣治的關係) Il voulut exploiter cette influence pour répandre ses idées sociales et politiques nouvelles. (陳炳堃 o.c.p. 142.) Ainsi il gagna dans le champ littéraire une place au style des romans populaires qui lui avait été déniée jusqu'alors. 欲新一國之民,不可不先新一國之小說。小說能不可思議之力支配人道。Cfr. 飲冰室文集,九卷, éd. 1934. 新民書局, III. p. 17.)
Cet auteur prouva sa thèse hardie en disant; "La préférence accordée au

roman sur les autres genres littéraires est un fait mondial; c'est surtout un fait chinois. Le roman est au peuple de Chine l'air qu'il respire, l'aliment dont il se nourrit, une chose dont il ne pourrait se passer à aucun prix. Or, comme chacun sait, un air malsain, un aliment vénéneux causent la langueur qui peut mener à la mort. Il en va de même au moral. Nos romans furent la cause principale de la perversion dont notre société se meurt. Ce sont nos romans qui ont inoculé à nos étudiants, durant des siècles, la rage de vouloir sortir premier de l'examen littéraire suprême, afin de devenir ministres d'état, sans autre bagage que l'art de la composition d'après la chrie en huit points. Ce sont nos romans qui ont donné à tant d'aventuriers l'idée de gagner un trône par la pratique du brigandage. Ce sont les romans qui ont propagé parmi le menu peuple tant d'histoires de revenants, de vampires, de renards transcendants, de métamorphoses fantastiques; qui ont créé et nourri la croyance à la géomancie, aux horoscopes, à la divination sous toutes ses formes... (Cfr. La Chine Moderne, L. Wieger, vol. I, p. 101.) D'autres auteurs allèrent jusqu'à prétendre que les manières d'agir et la psychologie des héros romanesques populaires, comme Ts'ao-ts'ao, Yo-fei, Tchou-ko-liang etc... auraient façonné en partie la psychologie et le folklore du peuple chinois. Dans l'ardeur réformiste, Ts'ai Yuen-p'ei affirma même que Yuen Che-k'ai aurait fait ses études dans le roman des Trois Royaumes (三國演義), et tâché d'imiter dans sa vie les exploits de Tchou-ko-liang (Cfr. 東方雜誌 vol. XIV, n° 4, avril 1917, rapporté dans la Chine Moderne, L. Wieger, II, p. 227.)

Liang K'i-tch'ao ne s'attarda cependant pas aux romans anciens. Il préféra propager la nouvelle morale en action dans des romans modernes nouveaux.

Plus tard, Ts'ai Yuen-p'ei, Hou Che et d'autres développèrent mieux cette thèse de l'importance du roman, en l'appliquant non seulement aux romans modernes, mais aussi aux grands romans anciens universellement répandus en Chine. Ils estimaient qu'il faut surveiller, et au besoin corriger les tendances moins bonnes qu'on y rencontre quelquefois. Ils désapprouvent le réalisme trop poussé de Flaubert, Zola et Hauptman, dont les oeuvres avaient été introduites en Chine par la voie du Japon, durant les premières années du 20° siècle. Ils approuvent plutôt le prétendu réalisme de Tolstoï, mystérieux, anarchiste et enclin au pessimisme, qui leur rappelait vaguement les doctrines du vieux Tchoang-tze. Ils prétendent que pour servir à l'enseignement populaire et à la culture morale des masses, le roman doit se faire clair, simple, vrai, moral, ennemi de tout mal et ami de tout bien. (Cfr. La Chine Moderne, L. Wieger, II, p. 229.) Mais pour Hou Che le critère du bien est un pragmatisme nuancé d'esthétique physique et morale dont il ne détermine d'ailleurs pas clairement la nature intime. Dès avant 1910 déjà, Hou Che inaugura un mouvement pour l'épuration des romans chinois anciens, indispensables d'après lui, dans l'éducation morale et littéraire de la jeunesse. Mais les éditions de ces romans 'ad usum delphini" ne semblent pas avoir eu beaucoup de succès. (Cfr. 胡適文存 I, 1, p. 28, 51 sq..) [1]

---

(1) [L'imprimerie 商務 de Shanghai, publia des éditions corrigées de 水滸; 儒林外史; 紅樓夢; 西遊記; 三國演義; 鏡花緣; 水滸續集; 三俠五義; 老殘遊記; 兒女英雄傳; 海上花 avec des introductions de Hou Che, T'ien Hiuan-t'ong et Liou Pan-neng. Le 平民書局 de Shanghai donna aussi en 1925 des éditions expurgées semblables.. De même le 開明書局 édita une série de romans expurgés en 1928: 潔本小說.]

4. PREMIERS ROMANS, TRADUITS ET ORIGINAUX EN STYLE DE TRANSITION.

Liang K'i-tch'ao avait démontré quel collaborateur d'élite le roman pouvait être dans l'oeuvre de la réforme morale et politique. Il ne restait qu'à appliquer le principe. Liang le fit lui-même le premier dans uns série de romans, sans grande valeur littéraire d'ailleurs et trop chargés des préoccupations politiques de l'auteur, entre autres: 新中國未來記; 政治小說 etc. . .

Entre-temps les réactionnaires du genre Yen Fou et Lin Chou avaient aussi compris toutes les possibilités du roman et les mirent également à profit pour la propagation de leurs idées. Ainsi se forma une littérature, dont Louo Kia-luen 羅家倫 fit une analyse très fine en 1920 déjà. (新潮 vol. I, n° 1.) Louo distingue les auteurs de cette littérature en trois classes: les pessimistes (黑幕派) qui décrivent les injustices sociales sans plus; les fantaisistes (鴛鴦四六派) qui pour les six dixièmes vivent en dehors de la réalité; et les impressionnistes (筆記派) qui transcrivent sous forme de roman leurs notes et impressions personnelles. On pourrait y ajouter une quatrième classe, mélange des trois autres: les romans critiques à base historique et sociale (諷刺小說) qui, directement ou indirectement, attaquent le formalisme traditionnel creux, sans toutefois blesser la tradition comme telle. En pratique ils se présentent cependant comme les témoins d'une tradition qui se meurt.

Ce n'est pas à dire que cette classification grouperait tous les auteurs et toutes les oeuvres de cette période; elle rend cependant bien les quatre tendances fondamentales que l'on retrouve pures chez quelquesuns, et entremêlées chez d'autres.

En tenant compte de cette classification, il apparaît clairement que les auteurs de cette période sont les précurseurs immédiats de la nouvelle littérature d'après 1920. Ils forment le courant d'où émaneront les différentes écoles littéraires. La révolution littéraire de Hou Che et Tch'en Tou-sieou fera bien dévier ce courant en plusieurs endroits, mais après les ardeurs exagérées du mouvement de la culture nouvelle, ce courant, resté identique dans son essence, apparaîtra de nouveau clairement. Il est intéressant de poursuivre les traces de cette triple, ou si l'on veut quadruple tendance depuis 1920, année du début de "la littérature nouvelle constructive", jusqu'aujourd'hui. Au cours de ces quelques années on constate bien des influences diverses, mais ce ne sont en somme que des modifications accidentelles qui n'atteignent pas le courant général de la littérature nouvelle. Depuis 1919 (Le mouvement du Quatre Mai, 五四) on insista surtout sur l'éveil de la conscience sociale; à partir de 1925 (L'incident de Nanking road, 五卅) on sentit plutôt l'influence du socialisme et de la lutte des classes; en 1932 (l'incident de Chapei, 一二八) la défense nationale s'exprima plus fortement; et depuis 1937 (La guerre Sino-japonaise, 七七) on retrouva surtout la littérature de guerre.

Donnons ici quelques représentants des tendances diverses:

1. Les Pessimistes:

Li Pao-kia 李寶嘉 (陳炳堃 o.c. p. 145.): 1867-1906. Né à Chang-yuen 上元 dans la province du Kiangsou, il fut connu d'abord comme journaliste, puis se mit à écrire des romans de critique sociale.

Ou Yao-yao 吳沃堯: 1867-1910. Originaire de Nanhai 南海 au Koangtong, il composa plusieurs romans dans le genre de l'auteur précédent. Aucun des deux n'est intéressant au point de vue littéraire. Par leurs critiques ils se firent tous deux beaucoup d'ennemis; incapables d'ailleurs de remédier aux maux qu'ils décrivaient, surtout sous un régime formaliste et conservateur, ils finirent par tomber dans le pessimisme sans plus.

Lieou Ngo 劉鶚 (陳炳堃 o.c. p. 149.), connu aussi sous le nom de *Lieou T'ie-yun* 劉鐵雲: 1850-1910. Lieou fut un homme de science et de progrès. En 1895, il présenta au trône une requête pour obtenir la construction de chemins de fer et l'ouverture de mines au Chansi. A la longue il finit par obtenir le placet impérial, mais non sans se faire une foule d'ennemis jaloux parmi les conservateurs. Ceux-ci le dénoncèrent comme traître. Pendant la disette de 1900 il acheta une grande quantité de blé des Russes et en distribua une partie aux nécessiteux. Cela lui valut l'accusation de trafic frauduleux. Il fut banni au Sinkiang et y mourut. On a de lui un roman satirique de la société contemporaine, intitulé 老殘遊記, qu'il publia sous le pseudonyme de Hong-tou-pe-lien-cheng 洪都百鍊生 et dans lequel il dénonce amèrement la corruption des fonctionnaires.

2 Les Fantaisistes:

Ou Koang-kien 伍光建: 1868 — Né à Sinhoei 新會 au Koangtong. Il étudia d'abord à l'école navale de T'ientsin, et fut envoyé plus tard, sous Yuen Che-k'ai, dans une école navale d'Angleterre, d'où il passa à l'université de Londres. Il remplit ensuite les fonctions d'attaché à l'Ambassade dans divers pays, puis occupa plusieurs postes politiques et militaires en Chine. A l'avènement de la République il devint conseiller au ministère des Finances. Il fit ses débuts dans la carrière littéraire à l'âge de quarante ans. Il est caractéristique de constater que comme plusieurs autres auteurs de renom, il commença par publier des traductions de livres européens, puis en vint aux oeuvres originales, mais après quelques années de travail retourna aux traductions. Parmi ses traductions il faut remarquer: "Les Trois Mousquetaires" et "Vingt ans après" par A. Dumas (俠隱記 et 續俠隱記, éd. Comm. pr.); "Le Prince" de Machiavel (霸術, Comm. pr.); "L'Arlésienne" par A. Daudet (洞窟女郎, Comm. pr.); et plusieurs livres de E.C. Caskell; Ch. Dickens; H. Fielding; R.B. Sheridan et Hawthorne. Hou Che dit de lui: "Bien qu'il appartienne à la vieille école, il emploie cependant une langue "pai-hoa" très coulante." (陳炳堃 o.c. p. 143.)

3. **Les Impressionnistes:**

Sou Man-chou 蘇曼珠 : 1873-1918. Naquit à Canton de parents japonais. Son père mourut tôt, sa mère se remaria avec un Chinois nommé Sou. Man-chou reçut une bonne éducation et apprit outre le chinois, le japonais, l'anglais, le français et le sanscrit. Il commença par traduire en vers chinois, du genre Song, des poésies étrangères. En 1911 il se rallia à la révolution et collabora au Nan-che 南社. Il publia plusieurs romans: 斷鴻零雁記, histoire d'un orphelin qui se fait bonze et part à l'étranger à la recherche de sa mère. En route il devient l'objet d'aventures d'amour et autres, sans fin. Toute l'atmosphère du récit est très pessimiste, il semble que l'auteur y raconte en grande partie son histoire personnelle. On a encore de lui: 絳紗記; 焚劍記; 碎簪記 etc...

Hou Che porte sur ses oeuvres le jugement moral et littéraire suivant: "Je les ai prises tout particulièrement en mains, et les ai lues attentivement. Vraiment je ne leur trouve aucune valeur. 絳紗記 n'est que désirs charnels, avec des morceaux absolument étrangers au sujet, introduits de force pour étoffer le tableau. L'auteur a trop subi l'influence de la mode actuelle de "tant de dollars pour mille caractères". 焚劍記 est tout simplement un long radotage... Quelle valeur pourrait-on y trouver?" (胡適, 文存, I, 1, p. 54.)

4. **Romans critiques à base historique et sociale.**

Tseng Pouo 曾樸 (陳炳堃 o.c. p. 150.): 1870-1935. Né à Tch'ang-chou 常熟 au Kiangsou. Il décrivit dans un roman fameux: 孽海花 la société chinoise des années 1900. Ce roman a pour cadre le soulèvement des Boxeurs et sa répression par les troupes alliées qui occupèrent Pékin en 1900. L'héroïne est une courtisane célèbre de cette époque, dont le vrai nom était Tchao Ts'ai-yun 趙彩雲, née à Soutcheou en 1872. A l'âge de treize ans elle se méconduisait déjà pour gagner quelques sous. Elle changea alors son nom de famille mais garda son prénom original. En 1888 elle se fixa, en qualité de concubine à titre égal (平妻) auprès d'un certain Hong Kiun 洪鈞. Celui-ci, un gradué académique, avait alors cinquante ans. La même année il fut envoyé en Allemagne comme ambassadeur de Chine, Ts'ai-yun l'accompagna. Ils menèrent à Berlin une vie de princes, ce qui ne les empêcha pas d'y être mêlés à une série de malentendus ridicules. Pendant ce séjour de trois ans, elle fit la connaissance du général von Waldersee. Hong rentra en Chine en 1890 et mourut à Shanghai deux ans plus tard, laissant à sa favorite une belle fortune. Celle-ci ne put cependant jamais en prendre possession, à cause des intrigues ourdies par la famille Hong. De guerre lasse elle se retira à Soutcheou. En 1894, on la retrouve à Shanghai où, sous le nom de Ts'ao Mong-lan 曹夢蘭 elle a repris la pratique de sa première profession. Au bout de cinq ans elle se lie à un riche commerçant de la place, nommé

Suen Tsouo-t'ang 孫作棠. A l'instigation de celui-ci, elle va, en 1898, se fixer à T'ientsin où elle ouvre une maison publique (金花班). On l'appelle maintenant Sai Eul-yè 賽二爺. Son protecteur est maintenant Yang Li-chan 楊立山, ministre de la cour impériale, qui la traite en reine et la décide à aller s'installer à Pékin.

Les troubles de la Boxe, pendant l'été de 1900, causent la ruine de sa maison. Elle en est réduite, pendant un certain temps à vivre pauvrement dans la ville chinoise. Apprenant un jour par hasard que le général von Waldersee est présent à Pékin à la tête des troupes d'occupation, elle va le trouver et se met à son service. Ainsi elle put sauver de la ruine un grand nombre de compatriotes, ce qui lui attira beaucoup de sympathie dans la ville entière et lui valut la gloire d'héroïne nationale.

En 1903, après le départ des alliés, elle reprit sa vie d'antan et l'histoire perd ses traces. Mais elle vit encore aujourd'hui dans les chansons et les traditions populaires, sous le nom de "Courtisane-héroïne". Outre la place capitale qu'elle occupe dans le roman de Tseng Pouo, on la retrouve, sous le nom de Si In-hoa 西銀花 dans 京華碧血錄 de Lin Chou, qui la prit comme héroïne principale dans ses descriptions des changements politiques et culturels de ces temps. (Cfr. 張次溪, 燕飛集, éd. 北京印刷廠, 1939.) 孽海花 fut écrit par Tseng Pouo sous le pseudonyme de Tong-ya-ping-fou 東亞病夫. En collaboration avec son fils Hiu-pe 虛白, né en 1894, Tseng Pouo commença plus tard une maison d'éditions à Shanghai (眞善美書局). Il publia encore 兩男子 en 1930, 雪雲夢院本 en 1931, et d'autres romans du même genre. Il travailla de même à faire connaître en Chine le théâtre français et traduisit plusieurs ouvrages de V. Hugo.

Lin Chou (Cfr. Supra) publia aussi plusieurs romans à base historique. 京華碧血錄 raconte l'épisode des "Cent Jours" en 1898 et la révolte des Boxeurs en 1900. 金陵秋 fait revivre la révolution de 1911 à Nankin. 官場新現形記 donne l'histoire de Yuen Che-k'ai et des premières années de la République.

Ce genre de romans trouve sa trame toute préparée dans les événenients réels, et par là est plus facile à composer. D'autre part il oblige parfois l'auteur à déformer la signification historique de certains faits et de certains personnages, pour maintenir l'unité et soutenir l'intérêt du roman. C'est probablement pour cette raison que ces romans ont plus de succès à l'étranger qu'en Chine même. Lin Yu-t'ang composa plus tard un roman similaire: "Moment in Peking" (京華烟雲), donnant l'histoire, durant 35 ans, d'une famille dans la vieille Chine mourante et la nouvelle naissante. Goûté dans son texte anglais, il n'eut pas grand succès en chinois, parce qu'il s'écarte quelquefois des réalités historiques encore trop fraîches dans le souvenir de beaucoup de ses lecteurs.

5. LA REVOLUTION LITTERAIRE. 新文學革命

(陳炳堃 o.c. p. 213; The Chinese Renaissance, Hu Shih, p. 50 sq.;
The new social order in China, T'ang Liang-li, pp. 144 sq.; 鄭振鐸, 文學
論戰集. éd. série 中國新文學大系, introduction.)

La révolution littéraire n'est qu'un aspect du renouveau culturel
qui est en voie de progrès depuis plusieurs décades en Chine. C'est pourquoi on ne peut l'en séparer sans danger de ne plus apprécier celle-ci à
sa juste valeur.

On pourrait diviser l'histoire de cette révolution en trois étapes:

1° L'émancipation de la langue (文學解放. 白話文運動). appelée
à plus juste titre une évolution de l'instrument de travail (工具運動).
(Cfr. 論中國制作小說 par 沈從文.)

2° La révolution littéraire proprement dite (文學革命) ou le
changement complet de la littérature.

3° Les nouvelles écoles qui surgissent avec leurs tendances littéraires propres. C'est la phase constructive. La fondation de la Société
d'Etudes Littéraires, en 1920, marquera le point de départ de cette
troisième étape.

A. *LE MOUVEMENT POUR L'EMANCIPATION DE LA LANGUE* (文字解放運動), *SON MILIEU ET SES DIRIGEANTS.*

A partir de 1900 on agitait déjà ouvertement la question du
"pai-hoa." Quoiqu'il y eut déjà le "Hang-tcheou-pai-hoa-pao" 杭州.
白話報, édité par Lin Chou, ainsi que plusieurs autres essais du même
genre, ce "pai-hoa"-là n'était cependant pas celui dont on parle aujourd'hui.
Il n'y était nullement question d'une littérature en langue populaire
(白話文學), mais seulement d'une expression simple pour aider un plus
grand nombre de gens moins instruits à lire et à comprendre les journaux,
et ainsi propager plus facilement les idées nouvelles.

Il y avait surtout deux grandes différences entre les deux sortes
de "pai-hoa": tout d'abord, le "pai-hoa" actuel se base sur le principe:
écrire comme on parle (話怎麼樣說. 便怎麼樣寫), tandis que celui de 1900
n'était en somme que la traduction d'une oeuvre en style ancien. L'esprit
et les idées restaient formalistes (八股), seule la forme et l'expression
étaient rendues accessibles au peuple. En plus, on admet aujourd'hui que
le "pai-hoa" doit être la langue unique pour tous les écrits dans toute
la Chine (國語的文學. 文學的國語). Lin Chou, au contraire, n'écrivait
en "pai-hoa" que pour une catégorie déterminée de lecteurs moins instruits
ou quasi illettrés. D'après lui, le style traditionnel devait garder toute
sa valeur et toute sa supériorité. D'autre part l'évolution politique et
sociale forçant les démagogues à pénétrer jusqu'au peuple, le seul moyen
était d'employer une langue très simplifiée. Hou Che disait: "Le "pai-

hoa" de la première période était l'instrument qui devait instruire le peuple, celui de la seconde période l'instrument unique qui put créer la littérature chinoise". (開民通智的工具 ... 創造中國文學的唯一工具.) Cependant en montrant son utilité et son efficacité sous tous les rapports, le "pai-hoa" de la première période prépara la voie à celui de la deuxième période.

Ce mouvement, qui s'était préparé depuis plusieurs années, prit une allure plus rapide après 1915. Vers ces années, l'Université Nationale de Pékin groupait plusieurs promoteurs très ardents du mouvement, sous le patronage du recteur Ts'ai Yuen-p'ei. Ts'ai lui-même avait le grade de "Han-lin" du vieux régime, mais il avait étudié ensuite en Allemagne, en France et en Amérique et avait des idées très libérales. Au nom de la liberté il tolérait dans son université toutes les tendances politiques, sociales et littéraires anciennes et modernes. A partir de 1916 on y rencontre Hou Che, qui défend le libéralisme (自由主義) à côté de Tch'en Tou-sieou prêchant la lutte des classes (階級鬥爭) et Ts'ien Hiuan-t'ong, plus modéré que les deux précédents. On y retrouve en même temps Tcheou Chou-jen (Lou Sin) défendant un réalisme aigu, plus préoccupé de la partie constructive du renouveau culturel, travaillant surtout à rendre ses contemporains conscients de leur état actuel. On y voit encore son frère Tcheou Tsouo-jen, moins acerbe et par là plus humain. Enfin à côté de ces modernes on peut retrouver les derniers représentants des vieilles écoles, tels que Lin Chou et d'autres. Quelques notes biographiques complèteront mieux le cadre et les activités diverses de ces temps.

Ts'ai Yuen-p'ei 蔡元培, *Kie-min* 子民, (1867-1940): Originaire du Chaohinghien 紹興縣 dans la province du Tchekiang (comme les deux frères Tcheou, Louo Kia-luen et bien d'autres écrivains de renom), il fit ses études classiques sous la direction d'un précepteur. En 1883, à 16 ans, il réussit son premier examen officiel et reçut le titre de bachelier (秀才). En 1887, à 22 ans, il est gradué provincial (舉人), et en 1890, gradué de la métropole (進士). Enfin en 1894, à l'âge de 27 ans, il est admis à l'Académie Han-lin 翰林. Ensuite il fut nommé successivement historiographe de Shanghai, puis de la province du Tchekiang. En 1900, il fonda à Shanghai une école pour jeunes filles (愛國女學堂), une des premières institutions de ce genre; il était en même temps professeur à l'école Nan-yang 南洋 de la même ville. C'est à cette époque que, voulant étudier la culture occidentale dans ses fondements mêmes, il demanda à Ma Siang-po, alors en résidence à Sikawei, de lui enseigner le latin. Le classicisme gréco-latin le convainquit que l'esthétique était un substitut possible de la religion. En 1902, nous le voyons intéressé par la propagande révolutionnaire. Il part la même année pour l'Allemagne, où il étudie la philosophie. Bien qu'avant son départ Ma Siang-po l'eut prévenu contre la philosophie kantiste, il s'y laissa cependant prendre.

En Octobre 1903, il rentra en Chine et fonda un journal, le "Sou pao" 蘇報, à Ts'ingtao. Il y défendait les droits de l'individu et y combattait pour la liberté. Il s'associa au parti révolutionnaire de Sun Yatsen et en devint un agent secret en 1905. En 1907 il fit un second séjour en Allemagne et suivit des cours de psychologie exprimentale et d'esthétique à Leipzig; en même temps il fréquenta les leçons de l'Institut des

Recherches d'Histoire de la Civilisation mondiale. A cette époque l'université de Leipzig était formellement kantiste, mais elle était aussi connue dans le monde entier pour ses études d'histoire, de philosophie et d'orientalisme. Ts'ai Yuen-p'ei tenta de rentrer en Chine en 1910, mais il ne réussit pas et dut chercher refuge au Japon. Il ne rentra qu'en 1911, à la faveur de la révolution. Fait ministre de l'Instruction publique dans le gouvernement provisoire de Nankin, c'est lui qui fut chargé par la Convention Nationale d'aller à Pékin remettre à Yuen Che-k'ai sa nomination à la présidence de la nouvelle république, et de l'inviter à venir s'installer à Nankin. Yuen resta cependant à Pékin et Ts'ai y poursuivit également ses fonctions de ministre. Vers la fin de 1913, Yuen Che-k'ai commença à montrer ses ambitions dictatoriales et son opposition systématique à la Convention Nationale. Ts'ai pressentit le danger et retira à temps son épingle du jeu. Il partit pour la France, emmenant avec lui sa famille. Là il apprit le français, et institua avec Li Che-tseng 李石曾 et Wang Tsing-wei 汪精衛 l'Institut pour les ouvriers chinois et l'Association Sino-française, en collaboration avec l'Université d'Outre-mer de Lyon. Il ne rentra en Chine qu'après la mort de Yuen Che-k'ai et fut de 1916 à 1923 recteur de l'Université Nationale. Il dirigea l'université dans un esprit de liberté complète de pensée, et encouragea le développement de toutes les philosophies et idéologies en vogue. Il invita John Dewey, Bertrand Russel et bien d'autres à venir donner des conférences aux étudiants des diverses facultés. En 1923, commença la longue lutte entre le Kouo Min Tang et le militarisme du Nord. La situation devint trop tendue pour que Ts'ai, qui sympathisait avec le Kouo Min Tang, pût garder son poste à Pékin. Il donna donc sa démission et s'en fut faire un nouveau voyage en Europe et en Amérique. Rentré en Chine, l'année suivante, il fut fait membre du Comité Central du parti. En 1927, lors de la seconde révolution, il est du côté de Tsiang Kiai-che, comme ministre de l'Instruction publique dans le gouvernement nationaliste (大學院院長). En 1928, il est nommé membre du Conseil d'Etat (國民政府委員), président de la Cour de Contrôle (監察院院長) et président de l'Academia Sinica (國立中央研究院院長).

Il mourut à Kowloon 九龍 en 1940, d'une attaque d'apoplexie. Il était doctor honoris causa de la faculté de Droit de l'Université de New-York et doctor honoris causa de la faculté de Philosophie et Lettres de l'université de Lyon.

Ts'ien Hiuan-t'ong 錢玄同 (1887-1938): Né à Ouhinghien 吳興縣 au Tchekiang. Il étudia à l'université Waseda (早稻田), au Japon. Là il se lia à Tchang Ping-lin. Rentré en Chine il devint professeur de littérature chinoise à l'Université Nationale de Pékin et à l'Ecole Normale pour jeunes filles de la même ville (北平女子師範學校). En 1928, il est professeur de littérature chinoise à l'université Ts'ing-hoa. Il passa ses dernières années malade, retiré de la vie publique.

Hou Che (胡適). Naquit à Shanghai en 1891 d'une famille originaire de Tsik'i 績溪 dans la province du Nganhoei. Son père fut un lettré savant qui s'occupait d'études géographiques et fit plusieurs expéditions scientifiques dans la Mandchourie septentrionale. Il mourut en 1894.

La mère rentra à Tsik'i, et c'est d'elle que Hou Che reçut sa première éducation. Il resta auprès d'elle jusqu'en 1904, date de son retour à Shanghai. On l'admit à l'Université Aurore, fondée deux années plus tôt par Mà Siang-po, mais il la quitta peu après pour suivre les cours de l'école Ou-song (吳淞中國公學). L'insuffisance des ressources matérielles l'obligeait alors à donner des leçons particulières pour pourvoir à sa propre subsistance. En 1910, il passa avec succès un examen dans l'école Ts'ing-hoa, dont le prix était une bourse d'études à l'étranger. Il fut envoyé aux Etats-Unis et admis à Cornell University, dans le département d'Agriculture. Mais cette branche ne l'intéressait pas et il obtint son transfert à la faculté de Philosophie et Lettres. Il s'appliqua particulièrement à la littérature anglaise, aux sciences politiques et à la philosophie, et fut reçu docteur en philosophie en 1914. Il resta encore une année à Cornell pour suivre des cours de spécialisation. De 1915 à 1917, il prépara à Columbia University sa thèse doctorale qu'il publia plus tard sous le titre de "The Development of Logical Method in Ancient China". C'est pendant ces années surtout qu'il élabora ses plans pour la réforme radicale de la littérature chinoise, prenant une bonne partie de ses idées dans l'impressionnisme (印象主義) d'Amy Lowell. Il exposa pour la première fois ses idées dans un article publié simultanément dans les revues 新青年 et "The Chinese Student Quarterly" sous le titre: "Suggestions for the reform in Chinese Literature" (立學改良芻議). Puis il continua dans la même ligne dans un article suivant d'avril 1918: "A constructive Revolution in Chinese Literature" (建設的文學革命論). En 1917 Ts'ai Yuen-p'ei l'invita comme professeur de philosophie à l'Université Nationale de Pékin. Il y collabora avec ardeur à l'oeuvre de la révolution culturelle, à laquelle Tch'en Tou-sieou se consacrait dans la revue 新青年. Ses objectifs étaient: la propagation de la littérature en langue vulgaire, l'abolition du féodalisme traditionnel et la liberté individuelle. Il ne partageait cependant pas les idéologies communisantes de Tch'en Tou-sieou. Lorsqu'en 1919 Tch'en dut quitter Pékin et se retira à Shanghai, Hou lui succéda comme doyen de la faculté de Littérature. En 1922 il lança une nouvelle revue. 努力週報. Il resta à l'Université Nationale jusqu'en 1926, à l'exception de l'année 1923, qu'il passa malade à Hangtcheou. En 1925 il fut élu membre du "British China Indemnity Committee". Pendant les années 1926-1927 il voyagea en Angleterre et en Amérique, passant au retour par le Japon. Rentré en Chine il devint d'abord professeur à l'université Kuang-hoa 光華 de Shanghai, puis président de l'Institut National Ou-song, où il resta jusqu'en 1930. Il publia pendant ces années une série d'articles dans la revue 新月, (vol. II, 1929, passim) où il critique la doctrine et le régime du Triple Démisme et du Kouo Min Tang. (Ces articles furent plus tard réunis en volume sous le titre: les Droits de l'Homme, 人權論集, éd. 新月.) Les opinions manifestées dans ces articles lui attirèrent la défaveur des autorités et il fut obligé de démissionner. Il passa ensuite quelques mois dans les bureaux de la Commercial Press, revint à Pékin la même année, avec l'intention d'entreprendre la traduction d'une longue série d'ouvrages européens classiques et historiques; mais dès l'année suivante il fut réinstallé dans sa chaire de doyen de la faculté de Littérature à l'Université Nationale de Pékin. Depuis lors il prit part aux travaux de plusieurs congrès nationaux et internationaux d'éducation, ainsi qu'à ceux de l'"Institute of Pacific Relations". En 1938 il fut nommé ambassadeur de Chine aux Etats-Unis. En 1945 on le retrouve professeur à Harvard. C'est là qu'il reçut sa nomination de recteur de l'Université Nationale de Pékin après la victoire chinoise au mois d'août 1945.

Parmi ses oeuvres il y a à noter: 胡適文存, 4 séries, 東亞圖書館, 1930; 白話文學史, éd. 新月, 1928; 嘗試集, 新詩, éd. 東亞, 1930; 短篇小說, 2 vol. 東亞, 1933; The Chinese Renaissance, Chicago, 1933; 終身大事 (théâtre), etc...

Quoique Hou Che ait dit "Philosophy is my life work, and literature is my hobby", nous n'avons pas l'intention de juger ici sa philosophie, sinon dans la mesure nécessaire pour comprendre ses positions en littérature. Cependant pour en donner une idée générale nous ne pouvons omettre la citation suivante. C'est une réplique à la critique de son oeuvre: "Histoire générale de la philosophie chinoise" (中國哲學史大綱 Comm. pr. 1919), faite par Tch'en Yuen 陳源, sous le nom de plume de Si Ing 西瑩. "Dans la critique de mes oeuvres, Monsieur Si Ing se prend uniquement à mon "文存" (recueil littéraire). Il ne considère pas mon "Histoire de la philosophie chinoise." De fait Monsieur Si Ing est un littérateur. Du point de vue littéraire mon "Recueil littéraire" dépasse évidemment de loin mon" Histoire de la philosophie chinoise". Mais je suis persuadé que pour ce qui se rapporte à l'histoire de la philosophie en Chine, j'ai ouvert la voie, ce qui doit être considéré comme une chose heureuse pour la Chine entière. Le mérite particulier de cette oeuvre est d'avoir changé complètement la face de l'histoire de la philosophie chinoise. Tous ceux qui dans la suite étudieront cette branche, tant Chinois qu'étrangers, ne pourront ignorer mon livre. Je puis affirmer catégoriquement que tous ceux qui ne travailleront pas d'après ma méthode seront dans l'impossibilité de progresser."

西瑩先生批評我的作品, 單取我的文存, 不取我的哲學史。西瑩究竟是一個文人; 以文章論, 文存自然遠勝哲學史。但我自信, 中國治哲學史, 我是開山的人。這一件事要算是中國一件大幸事。這一部書的功用能使中國哲學史變色。以後無論國內國外研究這一門學問的人都躲不了這一部書的影響。凡不能用這種方法和態度的, 我可以預言, 休想站得住.

Cfr: 胡適中國哲學史大綱批評 par 李季, éd. 神州國光社, 1932, p. 2.)

Li Ki commente cette exclamation enthousiaste d'une façon bien prosaïque en disant: "Si pareil jugement sortait de la bouche d'un lecteur, il faudrait dire qu'il dépasse la mesure, mais dans la bouche de l'auteur lui-même, c'est une vantardise absurde". (即使出于讀者之口, 已不免是沒有分寸的拍馬, 至出于作者之口, 那簡直是信口開河的吹牛了.) Dans le livre cité, Li Ki critique et démolit de fond en comble "ce pragmatisme si goûté des capitalistes d'Europe et d'Amérique." (歐美賢產階級最時趨的實驗主義.) Lui-même défend cependant la méthode dialectique du matérialisme historique, qu'il apprit en Allemagne. (我在德國留學, 獲得一種唯物史觀的觀點與辯證法的方法, ibid. p. 3.)

D'Amérique, Hou Che avait rapporté un mélange de rationalisme
et. de positivisme libéral, qu'il intitule lui-même "pragmatisme" (實驗
主義), et qui n'est autre que le pragmatisme matérialiste que les Américains eux-mêmes décorent quelquefois du nom dérisoire de "kitchen
philosophy". Se basant sur ces principes, Hou Che est indulgent pour
le réalisme, mais réprouve énergiquement toute pornographie, aussi bien
celle qui s'appelle par euphémisme "naturalisme", que celle qui se réclame
de la tradition et prétend avoir droit de cité dans la littérature chinoise,
comme le Kin-p'ing-mei, le Hong-leou-men, etc... Il semble toutefois
distinguer entre les livres ex professo pornographiques comme le Kin-
p'ing-mei, qu'il condamne sans réserve, et les écrits où le mal est décrit
en vue du bien. Mais même ces derniers ils les déconseille expressément.
我以為今日中國人所期男女情愛，尚不是獸情的肉慾。今日一面正宜力拼金瓶
梅一類之尾，一面積極痒著高尚的言情之作. 文存. I. 1. p. 53.)

Il voudrait que la place de ces livres fût prise par des traductions d'oeuvres capables de produire des sentiments nobles et élevés chez les
lecteurs. Au nom des mêmes principes, il condamne le romantisme avec
ses "gémissements sans maladie" (無病的呻吟), comme trop idéaliste
et irréel. Il n'approuve que l'utile et le raisonnable.

Tch'en Tou-sieou 陳獨秀, naquit à Hoaining 懷寧, dans la province
du Nganhoei en 1880. Son père était un mandarin militaire qui résidait
ordinairement à Pékin et ne s'intéressant guère à sa famille; il se sépara
de sa femme. Celle-ci lui avait cependant donné trois fils: Yen-nien
延年, qui mourut à Shanghai en 1937; K'iao-nien 喬年, qui mourut à
Ouhan en 1928, et Song-nien 松年, connu comme Tou-sieou. Tous les
trois étudièrent en France. Tch'en Tou-sieou commença ses études dans
une école du Tchekiang (求是書院), où il suivit un cours de constructions
nautiques donné en français. Il se rendit ensuite à Tokyo, où il fréquenta le cours abrégé de l'Ecole Normale Supérieure (高等師範學校速
成科). Il était au Japon à l'époque où Sun Yat-sen y organisait le
T'ong-meng-hoei (同盟會) qui avait pour objectif l'expulsion des Mandchous et le retour des Chinois au pouvoir en Chine. Alors déjà ce programme semblait insuffisant à Tch'en. Du Japon il passa en France
et ne rentra en Chine qu'en 1910. Jusqu'à la révolution il dirigea l'école
supérieure de sa province natale (安徽高等學堂), quitta cette fonction
en 1911, pour celle de secrétaire du gouverneur de la province, à laquelle
il joignit celle de directeur du Bureau de l'Education (安徽教育司長).
La même année il commença à publier dans un journal révolutionnaire de
Shanghai des articles en faveur d'une révolution démocratique totale
(激烈的德莫克拉西革命). Cela lui valut d'être banni l'année suivante
par Yuen Che-k'ai. Il se réfugia au Japon et ne reparut à Shanghai
qu'après la mort de Yuen en 1915. Aussitôt après son retour, il lança
la revue "Sin-ta'ing-nien," avec programme bien défini: "Introduire la
pensée occidentale, combattre la pensée chinoise, renverser le ritualisme
confucianiste". (介紹西洋思想，反對中國思想，禮反孔子踌教.) En même
temps il fait de la propagande antimilitariste, ce qui lui vaut d'être emprisonné par le gouvernement de Toan K'i-joei. Libéré peu de temps
après, il s'en va à Shanghai et y organise successivement le Secrétariat

des Organisations Ouvrières Chinoises (1920) et le Parti Communiste
Chinois (1921). Après les premiers pourparlers entre le Kouo Min Tang
et le parti communiste, il devint président du Bureau de l'Education à
Canton. En 1923 il est élu secrétaire du parti communiste et va faire
un séjour à Moscou. La même année, Sun Yat-sen organise définitivement le gouvernement de Canton comme adversaire du gouvernement de
Pékin. Tch'en Tou-sieou devient membre du comité central. On l'appelle
maintenant le "Lénine chinois". En 1927 commencent pour les communistes des temps troublés: en Russie on assiste aux changements de
la politique du Comintern; en Chine le parti communiste et le parti nationaliste se séparent pour de bon; au sein même du parti communiste
chinois, on arrive à la scission en deux branches hostiles: Tch'en est du
côté des Trotzkyistes qui croient à la révolution permanente, et croit que
seul le milieu ouvrier de la grande industrie est le milieu idéal pour
fomenter la révolution; l'autre branche avec Mao Tse-tong et Tchou Te,
veut constituer en Chine un gouvernement soviétique. basé surtout sur
le communisme agraire. Depuis lors Tch'en Tou-sieou commence à passer
à l'arrière-plan. En 1928 il est démis de son poste de secrétaire, et
l'année suivante, exclu du parti. Il fonde alors son parti de l'opposition
(反對派) avec P'ong Chou-tche 彭述之, Wang Tze-p'ing 王子平 et d'autres, et s'unit aux Trotzkyistes de Russie. Il édite à cette époque deux
revues: "Houo-hoa" 火花 et "Hiao-nei-cheng-houo" 校內生活. En 1932,
la police de la concession française de Shanghai l'arrête et le livre aux
autorités de Nankin. Privé de ses droits de citoyen, il est condamné à
quinze ans de prison et ne fut libéré en 1937 qu'à la faveur de la guerre
et du front uni. Depuis 1938 il collabore avec le Kouo Min Tang.

Ou Yu 吳虞 connu aussi comme *Ou Yeou-ling* 吳又陵.

Né en 1874 à Tch'engtou 成都 au Seutch'oan, il se rendit en 1906
au Japon pour y faire ses études. Le spectacle des progrès réalisés par
ce pays, lui ouvrit les yeux sur les causes de la faiblesse de sa propre
patrie. Les entraves de l'idéal confucianiste (孔教思想) et de l'organi-
-sation patriarcale (家庭制度) lui semblaient tenir la Chine en tutelle
et s'opposer à tout progrès. Il s'en prit donc d'abord au Confucianisme,
considéré comme religion, dans deux oeuvres successives: 中庸 et 不孝
偶成敍言. De retour en Chine il intensifia encore son action révolutionnaire. Ses oeuvres principales sont: 李卓吾別傳; 家族制度爲專制之根據
論儒家大同主義本於老子說; 消極革命者老莊.

Il critique continuellement ce que Lou Sin appelle "la religion dévoreuse
d'hommes", le Confucianisme ritualiste et le système familial. Il prouve
que la division injuste des classes sociales est une conséquence du Confucianisme. Sous la dynastie mandchoue, il devait évidemment se tenir
caché, mais après 1911, il parle en public et dirige un journal, le "Sing-
k'iun-pao" 醒羣報, qui fut bientôt interdit par le gouvernement du Seutch'oan. Quand Tch'en Tou-sieou fonda la revue "Sin-ts'ing-nien", Ou
y collabora par des articles anti-confucianistes. Hou Che le nomme
"le balayeur de rues" (清道夫). Il est intéressant de comparer ses théories à celles de son concitoyen plus jeune d'une génération Li Fei-kan
李芾甘 mieux connu comme Pa Kin 巴金.

B. LES MANIFESTES DE HOU CHE ET DE TCH'EN TOU-SIEOU.

1. Dans la revue "Sin-ts'ing-nien", du 1° janvier 1917 (vol. II, n° 5), Hou Che publia son premier manifeste pour la révolution littérai-re. La revue "The Chinese Student Quarterly" en publia en même temps le texte anglais. Il y proclama l'essentiel de son plan de réforme litté-raire radicale d'une façon plutôt négative, sous forme de huit défenses (八不主義): 1° Pas de classicisme en littérature (不用典); 2° Pas de clichés stéréotypés (不用陳套話); 3° Pas de rythme (不講對仗); 4° Ne plus éviter les expressions de la langue vulgaire (不避俗字); 5° Soigner la structure grammaticale (須講求文法之結構); 6° Plus de vaines exclamations sentimentales (不作無病之呻吟); 7° Ne plus imiter les anciens, mais cultiver un style personnel (不摹倣古人，話話須有個我在); 8° Parler pour dire quelque chose (須言之有物). Et il ajoute carrément: "Ceux qui dans leur style emploient des rimes ou des clichés, le font d'ordinaire parce qu'ils sont incapables de forger leurs propres expressions. Ils évitent l'effort et contournent la difficulté en emprun-tant simplement des expressions toutes faites, qui s'accommodent d'une façon plus ou moins confuse à leurs propres idées... Il faut de la vie dans le style. Le défaut actuel c'est que la forme prime le fond; pour y remédier il faut avant tout faire attention à la signification des mots..." (凡人用典或用陳套語者，大抵因自己無才力，不能自鑄新辭，故用古典套語補一漏子。今觀過去...文勝質，有形式而無精神...注重言中之意...胡適文存 I. 1, p. 2.)

Ce que Hou Che veut, c'est le "réalisme".

2. Dans le numéro suivant de la même revue (1° février 1917), Tch'en Tou-sieou donna à ce premier manifeste un complément bien plus hardi, intitulé "On a revolution in Chinese literature" (文學革命論). Il y proclame: "I am willing to brave the enmity of all the pedantic scholars of the country and hoist the banner of the "Army of the revolu-tion in literature" in support of my friend Hu Shih. On this banner shall be written in big characters the three great principles of the Army of Revolution: 1° To destroy the peinted, powdered and obsequious li-terature of the aristocratic few, and to create the plain, simple and expressive literature of the people; 2° To destroy the stereotyped and monotonous literature of classicism and to create the fresh and sincere literature of realism; 3° To destroy the pedantic, unintelligible and ob-scurantist literature of the hermit and recluse, and to create the plain, speaking and popular literature of a living society". (Cfr. The Chinese Renaissance, par Hu Shih, p. 54 pour la traduction anglaise; le texte original dans 胡適文存, I, 1, p. 25 Sq.).

Ces manifestes provoquèrent évidemment une vive opposition, exprimée trop souvent d'une façon véhémente, qui d'ordinaire n'avait pour résultat que d'élargir le fossé entre les parties adverses. Les re-tardataires firent une guerre stérile. D'autres concédaient bien quelques points mais n'eurent pas d'influence sur les chefs de la révolution litté-raire, parce qu'ils étaient trop stricts sur d'autres points. D'autres encore, hommes sans parti pris, admettaient d'emblée plusieurs points préconisés par Hou Che et Tch'en Tou-sieou, et les appliquaient immédiatement dans leurs écrits. Ils combattaient cependant d'autres points, mais, écrivant déjà en langue nouvelle, ils parvinrent à se faire entendre par les chefs du nouveau mouvement. Ces critiques, plutôt amicales, eurent comme effet de faire modifier certains points du programme, surtout au sujet de la langue à employer. Les manifestes subséquents de Hou Che le prouvent clairement. (Cfr. Les articles de Yu Yuen-tsuen 余元濬 et Tchou King-nong 朱經農 dans: 鄭振鐸, 文學論爭集 p. 16.)

Yu Yuen-tsuen donna immédiatement son assentiment au mouvement. Il se permit cependant de faire certaines réserves. Ainsi par exemple au sujet du huitième point qui dit: "Il faut parler pour dire quelque chose, il faut être réaliste", il note: "Cela est vrai, les paroles doivent traduire les idées. Or les idées (思想) et les sentiments (感情) sont les vraies sources de toute littérature. Mais dans son manifeste, Hou Che explique ce précepte de la façon suivante: "Ce que j'entends par réalité, ce n'est pas ce que les anciens voulurent dire par: il faut de la morale dans le style". (吾所謂物, 非古人所謂文以載道之說也.) Cette explication exige une distinction: dans son sens général "tao" est synonime de "li", c'est à dire, conforme à la raison, à la nature raisonnable. Dans ce sens, "tao" est évidemment une qualité nécessaire de la pensée autant que des sentiments, et ne peut être omis. Les règles de la politesse et la convenance ont leur "tao". Le gouvernement d'une société et d'une nation a son "tao" à suivre; même les romans d'amour, s'ils veulent s'intituler "réels" (有物), dans le sens complet du mot, doivent tenir compte de leur "tao". Mais si on veut attacher au mot "tao" un sens restrictif de Confucianisme et de Traditionalisme formel, se basant sur les livres canoniques, alors il faut avouer que la révolution littéraire n'a pas tort de secouer ce joug périmé". De fait, dans son manifeste, Tch'en Tou-sieou semble prendre le mot "tao" au sens large. La Société "Création" sembla donner aussi le même sens à ce mot lorsqu'elle parla de la théorie de "l'art pour l'art", excluant explicitement toute moralité de la littérature. Cela on ne peut l'accepter.

Pour ce qui regarde le cinquième précepte, les deux mêmes auteurs notent encore: Il faut certainement soigner la grammaire, mais il faut tâcher de former une grammaire chinoise, et non une grammaire étrangère de la langue chinoise, car notre façon de penser et de sentir n'est pas la même que celle des étrangers.

Enfin, pour ce qui concerne le quatrième précepte: "ne pas éviter les mots vulgaires", ce qui revient à dire qu'il faut choisir le mot le plus apte à traduire sa pensée sans préoccupation aucune, les mêmes auteurs ajoutent: La justesse des mots a évidemment une grande importance. Certaines idées sont difficiles à exprimer efficacement en style ancien, alors qu'on leur peut trouver un équivalent très juste en langue vulgaire. Il est bon de l'employer dans ce cas. Mais lorsque les mots en langue vulgaire deviennent trop fréquents dans une oeuvre littéraire, on tombe facilement dans la trivialité. Dans l'énonciation et surtout dans l'application de cette règle il faudra donc ajouter des déterminations plus précises.

Surtout Tchou King-neng, collègue de Hou Che à l'Université Nationale de Pékin, donna une critique très profonde et en même temps très sympathique. (Né en 1885 à Paochan 寶山 dans la province du Kiangsou, il étudia au Japon où il se rallia au T'ong-meng-hoei de Suen Wen. Rentré en Chine en 1911, il travailla à l'oeuvre de la révolution à Tch'angcha. Diplômé de l'institut Nan-yang à Shanghai, il se lança dans le journalisme. En 1916, il put aller en Amérique et se spécialisa en pédagogie dans les universités de Washington et Columbia. Rentré en Chine, il devint professeur à l'Université Nationale de Pékin. En 1922, il entra dans les bureaux de la Commercial Press de Shanghai et travailla beaucoup pour la propagation du "Plan Dalton" en Chine. En 1927, il fut nommé chef du département de l'Education de la ville de Shanghai. En 1928, on le voit dans le ministère de l'Instruction du gouvernement nationaliste, puis vice-recteur de l'Institut National Ou-song à Shanghai, ensuite recteur de l'université Ki-nan (暨南大學). Depuis 1941 il était chef du bureau de l'Instruction de la province du Hounan. Son oeuvre principale est le grand dictionnaire de pédagogie, édité par la Commercial Press: 教育大辭書.)

"Il y a des gens, dit-il, qui jugent que le style "wen-yen" 文言 employé par les auteurs d'il y a cent ans et même mille ans, est par le fait même "lettre morte" (死文字) aujourd'hui: que la langue vulgaire étant employée par les hommes contemporains, se prête mieux à exprimer la vie (生氣) de nos jours. Puisque le "wen-yen" est mort, il faut l'abandonner d'après eux. Je suis d'avis qu'il ne faut pas distinguer littérature morte et vivante de cette manière-là. De fait, dans la littérature classique, il y a des oeuvres immortelles (長生不死的), et par contre, dans la littérature vulgaire (白話), il y a des oeuvres qui ne sont pas dignes de vivre. Car enfin, il faudra quand même concéder que des oeuvres comme Hong-leou-meng, Choei-hou-tchoan, Tch'oen-ts'ieou-tsouo-tchoan, Che-ki, etc., ne sont pas des littératures mortes. Si donc la littérature "wen-yen" a des oeuvres mortes et vivantes, il n'est pas juste de les condamner toutes pour cause d'antiquité. Ce n'est pas à dire que je m'oppose à la littérature "pai-hoa," mais je pense que la littérature nationale nouvelle doit faire un choix judicieux, tant dans le "wen-yen" que dans le "pai-hoa". Cette littérature nouvelle n'est pas "pai-hoa", elle n'est pas "wen-yen" non plus. Elle doit choisir ce qu'il y a de mieux dans le "wen-yen" et éviter la grossièreté du "pai-hoa" pour constituer une littérature nouvelle vivante et élégante, qui permette à l'auteur d'exprimer facilement et complètement ses idées et ses sentiments. Ensuite elle doit encore être composée de façon que le lecteur comprenne ce que l'auteur écrit. Enfin cette littérature nouvelle doit être en mesure de rendre d'une façon vivante et conforme à la réalité tout ce qui a rapport aux idées et aux sentiments de l'écrivain. Quelquefois le "wen-yen" se prête mieux à cette fin, d'autres fois le "pai-hoa" est plus efficace. Qu'on choisisse donc d'après les circonstances. S'il arrive qu'il faut rendre en chinois un terme technique (術語) qui n'a pas encore de traduction fixe, rien n'empêche d'employer des caractères romains dans le texte, cela surtout pour répondre au but primordial de la littérature et du style: exprimer ses idées avec précision".

3. C'est sur ces remarques et critiques que Hou Che modifia, après son retour d'Amérique, son manifeste de 1917. Peu après il le proposa sous forme positive, réduisant ses huit préceptes négatifs (破壞的八不主義) à quatre règles positives:

1. Parler quand on a quelque chose à dire (要有話說方才說話);
2. Qu'on dise ce que l'on a à dire, et de la manière dont on le dit ordinairement (有什麼話說什麼話；話怎樣說就怎樣說);
3. Le dire d'après son propre langage et non d'après celui des autres. (要說我自己的話；別說別人的話);
4. Parler le langage de son temps. (是什麼時代的人，說什麼時代的話).

4. Enfin, dans son manifeste du 15 avril 1918, "A Constructive Revolution in Chinese Literature" (建設的文學革命論), Hou Che fixa son plan définitif, et l'exprima en une double sentence: "Littérature en langue nationale, langue nationale littéraire". (國語的文學，文學的國語.)

La première vise le "wen-yen" mort, pour une littérature vivante; la seconde veut donner une valeur littéraire au "pai-hoa," qu'il nomme maintenant "kouo-yu." Ce but pourra être atteint en tâchant de produire des oeuvres littéraires de valeur dans cette langue: des romans, des recueils de lettres, du théâtre, de la poésie, et en tâchant de rédiger une grammaire fixe. Dans ce but la lecture d'oeuvres modèles en "pai-hoa," par exemple les romans anciens fameux, sera d'une grande utilité.

Plus loin Hou Che donne lui-même une définition de "langue nationale" (國語). Le "pai-hoa", que la nouvelle littérature de la Chine future emploiera, sera justement la langue nationale normalisée de la Chine future. (中國將來的新文學用的白話，就是將來中國的標準國語.)

Quelques mois plus tard, il précisa de nouveau cette définition, dans un article de la même revue (新青年 V. n° 2, 14 juillet 1918.): "La langue nationale littéraire, c'est le "pai-hoa" le plus en vogue dans la Chine d'aujourd'hui. La grammaire de cette langue nationale suit complètement la grammaire du "pai-hoa", mais d'après les circonstances de temps et de lieu, rien n'empêche d'y intercaler des mots du style littéraire, composés d'au moins deux caractères": (文學的國語；中國今日比較的最普通的白話，這國語的語法文法，全用白話的說法文法，但隨時隨地不妨採用文言裡兩并以上的字.)

Enfin, dans sa réponse à un adversaire, Hou Che résuma ses positions avec une dernière précision (ib. 1918, 14 août.):

"Il y en a beaucoup qui ont mal compris notre intention. Etant donné que nous travaillons pour le "pai-hoa," ils en ont conclu que nous nous opposons à l'étude du "kou-wen." Ils pensent que nous voulons renoncer au "kou-wen" ancestral de la Chine... C'est une erreur. Autre chose est d'employer le "pai-hoa" dans la littérature. Autre chose d'employer des manuels en "kouo-yu" dans les écoles d'aujourd'hui. Autre chose encore la place que doit occuper le "kou-wen" désormais".

(現在中國人是否該用白話做文學，還是一個問題。中國現存學校裡是否該用國語做教科書，又是一個問題。古文的文學應該佔一個什麼地位，這又是一個問題. Cfr. 鄭振鐸 o.c. p. 71.)

C'est cette langue nationale qui remporta la victoire officielle en 1920.

C. *OPPOSITIONS ET CRITIQUES.*

1.' Il y avait d'abord le Yuen-yang-hou-tie-p'ai 鴛鴦蝴蝶派, l'école de l'amour et du flirtage. C'était le nom donné par les littéra'eurs modernes aux romans du type Yu Li-hoen 玉梨魂, écrit à Shanghai par Siu Tchouo-tai 徐卓呆, connu aussi sous le nom de plume Li Ah-mao 李阿毛, durant la première décade du siècle présent. Hou Che, Ts'ien Huen-t'ong et Louo Kia-luen furent les premiers à faire emploi de ce qualificatif.

Les auteurs de ce groupe se caractérisent surtout par leur attitude libertine et railleuse (游戲的態度；冷笑的態度) envers la vie individuelle, patriotique et sociale. Tantôt ils ridiculisent, tantôt ils écrivent des romans pessimistes à grand effet (大批的黑幕小說). Sous la pression des circonstances ils durent bien modifier un peu leur attitude par trop ironique, mais ils restèrent opposés au réalisme social de la Société d'Etudes Littéraires. Plus tard on leur appliqua quelquefois le nom de 海派 — école de Shanghai, par opposition avec le King-p'ai 京派 — école de Pékin. Beaucoup de romans-feuilletons actuels sont à grouper dans ce genre, entre autres ceux de Tchang Hen-chou 張恨水 de Lieou Yun-jo 劉雲若, de Kou Ming-tao 顧明道, de Pao T'ien-siao 包天笑, etc... (Cfr. 鄭振鐸 o.c. p. 14.)

Ce n'est cependant pas à dire qu'on retrouvera toutes les caractéristiques de cette école chez chacun de ses auteurs, mais chez tous on retrouve la même tendance générale. (寒餘聚, par 雷風 éd. 盛文社, 1911, p. 14.)

2. Vient ensuite le parti de Lin Chou 林紓, Tchang Heou-tsai 張厚載 etc... qui menèrent une opposition bien plus sérieuse et mieux calculée. La lutte se livra à Pékin, à l'Université Nationale, où Lin Chou était professeur aux côtés des chefs de la révolution littéraire. Ayant évolué dans le mouvement du T'ongtch'eng-p'ai, Lin Chou prétendait ne pas s'opposer au fait même de la révolution littéraire, lui aussi étant scandalisé par le formalisme hypocrite du Confucianisme contemporain. Mais en plus de l'aspect littéraire il prévoyait les conséquences morales de la révolution littéraire lancée par Hou Che et Tch'en Tou-sieou. Le formalisme faux devrait sombrer, mais il entraînerait dans sa chute toute l'autorité de la tradition et de la morale; un tel cataclysme aurait nécessairement des conséquences néfastes pour le peuple entier. Il résuma l'essentiel de son opposition en une sentence "Ardeur pour la défense de la raison". (衛道的熱忱). Partisan du parti Ngan-fou, il semble avoir activé quelquefois l'intervention militaire du premier ministre Toan K'i-joei et avoir conduit ainsi au bord de l'abîme tout le mouvement littéraire nouveau. De fait, ces jours-là, la pression politique sur Ts'ai Yuen-p'ei, recteur de l'Université Nationale, se fit de plus en plus forte. L'incident du 4 mai 1919 vint le sauver. Cet incident prit bientôt l'envergure d'un mouvement national. Vu du dehors la question politique y occupait le premier plan, mais en réalité l'élément social y était bien plus important. Le gouvernement dut céder. Ce fut la première défaite du parti Ngan-fou. L'opposition de Lin Chou se brisa sur cet écueil.

Tch'en Tou-sieou mettait trop l'accent sur le côté politique du mouvement et fut mis en prison par Toan K'i-joei en 1919 pour activités antimilitaristes. L'Université intercéda pour lui et il fut bientôt libéré mais dut quitter Pékin. Il partit pour Shanghai où il organisa le parti communiste chinois et continua la publication de la revue "La Jeunesse nouvelle", mais dans une direction de plus en plus Trotzkyiste. A Pékin on créa un organe nouveau, le 新潮, avec sous-titre anglais "The Renaissance". Fou Seu-nien 傅斯年, Louo Kia-luen 羅家倫 et d'autres étudiants de l'Université Nationale en furent les organisateurs. Les tendances sociales diverses parmi les membres produisirent cependant bien vite une scission qui deviendra de jour en jour plus profonde.

En 1920, la cause de la révolution pour la langue nationale était gagnée. Le Bureau de l'Education donna l'ordre d'enseigner dorénavant la langue populaire dans les deux premières années du degré primaire, et de l'introduire graduellement dans les degrés supérieurs. Le changement affecta du coup l'enseignement secondaire, surtout les écoles normales, qui devaient former les instituteurs d'écoles primaires. Les autres degrés suivirent rapidement et volontairement. Mais on comprend aisément dès lors que le centre du mouvement se déplaça de l'Université Nationale vers l'Ecole Normale Supérieure de Pékin.

3. L'opposition principale vint cependant d'un groupe de professeurs de l'université Tong-nan de Nankin (東南大學). Il se nommait: "Le Parti de la Renaissance" (Fou-kou-p'ai: 復古派). Hou Sien-sou 胡先驌, Mei Koang-ti 梅光迪, Ou Mi 吳宓 et d'autres en furent les chefs. En 1927, ils donnèrent de la révolution littéraire, telle qu'elle avait été élaborée par Hou Che et Tch'en Tou-sieou, une critique aiguë par la plume de Liang Che-ts'ieou 梁實秋. Ces auteurs se prononcent pour le progrès, pour la littérature nouvelle, pour l'emploi de la langue "kouo-yu". Mais ils prétendent ne pas vouloir perdre de vue la quintessence même de tout le mouvement pour la culture nouvelle, à savoir: l'adaptation de la culture chinoise à la vie contemporaine par les nouvelles méthodes. (以科學整理國故).

Selon eux, la révolution de Hou Che et Tch'en Tou-sieou n'a pas résolu ce problème. Ils ont simplement renié la culture chinoise en imitant l'Europe et l'Amérique sous le mot de passe: "à bas la tradition!". Les auteurs du Fou-kou-p'ai prétendent garder les égards dûs à la tradition dont ils s'avouent les débiteurs respectueux. Pour défendre leur thèse ils étudient, d'une façon bien plus exacte et bien plus scientifique, l'histoire des cultures étrangères dans leurs rapports et leurs influences sur les sociétés actuelles des divers pays. Ils veulent appliquer la même méthode en Chine. Il est caractéristique de noter que Nan-tch'ang 南昌 d'où sortira plus tard le "Mouvement de la vie nouvelle", fut un centre intense de cette école.

Depuis 1928 ces auteurs eurent une influence indirecte assez grande à Pékin, surtout dans les milieux de l'université Ts'ing-hoa. Ils modifièrent en plusieurs points les côtés excessifs de la révolution littéraire de Hou Che et Tch'en Tou-sieou, et se rapprochèrent à bien des égards des manières de voir de Tcheou Tsouo-jen et de ses disciples.

Les normes fondamentales de la nouvelle littérature d'après Hou Che et Tch'en Tou-sieou sont: originalité dans le style, pas d'imitation de l'ancien, antitraditionalisme, liberté complète. Liang Che-ts'ieou qualifie ces normes de "romantiques" et les réfute.

Sans vouloir approuver cette réfutation complètement, il semble néanmoins utile de donner dans ses grandes lignes les critiques de Liang Che-ts'ieou au sujet du mouvement littéraire nouveau en général et de la révolution littéraire en particulier. (Cfr. 浪漫的與古典的, éd. 新月書局 1927.)

La thèse principale de l'auteur peut s'énoncer ainsi: La littérature nouvelle s'inspire d'une mentalité romantique, comme on peut la retrouver dans les littératures étrangères; en d'autres termes, sous forme de réaction qui tend à se libérer des entraves d'un classicisme décadent devenu formaliste. D'après lui, l'essentiel dans tout ce mouvement n'est donc pas l'antagonisme entre la vieille littérature (古文) et la nouvelle, mais bien plutôt entre le classicisme (古典的) et le romantisme entre la Chine (中國) et l'étranger (外國). (Cfr. o.c p. 2.)

Depuis le 19ᵉ siècle, dit-il, l'Occident exerça son influence sur la littérature chinoise; cette influence n'était pas mauvaise en soi (ib p 5) Cependant pour être profitable il aurait fallu faire un choix judicieux entre les influences qu'on désirait subir. Or quelle est la grande faute de la littérature chinoise moderne? Elle a adopté, adapté, pour ne pas dire imité et copié le romantisme et l'impressionnisme occidental. Elle n'a pas fait le choix qu'elle aurait dû faire, mais a pris simplement ce qui lui tombait sous la main, sans discerner le durable de l'éphémère

Tout cela, selon Liang Che-ts'ieou, saute aux yeux, quand on examine de plus près le cours du mouvement pour l'émancipation de la langue. Dans l'évolution de toute littérature, la question de la langue est d'une importance fondamentale. Pour ne donner qu'un exemple, Dante en est une preuve évidente pour l'Italie. La Chine ne fait pas exception à cette règle. Elle connut son mouvement pour le "pai-hoa". Ce mouvement n'est cependant pas nouveau, il existait depuis longtemps Il s'exprimait en somme dans l'opposition contre le style ancien trop compliqué, trop obscur et trop stéréotypé. Ce mouvement peut être considéré comme une sorte de romantisme chinois.

On pourrait bien demander: Puisque ce mouvement existait déjà depuis longtemps, pourquoi alors éclata-t-il avec une vigueur nouvelle ces dernières années? Pour ma part, répond-il, je suis convaincu que c'est à cause de l'influence de l'Occident.

En effet les coryphées de la révolution littéraire sont des étudiants revenus de l'étranger. Ils y apprirent les langues et les littératures étrangères et devinrent plus conscients de la distance trop grande en Chine entre le style écrit et la langue parlée. Ils assistèrent à des mouvements plus ou moins similaires à l'étranger et copièrent leur plan d'action d'une façon trop servile. Nous savons qu'au temps où Hou Che étudia en Amérique il y eut là un mouvement de l'école impressionniste (ou imagiste), qui luttait pour l'émancipation d'un puritanisme exagéré en Angleterre et en Amérique. Ce mouvement débuta parmi un petit groupe d'Américains, sous la présidence de Ezra Pound; en Angleterre T. E. Hulme en prit la direction. Depuis 1909 ils se réunissaient de temps en temps à Londres. En 1912 Amy Lowell (1874-1925) devint chef de ce mouvement en Amérique et forma une école littéraire à programme bien défini. En Angleterre ils ne rencontrèrent qu'indifférence, mais en

Amérique ils connurent le succès. Dans leur anthologie annuelle de 1915, les Imagistes ont défini leur programme en six points, dont les huit défenses de Hou Che sont une copie plus ou moins exacte. Je les transcris ici dans leur texte original: "1. To employ precisely, and without needless ornament, the language of common speech. 2. To create new rhythms, in free-verse if necessary, as the expression of moods. 3. To allow absolute freedom in the choise of subjects. 4°. To present an Image (image, as defined by Eszra Pound, is that which presents an intellectual and emotional complex in an instant of time). 5. To produce poetry that is hard and clear, never blurred nor indefinite. 6. To secure concentration, the "very essence of poetry".

La conclusion pratique en fut que les Imagistes manquent de continuité dans leurs narrations et dans leurs idées. Leurs oeuvres sont une série d'impressions et d'idées non assimilées ne pouvant s'harmoniser avec la vie et la philosophie réelles. Ils recherchent l'esthétique, l'émouvant et le dramatique plutôt que le logique. A cause de cela ils restreignirent leur champ d'activité littéraire à l'esthétisme du langage. (Cfr. A History of American Letters, by W. E. Taylor, éd. American Book Company, New York, 1936. pp. 390 sq.) C'est le défaut qu'on reproche à Amy Lowell dans la critique américaine, qui du reste ressemble en bien des points à la critique chinoise de Hou che. "Amy Lowell manque de conviction. Sensible, surtout exquise pour les couleurs et les formes, elle sait créer des phantasmagories brillantes des choses et des gens, mais ne parvient jamais à leur insuffler l'esprit qui donne la vie. Au lieu d'éveiller les forces de la personnalité chez le lecteur, au lieu de lui donner l'impression d'une vie intense, élevée et large d'horizon, elle réussit à charmer le lecteur par la vue et l'ouïe, comme si elle le conduisait continuellement à travers les salles d'un musée rempli de curios, aux couleurs éclatantes et attrayantes, mais apparemment sans valeur". (ibidem.)

Liang Che-ts'ieou continue: Les étudiants chinois à l'étranger subirent évidemment ces influences. Ils imitèrent les étrangers dans leur révolution littéraire. Les huit défenses de Hou Che en particulier ont l'air d'en être une copie, bien qu'il semble en vouloir garder le brevet d'inventeur. Sous prétexte de ne pas vouloir imiter les anciens, Hou Che et Tch'en Tou-sieou imitèrent les étrangers.

Après avoir démontré que la révolution littéraire n'était qu'une imitation, Liang Che-ts'ieou en vient au second point: elle est une imitation inadéquate:

La langue est l'instrument de la littérature. Sous l'influence de l'Occident la Chine prit un instrument nouveau pour une littérature nouvelle. Cela on doit l'approuver. Mais dans le mouvement il y eut un malentendu. On commença à croire que dès maintenant tout langage, même le plus commun et le plus vulgaire (俗骨俚語) avait droit de cité dans le royaume de la littérature. (C'était là une exagération qu'on n'acceptait pas dans l'Imagisme d'Amy Lowell). On confondit langage ordinaire, opposé à un langage recherché, avec langage vulgaire.

De fait, la révolution littéraire ne prit que le côté négatif du mouvement: s'opposer au style ancien, pour ne laisser qu'une langue unique. On voulait ramener la littérature au niveau de la langue parlée, mais on ne se soucia pas assez d'adapter la langue à la littérature. Ainsi on produisit en Chine une langue nouvelle, mais pas une littérature dont la langue n'est que l'instrument.

Dans leurs activités négatives quelques auteurs allèrent plus loin encore. Ils voulurent européaniser la langue elle-même (語體文的歐化), substituer le "pai-hoa" étranger au "pai-hoa" chinois car ils jugèrent que non seulement le style chinois (文體), mais même la langue chinoise ordinaire (語體) était devenue inapte à être employée dans la littérature nouvelle.

Les extrémistes prétendirent même que l'écriture chinoise était devenue insuffisante pour la littérature nouvelle et voulurent la remplacer par une romanisation quelconque.

Voilà l'argumentation de Liang Che-ts'ieou. Il y a bien des choses à reprendre dans son plaidoyer. Il exagère ou transforme certains côtés du problème, ce qui est une conséquence de l'ardeur de la lutte dans laquelle il était engagé. Mais quant à l'essentiel, il semble qu'il faut lui donner raison. En effet il résume très bien l'esprit qui anime les activités des novateurs lorsqu'il dit: "Bref, la révolution littéraire fut un rêve romantique à climax bien marqué, qui se base sur deux idées matrices: A bas tout ce qui est traditionnel en Chine; et, appliquer les normes étrangères à la nouvelle littérature chinoise". (凡是模倣本國的古典則，為模倣為陳腐；凡是模倣外國作品，則為新穎，為創造. o.c. p 10)

Il n'a donc pas complètement tort en concluant que Hou Che et Tch'en Tou-sieou n'ont pas compris la vraie portée du problème, qu'ils ont confondu la méthode avec le but à atteindre, qu'ils ont simplement "imité" et ont ainsi dépaysé la Chine.

L'essentiel du problème reste en effet de renouveler la Chine à l'aide des méthodes scientifiques (以科學的方法整理國故), c'est ce que Tchang Tche-tong formulait déjà comme suit: "La science chinoise, c'est l'individu; la science occidentale, c'est son activité" (中學為體，西學為用). La question de méthode reste, en fin de compte, un point subordonné. Ce qui importe le plus, ce sont les normes qui dirigent la méthode. S'il n'y a pas de normes fixes, il n'y a plus moyen de juger, il n'y a plus moyen de coordonner les rangs et les valeurs. L'effet primordial de l'influence étrangère sur la littérature chinoise, c'est d'avoir donné à la Chine d'aujourd'hui une norme en plus. Maintenant nous avons deux normes: l'une chinoise, l'autre étrangère. La tendance première de la révolution littéraire a été de balayer la norme chinoise ancienne, — de fait on n'y parvint pas —, la seconde tendance fut d'établir une norme nouvelle, qui de fait n'était autre que la norme de l'étranger — ce qui mena au chaos et à la négation de toute norme. 他們...在中國文學上的地位和價值，都要大大的更動...現存所謂「以科學方法整理國故」(其實就是張向度所謂「中學為體，西學為用」的道理)...但是方法究竟還是小事，最要緊的是標準，沒有標準便沒有方法去衡量一切，也便沒有方法去安配一切的地位與價值。外國影響侵入中國文學之最大的結果，在現今這個時代，他是給中國文學添加了一個標準。我們現在有兩個標準，一個是中國的，一個是外國的。浪漫主義者的步驟，第一是打倒中國的固有的標準，實在不曾打倒；第二步是，建設新標準，實在所謂新標準即是外國標準，並且即此標準亦不曾建設。浪漫主義者的唯一標準，即是「無標準」。所以新文學運動，就全部看，是「浪漫的迷亂」混亂狀態亦時勢之所不能免。o.c. p. 14, 15.).

34

Hou Che semble avoir très bien compris les mises au point de Liang Che-ts'ieou, et s'en défendit indirectement dans son "The Chinese Renaissance" en répondant "Cultural changes of tremendous significance have taken place and are taking place in China, in spite of the absence of effective leadership and centralized control by a ruling class, and in spite of the deplorable necessity of much undermining and erosion before anything could be changed. What pessimistic observers have lamented as the collapse of Chinese civilization, is exactly the necessary undermining and erosion without which there could not have been a regeneration of an old civilization. Slowly, quietly, but unmistakably, the Chinese Renaissance is becoming a reality. The product of this rebirth looks suspiciously occidental. But scratch his surface and you will find that the stuff of which it is made is essentially the Chinese bedrock which much weathering and corrosion have only made stand out more clearly". (O.c. p. IX.) Hou Che proclame ici que la Chine veut garder sa culture propre, et cela semble être sa conviction intime. Mais d'un autre côté, c'est précisément contre cette culture qu'il a lutté avec tant d'ardeur dans les rangs de la "Jeunesse nouvelle" aux côtés de Tch'en Tou-sieou.

D. JUGEMENT GENERAL DE L'OEUVRE DE HOU CHE ET DE TCH'EN TOU-SIEOU.

(Cfr. Revue Nationale Chinoise, juin, 1943, p. 179)

S'il nous était permis de comparer le mouvement pour la langue nationale à une question de la Somme Théologique, nous assignerions à Hou Che la place du corps de l'article; à ses contradicteurs celle des "videtur quod non"; et à ses partisans celle des "respondeo ad objectionem". C'est lui, en effet, qui expose le plus complètement la thèse que les autres défendent ou précisent.

Hou Che, comme d'ailleurs Tch'en Tou-sieou aussi, s'occupe en premier lieu à détruire la tradition raide et sans vie du style ancien. Le cri de guerre est: A bas le vieux style, qui nous empêche de dire ce que nous voulons! A bas la tradition du formalisme confucianiste, qui lie les mains et tue tout esprit créateur! Hou Che et Tch'en Tou-sieou ont des idées, beaucoup d'idées, mais pas de sentiments, ou très peu, même dans leurs poésies. C'est-là problablement le fruit de leur opposition radicale, opposition qui d'ailleurs s'adoucira sous l'influence du temps. Ils se targuent de réalisme. Mais éduqués dans le rationalisme et l'individualisme libéral, ce réalisme reste incomplet, laissant bien des réalités en dehors de leur rayon visuel. Ils ne considèrent que ce qui "leur" semble utile ou conforme à la raison. Lorsqu'après 1920 le néo-criticisme mit à nu l'insuffisance du rationalisme et de la psychologie expérimentale à résoudre le problème de la vie et de la destinée humaine, Hou Che trébucha un instant. Quelques optimistes disaient déjà tout bas: "Hou Che va se faire chrétien". Il n'en fut rien. Le revirement était trop grand pour lui. Il se lia au contraire, et malheureusement pour lui, plus fortement encore à l'école rationaliste libérale, déjà à l'agonie dans le monde entier. Il perdit rapidement sa place de coryphée dans la littérature et la pensée chinoises actuelles, et devint réactionnaire libéral. Il restera cependant un des stylistes les plus purs de la littérature nouvelle, le porte-drapeau de l'émancipation de la langue. Mais dans l'histoire de la littérature "constructive" il ne gardera qu'une place de précurseur, de styliste et d'idéologue, non de grand auteur.

C'est à peu près la conclusion que donna aussi le père Brière S.J : "Hou Che resta plus un guide, qu'un créateur effectif. Ses "Essais poétiques" qui furent édités en volume, auraient été bien incapables à eux seuls de prouver que le "pai-hoa" est une langue littéraire digne de passer à la postérité. Son talent n'est pas littéraire, mais critique, logique". (Cfr. Un Maître de la pensée chinoise: Hou Che, par O. Brière S.J. dans le Bulletin de l'Université l'Aurore, 1944, III, tome V, n 4, pp. 871-893.)

Tcheng Tchen-touo donna un jugement plus sévère encore sur la valeur littéraire de Hou Che: "Le livre "Tsong-tsi" 踪跡, écrit en 1921 par Tchou Tse-ts'ing, dépasse de très loin l'essai poétique de Hou Che" Et en un autre endroit: "Des comédies fades et sans goût dans le genre de Tchong-chen-ta-che 終身大事 de Hou Che, ne sont plus considerees par personne". (朱自清的踪跡是遠遠的超過嘗試集裡的任何最好的一首 … 像胡適終身大事那樣淡泊無味的「喜戲」也已經無人再問津了. Cfr. 鄭振鐸 o.c. p. 15).

Tcheou Tsouo-jen note très bien sur le même sujet: "Hou Che estime que la littérature "pai-hoa" est le but unique vers lequel évolue la littérature chinoise. De fait la révolution littéraire n'a fait que niveler la route en déblayant les obstacles. Mais bien avant cette révolution, la littérature, bien qu'entravée par beaucoup de difficultés progressait déjà dans cette direction". (胡適之先生在他所著的白話文學史. 就以為白話文學是中國文學唯一的目的地. 以前的文學也是朝着這個方向走. 只因為阻碍物太多. 真到現在才得走入正軌. 而從今以後一定就要這樣走下去。Cfr. 周作人. 中國新文學的源流.人文書店, 1934, p. 36.)

Dans l'ensemble du mouvement littéraire Hou Che est resté trop négatif. Il a travaillé à déblayer le terrain des obstacles qui empêchent le libre cours de l'évolution. Il a fait un travail de destruction. Pour ce qui concerne les oeuvres anciennes en style vulgaire (comme les grands romans anciens et les poésies en langue vulgaire), il a fait une oeuvre de correction en voulant y enlever toutes les influences qui au cours des temps sont venu ternir plus ou moins la littérature vulgaire. Mais pour le point le plus important de tout le mouvement, à savoir créer une littérature nouvelle, il tient une place de second rang. Ses essais tant en prose qu'en vers sont là pour le prouver.

Pour finir le jugement sur Hou Che, nous donnons ici la critique que fit Chen Ts'ong-wen: "Hou Che est le principal promoteur du mouvement pour le "kouo-yu". En dehors de ses "dissertations" (論文), il écrivit quelques vers. Il donna une signification nouvelle aux grands romans anciens comme le Hong-leou-meng, le Choei-hou-tchoan, le Si-yeou-ki, etc... Il apprit à la jeunesse à les goûter d'un point de vue nouveau. Il fit admettre la nécessité d'échanger le style fleuri des anciens contre le style simple et sincère, et de remplacer le genre abstrus et mystérieux par un genre réel et intelligible. Il prouva que style et langue doivent marcher de pair et que l'idéal du style ne peut être l'imitation mais l'exposition; que la perfection du style consiste dans son efficacité et non pas dans sa conformité à un schéma vieilli et immuable". (Cfr. 論中國創作小說 par 沈從文.)

Tch'en Tou-sieou alla plus loin. Pour ce propagandiste du communisme trotzkyiste, la littérature est avant tout un instrument pour atteindre le peuple et l'instruire des nouvelles théories sociales. Pour cela il prône la langue nouvelle et va même jusqu'à lancer un mouvement pour l'abolition des caractères en vue d'une propagande plus facile et plus efficace parmi le peuple.

E. LA REVUE "SIN-TCH'AO" 新潮: THE RENAISSANCE.

La revue "La Jeunesse Nouvelle" était fondée et dirigée par des professeurs de l'Université Nationale de Pékin. Elle servit d'éclaireur au mouvement nouveau. La revue "Sin-tch'ao", elle, fut fondée par des étudiants de la même université. Ceux-ci en voulurent faire l'organe de publication pour leurs travaux sociaux, historiques et philosophiques. L'idée de fonder cette revue vint de Fou Seu-nien et Kou Kie-kang, deux étudiants dans la même faculté et compagnons de chambre, qui commencèrent à en parler depuis 1917 mais ne purent réaliser leur projet qu'en 1919. "Sin-tch'ao" devint la première d'une longue série de publications du même genre, toutes plus ou moins éphémères, qui virent le jour vers l'année 1920. (Entre 1918 et 1921 il y en eut environ 200.)

La revue resta toujours un organe de mouvement intellectuel (思想潮流), bien que Fou Seu-nien eût préféré en faire une publication d'Arts et Lettres (文藝思想) et un moyen de propagande pour l'Humanitarisme (人道主義). Après 1920 Tcheou Tsouo-jen en prit la direction, mais pas pour longtemps car elle cessa de paraître après le 15 juin 1921. (Cfr. La table des matières complète dans: 阿英,史料索引, collect. 中國 新文學大系, p 105.)

Dans l'histoire de la littérature proprement dite, la revue "Sin-tch'ao" et ses deux fondateurs principaux n'occupent pas une place de premier rang. Ils sont mieux connus dans l'histoire de l'expansion de la langue nouvelle, par le fait qu'ils introduisirent dans leurs études scientifiques l'emploi du langage nouveau. Ils cherchèrent du soutien auprès de leur université dans leur croisade nouvelle. Ts'ai Yuen-p'ei parvint, non sans difficultés, à leur assurer quelques subsides pécuniaires. Hou Che et Tch'en Tou-sieou les aidèrent beaucoup dans la rédaction et l'administration. Leur programme s'énonçait: "Esprit critique et scientifique, exprimé dans une langue nouvelle et bien adaptée". (批評 的情神,科學的主義,革新的文詞.)

Le premier numéro parut au début de janvier 1919. Immédiatement ils se rangèrent, à côté de "La Jeunesse Nouvelle", contre l'opposition conservatrice menée par Lin Chou. La revue cessa quelque temps de paraître après les incidents du 4 mai 1919. Mais lorsque Tch'en Tou-sieou dut quitter Pékin à l'automne de 1919, et commença avec sa revue "La Jeunesse Nouvelle", plusieurs collaborateurs nouveaux se joignirent à la "The Renaissance", parmi lesquels les plus importants étaient bien Yu P'ing-po et Yang Tchen-cheng, que nous retrouverons plus loin.

Fou Seu-nien 傅斯年 naquit en 1896 à Liao-tcheng 聊城 dans la province du Chantung. En 1917, étant étudiant à la faculté de littérature à l'Université Nationale de Pékin, il donna déjà sa collaboration à la revue "La Jeunesse Nouvelle". Il prit une part active aux incidents du 4 mai. Entre-temps il fonda avec Kou Kie-kang la revue "Sin-tch'ao". Ses études terminées à Pékin il alla se spécialiser en Histoire aux universités de Londres et de Berlin. En 1926, il rentra en Chine. Avant de revenir à son Alma Mater comme professeur, il enseigna pendant quelques temps la Littérature à l'université Sun Yat-sen de Canton. En même temps il était déjà membre de l'Academia Sinica, department de recherches historiques et linguistiques (國立中央研究院, 歷史語言研究所). Il reste connu surtout pour ses ouvrages d'histoire et de linguistique. En 1945, il est vice-recteur de l'Université de Pékin, sous le rectorat vacant de Hou Che.

Louo Kia-luen 羅家倫, originaire de Chaohinghien 紹興縣 dans la province du Tchekiang, naquit en 1891. Ami de Fou Sea-nien, et son compagnon d'études à l'université de Pékin et son collaborateur principal dans la rédaction de la revue "Sin-tch'ao". Diplômé à Pékin, il continua ses études d'histoire et de philosophie à l'université de Princeton, en Amérique d'abord, à Berlin, Londres et Paris ensuite. En ces temps-là il avait déjà une grande influence culturelle sur ses contemporains. Loin de la Chine durant les années de chaos (1922-1926), il ne connut pas les excès de cette époque, et par sa correspondance féconde exerça une influence bienfaisante sur ses amis en Chine. (Cfr. Ses lettres et critiques dans 現代評論 1924-1925.)

Rentré en Chine il se lança dans la lutte pour la langue nouvelle, surtout dans la revue "Wen-i-fou-hing" 文藝復興. En 1928, il fut nommé recteur de l'université Ts'ing-hoa. Jusqu'en 1931 il eut grande influence sur la littérature de la troisième période et sur les jeunes auteurs: Liang Che-ts'ieou, Chen Ts'ong-wen, Wan Kia-pao, etc.. En 1931 il quitta Ts'ing-hoa pour l'Université Nationale de Ouhan (國立武漢大學).

Depuis 1932 il est recteur de l'Université Nationale Centrale de Nankin (南京中央大學). En 1939 il présida le Troisième Congrès National d'Education tenu à Tch'ongk'ing (重慶第三四全國教育會議).

Depuis le début il eut une vue très juste sur l'évolution ultérieure de la littérature nouvelle. En 1920, il publia déjà dans la revue "Sin-tch'ao" un article remarquable où il groupe les tendances nouvelles en trois genres définis. (Cfr. supra.)

Kou Kie-kang 顧頡剛. Né à Soutcheou 蘇州 dans la province du Kiangsou en 1893, il fut admis en 1913 à l'Université Nationale de Pékin, et obtint son diplôme de philosophie en 1920. Il enseigna d'abord à Pékin, puis à Amoy, ensuite à l'université de Canton. En 1929 on le retrouve comme professeur d'histoire à l'université Yen-ching de Pékin. Il est en même temps membre de l'Institut Linguistique Central, de l'Academia Sinica, comme son ami Fou Seu-nien. En 1935 il quitta Yenching pour l'Institut de Littérature à l'Université Nationale de Pékin. Enfin, depuis 1941 il est professeur à la faculté de littérature de l'université provinciale de Yun nan (雲南大學文學院). Comme Fou Seu-nien il est moins connu comme littérateur que comme historien et linguiste.

Yu P'ing-po 俞平伯, naquit en 1899 à Tets'ing 德清 dans la province du Tchekiang. Il étudia la littérature chinoise à l'Université Nationale de Pékin, puis devint professeur de chinois à l'université Yenching, ensuite à Ts'ing-hoa.

Parmi ses oeuvres il faut noter: 冬夜 et 西還 édités en 1933 par le 秦東書局; 紅樓夢辨, (1923, 東亞圖書館); 燕知草; 古槐夢遇; 劍鞘 composés en collaboration avec Ye Chao-kiun (éd. 樸社.北京, 1924); 憶, (éd. 樸社. 北京, 1925); 雜拌兒之二, (éd. 開明, 1933). (Cfr. 讀書月刊, vol. II, n° 11, p. 8).

Tchou Tse-ts'ing 朱自清, né en 1896 à Chaohinghien 紹興縣 dans la province du Tchekiang. Il étudia la philosophie à l'Université Nationale de Pékin, et collabora, étant encore étudiant, à la revue "Sintch'ao'. Après sa sortie de l'université il fut successivement professeur dans plusieurs écoles moyennes de sa province natale. Plus tard il entra dans l'enseignement supérieur, d'abord comme professeur au Wen-li-hiueyuan (北平大學女子文理學院), puis à l'Ecole Normale Supérieure de Pékin, enfin à l'université Ts'ing-hoa. Après l'incident du pont Marco Polo, il partit pour le sud, au mois de juillet 1937, avec Wen I-touo et tout un groupe d'étudiants de Ts'ing-hoa, et alla s'établir à Koenming. Souvent malade, il y passa une vie dure. En 1941, il est nommé doyen de la faculté de littérature de la 西南聯合大學.

Il se distingue surtout par ses essais (散文), et semble se spécialiser les dernières années, en littérature ancienne. Voici la liste de ses travaux principaux: 詩集, (中國新文學大系.良友圖書館.上海); 笑的 歷史, (Comm. press); 毀滅, (ibid); 儷我; 雪朝, (1922, Comm. press); 踪跡, (1924, 東亞); 背影, (1929, 開明); 歐遊雜記, (1934, 開明); etc...

Il a beaucoup de ressemblance avec son ami Yu p'ing-po. "Son style est intime, profond, plein de poésie, raffiné; il sait employer une langue parlée pure et bien formée."(李素伯.小品文研究, 1932,新中國書局. p. 117 Sq...).

6. LA SOCIETE D'ETUDES LITTERAIRES: 文學研究會.

Après la victorie de 1920, la révolution littéraire entra dans sa phase constructive, mais ses adhérents se divisèrent rapidement en sectes opposées l'une à l'autre. Hou Che défendait les thèses sociales e' philosophiques du pragmatisme individualiste et libéral décadent (自由解放). Tch'en Tou-sieou de son côté s'opposait pour ainsi dire de parti pris à tout ce qui n'était pas nouveau, et voulait abattre tout ce qui de près ou de loin rappelait la tradition. Tous deux semblaient inconscien's des conséquences néfastes d'un tel radicalisme. Il est naturel qu'il y eut des gens de lettres et des penseurs sérieux qui ne purent accepter ces positions, sinon chauvinistes, du moins fortement utopiques. Les divergences s'accentuèrent de plus en plus; les disputes s'intensifiaient au point que l'armée de la nouvelle culture courait le danger de gaspiller le meilleur de ses forces, si nécessaires à la conquête, en de vaines controverses et en des luttes intestines. Pour éviter cet écueil et créer une entente cordiale entre tous les gens de lettres, la Société d'Etudes Littéraires fut fondée. Etablie à Pékin en l'automne de 1919, elle commença ses activités au printemps de l'année suivante. Cet organisme s'efforcerait de réunir pour ses membres une bibliothèque d'auteurs étrangers, aussi complète que possible. Elle lancerait une imprimerie pour faciliter l'édition d'oeuvres nouvelles, de revues où les jeunes talents pourraient s'exercer. En plus elle fonderait dans tous les centres culturels de quelque importance, des cercles où les problèmes nouveaux seraient étudiés.

Le Nord de la Chine prit pour organe le "Siao-chouo-yue-pao" 小說月報, une revue fondée en 1909 et éditée par la Commercial Press de Shanghai. (Cfr. 阿英, 史料 p. 413). En 1921 la Société d'Etudes Littéraires renouvela complètement ce périodique, et n'y publia désormais que de la littérature nouvelle. Sous la direction de Chen Yen-ping 沈雁冰 jusqu'en janvier 1921, et de Tcheng Tchen-touo 鄭振鐸 pour les volumes suivants, elle publia des traductions d'oeuvres originaires de toute langue, des études sur les tendances de la littérature nouvelle, et des oeuvres originales des jeunes auteurs chinois de toute couleur et de toute nuance. La revue cessa de paraître en 1932 à la suite de l'incident de Chapei (Shanghai, 28 janvier 1932). Au sud de la Chine, la société prit pour organe le "Wen-hiue-siun-k'an" 文學旬刊, attaché au journal "Che-che-pao" 時事報, sous la direction de Tcheng Tchen-touo. (Cfr. 文學論爭集 par 鄭很絽, 6d. 中國新文學大系, p. 8).

La réunion préparatoire à la fondation eut lieu le 29 novembre 1920. Tcheng Tchen-touo fut chargé de rédiger les statuts, et Tcheou Tsouo-jen de composer la proclamation officielle (宣言) qui parut dans plusieurs journaux de Pékin. Cette proclamation était signée par douze auteurs: Tcheou Tsouo-jen 周作人, Tcheng Tchen-touo 鄭振鐸, Chen Yen-ping 沈雁冰, Kouo Chao-yu 郭紹虞, Tchou Hi-tsou 朱希祖, Kiu Che-ing 羅世英, Tsiang Pai-li 蔣百里, Suen Fou-yuen 孫伏園, Keng Tsi-tche 耿濟之, Wang T'ong-tchao 王統照, Ye Chao-kiun 葉紹鈞 et Hiu Ti-chan 許地山.

40

Puis, le 4 janvier 1921, vint la réunion officielle de fondation, dans le parc Sun Yat-sen (中山公園) de Pékin. Tsiang Pai-li fut élu président, Tcheng Tchen-touo secrétaire, Keng Tsi-tche trésorier. 21 membres sont inscrits à la liste officielle. (王哲甫, 中國新文學運動史, p. 375).

La société se proposait un plan d'action le plus large possible. Elle voulait "étudier et revoir l'ancienne littérature et créer la nouvelle". (整理舊文學, 創造新文學). Elle proclama officiellement dans ses statuts que pour le reste les membres avaient liberté complète d'idées et d'opinions, et déclara seulement que, la littérature étant "le miroir de l'humanité" (人生之鏡子, 阿英 o. c. p. 71), il serait possible de réaliser, grâce à elle, la bonne entente entre les diverses classes de la société.

Mais en pratique la société donna l'impression de ne pas respecter la neutralité promise et de favoriser la tendance de "l'art au service de la vie" (為人的藝術). Ce soupçon de partialité sembla confirmé du fait que la Société "Création", fondée un an après la Société d'Etudes Littéraires, se posa dès le début en champion de "l'art pour l'art" (藝術至上主義). On en conclut aisément qu'elle s'opposait formellement à la Société d'Etudes Littéraires, et celle-ci fut supposée dès lors soutenir la thèse contraire. Une telle supposition et une telle conclusion étaient cependant gratuites: La Société d'Etudes Littéraires ne dévia jamais de ses statuts officiels ni de sa neutralité, elle n'opposa jamais de mot d'ordre au cri de guerre de la Société "Création". Il faut cependant reconnaître qu'un nombre considérable de membres influents prit parti pour l'humanitarisme et le réalisme social, et défendit ces points de vue dans les revues patronnées par la Société.

L'influence du vitalisme, courant philosophique d'étendue mondiale, devait aussi se faire sentir en Chine, et pousser les membres les plus influents de la Société à considérer la littérature dans ses rapports avec la vie humaine. Chen Yen-ping et Tcheou Tsouo-jen se prononcèrent le plus clairement en faveur de cette littérature humanitariste dans plusieurs dissertations théoriques, alors que Lou Sin 魯迅 propagea les mêmes théories, mais d'une manière plus appliquée, dans ses deux séries de récits "Cris" (吶喊) et "Hésitations" (彷徨). Ye Chao-kiun fit de même dans ses récits brefs. On retrouve bien chez chacun d'eux des divergences accidentelles, mais ils appliquent tous le principe que la littérature ne peut être séparée de la vie, comme le formulait Chen Yen-ping: "La littérature n'a pas seulement pour mission de refléter les temps actuels, elle doit en plus, influencer les temps actuels. Son contenu ne doit pas seulement faire réapparaître le passé, elle doit aussi contenir des suggestions pour l'avenir." 文學的使命不但是反映時代, 還能影響時代. 其內容不僅再現過去, 還要預示未來 (Cfr. 茅盾評傳, 1931, 現代書局, 上海 p. 3). Ils propagent le réalisme social (社會寫實的文學), non pas par pessimisme comme fit le Hei-mou-p'ai (黑幕派) jadis, mais parce qu'ils estiment que la littérature doit être le reflet du temps. Les littérateurs doivent sentir vibrer en eux-mêmes les douleurs de la société où ils vivent et écrire pour elle. (新文學描寫社會黑暗, 用分析的方法來解決問題; 詩中多抒個人的情感; 其效用使人讀後, 得社會的同情, 安慰和煩悶.) Ils propagent la littérature humanitariste, cherchant à satisfaire adéquatement toutes les facultés de l'homme. Ils s'opposent aux écrivains du Hei-mou-p'ai qui considèrent la littérature comme un passe-temps et un jeu libertin.

(以文學為遊戲的鴛鴦蝴蝶派的逆派. Cfr. 鄭振鐸 o.c. p. 8). Ils s'opposent au traditionalisme borné. Mais d'un autre coté, ils veulent sauvegarder et prémunir la jeunesse dans la revolte exagérée contre tout ce qui est sain et humain. Ils sont convaincus que cette revolte contient en soi une menace de chaos et de ruine inevitable. La mise en pratique des thèses radicales de Tch'en Tou-sieou durant les années 1922-1926 vint d'ailleurs prouver le bien fondé de leur apprehension. Selon eux, la jeunesse nouvelle doit être guidée par une littérature saine et pure. Pour cette raison il faut faire appel à la conscience sociale (realisme social) et morale (humanitarisme). Cette conscience morale et sociale est basée sur la nature même de l'homme et ne se borne pas à un pays unique ni à un seul peuple, mais doit embrasser tout le monde. Chen Yen-ping résuma très bien ces idées en disant: "Je n'approuve pas l'humanitarisme extrême de Tolstoi, mais je m'oppose certainement a ces oeuvres chinoises purement esthétiques, étrangères à la vie humaine. Je tiens pour certain que la littérature ne sert pas seulement à chasser l'ennui de gens qui n'ont rien à faire, ni à enivrer ceux qui veulent fuir la réalité. Particulièrement dans nos temps actuels, la litterature doit posséder une force positive capable de mouvoir le coeur de l'homme. Nous esperons que la littérature pourra prendre sur elle la grande responsabilité d'eveiller les masses et de leur donner la force nécessaire. Nous espérons que les jeunes littérateurs de notre pays ne bâtiront plus de châteaux en Espagne, oubliant qu'en réalité ils vivent dans une étable. Nous nous opposons particulièrement à ce que les jeunes ferment les yeux, oublient les chaines dont ils sont chargés et se moquent de ceux qui peinent à briser ces entraves..." (我自然不贊成托爾斯泰所主張的極端的人生藝術。但是我決然反對那些全然脫離人生的而且濫調的中國式的唯美的文學作品。我們相信文學不僅是供給煩悶的人們去解悶，逃避現實的人們去陶神。文學是有激勵人心的積極性的。尤其在我們這時代，我們希望文學能夠擔當喚醒民眾而給他們力做的重大責任。我們希望國內的藝術青年，再不要閉了眼睛妄想他們夢中的七寶樓台，而忘記了自身責任是住在豬圈。我們尤其決然反對青年們閉了眼睛忘記自己身上帶着鎖鍊，而又肆意嘲笑別的努力想脫除鎖鍊的人們...Cfr. 鄭振鐸 o.c. p. 10).

   Comme nous le verrons plus loin en détail, Chen Yen-ping met surtout l'accent sur l'actualité (時代性) de la littérature humanitariste. Il considère les nécessités de l'humanité à un moment donné de son histoire: aujourd'hui. Il se laisse influencer surtout par l'aspect économique et social. "...La littérature doit refléter toute l'humanité d'aujourd'hui; rendre les sentiments de toute l'humanité d'aujourd'hui; exprimer les angoisses et les espoirs de toute l'humanité d'aujourd'hui. Ce but universel ne peut pas encore être atteint maintenant à cause des differences de pays, de races, de langues. La littérature portera donc provisoirement encore les traces de ces divergences, mais partout elle doit exiger une juste compassion envers tout le genre humain." (...文學要表現當代全體人類的生活，要宣洩當代全體人類的情感，要控訴當代全體人類的苦痛與期望，更要代替全體人類向不可知的運命作奮抗與呼籲。不過在現時種界國界以及語言差別尚未完全消滅以前，這個最終的目的不能驟然達到。因此現時的新文學運動都不免帶着強烈的民族色彩...對全世界的人類要求公道的同情... Cfr. 鄭振鐸 o.c. p. 145).

Pour le moment il faut tâcher de faire connaître en Chine toutes les littératures évoluant vers ce même but. En plus, un des premiers devoirs à remplir c'est de mettre en mouvement les masses vers ce but. (激發國民的精神. 使他們從事於民族獨立與民族革命的運動. ibid. p. 167).

Lou Sin suit la même direction, mais se borne plutôt à éveiller la conscience sociale (dans son "Na-Han") et morale (dans son "P'ang-Hoang"), comme condition primordiale de succès. Dans chacun de ses récits il décrit les excès malheureux, soit du traditionalisme outré, soit surtout de la culture nouvelle exagérée à la Tch'en Tou-sieou: il faut ouvrir une voie nouvelle, mais pas si radicale que celle de Tch'en Tou-sieou, et plus conforme à la nature humaine.

Tcheou Tsouo-jen préfère un humanitarisme plutôt intellectuel. Il considère l'humanité "dans le temps et dans l'espace" et tâche de tenir compte de toutes ses nécessités corporelles, spirituelles et morales, car pour lui l'homme complet possède un corps et une âme, et chacun de ces deux éléments a ses besoins respectifs. En cultivant le coeur et l'esprit, l'homme deviendra meilleur; en perfectionnant l'individu, la société deviendra plus parfaite. Car l'individu n'est "qu'un arbre dans la forêt". Plutôt raisonneur et philosophe, Tcheou Tsouo-jen reste plus abstrait, et par là il se compromit moins dans les disputes littéraires. Il exerça cependant une influence notable sur ses contemporains.

Ye Chao-kiun se montre aussi réaliste social et humanitariste dans ses oeuvres littéraires, mais il insiste plus sur la conscience familiale. Il semble vouloir dire: Le salut de la Chine tient à la formation d'une vie de famille saine et intime.

Bref, si on examine comment ces quatre grands auteurs ont conçu leur plan d'humanitarisme et de réalisme social, on s'aperçoit bien des différences accidentelles, mais on voit aussi leur idéal commun.

Tcheou Tsouo-jen se montre penseur théorique, érudit et large de vue; il sait considérer les choses sans exagération, et donner des directives d'après les normes apprises chez des auteurs qu'il a compris et qu'il suit fermement. Comparez par exemple son livre "Gouttes" (點滴) avec "Cris" de Lou Sin.

Tcheou Chou-jen 胡樹人 (Lou Sin) est un penseur plus profond, plus intime et plus personnel. Il pense et raisonne sur ce qu'il voit, entend et ressent, et cherche la solution dans son âme. Par là il est plus énigmatique que son frère, qui présente les solutions déjà dûment formulées par d'autres. Mais Lou Sin a surtout l'avantage d'être plus personnel, plus incisif, plus émouvant et plus tragique parce qu'il est plus concret. Sa méthode même l'expose cependant à une critique plus personnelle et plus âpre. De ce chef il eut une influence plus marquante sur la jeunesse. Après 1930 il dut capituler et se ranger dans le groupe de gauche. Depuis lors il dut évidemment modifier sa méthode trop directe et trop combative, et se borna, pas exclusivement cependant, à traduire des ouvrages qui exprimaient ses propres vues: Gogol, Lunacharsky, Plekhanov, etc...

Chen Yen-ping (Mao toen), penseur de moindre envergure et enclin aux solutions faciles, prétend que la solution du problème économique résoudra tout. Il est impressionnable. Il regarde bien autour de lui mais ne voit pas si loin ni si profondément que Lou Sin. Son tempérament sensitif le jette dans les excès; enthousiaste, il veut reformer le monde entier, ensuite il retombe bien vite dans la réalité a la vue de l'indifférence et de la banalité des hommes, pour en arriver a un scepticisme pessimiste qui se reconnait impuissant devant le destin inexorable: "... Toutes les choses du monde sont vaines, finissent par la destruction. Tous les êtres humains semblent poussés par le destin cruel. Ils ont bien une individualité propre, les uns s'enfforçent de travailler, d'autres poursuivent les plaisirs ardents de la vie, mais, tous finissent par être acculés à la destruction par le destin..." (...一切世事是空虛的,是要走到幻滅的道路的,全篇的人物都似乎被殘酷的命運之神宰割着,他們雖然有各自的各性,有的努力於事業,有的追求強烈的生活的樂趣,結果,他都被命運之神引向了幻滅死之的道路 (等質譯傳 o.c. p. 27.)

Enfin Ye Chao-kiun. Ecrivain aux sentiments délicats, il semble mener une vie heureuse dans le cercle de sa famille, nonobstant les difficultes économiques. Les insucces ne parviennent pas à troubler le fond de son coeur. Il décrit la vie de famille et les jeux des enfants. Mais en même temps il sait montrer une grande compassion pour ses contemporains qui ne connaissent pas le bonheur et la paix dont il jouit, et qui vivent péniblement sous le fardeau des difficultés économiques et sociales

Il n'étonnera personne que cette tendance humanitariste presentait cependant certains aspects qui provoquèrent les oppositions. Les extremistes de la culture nouvelle et les idéalistes romantiques revaient d'abattre d'un seul coup tout le passé traditionel, ils consideraient cet humanitarisme en littérature comme une concession lache a la tradition formaliste. On allait jusqu'à prétendre que Lou Sin ne comprenait rien à la mentalité nouvelle, et qu'il reproduisait encore l'esprit de 1900, ou tout au plus celui de la révolution politique de 1911, c'est à dire, qu'il se contentait de combattre seulement partiellement et finissait par un compromis sans résultat aucun. "En tout cas, il ne représente pas l'esprit du mouvement du 4 mai 1919", dit Ts'ien Hing-tsuen. 他的創作決不是五四運動以後的 ... (現代中國文學作家 par 錢杏邨, 1928, I, p. 39.) En réalité Lou Sin avait déjà fait un pas en avant sur ses adversaires. Ce qu'il critique, ce sont précisément les défauts du "mouvement nouveau".

Mais après tout, le principe selon lequel la littérature doit être au service de la vie, contenait bien un danger imminent, notamment de reintroduire en littérature les défauts fraichement vaincus du moralisme littéraire (道學的文學) comme nous l'avons décrit plus haut. Tcheou Tsouo-jen lui-même entrevit bien le danger d'une telle déviation: "Le danger de cette école est de tomber facilement dans l'utilitarisme, de considérer la littérature comme un instrument de morale et de devenir ainsi une sorte de doctrine" (道派的流弊,是容易講到功利裡邊去, 以文藝為倫理的工具, 變成一間壇上的說教. Cfr. 鄭振鐸 o.c. p. 141). C'était précisément là le défaut primordial qu'on reprochait aux derniers survivants du T'ongtch'eng-p'ai, les défenseurs de la tradition formaliste, auxquels la littérature nouvelle avait déclaré la guerre. D'autre part, depuis 1922, la Société "Création" prit une position bien plus explicitement opposée aux thèses du vieux traditionalisme, en proclamant: "Les artistes ne doivent pas se preoccuper des problèmes humains. Du moment qu'ils produisent des oeuvres d'art, leur devoir est rempli. Ils ne doivent pas se demander si leur travail est utile ou non aux autres. 藝術家不必顧及人世的種種的問題 ... 能夠做出及美麗精巧的美術品, 他的使務便已遺了, 於別人有什麼用處, 他可以不問了. (ibid. p. 141). C'était-là une exagération. Tcheou Tsouo-jen tient ici un juste milieu; pour lui "la littérature doit donner au lecteur une jouissance artistique, et en même temps une solution aux problèmes de la vie" (使讀者能得藝術的享樂與人生的解釋, ibid. p. 141). Cette solution doit être conforme à la nature humaine, telle qu'elle se retrouve chez tous. C'est-là ce qu'il appelle "L'art au service de l'homme" ou "Littérature humanitariste".

Il faut cependant reconnaître que ces grands auteurs de la Société d'Etudes Littéraires ont presque tous été formés par l'individualisme libéral de la fin du siècle passé. A cause de cela ils sont souvent incapables d'apprécier à sa juste valeur le rôle que doit remplir la société dans l'ensemble de la vie humaine. La société n'est en somme pour eux que le total numérique des individus. Depuis 1927 les Communistes de gauche leur reprochèrent durement cette lacune évidente. (不追求文學的社會根據 Cfr. 中國文藝論戰 par 蘇汶, p. 273). Mais ces derniers eux-mêmes tombaient dans l'excès contraire. Tch'eng Fang-ou, Kouo Mo-jo et leurs amis prétendaient en effet que le matérialisme historique et déterministe devait conduire inévitablement à la lutte des classes et se terminer par le triomphe du prolétariat. Le problème économique résoudrait en fin de compte tous les problèmes humains. (Cfr. 中國文藝論戰 p. 273: le rôle historique des masses prolétariennes.) Ce rigorisme communiste est faux en principe, cependant leurs accusations contre la Société d'Etudes Littéraires n'étaient pas complètement dénuées de fondement, du moins à certains points de vue. "Ils pensent avoir compris la masse du peuple, dit Fong Nai-tch'ao, alors qu'en réalité ils n'en ont vu que l'oppression qui pèse sur lui, et non la responsabilité historique qu'il peut avoir dans l'évolution du monde. Dans leurs oeuvres ils parlent beaucoup de questions sociales; mais leurs solutions restent une idéologie vague et floue. Ils ont bien entrevu la vérité, mais, ne tenant pas compte du matérialisme historique, ils furent amenés à décrire et à désirer une destinée humaine heureuse, abstraite et irréelle". (Ibid. p. 273). Si la première partie de cette assertion est vraie, la seconde est certainement fausse, parce que basée sur un postulat faux. De fait les écrivains comme Tcheou Tsouo-jen, Lou Sin, Ye Chao-kiun, eurent conscience de l'insuffisance et de la faillite du libéralisme, ainsi que de ses injustices sociales. Mais leurs convictions sont bien plus profondes et plus humaines que celles des communistes qui ne se basent que sur des idéologies aprioristes. Lou Sin et les siens cherchent une solution, mais elle doit être conforme aux aspirations et aux exigences de l'esprit et de la raison. Lou Sin l'écrira plus d'une fois et d'une façon poignante: "Nous devons ouvrir une nouvelle voie à la jeunesse". Ses écrits démontrent assez qu'il ne parle pas ici de la voie tracée par les mouvements de mai 1919, ni par ceux de mai 1925. Il entrevit plutôt une solution basée sur la conscience sociale et sur l'humanitarisme se rapprochant en plusieurs points essentiels de la conception chrétienne du monde. Il en donne la preuve manifeste lorsqu'il fait dire à ses personnages, dégoûtés du vide et de la cruauté du "monde" où ils se meuvent: "Je désire qu'il y ait ce qu'on appelle "âme", ce qu'on appelle "au-delà". (我願意有所謂靈魂,若有所謂地獄. (Cfr. 鲁迅集, éd. 藝文書局, 1943, p. 94 et 182) Nous prenons le mot "monde" pour la traduction du mot 社會 (société). De fait chez Lou Sin et les auteurs du réalisme social, ce mot a presque toujours le sens de "ce qui est mal dans la société". En pratique c'est l'idée exprimée par le mot 世俗 dans la terminologie catholique, comme on l'entend par exemple dans l'explication des trois ennemis de l'homme: le démon, "le monde" et la chair. On peut remarquer le même processus d'idées, bien qu'à des stades différents, chez d'autres auteurs: Tcheou Tsouo-jen, Hou Che, Ping Sin, Sou Mei, etc... La plupart d'entre eux ne firent cependant pas le pas logique qu'ils entrevirent devoir faire, parce qu'ils restaient trop ancrés dans les attaches rationalistes contractées durant leurs années de formation. Ce qui semble certain c'est que le réalisme social les mena logiquement à des solutions différentes: celle de Ping Sin et de Sou Mei, celle de Hou Che et de Lin Yu-t'ang, celle de Tcheng Tchen-touo et de Tcheou Tsouo-jen, celle de Lou Sin. L'ancien temps s'écroulait, il fallait du nouveau. Ces écrivains bien intentionnés en vinrent à marcher entre deux routes extrêmes, dont l'une était le communisme de la Société "Création" dans sa seconde période, et l'autre la solution chrétienne du problème de la vie humaine en général et des questions sociales en particulier.

Le réalisme social fit entrevoir la nécessité d'une réforme, sinon d'une révolution, dont plusieurs grands auteurs avaient peur. Privés d'une direction clairvoyante, tant subjective qu'objective au sujet de la vraie voie, plusieurs d'entre eux finirent par adhérer à la solution de gauche. Ils étaient pourtant bien conscients de l'insuffisance de la solution communiste. Lou Sin en donna des témoignages certains durant les luttes littéraires de 1928-1929.

Passons maintenant à l'étude plus détaillée des principaux auteurs cités plus haut.

Tcheou Tsouo-jen 周作人. Né à Chaohinghien 紹興 dans la province du Tchekiang, il prit ses grades à l'école navale de Kiangnan (江南水師學堂). En 1906 il fut envoyé au Japon par le gouvernement et étudia d'abord les sciences politiques, puis la littérature à l'université Rikkyo (立教大學) de Tokyo. Il rentra en Chine en 1911, et comme son frère Lou Sin, reçut un poste dans le bureau provincial de l'Education du Tchekiang (浙江教育視學), puis de professeur dans une école secondaire (浙江省第四中學校). Il vint s'établir à Pékin en 1913 avec son frère aîné, comme attaché à l'Office d'Histoire Nationale de l'université de Pékin (北京大學附屬國史編纂處) et ne quitta ce poste que pour celui de professeur adjoint de littérature à l'université Yen-ching. En 1919 on lui offrit la chaire de roman (小說) à l'Université Nationale, mais il céda la place à son frère Lou Sin. Il quitta Yen-ching en 1924 pour accepter le professorat de littérature japonaise l'Université Nationale.

C'est en 1919 qu'avec l'aide de son frère, il posa les premiers fondements de la Société d'Etudes littéraires. En 1941 nous le voyons directeur de l'Institut de Littérature à l'Université Nationale de Pékin et en même temps membre du bureau de l'Education dans le gouverne-

ment d'occupation de la Chine du Nord.   Après la défaite du Japon en
août 1945 il démissiona; au mois de décembre suivant il fut mis en prison
pour coopération avec l'ennemi.

Parmi ses oeuvres principales nous devons noter: 自己的園地,
(1927, 北新書局); 談虎集, (ib.); 雨天的書, (ib.); 談龍集,(開明); 澤瀉集,
(北新); 永日集, (ibid.); 過去的生命, (ib.); 陀螺, (ib.); 雨絲血痕,(開明);
黃薔傲; 城外小說集, (羣益書局); 炭畫; 瑪加爾的夢; 點滴; 狂言十番, (北新);
現代小說譯畫, (Comm. Press.); 如夢集, (1945); etc...

Tcheou Tsouo-jen est un des auteurs qui inaugurèrent les premiers
la littérature nouvelle en Chine.   Dans son introduction de "Gouttes"
(點滴).   Il s'en explique lui-même comme suit: "Dans mes traductions
de jadis, j'ai subi une forte influence de Lin K'in-nan (Lin Chou).
Depuis 1906 je suivis les leçons de Tchang Ping-lin à Tokyo; depuis
lors je commençai à changer mon style.   Mon 城外小說, édité en 1909,
est le fruit de cette période.   Lorsqu'en 1917 je commençai à composer
des articles pour la revue "La Jeunesse Nouvelle", je n'employais plus
que le language parlé.   Le premier morceau traduit de ce temps-là fut
"La chanson des bergers grecs".

D'où vinrent les convictions philosophiques, religieuses et morales que Tcheou Tsouo-jen défendit depuis le début de sa carrière? Dans
une série de conférences données à l'université Fou-jen de Pékin, l'auteur
en donne lui-même une explications partielle: "Mes convictions ne sont
pas une synthèse pratique des doctrines de tel ou tel auteur occidental
ou oriental.   Me furent-elles transmises en rêve par le prince Tcheou
ou par le sage Confucius?   Je ne le pense pas.   Les théories du sujet
de l'histoire de la littérature, comme on peut les retrouver chez les anciens
auteurs du Kong-ngan-p'ai, ont eu pour moi un charme particulier, mais
mes opinions étaient déjà formées avant d'avoir lu les oeuvres des grands
auteurs de cette école.   D'ailleurs je ne suis pas complètement d'accord
avec leurs opinions.   Moi, je préfère parler de principes et de programmes
d'action en littérature, tandis qu'eux parlent plutôt de questions de
style. ....Mais si on persiste à me demander où j'ai puisé mes opinions
et convictions, je vous l'avouerai: elles me viennent des narrateurs
populaires.   Nous racontant l'histoire des "Trois Royaumes", ils me firent
comprendre un grand principe, à savoir que, sur la terre, des forces qui
sont unies d'abord, se dissolvent après un certain temps, et que, dissoutes,
elles finissent par se réunir de nouveau après un certain autre temps.
C'est ce double principe qui me paraît expliquer la marche de l'histoire
de la littérature chinoise, comme bien d'autres choses..." (我的意見並
非依據西洋某人的論文, 或是遵照東洋某人的書本演繹應用來的. 那麼是周公孔
壽人夢中傳授的麼? 也未必然. 公安派的文學歷史觀念確是我所佩服的, 不過我
的杜撰意見在未讀三袁文集的時候已經有了, 而且根本上也不盡同. 因為我所說
的是文學上的主義和態度,他們所說的多是文體的問題,這樣說來似乎事情非常神
秘, 彷彿在我的杜園瓜菜內鑽出了什麼嘉禾草,有了不得的樣子; 我想道當然是
不會有的. 假如要追尋下去, 追到底是那裡的來源; 那麼我只得實說出來; 道是從
說書來的; 他們說三國什麼時候, 必定首先唱道; 且說天下大勢, 合久必分, 分久
必合. 我覺得道是一句很精的格言. 我從道上邊建設起我的議論來. 說沒有根基
也是沒有根基, 若說是有, 那也很有根基的了 . Cfr. 中國新文學的源流, p. 3-4).

Tcheou Tsouo-jen parle ici avant tout de ses opinions littéraires. Quand on y regarde de plus près, il est cependant évident que ses opinions et ses convictions se sont formées à l'aide de bien d'autres éléments: l'humanitarisme russe y joue un grand rôle. Ce n'est pas par pur hasard qu'il traduisit plusieurs oeuvres de Tolstoi, de Dantshenko, de Tchekow, de Sologub, de Kuprin, de Andreev et de bien d'autres.

L'humanitarisme foncier de cet auteur, en littérature comme en morale, le poussa vers le réalisme social et lui donna quelquefois l'apparence de certaines sympathies pour l'idéal socialiste d'une vie commune toute nouvelle, complètement conforme à la nature humaine, fondée sur le travail, la vie commune et l'entr'aide mutuelle. Il fut d'ailleurs pendant quelque temps mêlé au mouvement du "Village nouveau" (新村), mis à l'essai en 1918 au. Japon. Ce mouvement prétendait que l'humanité est un grand ensemble dont les individus forment les parties constituantes, et que chacun d'eux doit concourir au bien commun. L'homme, disaient ils, poursuit deux buts dans la vie naturelle: sa conservation et son bien-être. Dans la poursuite de ce double but, il ne peut cependant pas contrecarrer la conservation et le bien-être d'autrui. Il faut au contraire s'entr'aider pour atteindre ce double but, car ensemble nous formons le genre humain, et chacun de nous en est une unité. Il faut donc vivre de telle sorte qu'en se servant soi-même, on serve autrui, et qu'en servant antrui, on se serve soi-même. (彼此都是人類, 却又各是人類的一個. 所以須營一種利己而又利他. 利他即是利己的生活. Cfr. 建設理論 éd. 中國新文學大系, Art. 人的文學 p. 195). En réalité, dans l'état actuel du monde, chacun cherche à fonder son bonheur sur la ruine de celui du prochain. Pareille conduite est contre nature. C'est cela qu'il faut corriger.

Ces vues fondamentales, Tcheou Tsouo-jen les fit siennes; elles ressemblent d'ailleurs assez bien à celles de Tolstoi, mais celui-ci, d'après notre auteur, tenait une position trop bornée, négligeant trop les besoins spirituels de l'homme. Car enfin on doit bien retenir, dit Tcheou Tsouo-jen, que l'homme a une double vie, celle du corps et celle de l'âme. (人有靈肉二種的生活, Ibid.).

Pour ce qui concerne ce dernier problème, continue Tcheou Tsouo-jen, les Anciens eurent déjà deux écoles extrêmes: Les uns pensèrent que l'homme est composé de deux principes: le corps et l'âme (人生有靈肉二元), qui coexistent et sont engagés dans une lutte sans répit (永相衝突). Ils considéraient la chair comme un reste de la vie animale, l'âme comme le sommet de l'évolution de l'esprit. Partant le but de l'homme devait être, d'après eux, de développer de nouveau la nature spirituelle et de faire mourir la matière pour délivrer l'âme. (滅了體質以救靈魂). C'est dans ce but qu'ils insistaient si sévèrement sur la nécessité de l'abstinence et de la pénitence et tâchaient de dompter leurs instincts. (Tcheou Tsouo-jen fait visiblement allusion ici à une sorte d'ancien Platonisme ou d'Augustianisme comme beaucoup de Protestants le professaient. L'auteur entra en effet en contact avec plusieurs influences chrétiennes lors de son professorat à Yen-ching.) A côté de ces théories rigoristes des Anciens, on avait l'autre extrême des Hédonistes matérialistes, continue Tcheou Tsouo-jen, qui avaient pour seul mot d'ordre: "Mort, ensevelis-moi" (不顧靈魂的快樂派, 死便埋我). D'après notre auteur ce sont-là deux positions extrêmes. Aucune des deux n'explique adéquatement la valeur de la vie humaine telle qu'elle se présente dans la réalité. Puis vinrent des penseurs plus modernes, continue-t-il, qui entrevirent qu'esprit et corps, double composé de l'homme, ne sont en réalité que deux faces d'un même objet et nullement deux principes hostiles l'un à l'autre (對抗的二元). "La seule satisfaction des besoins animaux ne donne pas le bonheur à l'homme, il doit aussi satifaire ses besoins supérieurs. D'autre part les satisfactions de la raison seule ne suffisent pas non plus pour faire des heureux." (Cfr. 人的文學, p. 194). Le rationalisme positiviste est donc à rejeter.

De cette double thèse il résulte pour Tcheou Tsouo-jen, que la culture personnelle est le fondement nécessaire de la culture humaine sociale. (Cfr. Wieger, La Chine Moderne, II, pp. 273-274). Mais Tcheou Tsouo-jen ne sut cependant pas se défaire complètement de l'évolutionisme rationaliste: pour lui, l'homme reste "un produit de l'évolution animale". (從動物進化的, o.c. p. 194).

Dans la notion de culture humaine, l'auteur regarde la religion comme un élément de première importance. Il ne précise cependant pas quelle religion il faut suivre. C'est cette conviction qui lui inspira ses études au sujet de l'Imitation de Jésus-Christ (Cfr. 自己的園地), et qui lui donna en 1907, lors de son séjour au Japon, l'idée de faire une traduction du Nouveau Testament en langue chinoise moderne. Dans ce but il se mit même à l'étude du grec pour pouvoir contrôler le texte original. Mais les difficultés économiques d'abord, et les activités de la révolution littéraire ensuite, ne lui permirent pas de réaliser son projet.

Au cours des mouvements antireligieux de 1922, Tcheou Tsouo-jen proclama ouvertement ses opinions au sujet de la religion en général et du Christianisme en particulier, et prit position contre l'athéisme et l'esthétisme communiste ou libéral. (Cfr. Wieger, La Chine Moderne. III, p. 123). Mais lorsqu'il parle du Catholicisme, il fait maintes fois montre d'ignorance au sujet des doctrines catholiques, même élémentaires. Cela peut s'expliquer seulement par le manque de bonnes et saines sources d'information.

Son souci continuel de développer la vie humaine intégrale, corps et âme, le préserva de la grandiloquence d'un Tch'en Tou-sieou et des autres, mais lui attira des critiques violentes. Son mariage avec une Japonaise fut cause d'attaques plus virulentes encore.

Après avoir entendu les grands cris de Tch'en Tou-sieou et les directives souvent outrées de Hou Che, on trouve un vrai plaisir à écouter Tcheou Tsouo-jen présentant ses convictions intimes et profondes. Surtout son article "La littérature humanitariste" vaut la peine d'être lu en son entier et d'être médité. Il y dit: "Littérature et vie ne peuvent être séparées. L'art est naturellement humain, puisqu'il est l'expression de nos sentiments. Comment pourrait-on dès lors le séparer de la vie humaine?" (我以為藝術當然是人生的。因為他本是我們感情生活的表現。叫他怎能與人生分離呢？ Cfr. 小品文研究 par 李素伯 p. 94). Autre part il dit encore: "Tout ce que nous avons tâché d'obtenir dans notre lutte pour une nouvelle littérature peut être exprimé en une seule phrase: Nous cherchons une littérature humaine. Ce qu'il faut combattre, c'est la littérature qui s'oppose à l'humanisme. Voilà notre position. Il ne faut pas faire de distinction entre l'ancienne littérature et la nouvelle. En fait il n'y a rien de nouveau sous le soleil. Nouveau et ancien ne sont que des termes relatifs. La vérité est où elle n'est pas. Si vous dites qu'elle est nouvelle, c'est parce que vous ne l'avez trouvée que récemment mais elle existait déjà auparavant, elle est éternelle. La vérité ne souffre pas de limitations ni dans le temps ni dans l'espace. C'est seulement l'imperfection de notre intelligence qui nous empêche de la trouver plus tôt, et pour cette raison nous l'appelons quelquefois nouvelle. (真理永遠存在，並無時間的限制只因為我們愚昧，開道太遲...所以稱他新). "Christophe Colomb a découvert l'Amérique; depuis lors on appelle l'Amérique "Le Nouveau Continent", mais l'Amérique existait avant la découverte. Franklin a découvert l'électricité, mais avant cette découverte par un homme, l'éléctricité existait déjà...".

Tcheou Tsouo-jen semble cependant ne pas avoir entrevu toutes les conséquences qui découlent d'une telle logique, et il se contredit quelquefois. Par exemple, lorsqu'il nous dit dans son "T'an-Hou-tsi" 談虎集 (Cfr. 李素伯 o.c. p. 97): "Je ne crois pas qu'il existe au monde une règle fixe qui puisse servir de ligne de conduite pour l'humanité dans tous les temps. Seule la biologie, décrivant les phénomènes de la vie des êtres, peut nous fournir une norme pour discerner et définir les actions humaines" 我不信世上有一部經典，可以千百年來常人類的教訓的。只有記載生物的生活現象的 biology 才可供我們參考，定人類行為的標準). C'est que, comme nous le disions plus haut, Tcheou Tsouo-jen ne put jamais se défaire complètement de l'influence de l'évolution rationaliste. Cela constitue néanmoins une étrange contradiction dans l'ensemble de ses conceptions philosophiques et morales. De fait il dit clairement, autre part:" Dans notre conception de la littérature nous prétendons n'exagérer ni le rôle du corps, ni celui de l'esprit. Ce sont-là deux faces différentes d'un même sujet. Nous insistons sur l'individualité intégrale, et l'individualité en tant qu'unité de vie. Nous gardons en même temps un grand amour pour l'humanité dans son ensemble... Avec une littérature humanitariste il nous faut également une morale humanitariste, qui contienne entre autres éléments: l'égalité des sexes, la liberté dans le choix du mariage, la stabilité dans le mariage et la monogamie". 人的文學 p. 197).

Tcheou Tsouo-jen considère encore l'individu dans l'unité de vie. Bientôt d'autres auteurs n'y verront plus qu'une partie constituante de l'unité de vie commune, nationale, racique ou sociale, façon de voir qui mènera au totalitarisme sous toutes les formes qu'on connaît actuellement. Tcheou Tsouo-jen ne fit pas cette volte-face. Son frère, Lou Sin la fera en 1930, du moins extérieurement et à contre-coeur, en cédant devant les critiques de droite comme devant les menaces de gauche.

Enfin, comment mettre en pratique la littérature humanitariste? Tcheou Tsouo-jen propose deux methodes: la méthode positive (正面的), qui consiste à décrire la vie comme elle devrait être et les moyens pour y arriver. C'est d'après cette méthode qu'il composa "Gouttes" (點滴). On peut encore procéder d'une façon négative (側面的), ou par contraste, en décrivant la vie telle qu'elle est vécue de fait, et en mettant à nu les abus contraires à la culture humanitariste. Cette méthode est peut-être plus efficace pour rendre la société consciente de ce qu'elle est et de ce qu'elle devrait être. C'est le réalisme social comme Lou Sin l'a élaboré dans ses "Cris" et "Hésitations" les deux livres qui concoururent le plus pour aider la Chine nouvelle dans l'éveil de la conscience.

Tchou Hi-tsou 朱希祖. Né en 1897 à Haiyen 海鹽 dans la province du Tchekiang, Tchou Hi-tsou étudia à l'université Waseda (早稻田), au Japon, à l'Ecole Normale d'abord, ensuite à la faculté d'Histoire et de Géographie. De retour en Chine il devint directeur du bureau de l'Education de la province du Tchekiang en 1921. En 1923, il est professeur et doyen de la faculté d'Histoire à l'Université Nationale de Pékin, et en 1927, il ajoute à ces titres celui de professeur d'histoire à l'université Ts'ing-hoa. Plus tard il fut appelé à Nankin pour y exercer les fonctions de doyen de la faculté d'Histoire à l'Université Centrale. Il est surtout connu pour ses études historiques.

Keng Tsi-tche 耿濟之 Cet auteur est connu presque exclusivement pour ses traductions d'auteurs russes, entre autres: 柴霍甫短篇小說集 (Anton Tchekov), Comm. Press: 犯罪, (ib.); 遺產, (ib); 托爾斯泰短篇 小說集, (Leo Tolstoï), Comm. Press; 黑暗之勢力, (ibid.); 復活, (ibid); 雷雨, (ibid.); 父與子 (Ivan Turgenieff), ibid; 人的一生 (Leonid Andreyer), ibid; etc...

K'iu Che-ing 瞿世英, connu aussi comme *K'iu Kiu-nong* 菊農 Il naquit à Outsin 武進 dans la province du Kiangsou. Il étudia d'abord à l'université Yen-ching, et devint plus tard docteur en philosophie de l'Université Columbia, Amérique. De retour en Chine il devint préfet d'études à l'Institut Tze-tche de Shanghai (國立自治學院), puis professeur à l'école normale supérieur pour jeunes filles. Plus tard il enseigna successivement dans les universités Tchong-Kouo (私立中國大學), P'ingmin (平民大學), Ts'ing-hoa (淸華大學) et Yen-ching (燕京大學). On a de lui des travaux de philososphie et de pédagogie.

Tcheng Tchen-Touo 鄭振鐸. Naquit à Tch'anglo (長樂) dans la province du Foukien en 1897. Après avoir pris ses grades à l'Université des Communications (北京交通大學) à Pékin, il alla continuer ses études à Londres, et fit ensuite un voyage en Amérique et en Europe. Rentré en Chine il devint successivement professeur aux universités Ki-nan (國立暨南大學), Tchong-kouo (私立中國公學) et Fou-tan (復旦大學). En même temps il remplissait la fonction de Rédacteur en chef de la révue "Siao-chouo-yue-pao" 小說月報 de Shanghai. En 1930 il vint s'établir à Pékin, où il fut professeur de littérature chinoise à l'université Ts'ing-hoa. Plus tard il devint directeur de l'Institut de Littérature à l'université Yen-ching. Il retourna à Shanghai en 1935 pour y être directeur de l'Institut de Littérature à l'université Ki-nan. De là il se rendit à Hongkong en 1941 et y enseigne la littérature chinoise à l'Université de Hongkong.

Depuis 1932, il se range parmi les auteurs libéraux qui sont en opposition — indirectement et partiellement seulement — avec les restrictions imposées par le parti au pouvoir. En 1935 il organisa la Ligue d'Arts et Lettres (文藝協會) et dirigea diverses revues éditées par la librairie Cheng-hoa 生活. Mais il est avant tout connu pour ses études historiques sur la culture chinoise et étrangère, et en particulier pour ses travaux littéraires sur R. Tagore.

Parmi ses oeuvres, 家庭故事 (1931, K'ai-ming) mérite d'être cité. Il y parle du système familial tant attaqué par la culture nouvelle et défendu à tort et à travers par les anciens conservateurs. Selon lui, ce système n'est en soi ni bon ni mauvais; sa valeur dépend de l'esprit des individus qui le mettent en pratique. Ce sont les individus qu'il faut former avant tout, dit-il. (讀者月刊 vol. I, n 8, p. 19).

Chen Yen-ping 沈雁冰, *Te-hong* 德鴻, mieux connu sous son nom de plume de *Mao Toen* 茅盾:

Naquit en 1896 à T'onghiang 桐鄉 dans la province du Tchekiang. Il fut reçu à l'Université Nationale de Pékin en 1914, mais dut interrompre ses études en 1917 à cause de la situation financière pénible de sa famille. Lorsqu'en 1920 la Société d'Etudes Littéraires prit pour organe officiel à Pékin le "Siao-chouo-yue-pao",, édité par la Commercial Press de Shanghai, il obtint une place dans les bureaux de cette imprimerie, et devint en même temps directeur provisoire de la revue. L'année suivante il céda la rédaction à Tcheng Tchen-touo.

Quand en 1926 la gauche du Kouo Min Tang constitua un gouvernement autonome à Ouhan, il s'y rallia, devint membre du Bureau de Propagande politique (政治宣傳部) et rédacteur du journal "Ouhan-je-pao" 武漢日報. Mais les activités de ce gouvernement lui déplurent et il retourna à Shanghai en 1927 lors de la séparation du gouvernement et du Kouo Min Tang. C'est durant ces années qu'il composa sa trilogie "l'Eclipse" (蝕). Il passa au Japon en 1928 et y publia son article "De Koujing à Tokyo" (從牯嶺到東京) dans lequel il fit l'apologie de ses idées politiques et sociales telles qu'il les avait élaborées dans sa trilogie. Le 2 mars 1930 il se rallia à la Ligue des Ecrivains de gauche (中國左翼作家聯盟), qui a pour but de travailler à la création d'un art prolétarien et néo-réaliste. Pendant cette période Mao Toen vécut caché à Shanghai. En mars 1936 il fonda à Ouhan la Ligue d'Arts et Lettres, voulant réunir tous les écrivains de gauche et les libéraux sous l'étendard unique de la littérature pour la défense nationale (國防文學). En 1940 on le retrouve durant quelque temps à Hongkong, où il travaille contre le gouvernement de Tch'ongk'ing. Depuis 1941 il est directeur de l'Institut de Littérature à l'université du Sinkiang (新疆大學文學院), et président de l'Union Culturelle Sino-russe (中蘇文化協會新疆分會).

Parmi ses études littéraires il faut citer: 文學和人生的關係; 未來派文學之勢力; 自然主義與中國現代小說; 騎士文學 A.B.C.

Ses autres ouvrages principaux sont: La trilogie 蝕, publiée dans les éditions K'ai-ming. Elle comprend "Désillusion" (幻滅) composée en 1925; "Agitation" (動搖) écrite en 1926, et "Recherches" (追求) composée en 1927. Vient ensuite un recueil de nouvelles intitulé "Roses sauvages" (野薔薇) publié en 1929 par la librairie Takiang (大江書局), "Arc en ciel" (虹) publié en 1930, K'ai-ming; "Sou-mang" (宿莽), nouvelles, 1931, 大江; "Le trio" (三人行), roman, 1932, 開明; "La route" (路), roman, 1932, 光華書局; "Minuit" (子夜), roman, 1933, 開明; "Le moulin à paroles" (話匣子), série d'essais, 1934, 良友; "Ecume" (泡沫); nouvelles, 1935, 生活; "Relations triangulaires" (多角關係), roman, 1936, 生活. "Recueil de récits brefs" (茅盾短篇小說集), 1936, 開明; etc...

Parmi ses oeuvres de traductions il faut noter surtout: "Impressions, sentiments et souvenirs" (印象,感想,回憶), 1936, 文化生活; "Le jardin des pêchers" (桃園); "Le Diplôme" (文憑), roman russe de V.T.N. Datchenko, 現代書局; "Mes mémoires" (我的回憶), par B. Biornsson, 生活; "L'homme de neige" (雪人), nouvelles de divers auteurs russes, 開明; "La Guerre" (戰爭), roman russe de Tikhonov, 1936, 生活; "La mort d'un homme" (一個人的死); etc...

La caractéristique des oeuvres de Mao Toen, c'est qu'il sait décrire d'une façon particulièrement précise les temps où il vit. Sous le couvert d'une histoire d'amour, il sait nous dépeindre la société dans sa période actuelle d'évolution, et décrit tous les phénomènes inhérents au mouvement révolutionnaire: les désillusions, les doutes, toutes les tragédies du coeur et de la conscience. Mao Toen analyse surtout l'amour des jeunes gens, mais il exagère trop le côté sentimental. Il aime à prendre des jeunes filles comme héros de ses romans, et son modèle préféré est la jeune fille pessimiste. Tous les jeunes qu'il décrit reflètent bien les sentiments qui agitent la jeunesse actuelle: le romantisme outré. On sent que Mao Toen veut être psychologue, mais il n'y réussit pas toujours.

Quand à sa tendance littéraire, Mao Toen se dit lui-même "réaliste objectif" (客觀的和寫實主義). On traduirait mieux le sens de cet appellatif par "réalisme naturaliste". A cause de cela il y a beaucoup d'endroits dans ses descriptions, qui déplaisent. On y sent fortement parfois, l'insuffisance de la psychologie. (Cfr. 茅盾評傳 par 伏志英, 1931, 現代書局, p. 8).

Pour lui la littérature a une fonction sociale. L'art et la vie ne peuvent pas être dissociés. La littérature doit assumer la tâche de décrire son temps, de dresser le tableau fidèle des maux et des misères de l'humanité contemporaine. Mao Toen est conscient de remplir, ce faisant, "une tâche des plus importantes". (Cfr. Brière, S.J.: Un peintre de son temps: Mao Toen. Dans le Bulletin de l'Université Aurore, vol. III, 1943, p. 249).

"La véritable littérature, dit-il, est celle qui reflète son temps. En quelle société vivons-nous? Regardons autour de nous: partout l'instabilité et le trouble... Le conservateur enragé et le novateur passionné sont en conflit violent d'idées; il faut les dépeindre. Il n'y a pas encore d'oeuvre qui décrive notre époque. Il convient donc, à mon avis, que la nouvelle littérature fasse le tableau de la société présente." (Brière, o.c. p. 249).

Il faut cependant comprendre ces idées dans le sens que Tcheou Tsouo-jen leur donne dans son article au sujet de la littérature humanitariste. Il ne s'agit pas ici d'être naturaliste sans plus, de décrire pour décrire uniquement. Il faut infuser une idée forte et directrice dans les descriptions, comme le fit Lou Sin dans ses "Cris" et "Hésitations". Il faut y mettre une tendance qui prépare la création d'une vie nouvelle.

Au début de sa carrière, Mao Toen inclina vers le naturalisme. Il l'avoue ouvertement. Ses aveux trompèrent cependant le jugement de certains critiques. De fait il n'est nullement à ranger parmi les naturalistes, bien qu'il en ait subi de fortes influences. Dans son article "De Kouling à Tokyo" il disait en 1928 déjà: ".. J'aime Zola, j'aime aussi Tolstoï. Jadis j'ai travaillé avec ardeur pour le naturalisme de Zola, mais je n'ai récolté qu'imcompréhension et opposition. Quand je me mets à écrire moi-même, je m'approche bien plus de Tolstoï, non que j'aie la prétention de vouloir me comparer à lui. Ce que je veux dire c'est ceci: Depuis longtemps je n'ai plus parlé de naturalisme. Je n'ai pas commencé ma carrière d'après les règles du naturalisme. Au contraire, je veux être réaliste dans la vie. J'ai fait l'expérience des difficultés de la Chine en ébullition, j'ai ressenti les dangers de la désillusion et toutes les contradictions de la vie humaine, jusqu'à en devenir pessimiste. Je désire apporter un rayon de lumière dans cette vie brouillée et sombre. J'avoue avoir donné l'impression d'être naturaliste, en réalité je ne le suis pas. "(Cfr. 中國文藝論戰 p. 359.). Nonobstant cette rétractation explicite, on pourrait quand même appeler Mao Toen, naturaliste. Mais le mot et l'idée sont plus ou moins périmés. Il vaut mieux l'appeler réaliste, et donner au mot son sens actuel, comme d'ailleurs il s'en explique lui-même: "Il faut regarder le présent en face, découvrir dans le présent les nécessités futures. C'est en perçant les erreurs du présent qu'on peut découvrir l'avenir grandiose de l'humanité et provoquer la naissance de la confiance. Il faut donc observer le réel, le disséquer, l'analyser." (Cfr. Brière, o.c.).

On comprend dès lors qu'il ne faut pas trop prendre au tragique le mot de Mao Toen "Je prétends être disciple de Zola", ni les critiques qui l'ont pris au pied de la lettre et l'ont nommé simplement "Zolaiste". Il ne s'agit nullement ici d'un naturalisme qui ne décrit que la poussée aveugle des instincts et des passions individuelles, mais bien plutôt d'un réalisme, ou comme on l'appelle maintenant, d'un néo-réalisme (新寫實 主義) qui n'est pas encore parvenu à sa maturité. (Cfr. infra).

Mao Toen s'est toujours tenu au principe réaliste dans ses oeuvres, jusqu'à présent. Il peint les plaies sociales et les maux de l'humanité contemporaine. Il ne fait pas miroiter devant les yeux de ses lecteurs un avenir fantaisiste radieux, pour les consoler des maux actuels présents, comme le font les utopistes communistes. Cependant, sans le savoir peut-être, il sème le mécontentement, voire même la révolte. Il éveille dans la conscience des lecteurs la conviction qu'il faut changer quelque chose d'essentiel dans l'état actuel du monde social.

Cet auteur diffère cependant beaucoup des écrivains communistes de la Société "Création". Comme Lou Sin, Ye Chao-kiun et d'autres, Mao Toen décrit d'une façon tragique le chaos et la ruine de la société chinoise actuelle. De cette façon ces auteurs donnent quelque peu l'impression d'exciter à la lutte des classes. En plus, l'incident de Nanking road, le 30 mai 1925, fit une impression particulièrement profonde sur Mao Toen, et le confirma dans sa conviction de la nécessité urgente d'un changement social. Mais là où le communisme veut la révolution "par" et "au profit" du prolétariat, Mao Toen au contraire, juge qu'en Chine les vrais opprimés sont la petite bourgeoisie, qui occupe pratiquement, d'après lui, les six dixièmes de la population entière. La Société "Création" lui imputa durement cette thèse. "Il veut une révolution pour la petite bourgeoisie, disaient-ils, il est donc anti-révolutionnaire, et il faut le combattre". De fait, dans ses romans, Mao Toen décrit avec un soin particulier les misères des petits commerçants, des petits fermiers, des familles déchues de lettrés, etc... (Cfr. 中國文藝論戰 p. 244).

Il attaque avec vigueur la dialectique matérialiste simpliste et utopique de Tch'eng Fang-ou et Kouo Mo-jo. Mao Toen croit à la libre activité de l'homme, capable d'adapter "la roue de l'histoire" aux nécessités nouvelles et de mettre de l'ordre dans le monde présent. Ce travail doit se faire en Chine, d'après lui, par les petits bourgeois, et non par une lutte déterministe des classes ni par l'hégémonie du prolétariat sur toutes les autres classes de la société.

D'après lui le mouvement du Quatre Mai 1919, qui déclencha la ruée vers la culture nouvelle, était trop individualiste et trop libéral et devait mener à la ruine morale et sociale. Le mouvement du Trente Mai 1925 donna une direction nouvelle sociale (集團的) plus efficace. Les vociférations des auteurs de la Gauche sont sans utilité pratique. Il faut plutôt tâcher d'inspirer à la Chine nouvelle un esprit d'organisation sociale (組織力) et de discernement (判斷力). (中國文藝論戰 p. 407.)

Le Père Brière, dans l'article cité, donne une critique assez juste de l'oeuvre de Mao Toen en disant: "...Plus d'une réserve serait à faire sur son positivisme naturaliste qui en fait le fond. Ses peintures de moeurs sont parfois crues et il en parsème son oeuvre ... Certaines scènes sont plus que lestes, bien qu'il agisse par principe plus que par perversion". On comprendra mieux la portée de l'oeuvre de Mao Toen dans l'évolution générale de la littérature moderne chinoise, si on tient compte de l'influence qu'il subit du culte exclusif de la raison, qui trouva son expression en littérature dans le naturalisme du début du siècle présent. A cette influence s'ajoute encore celle de l'humanitarisme compatissant et aigre de Tolstoï. Mao Toen tâcha pratiquement de combiner les deux dans un paradoxe d' "humanitarisme-matérialiste". Après 1930 il prétend être néo-réaliste, mais il n'y réussit pas parce qu'il restait trop imprécis et trop incomplet dans sa représentation de la vie humaine avec toutes ses exigences matérielles et spirituelles. En fait on ressent chez lui le dégoût et la ruine de la vie comme le rationalisme et le libéralisme l'avaient dessinée, et en même temps l'aspiration, souvent inconsciente, vers une vie complète, proportionnée à la nature humaine telle qu'elle est en réalité, mais qu'il est incapable d'atteindre.

Nous pouvons terminer cet aperçu en concluant qu'il est vraiment curieux de constater combien il est difficile à Mao Toen comme à bien d'autres grands auteurs de la Chine nouvelle, de se défaire des préjugés rationalistes dont il furent imbus dans leur jeunesse et qui les empêchent de voir, de formuler et de réaliser les changements de vie et de société nécessaires.

(Ces dernières années, Mao Toen composa encore plusieurs oeuvres, entre autres un roman initiulé "l'homme" (人), où il dépeint la situation nationale, politique et sociale de la Chine pendant la guerre contre le Japon.)

Suen Fou-yuen 孫伏園. Né à Chaohinghien 紹興縣 comme ant d'autres auteurs de renom, Il ne fit guère que traduire les oeuvres de Tolstoï.

Ye Chao-kiun 葉紹鈞. Né en 1893 à Ouhien 吳縣 dans la province du Kiangsou d'une famille pauvre, il ne put faire que des études moyennes. Devenu instituteur d'école primaire pour gagner son pain, il occupe son temps libre à parfaire par lui-même son instruction insuffisante En 1920 il devient membre de la Société d'Etudes Littéraires et quitte l'enseignement pour occuper une place dans les bureaux de la Commercial Press à Shanghai; en même temps il est rédacteur de deux revues: "Founiu-tsa-tche" 婦女雜誌 et "Tchong-hiue-cheng" 中學生, publiées l'une par la Commercial Press et l'autre dans les éditions K'ai-ming.

En 1941 il est professeur à l'université de Tch'ongk'ing. Parmi ses oeuvres il faut noter: 火災, édition 開明; 稻草人, Commercial Press, 線下, Commercial Press; 作文法, 1934, 開明; 文心, 1934, 開明; 未厭集, 1929, Commercial Press; 未厭居習作, 1935, 開明; 城中, 1926, 開明; 倪煥之, 1930, 開明 (Mao Toen en donna une analyse très intéressante, Cfr. 中國文藝論戰 pp. 399); 隔膜, 1922, Commercial Press; 劍鞘, 1924, 模胝 en collaboration avec Yu P'ing-po; etc...

Romancier réaliste (寫實主義的小說家). il décrit la vie comme Tcheou Tsouo-jen, Mao Toen, etc. , mais d'un ton plus optimiste; il est aussi plus fin, plus paisible et plus artiste. Chen Ts'ong-wen porte sur Ye Chao-Kiun un jugement des plus intéressant si on tient compte de la plume qui l'a écrit. "Parmi les auteurs de la première période de la reconstruction littéraire, il y en a un qui écrit avec un accent très sincère, qui après dix ans conserve encore intact cet esprit de travail humble et obscur qu'il possédait au début et qui n'a pas évolué: c'est Ye Chao-kiun. Il écrit ce qu'il voit et ce qu'il entend. Il crée ses récits avec l'humeur toujours égale d'un homme de la classe moyenne Au point de vue littéraire il est calme, il émeut. Au point de vue composition il est simple. Il ne s'oublie jamais et se tient pourtant toujours au second plan. Il décrit d'une humeur calme et sereine les hommes et les choses. Parmi ses contemporains Ye Chao-kiun mérite la première place. Dans ses compositions on respire une atmosphère de compassion, on y sent une certaine mélancolie et du désenchantement de la vie L'auteur se maria très jeune; ses souhaits étaient réalisés. Avec une âme de père et un coeur d'enfant il a composé des récits pour enfants, dont le meilleur est sans contredit "L'homme de paille" (稻草人). Cette histoire nous montre comment l'auteur savait rêver en silence. Il sait garder un coeur pur dans un milieu troublé. Il maintient toujours l'attitude d'un homme sain de corps et d'esprit. Il recherche le beau et le parfait, et cette beauté et cette perfection mettent de l'espoir optimiste dans son imagination pure, éloignée des désirs des sens et de tout égoïsme." (Cfr. 論中國創作小說 par 沈從文, édité dans 模範小說選 par 謝六逸.)

Après 1922 le climat littéraire général devint surtout romantique. Le pessimisme à la Yu Ta-fou devint un sentiment à la mode. Les rêveries de Ye Chao-kiun furent ridiculisées, puis oubliées par les jeunes. Il continue cependant d'être lu, à cause de son accent paisible et de son beau style.

Certes dans les récits de Ye Chao-kiun il manque un peu de ce merveilleux qui éblouit, mais partout on respire une atmosphère d'amour chaud et bienfaisant, et par là il évoque chez le lecteur un attrait, non de simple intérêt, non d'émotion, mais de compréhension (認識), d'intelligence. On y apprend à concevoir, à créer un récit. Pour cela les compositions de Ye Chao-kiun sont jusqu'à présent, encore ce que nous avons de meilleur dans la littérature. (Cfr. Chen Ts'ong-wen, o.c.).

Dans une de ses nouvelles, "Petites vagues" (微波), l'auteur nous raconte d'un ton navré un des excès malheureux de la "Culture nouvelle": le mariage libre et malheureux. L'auteur fait ressortir vivement le tragique de la situation, mais sans esprit de révolte à la Tch'en Tou-sieou, sans lascivité à la Yu Ta-fou, sans amour triangulaire à la Tchang Tse-p'ing ou à la Tchang Hen-choei. Sa conclusion est franche et admirable: Portons le fardeau et la responsabilité que nous nous sommes mis sur les épaules librement, en vue du bien des enfants. Notons une autre caractéristique des oeuvres de Ye Chao-kiun; son respect pour la femme. En elle il voit toujours en premier lieu la mère, dans le cadre de la famille. Ye Chao-kiun ne considère pas comme fondement de l'humanisme en littérature l'individu, comme fait Tcheou Tsouo-jen; ni la société comme fait Mao Toen, mais bien plus l'homme dans le centre de la famille. Par là il faut bien avour que Ye Chao-kiun est plus humain que les autres.

Un critique de renom, Tchao King-chen, a très bien résumé les étapes littéraires dans la vie de Ye Chao-kiun: "Au début de sa carrière, il se contente de décrire la vie de ses élèves et des enfants. Depuis "L'Homme de paille", son champ d'expérience semble s'élargir. Sous forme d'histoires pour enfants il atteint les sentiments intimes du peuple. Depuis son "Incendie" il en vint à décrire directement la vie de société. Enfin depuis les dernières années il incline très fortement vers l'humour du genre Tchekov." (葉紹鈞最初作隔膜, 多寫小學生和兒童的生活; 及作稻草人, 則以美麗的筆寫幻想的故事, 滲入以平民思想; 復作火災, 則更擴大其寫作範圍至於社會; 最近的線下與城中, 復由日本白樺派的風味改而爲柴霍甫式的幽默. Cfr. 阿英, o.c. p. 48).

Hiu Ti-chan 許地山, mieux connu sous le nom de plume *Lo Hoa-Cheng* 落華生. Naquit en 1893 à Longk'i 龍溪 dans la province du Foukien. Il fit ses études à l'université Yenching d'abord, et continua ensuite en Amérique où il obtint un diplôme en littérature. Il passa aussi quelque temps à Oxford. Rentré en Chine il fut fait membre du comité pour l'unification de la langue (教育部國語統一籌備委員會) et professeur à Yen-ching. En 1928 il enseigne la sociologie et l'éthnologie à Ts'ing-hoa, et en même temps la philosophie à l'Université Nationale de Pékin. Après quelques années il quitta Pékin pour aller occuper la place de doyen de la faculté de Littérature à l'université de Hongkong. Il est connu aussi pour ses études du Taôisme chinois.

Parmi ses œuvres littéraires il faut surtout noter: 蜘蛛勞蛛, Commercial Press; 空山靈雨, (ibidem); 無法投遞的郵件, 1928, 文化學社; 解放者, 1933, 星雲堂; etc.,. et plusieurs autres romans et récits décrivant principalement les mœurs et les choses à l'étranger. Chen Ts'ong-wen dit de lui: "Il est raffiné, recherché et pur dans son style comme dans ses sentiments, dans l'amour surtout". (落華生論, dans 讀書月刊, 創刊號). Et ailleurs le même critique dit encore: "Lo Hoa-Cheng tient une place d'honneur dans la Société d'Etudes Littéraires. Son 蜘蛛勞蛛 mérite une mention spéciale pour la perfection de sa composition artistique et les belles descriptions de lieu et de sentiments. Il fait vivre et mouvoir ses personnages dans des états d'âme (情境) réels; il décrit d'une manière émouvante. Lo Hoa-cheng diffère des autres en ce qu'il est plus poétique et moins réaliste. Il décrit surtout les choses des pays étrangers, l'amour et la religion: des aspects de la vie en somme, que ses coontemporains n'ont guère décrits. Sous sa plume ces tableaux se présentent paisibles, coulants, brillants et clairs." (論中國創作小說 par 沈從文).

Hou Yu-tche 胡愈之. Naquit à Yuyao 餘姚 dans la province du Tchekiang en 1900. Il collabora, encore jeune, au "Tong-fang-tsa-tche" 東方雜誌, et étudia principalement la politique internationale. En 1930 il fit un voyage en Europe et en Amérique comme propagandiste de l'espéranto. A son retour en Chine il publia ses impressions sur Moscou. Il se range depuis lors parmi les auteurs de gauche.

Parmi ses ouvrages il y a: 詩人的宗教, édité par la Commercial Press; 星火, 1933, 現代; 圖騰主義 (tranduction du français: Le Totémisme, par M. Besson), 1932, 開明; 國際法庭, 1933, Commercial Press; 莫斯科印象記, édité en août 1931, l'auteur prend l'occasion d'un séjour de huit jours qu'il fit à Moscou pour porter un jugement favorable sur le régime soviétique; il fait cependant prudemment quelques réserves, inspirées surtout par "les purges politiques" des temps où il publia cet ouvrage. (讀書月刊, vol. I, janvier 1932, n° 4, pp. 6-11)

Sie Lieou-i 謝六逸. Né à Koeiyang 貴陽 dans la province du Koeïtcheou en 1906, il fit ses études universitaires à Waseda, Japon. Après son retour il devint d'abord professeur de littérature et de journalisme à l'université Fou-tan, puis professeur de littérature à l'Institut Chinois (中國公學). En 1940, nous le voyons professeur à l'Université Ki-nan de Shanghai (暨南大學).

Parmi ses œuvres littéraires il faut noter: 日本文學, 1927, 開明; 俄德西冒險記; 西洋小說發達史, 1933, Commercial Press; 兒童文學, 1935, 中華書局; 小說創作選; 模範小說集, éd. 新中國; 海外傳話集; 母親; 清明節; 茶話集; 接吻; 紅葉; 鸚鵡; 希臘神話; 徒然草; 范某的犯罪, 1929, 現代; 文學與性愛, traduit du japonais, édité à 開明; etc...

Tsiang Pai-li 蔣百里, connu aussi comme *Tsiang Fang-tchen* 蔣方震
Né en 1880 à Haining 海寧 dans la province du Tchekian il étudia d'abord
à l'Institut K'ieou-che (求是學院) à Hangtcheou. Puis il passa à l'école
militaire du Japon; enfin il se spécialisa encore à l'École Militaire en
Allemagne. Durant quelque temps il prit du service dans l'armée allemande. Avant 1911 il rentra en Chine et devint d'abord conseiller militaire du gouverneur de Moukden. Après la révolution il devint directeur
de l'école militaire de Paotingfou (保定陸軍軍官學校), et conseiller militaire de Yuen Che-k'ai. En 1916 il suivit Liang K'i-tch'ao dans le gouvernement séparatiste (軍務院) de Tchaok'ing 肇慶 dans la province du
Koangtong, et s'opposa avec lui aux ambitions impérialistes de Yuen. Il
combattit aux côtés de Ts'ai Nao 蔡鍔 contre Yuen, et devint plus tard
conseiller de Ou P'ei-fou.

En 1921 il fut élu président de la Société d'Etudes Littéraires à
Pékin. En 1930 il fut pris et mis en prison par le gouvernement de
Nankin. Il est très peu connu comme auteur littéraire mais plus comme
érudit et professeur. Il composa entre autres une histoire de la Renais-
sance Littéraire en Europe (歐洲文藝復興史), éditée en 1921 par la
Commercial Press.

Fou Tong-hoa 傅東華 Né à Kinhoa 金華 dans la province du
Tchekiang, en 1895, il obtint le diplôme d'ingénieur à l'université Nan-
yang de Shanghai, et prit immédiatement une place importante dans le
mouvement de la littérature nouvelle. Il enseigna successivement dans
plusieurs universités, fut membre actif de la Société d'Etudes Littéraires,
et occupa une place importante dans la Ligue d'Arts et Lettres en 1935
(中國文藝家協會). Il se fit un nom par ses traductions, ses critiques
littéraires et ses études historiques chinoises.

Parmi ses traductions il faut citer: 社會的文學批評, édité par la
Commercial Press; 近世文學批評, traduction de L. Lewisohn, Américain, 1928, Commercial Press; 詩之研究, traduit de B. Peuy, Américain,
1933, Commercial Press; 詩學 traduit d'Aristote, 1933, ibidem; 比較的文
學史, traduit de F. Lolier, Français, 1931, ibidem; 美學的原理, traduit
de l'Italien B. Croce, 1934, ibidem; L'Iliade et l'Odyssée, d'Homère;
人生鑑, traduit de U. B. Sinclair, 1929, 世界書局; 一個兵士的回家; 靜;
活屍; 生火; 反老回童; 參情夢及其他, 1928, 開明; 文學概說 traduit de
T. W. Hunt, Américain, 1935, Commercial Press; 我們的世界 traduit de
H. W. Van Loon, Américain, 1933, 新生活書局; 失樂園 Le paradis perdu,
par Milton; 青鳥, l'Oiseau bleu, par Maeterlinck; etc...

Li Ts'ing-yai 李青崖. Né à Tch'angcha 長沙 dans la province du
Hounan. Il est le fondateur de l'école K'ong-te 孔德 à Pékin. Il fut
successivement professeur aux universités Ki-nan et Fou-tan à Shanghai,
et se fit un renom par ses traductions des oeuvres de Maupassant. En
1941 il est professeur de logique à l'Ecole Spéciale d'Arts Sin-hoa (新華
藝術專科學校).

Parmi ses traductions il y a: 羊脂球集, Boule de suif, par Guy
de Maupassant, écrit en 1880, édition chinoise, 1929, 北新真泊桑短篇小
說集 (3 volumes), Commercial Press. Le premier volume contient entre
autres: "Un Fou" (一個瘋子), le second, "Madame Baptiste", "La
Mouche" (蠅子姑娘集); "En famille" (薔薇集); "Mademoiselle Perle"

珍珠小姐集）; "l'Héritage" (遺產集）; "Houtof Père et Fils" (霍氏父子集）; "Contes de Bécasse" (鷸鵝集）; "Yvette" (莫威狄集）; "Mademoiselle Fifi" (哼哼小姐集）; toutes traductions de Maupassant; "伊唐" recueil de nouvelles traduites de Maupassant, A. Daudet et E. Zola, édition, K'ai-ming; en plus, il y a quelques autres livres traduits de G. Flaubert, A. France, etc...

Kouo Chao-yu 郭紹虞. Né à Ouhien 吳縣 dans la province du Kiangsou en 1893. Il obtint son diplôme à l'Université Nationale de Pékin. Ensuite il devint professeur à l'université Hie-ho de Foutcheou d'abord (福州協和大學), à l'université Tchong-tcheou au Honan ensuite (河南中州大學). En 1941 il était doyen de la faculté de Littérature a l'université Yen-ching. Dès 1920 il propagea le réalisme social dans les colonnes des revues "Sin-tch'ao" 新潮, "Siao-chouo-yue-pao" 小說月報 et "Wen-hiue-tcheou-pao" 文學週報. On a de lui plusieurs études sur la littérature chinoise. Parmi ses traductions il faut noter surtout: 阿那托爾 (Anatole) traduit de l'Autrichien A. Schnitzler, 1922, Commercial Press.

Wang I-jen 王以仁. Originaire de T'aitcheou 台州 au Tchekiang il fut un écrivain errant. Entre l'automne de 1924 et l'été de 1925 il écrivit un roman sous forme de lettres: 孤雁, édité en 1926, Commercial Press. Le héros du livre exprime bien la psychologie de l'auteur lui-même: un jeune homme bien doué écrit des lettres à son ami, lui racontant comment, sans travail, il se heurta aux difficultés de la vie, comment il erra en vagabond dans la grande ville de Shanghai et tomba enfin dans le désepoir. Il s'adonne à tous les vices moraux et finit par mourir mentalement détraqué.

De fait, Wang I-jen disparut en 1926 sans laisser de traces. On le rechercha, mais en vain. Jusqu'à présent on ne sait pas encore ce qu'il devint. Son ami Hiu Kie 許傑 publia plus tard plusieurs de ses oeuvres.

Wang I-jen est l'écrivain de l'amour sentimental et pessimiste Aigri contre la société, il prend une position individualiste, ne songeant qu'à ses propres insuccès.

Liang Tsong-tai 梁宗岱. Né à Sinhoei 新會 dans la province du Koangtong, en 1903, il fit ses études secondaires à l'école moyenne P'eitcheng, de Canton (培正中學), puis entra à l'université Ling-nan 嶺南. Une année plus tard il partit pour l'Europe, étudia la littérature et la philosophie pendant sept ans dans les universitésde Genève, Paris, Berlin et s'acquit une renommée dans le monde des Lettres. Il collabora à la Société d'Etudes Littéraires dans la section de Canton.

Rentré en Chine il devint professeur de français à l'Université Nationale de Pékin, puis professeur de littérature étrangère à l'université Ts'ing-hua. Ensuite il fit un voyage au Japon. Il est surtout connu comme professeur et critique littéraire.

On a de lui: 詩與真, 1936, Commercial Press; 晚禱, recueil de vers; 水仙群, traduit du français: "Narcisse" par Paul Valéry; etc...

Suen Liang-kong 孫俍工. Né à T'aiyang 邵陽 dans la province du Hounan en 1893. Il fut diplômé de l'école normale supérieure de Pékin en 1920. Il continua ses études à l'université Sophia (上智) de Tokyo, et se spécialisa en littérature allemande. Rentré en Chine il devint professeur de littérature dans plusieurs universités successivement.

Parmi ses oeuvres nous devons noter: 海底渴慕者, édité à 民智; 生命底創痕; 一個青年的夢; 世界的焦點; 血彈; et plusieurs traités de littérature, ainsi que des traductions diverses du japonais.

Les trois idées centrales de son livre: 海底渴慕者 sont bien caractéritiques de l'auteur: Les entraves du système familial, les vaines tentations de l'amour et la corruption de la société. (Cfr. 王哲甫, o.c. p. 149).

Pai Ts'ai 白采, autre pseudonyme de *Pai T'ou-fong* 白吐鳳, de son vrai nom T'ong Han-tchang 童漢章. Originaire de P'inghiang 萍鄉 dans la province du Kiangsi, elle devint professeur à l'Institut Li-ta (立達學院) de Shanghai. Le 24 juillet 1926 elle s'embarqua à Canton pour retourner à Shanghai, devint malade et mourut subitement en mer trois jours plus tard.

Depuis 1923 elle avait commencé des publications dans les revues "Siao-houo-yue-pao", "Wen-hiue-tcheou-pao" et "Tch'oang-tsao-tcheou-pao". Elle se caractérise par la mélancolie et le pessimisme. Poète avant tout elle composa cependant aussi quelques nouvelles. Nous avons de sa plume: 白采的詩 (1925); 白采的小說 (1924); réédité après sa mort sous le titre 羸病者之愛; 絕俗樓我輩語, édition posthume, 1927; etc..

Wang Lou-yen 王魯彥, de son vrai nom *Wang Heng* 王衡 ou *Wang Wang-wo* 王忘我. Né à Inhien 鄞縣 dans la province du Tchekiang. Il publia ses oeuvres dans les revues "Siao-chouo-yue-pao" et "Yu-seu" depuis 1925. Membre de la Société d'Etudes Littéraires, il est disciple fidèle du réalisme social et de l'humanitarisme international. Pour le ton qui caractérise ses oeuvres il occupe une place intermédiaire entre l'accent de Lou Sin et celui de Ye Chao-kiun.

Parmi ses oeuvres il y a: 柚子; 黃金; 童年的悲哀. C'est par ces trois livres qu'il s'acquit la réputation de littérateur en 1925. Vinrent ensuite: 愛的衝突; 在世界盡頭; 肖象, traduction du Russe N. Gogol; 一個誠實的賊; 波蘭小說集; 世界短篇小說集; 顯克微茲小說集; 苦海; 懺悔; 猶太小說集, toutes des traductions. Après 1932 il composa encore: 小小的心; 屋頂下; 雀鼠; 鼠子和鸚子 etc...

Parmi les auteurs secondaires de la Société d'Etudes Littéraires on peut encore noter:

Wang Jen-chou 王任权, auteur de plusieurs romans: 監獄; 殉; 死線下; 阿貴流遠記; etc...

Tchang Wen-t'ien 張聞天, auteur de 青春的夢; 旅途; etc...

Kou Tch'ong-k'i 顧仲起, auteur de: 最後的一封信; 歸來; etc...

Siu Yu-nouo 徐玉諾; *Li Miao-che* 李渺世; *Siu Ya* 徐雅.

7. LA SOCIETE "CRÉATION": 創造社.

Nous avons vu comment la Société d'Etudes Littéraires prétendait uniquement unir et soutenir tout effort nouveau, sans distinction aucune de tendances. Elle refusa toujours de prendre officiellement parti dans la discussion au sujet du but de la littérature. En réalité cependant plusieurs de ses membres les plus influents tenaient pour le réalisme social et l'humanitarisme. Cela devait amener des dissensions dans le sein du groupe.

Dès le début de 1920, un groupe de jeunes gens, étudiants au Japon, rêvait de fonder une revue purement littéraire, complètement libre, qui ne s'occuperait pas de théories politiques ni sociales aucunes. Ce qui les caractérise dès le début, c'est que, n'ayant pas pris une part active au mouvement du Quatre Mai à Pékin, ils se soucient moins de politique; d'un autre côté ils portent tous des marques plus ou moins accentuées d'influences protestantes. En 1922 ils purent enfin constituer définitivement leur groupe, et se donnèrent le nom de Société "Création" (創造社), avec organe officiel le "Tch'oang-'sao-ki-k'an" 創造季刊 Cette revue ne vécut cependant qu'une année, les rédacteurs étant dispersés dès 1923.

La nouvelle société se proposait avant tout de représenter l'esprit créateur pur dans la nouvelle littérature. Elle rejetai l'idée d'un promis avec la vieille littérature, sous quelque forme qu'on voulu prendre. Il lui fallait du neuf et de l'original, bref une nouvelle "création". Les règlements officiels du groupe ne contenaient pas expressément ces déclarations. (Cfr. 史料索引 par 阿英, pp. 89 - 92). Mais on peut les trouver cependant avec assez de netteté dans les articles des grands auteurs du groupe. Tous admettent le principe de "l'art pour l'art" (藝術至上主義). Ils se nomment "Groupe artistique" (藝術派), par opposition à l'école humanitariste qui voulait mettre l'art au service de la vie. Tch'eng Fang-ou dit clairement dans un article intitulé "La mission de la nouvelle littérature" (新文學的使命. Cfr. 鄭振鐸, o.c. p. 12), qu'ils veulent brandir l'étendard du romantisme et n'admettre comme normes de la littérature que la perfection et la beauté (文學的全 與美). "J'avoue, dit-il, que ce principe n'est pas tout à fait juste, mais il contient néanmoins une grande partie de vérité. Il n'y a que les artistes qui peuvent en apprécier la juste valeur. Bien qu'une telle littérature ne nous apprenne rien, il faut quand même avouer, que par le plaisir et la consolation du beau qu'elle nous procure, elle devient quelque chose de neuf dans notre vie ordinaire. Bien plus, cette littérature a une utilité positive pour nous: Notre époque a mis trop l'accent sur les activités de l'intelligence et de la volonté en négligeant le coeur. Notre vie en est devenue aride à un très haut degré. Nous espérons ardemment que la littérature artistique réussira à éduquer de nouveau notre sens esthétique, et à renouveler notre vie. La littérature est l'aliment de l'esprit, nous espérons qu'elle nous procurera un peu de plaisir et de jouissance".

藝術派的主張不必皆對，然而至少總一部分的眞理...不是對於藝術有興趣的人，決不能理解...而且一種美的文學，縱或他沒有什麼可以敎我們，而他所給我們的美的快感與慰安，這些美的快感與安慰對於我們日常生活的更新的效果，我們是不能不承認的...而且文學也不是對於我們沒有一點積極的利益的。我們的時代對於我們的智與意的作用賦稅太重了，我們的生活已經到了乾燥的邊庭。我們渴求着有美的文學來培養我們的優美的感情，使我們的生活洗刷了。文學是我們精神生活的糧食，我們由文學可以感到多少生活的歡喜！可以感到多少生活的晄醒！(Cfr. 鄭振鐸，o.c. p. 11). La Société "Création" ne s'occupa cependant pas de l'âme. Les grands problèmes du Néo-criticisme ne l'ont pas touchée. Elle est plutôt fille de la pensée libérale, antireligieuse, ou mieux, areligieuse. Pas de morale en littérature. 〈使創作無道德的要求，爲坦白，自由的〉. Les écrivains de cette école vont jusqu'à accuser les partisans de l'humanitarisme de travailler uniquement pour leur propre gloire, sous le prétexte de moralisme. (以喚醒世人的病了的良心爲使務的文學家，也只爭逐自己的名利. Cfr: 成仿吾 dans, 阿英，史料，o.c. p. 103).

Parmi les auteurs de la Société "Création", plusieurs sont des romantiques qui ne sont pas assez équilibrés mentalement et moralement pour comprendre la signification réelle de l'axiome: l'art pour la vie. Ce qu'ils reprochent surtout à ce principe c'est qu'il les empêche "de vivre leur vie" (Cfr. 史料，o.c. p. 104). Ils veulent une nouvelle création. Kouo Mo-jo va jusqu'à chanter dans une poésie qu'il va "refaire l'oeuvre de la création, que Dieu a laissée inachevée le sixième jour" (上帝，你如果眞是這樣把世界創出了時，至少你創造我們人類未免太粗糙了罷...你在第七天上爲什麼便那麼早早收工，不把你最後的草稿重加一番精造呢？上帝我們是不甘於這樣缺陷充滿的人生，我們是要重新創造我們的自我，我們自我創造的工程便從你貪懶好閒的第七天上做起...Cfr. 創世工程之第七日 dans 史料，o.c. p. 99-100). Mais ils ne tiennent pas compte de la réalité. Ils tombent dans un romantisme idéaliste et utopique à la Hegel, qui mènera plusieurs d'entre eux au pessimisme de Nietzsche ou aux utopies marxistes. "Tout ce qui existe a été tiré petit à petit du néant par la main d'un Créateur. Mais nous ne croyons pas qu'il nous ait traités particulièrement bien. Le peuple chinois surtout n'a pas devant soi un avenir heureux. Nous ne devons pas nous figurer non plus que nous en trouverons un sans grand effort. Il ne faut pas oublier la parole que Dieu a prononcée au paradis, que l'homme doit gagner son pain à la sueur de son front. Au vin doux nous devons mêler nos larmes. Nous devons supporter nos malheurs d'un coeur humble et soumis. Nous attendons celui qui donnera le baptême de l'Esprit au peuple. Nous nous préparons à lui délier les chaussures et à lui laver les pieds. Maintenant nous commençons notre oeuvre de création semblable à la création de Dieu..." 山川草木，鳥獸蟲魚和世界萬物，都是由而有，由黑闇而光明，漸漸的被創造者創造出來的。我們不信受天惠太厚，人類衆多的中華民族哦，就不會現出光明的路來。不過我們不要想不勞而獲，我們不要把伊句園內天帝吩咐我們的話忘了。我們要用汗水去換生命的日糧，以眼淚來和葡萄的美酒。我們要存謙虛的心，任艱難之來，我們正在扠目待後來的替民衆以聖靈施洗的人，我們正預備著爲他綁絆鞋足，現在我們的創造工程開始了。我們打算接受些與天帝一樣的新創造者來繼續我們的工作. (Cfr. 史料 p. 105.) Les grands auteurs: Yu Ta-fou, Kouo Mo-jo, Tchang Tse-p'ing, etc...ont visiblement tous subi les influences d'un protestantisme défectueux, déformant la révélation chrétienne parce que reniant tout dogmatisme et ne gardant qu'un code de prescriptions morales sans forme motrice, sans fondements éternels. Poussés par un idéalisme aussi irréel, ils tombent souvent dans "La littérature du martyre des sentiments" (殉情主義), comme l'auteur Yu Ta-fou. Il en exprime l'idée fondamentale lorsqu'il s'écrie: "Nous le sentons, être né homme est un très grand malheur. Etre né homme dans la Chine d'aujourd'hui est un malheur bien plus grand encore. Dans cet enfer bouillant nous voudrions bien prendre patience et souffrir en silence les amertumes et les injures du dehors; mais même les héros en pourraient y parvenir". 我覺得，生而為人已是絕大的不幸，生而為中國現代的人，更是不幸中之不幸，在這一個熬煎的地獄裡，我們雖想默默的忍受一切外來迫害欺凌，然而有血氣者又那裡能夠. (Cfr. 史料, o.c. p. 109.) Ailleurs le même auteur continue l'exposé de son plan pessimiste: "Notre littérature se fera l'écho du désespoir humain. Ce cri d'alarme sera une consolation pour les âmes en détresse, mais en même temps elle se fera le tocsin de la révolution contre l'organisation injuste de la société actuelle" (ibidem p. 109). Yu Ta-fou prêche ostensiblement son sentimentalisme outré (感傷主義), il confesse que pareil état d'ame est le propre des gens saturés et dégoûtés ressentant tout le vide d'une vie ratée, ne gardant pour toute consolation qu'un regret vain et le souvenir amer de leurs impressions et sentiments passés. (Cfr. 郁達夫, 中國文學論集, éd. 流音局, Shanghai, 1942. art: 文學上的殉情主義 pp. 21 sq.) Mais avant tout, proclame le même auteur, nous voulons être sincères, et cela, ils le sont en réalité à l'exception de Tchang Tse-p'ing.

De même que les écrivains de la Société d'Etudes Littéraires, ceux de la société "Création" insistent sur l'importance de l'originalité (創作). Ils ne se rendent cependant pas bien compte de la réalité. Leur atmosphère est trop lourde de mécontentement et de désillusions. Là où les autres veulent changer, réformer et compléter, eux ne songent qu'à faire table rase de tout le passé et de recommencer ab ovo. C'est l'esprit de la lutte des classes, répandu par Tch'en Tou-sieou surtout, sous le faux nom de "culture nouvelle" qui commence à produire ses effets et mènera la plus grande partie de ces auteurs vers la gauche et le communisme, se tenant avant tout au principe: "Démolir est plus important que construire" 破壞是比創造更為緊要, (ibidem, p. 110).

Depuis 1924, un accent différent commence à se faire jour chez les auteurs principaux de la société "Création". Le principe de l'art pour l'art se modifie petit à petit, pour faire place, après trois ou quatre ans à une position quasi-contradictoire. Tch'eng Fang-ou décrit bien cette volte-face dans un article "La signification sociale de la littérature" 藝術之社會的意義. (Cfr. 鄭振鐸 o.c. p. 12): "La vraie littérature a certainement une valeur sociale. Nous-mêmes nous savons que nous sommes membres de la société, nous savons que nous aimons avec ardeur l'humanité avec ses bons et ses mauvais côtés. Avons-nous jadis oublié la société humaine? Nous ne répondrons pas à cette question, mais dorénavant nous emploierons toutes nos forces pour prouver notre amour ardent envers elle..." ... 既是真藝術，必有他的社會的價值... 我們自己知道我們是社會的一個分子，我們自己知道我們在熱愛人類，絕不論他的美惡妍醜，我們以前是不是把人類社會忘記了，可不必說，我們以後只當更用了十二分的意識把我們的熱愛表白一番。Depuis ce temps la société "Création"

marche plus ou moins dans le sillon de la Société d'Etudes Littéraires;
mais extrémiste, elle va plus loin, jusqu'à devenir le noyau de la tendance
communiste en littérature. Ts'ien Hing-ts'oen, qui d'ailleurs appartient
lui-même au groupe de gauche, estime que cette évolution du groupe se
fit surtout sous la pression de l'impérialisme et du militarisme des années
1922-1926. "La jeunesse, dit-il, commença à évoluer dans le sens de la
culture nouvelle, donné par le mouvement du Quatre mai. Survint alors
le militarisme qui harçela et refréna ce mouvement. Au beau milieu de
la lutte, un groupe, sans crainte ni de l'oppression ni du sacrifice, continua la marche entreprise — l'exemple le plus frappant en est Kouo
Mo-jo —; un autre groupe ne sut endurer les coups, leur volonté fut
brisée, ils devinrent pessimistes et suivirent la route de la désillusion
et de la ruine. Yu Ta-fou et une illustration de ce groupe. 一派是不
怕一切的壓迫與犧牲，始終如一的向前抗鬥...一派是因著外力的毆擊迫害，頹
喪了他們的意志，於是灰心消極，走上幻滅的路 (Cfr. 現代中國文學作家，泰東，
Vol. I, p. 56). De fait Yu Ta-fou rompit avec la société "Création" en
1927, et se tourna du côté de Lou Sin.

Liang Che-ts'ieou donna une critique assez juste dès idées et tendances de la société "Création" (cfr: 浪漫的與古典的). Dans l'ardeur
de la lutte l'auteur exagère un peu, mais sa critique ne manque pas d'intérêt: "Le classicisme se basa surtout sur l'intelligence, la raison et la
réalité des choses. Le romantime, au contraire, cherche ses raisons dans
le coeur, les sentiments ardents et l'irréel. Le classicisme disait: "je
pense, donc je suis". Le romantisme prétend au contraire: "je sens,
donc je suis". Il prétend en ou're que sans sentiments la littérature est
impossible. Or, continue t-il, les sentiments doivent se développer avec
une liberté sans entraves. Dès qu'on veut les contenir dans les bornes
imposées par la raison, toute valeur littéraire s'évanouit. De fait, la
littérature nouvelle rompt avec la raison, elle n'est qu'un ramassis de
sentiments chaotiques, surtout sexuels. Baisers et concupiscence de la
chair deviennent l'essence du romantisme nouveau. Une telle conception
doit nécessairement mener au pessimisme ou à l'idéalisme faux" (o.c.
p. 16).

Les pessimistes se vautrent dans la fange des désirs charnels.
Voulant être libres ils sont devenus des esclaves, voire les épaves de la
concupiscence et de la débauche. Leur but unique semble être devenu,
à en juger d'après leurs écrits, d'exciter leur propre concupiscence
et celle des autres. Quelquefois ils sentent le besoin de s'en excuser.
(p. ex 鬼影 par 張少峰, introduction). Mais ils n'en sont pour cela pas
moins immoraux (不道德的). D'autres fois ils s'avouent trop naturalistes (自然的), de fait ils sont vulgaires. (卑下的) (Cfr. 梁實秋 o.c. p., 18).

Les idéalistes faux perdent le sens du monde réel sous la haute
tension de leur sentimentalité subjective. Ils deviennent par là incapables de voir n'importe quoi du monde réel au dessus de la matière sensible.. Pour eux la littérature n'est qu'un rêve, un château en Espagne,
un verbiage insensé. (ibidem, p. 18)

Un lien psychologique unit ces deux rameaux issus d'une
souche commune: l'hypersensibilité. Non pas qu'ils abondent en sentiment, mais ils se caractérisent par le manque complet de mesure (無節
制), s'imaginant simplement que les sentiments font la littérature..

Dans la composition de leurs oeuvres ils ne tiennent pas compte des règles positives. Ils ne font que rêver au fil de leur sensibilité et de leur humeur. Ils ne se soucient pas de technique littéraire, mais attendent tout de la muse et de l'inspiration du moment. Leurs romans sont pauvres de composition et d'intrigue. La plupart du temps on n'y trouve que des successions d'états d'âme et d'impressions (感想和印象 ib. 19) Il n'est pas étonnant dès lors qu'ils furent incapables de produire des romans de quelque envergure. Leur conception se prête mieux en effet à des récits brefs et des nouvelles, qu'à des oeuvres de longue haleine

Après l'incident de Nanking road, le 30 mai 1925, les écrivains de l'idéalisme faux firent une volte-face paradoxale. C'est pourquoi on distingue la société "Création" en celle de la première et de la seconde période (前期的; 後期的). Sous l'influence russe Tch'eng Fang-ou et Kouo Mo-jo en furent les grands meneurs à Canton (Cfr 中國文藝論戰 pp. 394, sq.) Cette année-là ils fondèrent ensemble la revue "Le Déluge" (洪水) qui prétendit s'occuper exclusivement de littérature et de sociologie. De nouveaux membres s'ajoutaient: P'an Han-nien (潘漢年); Tcheou Ts'uan-p'ing (周全平), Ye Ling-fong (葉靈鳳); Ho Wei (何畏); Hong Wei-fa (洪爲法); T'ao Tsing-suen (陶晶孫); etc... L'année suivante ils fondèrent la revue mensuelle "Création" (創造月刊) dans un but purement littéraire.

La littérature de la Société "Création" dans sa seconde période est essentiellement révolutionnaire. (革命的文學). D'après eux toute littérature qui excite à la révolution est littérature révolutionnaire 凡足以引起革命的情緒的文學, 謂之革命文學. Toute littérature qui n'excite pas à la révolution prolétarienne est antirévolutionnaire, doit être combattue, et ne peut prendre le nom de littérature. Car, disent-ils, nous tenons à l'adage proclamé par Upton Sinclair: toute littérature est propagande. En 1927 Tch'eng Fang-ou lança un article: "De la révolution littéraire à la littérature de la révolution " 從文學革命到革命的文學. (Cfr 中國文藝論戰 o.c. p. 330-340) à l'instar de l'article que Trotzky venait de lancer en Russie "Literature and Revolution". Tch'eng y proclame un programme nouveau, se basant uniquement sur la dialectique matérialiste, c'est à dire sur l'évolution déterministe de l'histoire 歷史的必然的進展). Il argue: "Le monde est parvenu aujourd'hui à la dernière étape du capitalisme, qui est l'impérialisme. La révolution prolétarienne est imminente. Lorsqu'on a compris l'essentiel de la dialectique matérialiste, cette prémisse devient indéniable. ...

La littérature qui est l'expression de la vie sociale doit donc s'adapter: le prolétariat industriel et agricole, voilà le point central de toute la nouvelle littérature. Nous devons par conséquent passer de la révolution littéraire sortie du mouvement du Quatre Mai, à la littérature de la révolution née du mouvement du 30 Mai. Toute activité littéraire autre que celle-ci est périmée, doit disparaître. Tous les littérateurs doivent choisir devant ce dilemme: être révolutionnaire ou antirévolutionnaire, mais dans ce dernier cas ils doivent perdre leur place dans le monde des Lettres modernes. Il n'y a pas de position intermédiaire. En janvier 1928 Kouo Mo-jo donna un commentaire dans son article "La danse de la table" (桌子的跳舞. Cfr. 中國文藝論戰 pp. 341 sq.) Tout l'article n'est qu'un pamphlet ardent pour la défense de la dialectique du matérialsme historique. Ce n'est qu'une série de pensées, ou mieux d'imprécations, qui n'ont d'autre lien entre elles que les numéros d'ordre qui remplacent les entêtes. On peut les résumer toutes dans le slogan simpliste "Sois prolétarien communiste!" Vigueur et tonalité ont des variantes mais la mélodie reste la même à travers tout l'article. Ce n'est qu'une affirmation pure et simple, sans logique, sans fondements, sans arguments, sans raisonnement aucun, bref, c'est "du romantisme illusoire" (幻想的浪漫主義) comme le qualifie Liang Che-ts'ieou.

Voici les principes directeurs de la littérature de la révolution:

1˚ La littérature doit combattre l'indifférence des petits bourgeois et de l'individualisme. (反對小資產階級的閒暇態度和個人主義).

2˚ Elle doit promouvoir le collectivisme. (集團主義).

3 Elle doit rayonner un esprit de lutte. (反對的精神).

4˚ Elle doit devenir néo-réaliste. Il s'agit ici d'un néo-réalisme communiste. La victoire du prolétariat sur toutes les autres classes de la société sera, d'après eux la nouvelle réalité de demain. ·(Cgr. 茅質: 從牯嶺到東京 dans, 中國文藝論戰 pp. 373 sq.)

5˚ Toute la littérature doit s'inspirer du matérialisme historique, d'après la nouvelle méthode dialectique. (辨證法的方法).

Qu'un tel programme dût exciter une vive opposition de la part de tous les gens doués de talents littéraires et de raison n'étonnera personne. La lutte littéraire éclata en 1927 et se prolongea avec une âpre virulence jusqu'en 1930, dégénérant trop souvent en invectives personnelles dénuées de fondements.

Les lacunes de la société "Création" étaient cependant apparentes. Pour elle la littérature devait devenir propagande se manifestant en affiches et slogans (標語, 口號), surchargés d'une terminologie hétérogène, incompréhensible à tout homme instruit ou non, fût-il prolétaire, non dûment initié aux idéologies communistes.

Cependant la conversion radicale de Tch'eng Fang-ou et de Kouo Mo-jo ne réussit pas à enlever toute trace du passé dans leurs idées et écrits. Ces vestiges du passé donnent souvent un son creux et faux à leurs cris hystériques. Ils n'eurent de commun avec le peuple que des sentiments de mécontentement et d'opposition. On critiqua en particulier Tch-eng Fang-ou d'avoir lancé sa déclaration pour la littérature de la révolution d'un certain endroit au Japon, le Sieou-chan-seu (修養寺), où les gros capitalistes, diplomates, ministres et gouvernants prenaient leurs villégiatures annuelles! C'était là certainement un lieu où Tch'eng n'avait pas le droit de résider s'il était révolutionnaire prolétarien convaincu. (Cfr. 中國文藝論戰 p. 119).

Comme conclusion de cet aperçu sur la société "Création", qui disparut comme telle lors de la fondation de la Ligue des Ecrivains de gauche en 1930, on pourrait avec raison appliquer la critique si pertinente de Liang Che-ts'ieou au sujet du mouvement pour l'émancipation de la langue. Tout en s'opposant avec une ardeur extrême au principe "imiter les anciens", Hou Che et ses disciples tombèrent, inconsciemment ou non, dans une "imitation" bien plus stricte et plus littérale de la littérature américaine de Amy Lowell. Ceux de la société "Création" connurent le même sort. Cette fois-ci le modèle n'était pas l'Amérique, mais la Russie bolchéviste. Appuyés par l'esprit, l'argent, les armes et les canons russes, ils s'attaquent à tout ce qui est étranger en Chine, en particulier à l'impérialisme commercial et politique qui se faisait sentir en Chine depuis plusieurs années. Ils ne semblèrent cependant pas s'apercevoir que leur détachement des autres pays étrangers les faisaient plus dépendant que jamais de la Russie. De fait celle-ci changea bien objets et sujets de l'impérialisme, mais n'en est pas moins resté impérialiste, dictatoriale et terroriste. Les Chefs gouvernementaux et politiques comme Suen Wen, Hou Han-min, Tsiang Kiai-che, le comprirent bien mieux, et ne furent jamais "communistes" que par "politique", du moins si on veut admettre qu'ils le furent jamais.

Lors de l'entente communiste (1923-1927) la société "Création" avait son centre principal d'activité à l'université Sun Yat-sen de Canton. Mais quand le gouvernment commença à incliner vers la droite, les revues "Le Déluge" et "Création" furent prohibées, et depuis 1928 le centre d'activité se déplaça à Shanghai. Yu Ta-fou avait abandonné, Kou Mo-jo était banni au Japon; Tch'en Fang-ou voyagea en Europe. On trouve seulement dans la direction Tchang Tse-p'ing et Wang Tou-ts'ing. Mais une nouvelle série d'auteurs plus jeunes, revenus pour la plupart du Japon, occupe de plus en plus l'avant-plan. Ils sont presque tous disciples fidèles de la dialectique communiste et de la littérature révolutionnaire: Li Tch'ou-li (李初梨); Fong Nai-tch'ao (馮乃超); P'ong K'ang (彭康); Tchou King-wo (朱鏡我); Tch'eng Chao-tsong (成紹宗), K'ieou Yun-touo (邱韻鐸); Liang Yu-jen (梁預人); etc... (Cfr. 王哲甫, 中國新文學運動史, o.c. p. 381 sq.).

Les principaux représentants de la société "Création" sont:

Tch'eng Fang-ou (成仿吾). Né en 1893, à Sinhoa (新化) dans la province du Hounan, il étudia à l'université impériale de Tokyo. C'est là qu'il se lia avec Kouo Mo-jo, Yu Ta-fou et Tchang Tse-p'ing, ensemble ils conçurent l'idée de fonder une association littéraire, dès 1919. De retour en Chine, il lança effectivement la société "Création" en 1921. Comme ses collègues, il préconisa avant 1924 la théorie de l'art pour l'art, et dénia tout autre but à la littérature. Tch'eng Fang-ou déclara ouvertement: "Si nous employions la littérature dans un autre but, nous ne ferions que bâtir un château sur le sable...". (我們如把牠恩川任一個特別的目的, 或是說牠還有一個特別的目的, 簡直是在砂堆上營築宮殿了... Cfr. 鄭振鐸, 文學論戰集 p. 175.). La norme suprême de toute littérature doit être d'exprimer les aspirations du coeur (內心的要求). Perfection et beauté, voilà son double objet (文學之全與美 ib. p. 180.)

Après 1924 Tch'eng Fang-ou renia ces principes et se tourna avec la plupart de ses amis vers la littérature essentiellement et exclusivement propagandiste et révolutionnaire. Comme écrivain Tch'eng ne fait cependant que piètre figure. S'il a quelques mérites littéraires c'est comme poète, comme critique et comme traducteur de quelques ouvrages étrangers. En 1925 il quitta Changhai et devint professeur de sciences à l'université Sun Yatsen de Canton. C'est depuis cette date surtout qu'il commença ses activités politiques.

En 1928 il fit un voyage en Europe. Entretemps la société "Création" fut dissoute par ordre du gouvernement Quand il rentra en Chine il se lia au groupe des auteurs de gauche. Actuellement il travaille pour le gouvernement communiste de Yennan.

Il est l'auteur de plusieurs romans: 使命, 流浪, et composa le 從文學革命到革命的文學 en 1927, en collaboration avec Kouo Mo-jo.

Kouo Mo-jo (郭沫若). Né en 1891 à Kiating (嘉定) au sud de Tch'engtou (成都) dans la province du Seutch'oan. Il entra à l'école médicale militaire de T'ientsin en 1910 (天津陸軍軍醫學堂) mais la quitta au bout de peu de temps. Son frère qui occupait un poste dans le gouvernement dee Pékin, le fit envoyer au Japon pour y étudier la Médecine à l'université impériale de Fukuoka (九州, 福岡帝大醫學部). Il s'y maria avec une Japonaise qui lui donna plusieurs enfants. L'étude de la médecine ne l'intérresait cependant pas beaucoup et il donna une grande partie de son temps à la littérature. C'est à cette époque qu'il écrivit plusieurs de ses poésies, réunies plus tard sous le titre "女神". L'étude de l'allemand était en ce temps considéré comme branche importante dans les facultés de médecine japonaises, ainsi Kouo eut l'occasion de prendre contact avec la poésie et la pensée germaniques. Goethe et les grands philosophes allemands le captivèrent. (Cfr. 郭沫若代表作, dans la série 現代作家選集, édition 三通書局). Du coup il ressentit vivement l'insuffisance de la littérature chinoise et en particulier le manque de revues purement littéraires en Chine. Pour remédier à cette lacune, il tâcha de réunnir quelques amis littérateurs et de travailler avec eux à cette oeuvre. Dès 1919 il commença à parler de son projet à Tch'eng Fang-ou qui se trouvait aussi au Japon. En 1921 Kouo abandonna ses études de médecine, laissa sa femme et ses enfants et revint à Shanghai où il travailla activement à la rédaction de la nouvelle revue littéraire. Au début de l'année suivante la société était fondée définitivement. Ils s'adjoignirent Yu Ta-fou, Tsong Pai-hoa (宗白華) et quelques autres. Cfr. 王哲甫, 中國新文學運動史 p. 281.

Kouo Mo-jo s'attaqua surtout au "naturalisme" (entendez: réalisme) de Lou Sin. Il prône le romantisme. C'est là la caractéristique de ses activités durant ces années. Il devint rédacteur des éditions T'ai-tong (泰東) à Shanghai, et occupa ensuite divers postes dans l'enseignement: doyen de la Faculté de Littérature à l'Ecole d'Arts (學藝大學); préfet de la Faculté de Littérature à l'Université de Canton; puis en 1926 préfet de la même Faculté à l'Université Sun Yatsen de Canton. A partir de cette année il se lança dans la politique au service du gouvernement de Canton et obtint un poste dans les bureaux de la Propagande politique (總司令部政治宣傳科長). Lors du schisme gouvernemental, il occupe un des secrétariats dans le gouvernement de Ouhan (武漢國民政府政治部秘密長). Dès cette époque il prend définitivement rang parmi les écrivains de gauche. Avec lui commence la littérature prolétarienne. (第四階級的文學). En 1927, étant chef du départment politique de l'armée communiste de Ouhan (總政治部主任) ; il accompagne celle-ci dans sa retraite. Il doit se réfugier à Hongkong, mais regagne Shanghai et reprend sa place dans l'aile gauche de la société "Création". Tsiang Kiai-che le fit arrêter en 1928 et l'envoya en exil. Il se réfugia quelque temps au Japon, mais revint bientôt et reprit ses activités dans les Concessions étrangères de Shanghai. Quand la Ligue des écrivains de gauche fut constituée en 1930, il en devint un des premiers members. La même année le gouvernement nationaliste sévit de nouveau contre les agitateurs communistes. Plusieurs écrivains de gauche furent fusillés. Kouo Mo-jo eut la vie sauve, mais fut obligé une fois de plus de prendre la route de l'exil. Au Japon il s'occupa durant environ six ans d'études d'histoire ancienne, de la société primitive, des caractères antiques et surtout des incriptions sur os et sur pierre. Amnistié par le pacte du "front uni" conclu entre le gouvernement de Nankin et les communistes en décembre 1936, il rentra en Chine laissant au Japon sa femme et ses six enfants, qu'il aimait néanmoins tendrement comme le prouvent plusieurs poésies écrites durant le voyage de retour. Il se lança dans la campagne pour le salut de la patrie et fut chargé d'un poste important auprès du quartier général (大本營政治訓練部部長).

Au début du mois d'août 1945, quelques jours avant la déclaration de guerre de la Russie au Japon, il accompagna le ministre Song Tso-wen (宋子文) dans une mission diplomatique à Moscou. Officiellement membre du parti neutre (無黨無派) à Tch'ongk'ing, il prit part active aux pourparlers du gouvernement avec les Communistes de Yen-nan. Au mois de décembre de la même année il fut membre de la conférence générale de tous les partis à Tch'ongking, représentant le parti neutre, mais secrètement sympathique aux communistes.

Ses productions littéraires principales sont: 女神, poésies, oeuvres de jeunesse, 1928, 創造社; 沫若詩集, 現代書局; 瓶, poésies, 1928; 創造社; 我的幼年, (autobiographie), 1931; 反正前後, autobiographie, 1932; 現代; 創造十年, autobiographie, 1932, 光華; 北伐途次 1936, 文化書店; 塔; roman, 光華; 橄欖, 現代; 水平線下, ibid.; 文藝論集, 2 volumes, 1925, 光華; 落葉, 光華, 三個叛逆的女性, éd. 光華, etc...

Ts'ien Hing-ts'oen, dont les jugements doivent être interpretés dans le cadre des auteurs de gauche, donne une critique littéraire assez fine sur Kouo Mo-jo. 現代中國文學作家, vol. I, 1928, p. 55-39. J'en résume ici les points principaux:

Tenant compte des activités de cet auteur jusqu'à l'année 1930, on peut voir dans sa vie deux périodes bien distinctes. La première nous montre un poète plein d'illusions qui commence à prendre contact avec les nécessités pratiques et économiques de la vie réelle, et se trouve devant une contradiction apparente qu'il ne sait résoudre. La seconde période nous montre le même homme qui pense avoir trouvé la solution dans la lutte des classes et veut lancer une littérature prolétarienne. Pourquoi l'année 1924 fut-elle le tournant décisif dans la vie de Kouo Mo-jo? L'auteur nous en donne lui-même la réponse dans ses oeuvres.

Avant 1924, c'est la période des 女神, 瓶, et 前茅: le premier est un chant de large envergure où l'auteur se révèle rêveur génial mais déséquilibré, idéaliste qui sait s'exciter par des visions remplies de fantômes.

"Le propre de la poésie c'est d'exprimer les sentiments dans un laisser-aller naturel et quasi-inconscient, dit-il. Elle doit être la vibration de la vie, la voix de la Muse..." (詩的事賊是抒情 ... 要出於無心, 自然流瀉 ... 生的顫動, 靈的叫喊' ... Cfr. 三葉集, p. 46. cité par 錢杏邨 o.c. p. 66).

Dans le second, 瓶, l'auteur chante l'amour libre avec la même inspiration passionnée.

Dans le troisième, 前茅, commencent à percer les premières lueurs d'un idéal révolutionnaire qui deviendra l'idée motrice ou mieux, l'idée fixe de ses activités ultérieures.

Le même critique résume très bien en trois qualificatifs toute l'oeuvre littéraire de notre auteur: abondance d'inspiration (靈感的豐富.); force grandiose (偉大的力); expression impétueuse (狂熱的表現). (cfr. ibidem, p. 18). Kouo Mo-jo avoue d'ailleurs lui-même: "Je suis un homme enclin au subjectivisme, mon imagination est plus forte que mon esprit d'observation. Je suis aussi un homme impulsif; quand je me mets à composer des poésies, toute ma sensibilité est en émoi. Lorsque ces impulsions surgissen: je suis comme un cheval lancé au plein galop, et lorsqu'elles sont passées je me sens comme un poisson mort..." (我是一個偏于主觀的人. 想像力比觀察力强' ... 我又是一個衝動性的人 ... 我便作起詩來, 也任我 一已的衝動在那裡跳躍. 我一有衝動了的時候, 就好像一匹奔馬, 我在衝動窒息了的時候, 又好像一隻死了的河豚. cfr. 錢杏邨 o.c. p. 69.)

Avant 1924 il avait déjà été en lutte aux difficultés économiques et à la cruauté de la société actuelle, mais il conservait encore de l'espoir, et ne se laissait pas encore abattre. Jouissant des subsides pécuniaires donnés par le gouvernement, il trouve encore le temps de rêver à son aise d'une vie idéale, remplie d'illusions poétiques. Il ne connait pas encore les douleurs inhérentes à la vie.

Après son retour en Chine, ces illusions s'évanouissent l'une après l'autre: les secours pécuniaires on; tari, et il se rend de plus en plus compte de l'impossibilité de réaliser ses rêves d'artiste. Ses enfants demandent du pain. Les besoins de la vie matérielle se font sentir dans toute leur acuité. Il ressent vivement les injustices sociales. Autant de réalités douloureuses qui tuen; ses beaux rêves d'avenir. Le mécontentement fermente dans son coeur, le tiraille comme "l'ouragan malmène les nuages dans une course folle et furieuse", pour employer une image de sa propre plume. Il se voit entraîné tantôt vers l'abîme du désespoir, tantôt il se sent "soulevé sur les crêtes des vagues écumantes qui se dressent vers le ciel...". C'est la période du mécontentement et de l'opposition à tout ordre établi. Il voudrait refaire le monde, refaire l'oeuvre "que Dieu a laissée si imparfaite". Il est convaincu qu'au temps de la création "Dieu s'est reposé un jour trop tôt...". Lui-même continuera "cet'e oeuvre laissée inachevée au sepième jour...". Sa pièce de théâtre 三個叛逆的女性 rend bien son état d'âme, notamment le conflit de la vie réelle avec le désir de liberté. Cela le guida vers "l'antithèse communiste", appelée dans la terminologie de la dialectique matérialiste: "L'aurore de la période de transition". Il commence à rêver de démolir le régime économique actuel pour parvenir plus vite à la période du bonheur. (走上了，因生活的壓迫，自由的渴求覺悟，到現代經濟制度非顛破沒有幸福的時候的過渡的黎明期，鍐 o.c. p. 60). Dans cette pièce de théâtre, Kouo Mo-jo reprend un thème historique bien connu. Il le traite à la manière moderne: avec grâce, verve et éloquence, mais en même temps avec un anachronisme qui saute aux yeux et qui sonne faux. La révolution féminine (女性的反抗), et la création d'une vie nouvelle (命運要自己去開拓) en forment la trame. L'auteur avoue lui-même avoir subi une influence notable de Goethe, surtout de l'opéra "Faust", de O. Wilde (Salomé), et de H. Ibsen (A Doll House) Cette influence le conduit dans l'ordre des idées et même trop souvent le fait tomber dans l'imitation et dans le plagiat. (Cfr. Ts'ien o.c. pp. 78-79)

C'est dans ces années que Kouo Mo-jo apprend à connaître K. Marx et N. Lénine, par voie de traductions japonaises. Il se met immédiatement à traduire leurs oeuvres en chinois, entre autres, Zur Kritik der politischen Oekonomie, K. Marx (政治經濟學批判) Ce livre fut prohibé par le gouvernement chinois. La thèse communiste accapare dès lors tout son être, il y trouve la solution de toutes ses difficultés économiques et sociales.

Se rendant compte de la vanité des rêveries idéalistes de jadis, il dit dans l'introduction de son "文藝論集", composé en 1925: "Auparavant j'honorais et vénérais les hommes individualistes et forts. Mais les dernières années j'ai pris un contact plus intime avec la masse lamentable de ceux qui dans la société, n'ont aucun moyen de tenir la tête au-dessus du niveau de l'eau. J'en acquis la conviction, qu'à notre époque la plupart des hommes ne sont absolument pas libres et ont perdu toute individualité.." (我從前是崇重個性，敬仰自由的人，但是最近一兩年之內，與水平線下的悲慘社會略略有所接觸，覺得在大多數人完全不自主的失掉了自由，失掉了個性的 ... Ts'ien, o.c. p. 63.)

C'est ainsi qu'il en arriva à la littérature de la révolution et de la lutte des classes. Kouo Mo-jo est tout flamme et impétuosité. Son romantisme fit naufrage devant les réalités. Animé de colère et de rancune, il lança sa barque dans une autre direction. Il ne sembla jamais soupçonner que la vraie cause de sa désillusion était avant tout son impétuosité et son déséquilibre mental et non les réalités objectives. Il donne quelque peu l'impression d'être un maniaque, lucide et intelligent, mais obsédé par certaines idées fixes.

Dans la deuxième période de sa vie, il écrivit 橄欖, roman, qui a bien des points de ressemblance avec le livre de Upton Sinclair: "The Journal of Arthur Stirling". L'auteur y raconte la vie tragique des poètes et écrivains dans un monde où la vie économique prime tout: Les riches dirigent toute la vie sociale; les littérateurs ne sont que bêtes de somme (牛馬), animés d'idéal artistique, mais subjugués par les nécessités économiques. Ils peinent uniquement pour remplir les loisirs des riches et ainsi gagner leur pain. Leur unique espoir d'avenir est la mort.

Vient ensuite, son 塔: série de sept récits brefs, qui décrivent l'amour et parlent encore des difficultés économiques.

Son 落葉 est une nouvelle sous forme de correspondance: Une jeune fille japonaise a abandonné tout pour suivre son mari. Puis, séparée de lui, elle lui écrit 42 lettres d'amour. "C'est une étude psychologique bien réussie qui décrit l'amour profond, doux et vivace d'une jeune fille japonaise. Toute l'ambiance respire "les fleurs de cerisiers". "(Ts'ien, o.c. pp. 89-90). En le lisant on ne peut s'empêcher de penser avec tristesse à la femme et aux enfants que l'auteur abandonna au Japon pour se donner corps et âme à l'idéal social et patriotique.

Quant aux oeuvres de traduction de Kouo Mo-jo, il faut noter surtout: Faust, par Goethe (浮士德, 1932, 現代); Die Leiden des jungen Werthers, par le même auteur (少年維特之煩惱, 1928, 創造); Immensee, par T. Storm (茵夢湖, 1930, 光華); plusieurs romans de Upton Sinclair et de J. Galsworthy; un recueil de poésies par Shelley; un autre recueil de poètes russes modernes; La Guerre et la Paix, par Tolstoï (戰爭與和平); et bien d'autres.

Enfin parmi ses ouvrages historiques et sociologiques il faut noter surtout 甲骨文學研究, 1931. Très caractéristique pour une juste appréciation de l'homme et de son oeuvre, ainsi que pour la place qu'y tiennent ses études anciennes, est le livre 中國古代社會研究, 1932; L'auteur y examine les origines de la société chinoise, en se basant sur les principes du matérialisme historique et de l'école d'ethnologie de Durkheim. Ses données scientifiques sont de très grande valeur, mais les conclusions qu'il en tire au point de vue social sont souvent trop larges: défaut ordinaire de l'école sociologique. Ce livre est l'expression fidèle des tendances sociales et matérialistes de l'auteur: "Quand on veut parler d'histoire nationale ancienne, écrit-il, il ne suffit pas de scruter les documents écrits et les historiens anciens. Il faut d'abord connaître Marx et Engels, car ils nous donnent la méthode d'interprétation qu'il faut suivre, à savoir le point de vue matérialiste (唯物辯證論觀念). Il faut donc se défaire de la méthode soi-disant scientifique, ordinaire et classique (科學方法) des historiens, qui sont toujours influencés par leurs préjugés. Il faut au contraire employer la méthode scientifique moderne (近代的科學方法). Il ne suffit pas de chercher ses matériaux dans les vieux papiers, il faut attaquer un champ nouveau: os gravés, coquilles, poteries anciennes, caractères anciens; Là on trouvera une histoire dont aucun des historiens anciens n'a jamais connu la juste valeur. (Cfr. (郭湛波, 五十年來中國思想史 p. 235). En d'autres termes, d'après lui, il faut d'abord avoir une idée claire de ce qu'il faut trouver ou prouver, puis se mettre à la recherche des arguments qui peuvent prouver la thèse!...

D'après lui, la société chinoise, à ses origines, ne connut que le matriarcat (母權制度): on sacrifiait à la mère défunte. On parlait très peu du père ou des descendants. L'auteur se tient toujours à un point de vue social (社會思想). Il croit établir ainsi scientifiquement et historiquement les devises de la "Culture nouvelle" qui attaquent si violemment la tradition, la religion en général, le ritualisme en particulier, et le patriarcat outré du confucianisme.

Comme littérateur il est un des plus féconds parmi les modernes, comme on peut en juger par la liste, d'ailleurs incomplète, de ses oeuvres, donnée plus haut. La cause de l'attraction qu'il exerça sur la jeunesse se trouve vraisemblablement dans son esprit de révolte contre le "poids mort" des coutumes et de la morale féodale. Comme poète, il est ardent, exalté, naivement romantique, "doué de plus d'imagination que d'observation" comme il l'avoue lui-même. (Cfr. T'ien hia monthly, 1935, p. 281 et 1938, p. 328). Dans toutes ses oeuvres il reste poète; dans son theatre, il entremêle poésie et prose. (Cfr. 李素伯, 小品文研究, p. 179).

Le jugement donné par Chen Ts'ong-wen (Cfr 沈從文, 論中國創作 小說, Chap. II) est cependant moins flatteur. "Les auteurs de la Société d'Etudes Littéraires suivirent généralement une tendance vers le paisible, vers le doux, vers l'incertain, et se caractérisent surtout par leur expression mélancolique. La société "Création" se montre dans ses oeuvres plus vantarde, plus héroïque, plus brutale, sans mesure et sans crainte. Ainsi elle ouvrit un champ nouveau à la littérature moderne. Kouo Mo-jo, Yu Ta-fou, Tchang Tse-p'ing proclament la négation des exigences morales en littérature; ils veulent se montrer tels qu'ils sont, ne cachant rien, même de leurs aspects moins beaux, sous pré exte d'être francs, de ne vouloir feindre". En cela il eurent une grande influence sur les écrivains ultérieurs. Mais ils affichent une amoralité complète, et par suite ils ne purent s'empêcher de tomber souvent dans l'immoralité."

"Parmi les trois, Kouo Mo-jo a le moins réussi dans la mise en action de ces principes. Sa langue a beaucoup de vigueur, mais ses oeuvres originales manquent de beauté intime. Sa composition, autant que ses descriptions des hommes et des choses manquent de moderation et d'observation. Il doit son succès uniquement à l'élan héroïque de ses poésies. Comme romancier il n'eut pas grand succès."

Si l'on veut considérer l'oeuvre de Kouo Mo-jo sous un autre aspect, il faudrait reconnaître sans contredit, qu'il est le plus moral des trois auteurs cités plus haut. Il est trop impétueux, c'est vrai, mais il l'est toujours pour des idées plus hautes que celles qui animent les deux autres. (Pour son théâtre, cfr. chapitre 15.)

Yu Ta-fou (郁達夫). Né à Fouyang (富陽) dans la province du Tchekiang, en l'année 1896. Il était depuis un an à l'école secondaire de Hangtcheou, lorsqu'éclata la révolution, fermant toutes les écoles officielles. Plutôt que d'attendre leur réouverture, il demanda et obtint son admission dans une école chrétienne. Le niveau des études y était relativement bas, laissant à Yu beaucoup de loisirs, il en profita pour dévorer roman sur roman. Il ne resta pas longtemps dans cette école puisqu'au mois d'août de la même année on le retrouve au Japon où il achève en six mois ses études secondaires. Il entra bientôt dans le cours préparatoire de l'Ecole Supérieure de Tokyo. C'est là qu'il prit son premier contact avec les littératures étrangères: il y lut à la file Tourguenief, Dostoïevsky, Tolstoï, Gorki, Tchekov dans leurs traductions anglaises. Puis il se tourna vers les écrivains allemands, français, anglais et japonais. Il lit livre sur livre, claquemuré dans sa chambre d'hôtel et "brossant" ses cours. Il reconnait avoir lu un bon milier de romans pendant les quatre ans qu'il passa là. Tant de romans, de romans russes surtout, eurent un effet néfaste sur sa santé et son esprit. C'est depuis ces temps là qu'il commença à souffrir de troubles nerveux. En 1917 il fut reçu à la Faculté des Sciences Economiques de l'Université Impériale

de Tokyo, mais il continua de dévorer tous les livres qui lui tombèrent
sous la main; négligeant ses études et passant le plus clair de son temps
dans les cafés, à boire en mauvaise compagnie, comme il l'avoue lui-même
C'est à cette époque qu'il écrivit 沈淪 (1921). Il rentra en Chine en
1921 et devint professeur d'anglais dans une école secondaire; après quelques mois il démissionna et tâcha de gagner sa vie par la plume. Il
s'était d'ailleurs déjà lié à la société "Création" et au groupe romantique.
En 1923 il publia une quarantaine de nouvelles; sa fécondité littéraire
était proportionnelle à son besoin d'árgent. Nommé professeur à l'Université Nationale de Pékin en 1923, il diminue sa production, passant son
temps à préparer ses cours. Durant deux ans il ne publia qu'un seul
recueil de nouvelles, 寒灰集. En 1925 il devint professeur à l'Université
de Outch'ang et ne publia rien. L'atmosphère de cette ville lui déplait
profondément et il la quitte au bout d'un an, dégoûté de tout ce qui avait
rempli sa vie jusqu'alors. Il alla s'établir à Shanghai, sa crise de désespoir passa, et il se remet à écrire. Peu de temps après il rentra dans
l'enseignement supérieur, à l'Université Sun Yatsen de Canton d'abord,
puis à l'Université de Nganhoei.

1925 fut pour lui l'année du pessimisme le plus noir. Durant cette
année il ne lut pas, n'écrivit pas, ne fit que boire et mener la vie. Après
l'automne de cette année il succomba à ses débauches et demeura dans un
hôpital pendant plus de six mois. Ce repos forcé lui fit un bien énorme
tant au physique qu'au moral. Il changea complètement sa conception
de la vie. C'est lui-même qui nous fait cette confession dans l'introduction de son 雞肋集 (édité en 1928, 創造社). En 1926, il alla à Canton et
voulut se donner complètement aux activités révolutionnaires. Mais une
nouvelle désillusion l'y attendit: il n'y vit que tromperie, brigue et corruption. La révolution ne pourrait jamais réussir dans de telles conditions. Il se retira de nouveau à Shanghai, menant une vie de solitaire,
dégoûté de tout le monde. Arrivé au comble du désespoir, il retrouva
soudain "une nouvelle aide pour la vie", comme il le dit lui-même
dans l'introduction citée. Cette aide, nouvelle pour lui, n'est autre que
sa femme qui le soigne avec un dévouement sans pareil. Une vie nouvelle, plus sérieuse commence maintenant pour lui. Il rentre dans l'ordre,
brise avec la société "Création" devenue trop communiste et à laquelle
Yu ne pardonne pas son manque de sincérité dans les activités révolutionnaires.

En 1928 il est encore à Shanghai et dirige la revue Ta-tchong-
wen-i (大衆文藝). En 1930 il se rallie, un peu malgré lui, à la Ligue
des Ecrivains de gauche. Lorsqu'en 1937 la guerre éclata il devint conseiller auprès du gouvernement provincial du Foukien. En 1938 il est
rédacteur en chef du journal Sing-tcheou-je-pao (星州日報). En 1939
il se réfugia à Singapour avec sa femme et ses enfants et s'y occupa
activement de propagande patriotique. Il y édite le "Journal de Singapour" en chinois. Mais lorsque Singapour fut pris par les japonais il
dut s'enfuir de nouveau et partit pour Sumatra, sous un pseudonyme, il
ouvrit un café dans la partie Ouest de l'île et y continua son oeuvre
patriotique de recrutement et de secours. A l'été 1944 les japonais le
prirent en suspicion mais le laissèrent néanmoins en paix. Le 29 août
1945, quelques jours après l'armistice japonaise, il disparut soudain

sans laisser de traces. Les voisins prétendirent avoir vu une auto japonaise s'arrêter devant sa maison, et des inconnus emmener Yu Ta-fou. On n'entendit plus parler de lui.

Parmi ses oeuvres il faut noter surtout: 沈淪 (Le noyé), 1921; 述羊 (La Brebis perdue), 1928; 達夫全集, 6 volumes, 北新, 1928-1931; 日記九種, ibid, 1927; 達夫代表作, 現代, 1928; 威權; 衾灰集; 鷄肋集; 過去集; 薇蕨集, 北新; 1930; 小家之悟, 1930; 畸零集; 拜金藝術; 小說論, 良友公司達夫短篇小說集, 北新, 1935; 瓤兒和尚, 中華, 1935; 閒書, 良友, 1936 sq.

Il publia aussi quelques traductions et des études sur l'histoire de la littérature. Entre autres: 達夫所譯短篇集, 生活 1935; 他是一個弱女子, 現代; etc...

Li Kin-ming (黎錦明) divise l'activité littéraire de Yu Ta-fou en trois périodes: 1° La période du "Noyé" qui décrit avant tout les collisions entre l'esprit et la chair (靈肉的衝突). Prenant comme point de départ sa vie personnelle, il sait émouvoir ses lecteurs par le tragique et la sincérité de ses sentiments, bien qu'il avoue lui-même de cette oeuvre: "ce recueil n'est écrit que d'une plume d'amateur, on ne peut y retrouver la vie réelle". Une seconde période est celle de l'expression de sa personnalité (自我表現). Les oeuvres de ces années sont pour la plupart des mémoires de sa vie privée (個人生活記錄). 衾灰集 est l'oeuvre la plus caractéristique de cette période. Enfin vient pour lui la phase de son évolution, où il parvint à se défaire de son "moi trop personnel", et à laisser travailler plus librement son imagination d'écrivain. L'oeuvre la plus typique de cette période est son 過去. Le style y atteint la maturité. (模範小說, o.l.p. 568).

La critique chinoise a très justement dit de lui: "Les oeuvres de Yu Ta-fou reflètent pour la plupart les malaises de la jeunesse, tels que le mécontentement vis-à-vis de la société actuelle et les ennuis financiers et psychiques. L'auteur sait les décrire dans des détails profonds et saisissants. C'est là la caractéristique spéciale de toute sa littérature". 在郁達夫的作品中, 多半反映青年病態; 如青年對現實社會之不滿及性與經濟之苦悶, 無不描寫盡致, 此乃郁氏創作之特色. (Cfr. 活葉文選作者小傳).

Quant au jugement de sa personnalité, Ts'ien Hing-ts'oen le qualifie comme "un homme à la psychologie malsaine" (他是心理不健全的人). Orphelin dès le bas-âge, il ne jouit jamais de la surveillance d'un père ni de l'amour bienveillant d'une mère. C'est vraisemblablement là la cause de sa nature mélancolique et pessimiste. (現代中國文學作家, vol. I, p. 103).

Tchao King-chen (趙景深) parle avec plus de force encore: "Yu Ta-fou est un débauché, ses oeuvres traitent surtout de pauvreté, de vol et de luxure". (他是一個潦倒的人, 小說多寫窮和像和色). D'ailleurs en cela ces auteurs ne font que reproduire le jugement que Yu Ta-fou porta de lui-même: "Je suis un homme superflu, et ne suis d'aucune utilité pour la société et les hommes." (我是一個真正的零餘者, 所以對於社會人世是完全沒有用的; cfr. 零餘者, p. 7). Il rêva de trouver le bonheur de la vie dans ce qu'il appelle lui-même en anglais "Money, love and fame" 南遷 p. 34). Triple illusion qu'il conserva jusqu'en 1927. 胃病; 風鈴; 中途; 懷鄉病者; 沈淪, 南遷; 銀灰色的死, etc... rendent tous ces sentiments.

錢杏邨, o.c. p. 108). Dans son "Le Noyé", l'auteur avoue cependant
que c'est la littérature naturaliste française qui l'a conduit à l'abime
moral (o.c. p. 26).

Etudiant au Japon, il s'intéressait déjà plus au vin et aux femmes
qu'à ses études d'économie politique. De santé faible, prédisposé a
la phtisie, il état extrêmement sensible aux charmes du sexe et vivait
dans un tiraillement quasi-continuel entre l'exaltation et la répression de
ses passions. Cet état d'âme donne une atmosphère de déséquilibre moral
et spirituel à presque toutes ses oeuvres. C'est cette lutte intérieure,
doublée du spectacle de la misère de son pays et du mécontentement
social qui l'épuisèrent et détraquèrent son imagination pessimiste. Il
devint fatigué et dégoûté de tout.

Comme il se pose toujours lui-même en Modèle de psychologie pour
ses personnages, il est difficile de discerner dans ses écrits la part de
fiction et celle d'autobiographie. Les analyses des caractères féminins sont d'ordinaire plus fines et plus pénétrantes, mais toute son
oeuvre révèle toujours "la lassitude de vivre, les désillusions et le pes-
misme". Après son retour du Japon surtout il donne réellement l'impression d'être une épave au point de vue moral. Il avoue n'avoir même
pas le courage d'afficher ouvertement ses opinions: "Quand je tousse,
je le fais aussi bas que possible, de peur qu'on ne me remarque. Quand
j'appelle un rikshaw, je n'ôse crier trop haut...". En cela aussi il est fortement influencé par Tolstoï. Mais ce qui apparaît moins sincère chez le
maître, porte un accent plus prononcé et plus franc chez le disciple.

Comme tant d'autres, il fut cependant obligé de se prononcer pour
la gauche en 1930. Depuis lors il semble avoir retrouvé son équilibre.
C'est la troisième période de sa vie qui commence.

En le lisant on est souvent tenté de le rapprocher d'Alfred de
Musset, avec ses vers pleins de fougue et débordant de sentimentalité
morbide. C'est en tout cas à bon droit qu'on reproche aux écrits de
Yu Ta-fou d'avoir trop mis en relief l'apitoiement sur lui-même, sans
éveiller chez les jeunes gens aucun besoin de perfection.

Liou Ta-kie (劉大杰), disciple préféré de Yu Ta-fou, et élève fidèle
de la théorie de l'Art pour l'Art, tâcha de faire l'apologie du maître.
(中國文學論集, p. 181, recueil d'études littéraires d'auteurs divers, réunis
en un volume par Yu Ta-fou). Lieou y présente d'abord les objections:
"Certains critiques prétendent que Yu Ta-fou est un auteur défaitiste,
qu'il se complait à décrire les troubles sexuels et les conflits entre le
corps et l'esprit chez la jeunesse, qu'il trouble les jeunes par ses insinua-
tions malsaines, que dans les circonstances actuelles de la société chinoise,
il vaudrait mieux qu'il n'y eut pas d'auteurs pareils". Il ajoute encore
une autre objection: "D'aucuns disent qu'en lisant les oeuvres de Ping
Sin, on éprouve un plaisir intime. Yu Ta-fou au contraire, ne fait qu'exciter les émotions de la concupiscence charnelle...". Lieou y répond ensuite en s'appuyant sur les principes de la société "Création", mais la
réponse elle-même nous montre tout le danger contenu dans une littérature pareille. "De tels critiques n'ont aucune idée de ce que c'est que
l'art, ils ne méritent pas de réponse. Ils ne comprennent pas que la
valeur d'une oeuvre d'art est au-dessus du bien et du mal moral. En

lisant une oeuvre littéraire on ne peut considérer son aspect moral séparement de l'ensemble. C'est parce qu'ils se trompent sur ces questions fondamentales de la critique qu'ils, en arrivent à des préjugés pareils." Réponse pleine de sophismes. Lieou continue son argumentation d'un ton plus cynique encore: "On ne doit juger aucune littérature d'après une norme absolue de bien ou de mal. Une oeuvre qui atteint le but qu'elle se propose doit être reconnue comme une oeuvre "réussie". Une littérature qui décrit le rire et parvient à faire rire le lecteur est une littérature réussie. Une littérature qui décrit la douleur et parvient à exciter chez le lecteur un sentiment de douleur est une littérature réussie. S'il est vrai, comme le disent les critiques, que Yu Ta-fou parvient, par sa littérature, à changer le coeur de beaucoup de jeunes gens; s'il est vrai que Yu-Ta-fou parvient à créer une atmosphère nouvelle dans le champ de la littérature chinoise: ne serait-ce pas là une preuve certaine que Yu Ta-fou a réussi dans son art au point que le proclament les critiques! Mais s'il en est réellement comme le proclament ces critiques, il faut féliciter Yu Ta-fou. Nous qui tous les jours vivons avec lui, et non seulement nous, mais les chefs de la littérature, doivent tous venir lui payer un tribut d'honneur, dans ce cas là."

Nous ne dirons rien d'une telle argumentation, elle parle assez par elle-même!

Liang Che-ts'ieou formula clairement l'objection que reproduit Lieou Ta-kie (cfr. 新月, 1928, 10 avril, vol. I, n 2: 文人有行 "Tenue morale des littérateurs".) et y répond d'une façon convaincante et irréfutable: "Parmi les auteurs immoraux, les pires sont ceux qui, après avoir commis d'innombrables actes déshonorants viennent les décrire ensuite par manière de vantardise, sous prétexte de repentir ou de contrition. En fait ce n'est nullement la contrition qui les inspire, mais uniquement le mépris de tout ce que la société reconnaît comme vertu publique. Ces auteurs prétendent ne pas tenir pour honteux ce qui l'est de fait. Ils le déversent avec force détails comme pour dire: Voyez, j'ai commis des méfaits pareils, venez vite me prouver votre compassion, venez vite me féliciter. Moi, j'ai osé faire cela, j'ose encore l'avouer. Vous autres communs mortels, osez vous faire les mêmes choses? Osez vous les avouer par après? Moi je suis un homme perverti mais je ne m'en veux pas pour cela Je ne suis pas responsable. Vous ne devez pas me blâmer. J'avoue mes méfaits mieux que vous ne pourriez le faire... Des sentences de ce genre peuvent bien provoquer l'admiration d'une certaine catégorie d'hommes, et de fait ce cri de douleur qui perce à travers cette littérature transforme ces auteurs de conduite mauvaise en de vrais héros!".

"Il est vrai que quelqu'un qui confesse ses actions mauvaises, fait montre de courage et de sincérité. Mais un acte mauvais ne peut devenir bon par sa seule divulgation. Nous ne pouvons jamais biffer d'un coup de plume le mal, à cause du courage de celui qui l'a commis. Ce qui est ne saurait être considéré comme n'étant pas."

"Mais si un littérateur de mauvaise vie se repent réellement et veut corriger ses défauts, il n'y a qu'une seule route pour lui: tâcher de mener une vie honnête dans la suite. Sa vie vertueuse jettera une sorte de voile sur ses méfaits passés. Un repentir hautain mis sur papier sans plus n'est de soi qu'une action immorale".　無行的文人中之最無行者，就是自家做下了無數椿的缺德事，然後倨傲的赤裸的招供出來，名之曰懺悔，懺悔云云...並不是懺悔的表示，只是在悔慢社會的公認的德行，不以可耻的事爲可耻，一五一十的傾倒出來，意若曰："我做下這等事了，你們來表同情與我，你們快來讚嘆我！我敢做，敢當，你們卑席的人敢做這樣的事麼？做了敢於承當麼？我是壞人，但是我無所忌諱，並且責任不在我，你們不必捎貰我，我敘述我自己的無行，比你們還敘述得好...".

　　這樣的論調時常就可以蒙儱作一般的人，於是在一片懺悔聲中無行的文人就變爲眞誠的英雄。

　　自家把自家的無行和盤宣布，這個擧動至少包涵着勇敢與質直的美德，但是一件無行之事，自己宣布後，不能變作一件有行之事。我們不能因爲懺悔者的勇敢與質直，遂把他的無行一筆勾消。做了的事不能當做沒有做。無行的文人若眞的懺悔想改到有行爲的道上去，唯一的途徑就是在生活上努力要有行，有行的事，或者可以把以前的缺德的事遮掩一些，舞文弄墨假的做懺悔，本身就是一種無行。

L'introduction du livre "Fantômes" (鬼影) écrit par Tchang Chao-feng (張少峯, 1930, 戴東貧局, Pékin), est un exemple typique de ce genre littéraire.

　　Tcheou Tsouo-jen donne sur l'oeuvre de Yu Ta-fou un jugement plus modéré et mieux justifié, (自己的園地, 1927, 北新, p. 75). Il commence par reproduire une déclaration de l'auteur lui-même: "La première partie de mon livre" Le Noyé "décrit la psychologie d'un jeune homme morbide. C'est la vivisection de la mélancolie de l'adolescence L'auteur y décrit les afflictions de l'homme d'aujourd'hui, c.à.d. les poussées de la nature et les conflits entre la chair et l'esprit. La seconde partie décrit la ruine d'un vain idéalisme". Tcheou Tsouo-jen commente cette déclaration comme suit: "Le bon côté de Yu Ta-fou consiste en ce qu'il se découvre lui-même, sans en être réellement conscient. C'est pourquoi le" Noyé "est incontestablement une oeuvre de valeur. Il est néanmoins à classer dans la littérature réservée, ce n'est pas une lecture pour tout le monde. Pour ceux qui connaissent la vie avec ses lumières et ses ombres, ce livre peut sans doute être utile. Mais pour les jeunes gens ce livre ne convient pas. Ils ne doivent pas le lire, car ils pourraient prendre pour nourriture solide ce qui n'est que de l'opium. J'estime que les lecteurs doivent bien tenir compte de cette remarque."

Tchang Tse-p'ing 張資平. Naquit à Meihien (梅縣) dans la province du Koangtong, en 1893. Il étudia d'abord dans une école protestante, ensuite il passa à l'Université Impériale de Tokyo au Japon où il suivit les cours de géologie. Il fut diplômé en 1922. La même année il rentra à Canton et commença sa carrière littéraire dans les rangs de la société "Création" qu'il fonda avec les auteurs précédents. Puis il devint professeur à l'Université de Outch'ang. En 1926 il est professeur de géologie à l'Université Sun Yatsen de Canton. Les changements de gouvernement en 1929 amenèrent des changements radicaux dans les centres universitaires et Tchang dut démissioner. Il partit pour Shanghai où il devint professeur de littérature à l'Université Ki-nan, puis à l'Uni-

\versité de Amoy. En même temps il a la direction de la société "Création", depuis que Yu Ta-fou a abandonné, que Kouo Mo-jo est banni et que Tch'eng Fang-ou est en voyage.

Pour gagner sa vie, il fonda la mêmes année une librairie, la Lo-k'iun-Chou-tien (樂羣書店), et une revue du même nom. Mais après quelques mois il fit faillite. Il ne se découragea cependant pas et lança immédiatement une autre librairie et revue, la Hoan-k'ieou-t'ou-chou-kong-se (環球圖書公司), qui connut bientôt le même sort.

En 1930 nous rencontrons Tchang Tse-p'ing parmi les auteurs de gauche. Mais après 1937 il se trouve de nouveau dans un autre camp, du côté de Wang Tsing-wei, à Shanghai.

En dehors de ses oeuvres scientifiques de géologie, ses romans les plus connus sont: 青春; 飛絮, 現代; 苦莉, 光華; 紅霧, 樂羣; 長途, 南強; 柘榴花, 愛, 光華; 愛的焦點, 泰東; 素描陌陌, 光明; 資平小說集, 現代; 天孫之女, 文藝社; 北極圈裡的王國, 現代; 明珠與黑炭, 光明; 愛力圈外, 樂羣; 沖積期化石; 嵩的除夕; 不平衡的偶力; 最後的幸福; etc...
De plus il édita plusieurs traductions d'oeuvres japonaises.

Les romans de Tchang Tse-p'ing sont presque tous érotiques et cherchent leurs intrigues dans l'amour polyangulaire (多角之愛). Le héros de ses histoires est trop souvent une femme passionnée et voluptueuse qui poursuit et tente les hommes, se rend maître de leur coeur et de leur corps et finit sa vie scandaleuse dans la désillusion et le malheur. Tchang exploite dans tous ses romans, d'une manière cynique et sardonique jusqu'à l'extréme, l'amour, les inclinations sexuelles et les passions mauvaises.

Il est naturaliste en littérature, individualiste et materialiste sans plus. Rien n'échappe à son cynisme de bas alloi. Sa valeur littéraire, d'après la plupart des critiques, est par ailleurs quasi nulle. Alors que Yu Ta-fou laisse l'impression d'une personnalité sincère, même si elle est déséquilibrée, qu'il gagne notre sympathie par son talent littéraire incontestable, et notre compassion pour son âme tourmentée, Tchang Tse-p'ing reste sans excuse aucune. Son style est fade et monotone; son immoralité bien consciente; sa stérilité d'imagination littéraire et descriptive avec la monotonie de ses intrigues, donnent l'impression d'un homme dénué de toute sincérité aussi bien que de talent. En plus, l'amour qu'il décrit ne tient compte d'aucune relation naturelle, sociale et familiale: fornication, adultère, inceste, mauvaise conduite des professeurs avec leurs élèves... tout y est décrit d'une plume qui nous fait penser malgré nous à un dard empoisonné qui tue ses lecteurs. (Cfr. 王哲甫, 中國新文學運動史, p. 154 sq.: 張資平評傳 par 史秉慧, éd. 現代, 1932).

Ses livres, hélas, sont beaucoup lus. Ce succès semble résider uniquement dans l'attrait malsain qu'exercent les sujets qu'il traite: l'amour désordonné et le libertinage.

Vers 1929 Tchang voulut changer le thème de ses romans et se lancer dans la littérature révolutionnaire. Il fit plusieurs essais dans ce genre, mais ses vues naturalistes ne purent s'accorder avec aucune idéologie, pas même avec celle des utopies communistes.

En 1931 les élèves de l'université Ta-Hia (大夢) l'invitèrent à leur donner des cours de "roman" dans les termes suivants: "Nous invitons respectueusement Monsieur Tchang Tse-p'ing, l'auteur vénéré de la jeunesse...". Lou Sin commenta cette invitation du ton sarcastique qui lui est propre: "Ah, heureux les disciples qui peuvent l'entendre! Il va vous apprendre l'art de flirter, de pratiquer l'amour triangulaire. Vous rêvez de femmes? N'oubliez pas que les passions des femmes sont plus fortes que les vôtres, elles accoureront d'elles-mêmes..." (Cfr. 二心集, par Lou Sin, pp. 47-48; 文藝自由論辯集, o.c. p. 50).

Kan Niu che 淦女士. De son vrai nom *Fong Chou-lan* (馮淑蘭), connue aussi sous le nom de *Fong Yuen-kiun* (馮沅君). (Cfr. 王哲甫 o.c. pp. 158-159; 現代中國女作家, par 黃英, 1934, 北新 pp. 109-125)

Née à T'angho (唐河) dans la province du Honan en 1902, elle est la soeur cadette de Fong Yeou-lan (馮友蘭), philosophe bien connu en Chine. Elle fut diplômée au Département d'études littéraires de l'Université Nationale de Pékin (北京大學研究所) et de l'Institut d'Etudes Littéraires de l'Ecole Normale Supérieure de la même ville (北平師範大學研究院). Ensuite elle devint professeur dans plusieurs universités successivement. En 1929 elle se maria avec Lou K'an-jou (陸侃如), qui fut professeur dans les mêmes universités. (Né en 1903 à T'ai ts'ang (太倉) dans la province du Kiangsou.)

Depuis le mois de mars 1924, elle publia, dans la revue hebdomadaire "Création" (創造週報), plusieurs oeuvres littéraires, qui lui valurent immédiatement le renom d'écrivain: 旅行; 慈母; etc. Surtout 隔絕以後 lui valut un grand succès, parce qu'elle s'y révèle la première femme auteur qui osât décrire la psychologie de l'amour chez la femme. Depuis lors elle commença définitivement sa vie d'écrivain, et édita successivement trois recueils de nouvelles: 卷葹, 1926, 北新; 春痕, 1926, Ibidem; 劫灰, 1929, ibidem.

Dans 卷葹 elle décrit la jeunesse aux sentiments ardents, aux désirs de liberté farouches, mais aussi à la volonté ferme. Elle s'attaque au vieux formalisme confucianiste et à toutes les entraves d'une tradition qui tue. En revanche elle insiste fortement sur la fidélité dans l'amour, et sur l'amour qui sait se sacrifier. Elle ne sort cependant jamais du cercle restreint de la famille et de l'école. Les grands problèmes de la societé ne l'atteignent pas encore, elle suit le principe général de l'art pour l'art, et partage le rêve romantique de Kouo Mo-jo de refaire toute l'oeuvre de la création.

Dans 春痕 on prend contact avec un coeur romantique qui avait mis tout son espoir dans l'amour idéal et pur et commence maintenant à ressentir péniblement les dures réalités du monde. Devant les déceptions de la vie, ses premières ardeurs s'éteignent pour laisser place à une tristesse et une mélancolie profondes. Après les premiers orages, on ne trouve plus chez elle qu'un coeur brisé mais ferme.

劫灰 est une série de lettres d'une jeune femme à son amant. L'auteur y a mis toute la psychologie de son expérience. La tristesse et la mélancolie y dominent.

Parmi ses autres oeuvres, notons encore: 沅君三十前遺集, éd 女子書店; 一個異端; etc...

Fong Chou-lan décrit d'une façon ardente la psychologie de l'amour libre chez les jeunes filles. Dans son élan littéraire elle dépasse Ping Sin, mais elle manque certainement de l'onction qui caractérise cette dernière. Fong Chou-lan se montre dans ses écrits, telle qu'elle est, mais comme elle est trop personnelle, sa source d'imagination tarit vite; avec l'âge elle devint plutôt fade. Bref, elle connut ses heures de succès pour tomber bien vite dans l'ombre des talents secondaires.

Wang Tou-ts'ing 王個清. Né à Tch'angngan (長安) dans la province du Chensi en 1898; il était l'enfant illégitime d'un fonctionnaire d'état. Ayant perdu son père très jeune, il alla à Shanghai et rompit dès lors toutes relations avec sa famille.

Il étudia les Arts et Lettres en France. Rentré en Chine il se rallia à la société "Création". En 1925-1926 il est Doyen de la Faculté de Littérature à l'Université Sun Yatsen de Canton, directeur de la société "Création" et rédacteur de la revue mensuelle du même nom (創造月刊). Lors de la suppression de la société en 1929 il devint préfet d'études à l'Université d'Arts (藝術大學) de Shanghai, et rompit avec Kouo Mo-jo, Tchang Tsep'ing et les autres.

Ardent, il n'écoute que ses sentiments. Il est connu dans la littérature comme poète sentimentaliste, admirateur de Dante, Lord Byron, Alfred de Musset et Georges Sand.

Parmi ses poésies, notons: 聖母像前 qu'il composa en mémoire de sa mère; 邪羅馬; Son théâtre: 楊貴妃之死, ressemble très fort à une pièce de Maeterlinck; 貂蟬. Parmi ses oeuvres en prose, les plus remarquables sont: 前後; 死前; 我在歐洲的生活; etc...

Mou Mou-t'ien 穆木天. Né à It'oung (伊通) dans la province de Kirin en 1900, il fit ses études secondaires à l'Ecole Moyenne Nank'ai de T'ientsin. Ensuite il étudia la littérature à l'Université Imperiale de Kyoto, au Japon, et se spécialisa surtout dans la littérature pour enfants. C'est là qu'il entra en relation avec les fondateurs de la société "Création" et s'allia à eux. Il travailla aussi fortement à faire connaître la littérature étrangère en Chine. Rentré en Chine il fut successivement professeur aux Universités Sun Yatsen de Canton, K'ong-te (孔德) de Pékin, et à l'Université provinciale de Kirin.

Parmi ses oeuvres il y a: 旅心 (1927, recueil de poésies); 青年煺 炭黨, 湖風社; 蜜蜂, 秦東; 初戀, 現代; et plusieurs traductions, surtout de M. Gorki.

Ni I-te 倪貽德. Né à Hangtcheou dans la province du Tchekiang, il étudia au Japon. Après son retour en Chine il devint professeur à l'Ecole d'Arts de Koangtcheou (廣州市立美術專科學校); ensuite à l'Ecole d'Arts de Outch'ang (武昌藝術專科學校), enfin en 1941, nous le retrouvons à l'Ecole d'Arts de Shanghai (上海，美術專科學校). Il publia plusieurs traités d'Art et de peinture. Quant à ses oeuvres littéraires il faut noter: 硬庵, 1928, 北新; 玄武湖之秋, 1924; 東海之濱, etc...

Ni I-te est un artiste exalté et romantique, sentimental à un très haut degré, il ne parle qu'art et amour sans freins.

Tcheou Ts'uan p'ing 周全平. Disciple de Kouo Mo-jo, il prit une part active dans la direction de la société "Création" après 1926. Dans ses oeuvres on ne retrouve que les deux thèmes communs à tous les auteurs de cette école: l'amour et le mécontentement social. Il écrivit: 苦船; 夢裡的微笑; 煩惱的網; 樓頭的煩惱; 苦笑 etc...

Liéou Ta-kie 劉大杰. Originaire de la province de Seutch'oan, il étudia à l'Université de Outch'ang, puis passa au Japon pour y continuer ses études. Après son retour il devint professeur à l'Université Fou-tan de Shanghai.

Disciple préféré de Yu Ta-fou, il définit sa conception de la littérature dans l'apologie qu'il fit de son maître. (Cfr. supra. Yu Ta-fou). On peut distinguer deux périodes dans ses oeuvres. Dans la première il se montre sentimentaliste pessimiste, ses 渺茫的西南風 et 黃鶴樓頭, (1925, édités à Outch'ang, 時中合作書社) en sont les fruits littéraires. L'auteur n'y parle que d'amour méconnu et de tristesse du coeur.

Depuis son séjour d'études au Japon sa tendance se modifie. 支那女兒 et 昨日之花, 1930, 北新, en sont l'expression. Dans ces écrits l'auteur a su se défaire de ses idées fixes au sujet et l'amour, ainsi que de son ton trop intime et trop personnel. Il élargit son champ de vue, et commence à traiter les problèmes de la vie sociale et politique, montrant en même temps une inclination profonde pour la vie de famille calme et paisible.

On a encore de sa plume: des études sur Tolstoï et Ibsen, éditées à la Commercial Press; 三兒苦罕記, 1935, 北新; 寒鴉集; 山水小品集, 1934, ibidem; 明人小品集., 1934, ibidem; éd. 啟智; 盲詩人, 1929, 啟智; 長湖堤畔 1926, Outch'ang; 一個不幸的女子, 啟智; 戀愛病患者, 北新; et plusieurs traductions de l'américain J. London; de l'autrichien A. Schnitzler, etc...

Kien Sien-ngai 蹇先艾. Né à Tsuen I (遵義) dans la province de Koeitcheou en 1906, il fut diplômé de la Faculté de Droit à l'Université Nationale de Pékin après 1928.

Il commença à publier ses poésies dans la revue Tch'en-pao-fou-k'an (晨報副刊), qui depuis 1925 était sous la direction de Siu Tche-mo. Entre temps il composa quelques romans prenant comme thème l'amour libre et les malaises de la jeunesse, entre autres: 還家; 朝霧; 一位英雄; 還鄉集 etc...

Tcheng Po-k'i 鄭伯奇. Originaire de la province du Chensi il étudia la littérature à l'Université Impériale de Kyoto. En 1920 Kouo

Mo-jo avait déjà des relations avec lui au sujet d'une société et revue de littérature, mais ce n'est que vers 1925 qu'il paraît comme membre important de la société "Création". Lors de la suppression en 1929 il commença pour son propre compte une société "Wen-hien-chou-fang" (文獻書屋), qui ne vécut que quelques mois. En 1936 il devint vice-président de la grande Ligue littéraire (中國文藝家協會). Il composa plusieurs pièces de théâtre, entre autres: 抗爭, 軌道, etc... et donna plusieurs traductions d'oeuvres étrangères. En 1939 il devint membre de la Société Culturelle Mahométane (回教文化研究會). En 1941 on le retrouve à Tch'ongk'ing. (Cfr. Lou Sin. 二心集 o.c. p. 31).

Hong Wei-fa 洪為法. Né à Itcheng (儀徵), dans la province du Kiangsou en 1900, il fut diplômé en littérature à l'Ecole Normale Supérieure de Outch'ang. Puis devint professeur dans l'enseignement secondaire. Parmi ses oeuvres il y a 絕句論, 1934, Commercial Press, 逃子集, 北新; 跌鵝. 文化書局; 長跑, ibidem; et plusieurs études littéraires.

Ho Seu-king 何思敬, mieux connu comme *Ho Wei* (何畏). Né à Hanghien (杭縣) dans la province du Tchekiang en 1895, il étudia la littérature à l'Université Impériale de Tokyo au Japon. Rentré en Chine il devint professeur de Droit et de sociologie à l'Université Sun Yat sen de Canton.

Tch'eng Chaotsong 成紹宗. Cet auteur est surtout connu pour ses traductions d'oeuvres françaises romantiques: 傳奇小說 de A.F. Prevost, éd. 光華; 地獄 de H. Barbusse, etc... Il est aussi le traducteur du fameux "Journal de Mussolini": 墨索里尼戰時日記; 光華 etc...

Fong Nai-tch'ao 馮乃超. Cet auteur est connu aussi sous des noms de plume différents entre autres *Li I-choei* (李易水). Originaire de la province de Koangtong il étudia la littérature à l'Université Impériale de Tokyo. Il fut un des membres les plus influents de la société "Création" après 1925, avec Li Tch'ou-li (李初梨), Tchou King-wo (朱敬我) et d'autres. Il eut en mains la direction de plusieurs organes de la société: Tch'oang-tsao-yue-k'an (創造月刊), Wen-hoa-p'i-p'an (文化批判) Seu-siang-yue-k'an (思想月刊), Wen-i-kiang-tsouo (文藝講座), etc... et prit une part active dans la lutte littéraire de 1928-1930 contre Liang Che-ts'eoou et Lou Sin.. (cfr. 中國文藝論戰 o.c. p. 255.)
Parmi ses oeuvres notons: 俺儡美人; 撫卹 etc...

Chen K'i-yu 沈起予 connu sous le nom de plume de *I Yu* (持雨). Né en 1904 dans la province du Seutch'oan, il fit ses études supérieures à l'Université Impériale de Tokyo, Japon. Rentré en Chine il devint un des membres importants de la société "Création". Parmi ses oeuvres il a: 藝術科學論; 飛躍; 碑; 出發之前 etc...

8. LA SOCIETE "LE CROISSANT" 新月社.

La société "Le Croissant" fut fondée par un groupe d'étudiants revenus d'Amérique dont la plupart étaient d'anciens élèves de l'université Ts-ing-hoa. Ils se montraient particulièrement enthousiastes de la culture occidentale du milieu du 19ième siècle et de tous les éléments de cette culture: littérature classique, admiration de l'antiquité, idéologies et philosophies anglaises modernes etc... Bref, ils rêvaient d'enrichir la Chine nouvelle des trésors découverts en Occident. Leurs réunions avaient lieu chez Monsieur Wen I-touo, dans une ambiance classique raffinée: statues grecques, peintures occidentales du XIXe siècle. Les oeuvres de Schiller et de Goethe y étaient tenues en grand honneur, la musique de Wagner et de Bach faisait leurs délices. Ils voulaient mener une vie d'artistes et d'intellectuels, se tenant à l'écart de la foule et de la vie sociale, ne participant presque pas aux ardeurs outrées du mouvement pour la culture nouvelle des années 1922 à 1928. En poésie ils voulaient continuer l'oeuvre ébauchée par Hou Che et voulaient inaugurer un art dramatique conçu dans le même esprit. Pour eux, le théâtre représente la plénitude de l'art, parce qu'il est supposé unir en un tout harmonieux la poesie, la prose, les arts plastiques, la musique et le rythme. Par là ils prouvent l'emprise du romantisme du XIXe siècle sur eux. (Cfr. 史料 o.c. p. 127).

Contrairement à la société "Création" ils admettent que l'art doit se conformer aux règles de la morale, mais leur notion de morale est généralement restreinte au pragmatisme américain. (藝術良心與道德良心平衡. Cfr. 史料. o.c. p. 127).

Les membres de cette société sont considérés comme la nouvelle bourgeoisie, comme les représentants des intérêts des classes moyennes. Depuis 1929 leurs tendances se modifièrent peu à peu vers un réalisme social entendu à leur façon. C'est de ce foyer que surgira en partie le théâtre de T'ien Han et de Hong Chen. Leurs théories ouvrent le chemin à la fondation de la Ligue des Auteurs Libéraux en 1932. Mais certains de leurs membres comme Hou Che et Liang Che-ts'ieou, pèchent — bien qu'en des mesures différentes — par leur exclusivisme et leur manque de sens social. Ils méritent en une certaine mesure le sobriquet "d'auteurs de la tour d'ivoire" que les adversaires leur appliquaient. (象牙塔紳士派 Cfr. Lou Sin, 二心集, p. 129.)

En dehors de la Société "Le Croissant" il y avait encore la Revue "Le Croissant" et la Maison d'édition "Le Croissant" Dans le premier numéro du premier volume, paru au mois de mars 1928, les rédacteurs proclamèrent bien que c'étaient là trois organismes différents, mais de fait ils ne formaient qu'un tout unique.

La lutte littéraire de 1928-1930 les obligea a déclarer clairement leur point de vue et leur attitude, ils le firent dans les termes suivants: "Nous, les rédacteurs de cette revue, ne faisons nullement front uni quant à nos pensées. Il y en a parmi nous qui croient à ces théories-ci, d'autres suivent ces théories-là. Nos activités et attitudes fondamentales contiennent cependant plusieurs points communs. Nous croyons à la liberté de pensée, nous sommes pour la liberté et de presse et de parole. Nous voulons la tolérance pour tous, excepté pour ceux qui s'opposent à la tolérance. Nous acceptons avec plaisir toute théorie bien fondée et conforme à la raison. Voilà les quelques points que nous admettons tous". Pour le dire en deux mots, ce qu'ils veulent défendre c'est "une liberté saine et sérieuse". (我們辦月刊的幾個人的思想是並不完全一致的，有的是信這個主義，有的是信那個主義，但是我們的根本精神和態度卻有幾點相同的地方。我們都信仰「思想自由」，我們都主張「討論出版自由」，我們都保持「容忍」的態度（除了「不容忍」的態度是我們所不能容忍以外）．我們都喜歡穩健的合乎理性的學說這幾點是我們幾個人都默認的。Cfr. 新月，vol. III. No. 5, p 6 ... 不妨害健康的原則；不折辱人嚴的原則，．Cfr. 新月．vol. I. 1).

Plusieurs jeunes auteurs prirent une position intermédiaire entre le réalisme social de Lou Sin et le libéralisme aristocratique de Hou Che et de Liang Che-ts'ieou, et se rapprochèrent par ce fait même de l'humanitarisme idéaliste et culturel de Tcheou Tsouo-jen. La plupart des auteurs actuels qui se confinent dans les activités littéraires, sans empiéter sur le terrain politique, sont à ranger dans cette catégorie. Ils refusent de mettre leur art et leurs talents au service d'un parti politique déterminé. Grâce à cette impartialité ils ont une influence culturelle plus grande sur la Chine d'aujourd'hui.

Officiellement les membres de la Société "Le Croissant" s'opposèrent au sentimentalisme de Yu Ta-fou, qui prétendait qu'en littérature les sentiments ne doivent pas être renfermées dans les bornes de la raison.

En même temps ils s'attaquèrent à tout extrémisme et idéalisme faux basé sur des fondements qui ne peuvent être approuvés par la raison humaine. Les extrêmistes de la Société "Création", disent-ils portent des lunettes vertes et pour cela jugent que tout l'univers est vert. Leur apriorisme est anti-intellectuel et irréel. Dans une société humaine normale l'amour doit remplir une fonction plus intime que la haine, l'esprit d'entr'aide doit dominer l'esprit de malveillance mutuelle. Ce que la Société "Le Croissant" veut, c'est se conformer partout et en tout au vrai et au juste.

Pour la même raison ils s'opposent à tout exclusivisme d'un parti unique et défendent les droits de l'homme et le parlementarisme.

Enfin, ils veulent s'opposer à l'utilitarisme rationaliste. (功利派). Ils insistent sur la distinction entre le prix et la valeur des choses; entre la matière et l'esprit: "Le monde présente une inclination très forte à confondre ces réalités diverses, disent-ils, mais sur ce point nous ne voulons pas suivre la mode du monde. Nous ne voulons que le vrai et le juste, car une pensée juste est la condition sine qua non pour l'amélioration de la vie humaine et pour l'émancipation de notre force vitale". 價格，價值；物質，精神，正的思想，改造人生，解放我們的活力. Cfr. 新月. Vol. I, No. 1: 新月的態度.)

Durant la lutte littéraire de 1928, Liang Che-ts'ieou se fit le défenseur attitré de la Société "Le Croissant". En face des affirmations de la Société "Création" et du groupe "Yu-seu" il proclamait que la littérature doit se tenir au dessus des éventualités accidentelles des temps.

Le point essentiel des préoccupations littéraires doit être, d'après lui, le problème de la culture chinoise nouvelle. Mais alors que les écrivains de gauche parlaient de "civilisation" (wen-hoa), Liang Che-ts'ieou et le Croissant travaillaient pour la création d'une "culture" (wen-ming). Pour eux il y a un double programme à réaliser: émanciper la force de vie, et adapter la vieille culture chinoise à la culture moderne. 〔解放活力；整理國故〕. Dans cette oeuvre ils veulent s'inspirer des méthodes employées par l'Occident, qui lui aussi a dû adapter la culture classique ancienne aux besoins des temps nouveaux.

Ils sont convaincus que ce sont les littérateurs et les idéologues qui forgent l'avenir des peuples, puisqu'ils sont des précurseurs parmi leurs contemporains. Ils concèdent bien qu'en temps de troubles sociaux l'idéologie révolutionnaire met son empreinte sur la littérature. Ils admettent aussi qu'il peut bien exister une "littérature des temps de révolution" 〔革命時代的文學〕, mais ce sont les littérateurs et les idéologues qui doivent guider la révolution, et non l'inverse. Qu'il y ait aujourd'hui des écrivains révolutionnaires, cela se comprend; mais qu'ils veuillent exiger le monopole de la littérature et excercer une pression sur tous ceux qui ne sont pas de leur avis politique, cela est déraisonnable. En effet toute littérature qui se respecte doit se baser sur la nature humaine telle quelle, elle devra donc être sincère et jaillir du coeur même de l'auteur, et non pas être imposée de force. 〔偉大的文學乃是基於固定的普遍的人性，從人心深處流出來的情思才是好的文學. Cfr. 文學與革命 par 梁實秋, dans 中國文藝論戰, o.c. p. 422〕.

On ne peut donc obliger les littérateurs à se ranger contre leur gré sous les drapeaux de la littérature révolutionnaire. D'ailleurs cette dernière se vante d'être "de la masse du peuple" (大衆的) Or un vrai littérateur est un artiste (天才), et les artistes seront toujours peu nombreux, peuvent surgir non seulement de la "masse" du peuple, comme l'entendent les révolutionnaires, mais de toutes les classes de la socété, sans distinction aucune. Cela n'empêche pas qu'on puisse se servir de la littérature comme instrument de propagande durant les temps de révolution. Mais il ne s'agit là que d'une modalité qui n'a pas le droit d'englober toutes les activités de la littérature à l'exclusion des autres. En dehors de la littérature de propagande il y en a bien d'autres encore qui ont droit à l'existence aussi.

La Société "Création" répondait à toutes ces objections que les auteurs du "Croissant" se tenaient trop à l'écart des nécessités actuelles du peuple; qu'ils niaient pour ainsi dire les actualités concrètes de la vie d'aujourd'hui. [o.c. p. 255] Cette remarque n'était pas dénuée de tout fondement. En plus, ajoutait-on, ces artistes dont on parle tant, ne sont tout de même pas des êtres surhumains, vivant dans une tour d'ivoire ou dans des cercles privés, ne sont-ils pas ralliés essentiellement à la société dont ils sont les membres? Dès lors ils ont leurs devoirs sociaux à remplir. S'ils se tiennent à l'écart de la foule comment pourront ils jamais exprimer la vie sociale réelle? Sans contact concret on ne saurait comprendre cette réalité et par suite il est impossible de l'exprimer. 〔文學是人生的表現. Ibidem, p. 262.〕.

Plusieurs de ces reproches n'étaient pas sans fondement. La Société "Le Croissant" était réellement trop aristocratique, trop libérale, du moins dans ses grands représentants, et elle ne comprit pas assez le rôle social et vivifiant de la littérature dans les circonstances de la Chine actuelle.

Voici la liste des auteurs principaux qui eurent à faire avec la vie et les activités de la société "Le Croissant".

Wen I-touo 聞一多. Né à K'ichoei (浠水) dans la province du Hounan en 1899, il fit ses études moyennes dans une école protestante, puis passa à l'Université Ts'ing-hoa de Pékin. Compagnon d'études de Liang Che-ts'ieou il se rendit ensuite en Amérique et y fréquenta les Écoles d'Art de New-york et Chicago. Après avoir obtenu son grade dans cette dernière ville, il y resta encore quelque temps pour se spécialiser dans la littérature et les arts du XVIIIe siècle. Rentré en Chine il fonda avec Hou Che, Siu Tche-mo et leurs amis la Société "Le Croissant", dans l'intention de répandre en Chine la pensée et la littérature occidentales. Il fut en même temps un promoteur de la poésie nouvelle. Nous le trouvons successivement dans plusieurs postes de l'enseignement supérieur: professeur et préfet d'études à l'Université Centrale de Nankin, directeur de l'Institut de Littérature à l'Université Nationale de Ouhan; professeur et directeur de l'Institut de Littérature à l'Université de Ts'ingtao. En 1931 il cumule trois professorats à Pékin dans les Universités Nationales de Pékin, Ts'ing-hoa et Yen-ching.

Au mois de juillet 1937 il quitta Pékin avec un groupe d'amis et partit pour la Chine libre. Ils arrivent d'abord à Ouhan, atteignent ensuite Tch'angcha et font la route à pied jusqu'à K'ounming, dans des circonstances très pénibles. Depuis lors il est professeur à l'Université Réunie du Sud-Ouest (西南聯合大學).

Wen I-touo est surtout connu comme poète et critique littéraire. Depuis 1926 il publie ses oeuvres dans le Tch'en-pao-fou-k'an (晨報副刊). Nous avons de lui: 紅燭, poésies, 蔡東; 死水, 1928, 新月; ec...

Siu Tche-mo 徐志摩. Né à Haining 海寧 dans la province du Tchekiang. Il commença ses études supérieures à l'Université Hou-kiang (滬江) de Shanghai, et les termina à l'Université Nationale de Pékin. Il se rendit ensuite en Amérique, suivit les cours de finance à l'Université de Chicago, puis en Angleterre, où il obtint le diplôme d'Economie politique à l'Université de Cambridge. Il y prolongea son séjour pour suivre des cours de Littérature. Né poète il ne vivait que pour les Belles-Lettres et donnait tous ses loisirs à la poésie moderne. Il rentra en Chine en 1921 et se fixa comme professeur à l'Université Nationale de Pékin d'abord, à l'Université Ts'ing-hoa ensuite. Cette même année le grand poète de l'Inde Rabindrana Tagore vint en Chine; Siu Tche-mo et Wang T'ong-tchao l'accompagnèrent partout comme interprètes officiels. Après la visite de la Chine Siu Tche-mo l'accompagna encore dans un voyage en Italie.

Pendant l'hiver de 1925 Siu devint rédacteur en chef du "Tch'en-pao-fou-k'an," il y trouvait comme collaborateurs Liang K'i-tch'ao, Tch'en

Si-ying Wen I-touo, Yu Ta-fou, Chen Ts'ong-wen, et d'autres. Tous les Mardis cette revue contenait une rubrique spéciale de poésie nouvelle. Siu Tche-mo en profita pour lancer son nouveau genre, plus mélodieux et plus sonore que la poésie "didactique" de Hou Che ou les "coups de marteau" de Kouo Mo-jo. Par là il se fit évidemment des ennemis qui le qualifièrent immédiatement d'aristocrate doucereux.

Au bout de trois ans il s'était fait un nom dans le monde des Lettres et fut invité par plusieurs universités comme professeur. Il quitta Pékin pour le Sud, laissant la direction du "Tch'en-pao-fou-k'an" entre les mains de K'iu Che-ing (瞿世英). En 1928 l'organe fut supprimé par ordre du gouvernement pour activités contraires au parti règnant.

La même année, Siu s'unit à Hou Che, Liang Che-ts'ieou et d'autres et devint membre de la Société "Le Croissant". En 1930 il revint à l'Université Nationale de Pékin. Le 19 Novembre de l'année suivante, comme il revenait de Nankin à Pékin en avion, l'appareil s'écrasa contre une montagne à Tangkiatchoang (黨家莊) près de Tsinanfou dans la province du Chantong, et prit feu. Siu Tche-mo périt dans les flammes avec tous les autres passagers. Il était âgé de 36 ans.

Siu Tche-mo avait épousé d'abord Tchang Ling-i (張幼儀) en Allemage. Il divorça bientôt et se remaria après 1925 à Pékin avec Lou Siao-man (陸小曼), actrice, peintre et littérateur.

Ses oeuvres principales sont: 志摩的詩, 1928, 新月; 翡冷翠之一夜, 1927, 新月; 猛虎集, 1931, 新月; 落葉, 巴黎的鱗爪, 1927, 新月; 自剖, 1928, 新月; 輪盤, 1930, 中華; 卞昆岡, théatre, 1928 新月; 雲遊, 1932, 新月; 愛眉小札, 1936, 良友; etc...

Parmi ses traductions on trouve: 曼殊斐小說集, 1927, 北新 Nouvelles traduites de K. Mansfield; 贛第德, Candide par Voltaire etc...

Siu Tche-mo est généralement considéré comme le plus renommé des poètes en langue courante et compte de nombreux admirateurs et émules, surtout féminins. Son tempérament affectueux s'exprimait en vers tout naturellement. Il s'était si bien assimilé la civilisation occidentale, que ses nombreux amis étrangers sont unanimes à témoigner qu'on ne remarquait, en traitant avec lui aucune différence de culture. Il rayonnait une énergie, une spontanéité et un enthousiasme rares parmi ses contemporains. Comme professeur à l'Université de Pékin il était très aimé de ses élèves. Dans ses écrits on peut remarquer sa conception noble et délicate des relations avec le sexe. Son livre 愛眉小朴 est particulièrement caractéristique à cet égard. Cet ouvrage fut édité par la seconde femme de Siu, Lou Siao-man, en 1936, à l'occasion du cinquième anniversaire de son décès. Pour Tchang Tse-p'ing et une foule d'autres écrivains de nos jours, les relations entre hommes et femmes ne s'élèvent pas au dessus d'un lieu commun physiologique; Siu Tche-mo au contraire, en a une idée bien plus élevée: il est galant, chevaleresque et sait faire la cour d'un ton poli et cultivé.

Il est regrettable qu'une mort prématurée l'ait enlevé avant que son génie eût atteint la pleine maturité. (Cfr. T'ien-hia, 1935, p. 285.) Il connut cependant des adversaires multiples: Tcheou Tsouo-jen, qui se tient toujours sur le plan de l'humanitarisme, le juge assez défavorablement: "Son oeuvre possède un éclat merveilleux, dit-il, mais c'est celui d'une bulle de savon aux rayons du soleil; on peut y voir toutes les couleurs de l'arc-en-ciel mais regardée de plus près on constate trop souvent que l'auteur est vide d'idées...". (新文學的源流, par 周作人 p. 52.) Un autre critique abonde dans le même sens: "Il n'a pas de pensée définie. Il est comme le nuage léger qui flotte dans les airs, porté par le vent". (小品文研究 par 李素伯 p. 136.) D'autres formulent le même reproche en des termes plus durs encore: "fanfreluches sans substance" (華而無實) disent les partisans du matérialisme historique, et ils lui appliquent simplement l'étiquette: "bourgeois, capitaliste". Ils ont raison, du moins en une certaine mesure. Siu Tche-mo est aristocrate et esthète avant tout. Dans quelques-unes de ses oeuvres il sait cependant prendre un contact réel avec la société qui l'entoure; par exemple dans sa pièce de théâtre "卡昆岡". Mais ses idées sont généralement vagues, subtiles, tendant au sublime, et il n'a pas eu le temps de préciser ses positions ni d'expliquer clairement ses principes. Ce que Siu Tche-mo ne put atteindre faute de temps ou de talents, un autre contemporain, Ou King-hiong 吳經熊 l'a atteint d'une manière plus profonde. Celui-ci parvint à réunir harmonieusement dans sa personnalité la culture chinoise et la fine fleur de la culture occidentale, qu'il trouva dans le christianisme d'abord, et ensuite dans le catholicisme. Ainsi il parvint à réaliser l'idéal que la Chine poursuit depuis 100 ans, à savoir: enrichir et ennoblir la culture chinoise par l'apport de la culture européenne, sans laisser rien se perdre des trésors de la tradition nationale. D'autres, comme Hou Che, Lin Yu-t'ang, Lao Che etc... se sont attelés à la même oeuvre mais ne semblent pas encore avoir atteint un succès certain, vraisemblablement parce qu'ils ne prirent jamais contact avec l'essence intime de la "culture" occidentale, comme distinguée de la "civilisation" de l'occident, et d'autre part parce qu'ils semblent trop pris par l'esprit de révolution et d'opposition nouvelles, pour pouvoir juger de la juste valeur des trésors cachés dans la tradition chinoise.

Yu Chang-yuen 余上沅. Né à Kiangling 江陵 dans la province du Houpei, il fit ses études à l'Université Nationale de Pékin, puis alla se spécialiser dans l'art dramatique à l'Université de Columbia aux Etats-Unis. Revenu en Chine il entra dans la direction du "Tch'en-pao-fou-k'an" avec Siu Tche-mo. Il travailla surtout pour la scène et donna plusieurs traductions d'oeuvres étrangères. Il fut longtemps directeur de l'Institut Dramatique National à Nankin (南京國立戲劇院).

Parmi ses oeuvres originales et ses traductions notons: 可欽佩的克萊敏, 1930, 新月, traduction de "The Admirable Crichton" de J.M. Barrie; 長生訣, édition, 北新, traduction de "L'Adieu éternel" de K. Capek; 上沅劇本甲集, 1934, Comm. Press; 國劇運動, 1927, 新月; 戲劇論集, 1927, 新月; etc...

Jao Mong-k'an 饒孟侃. Né à Nantch'ang 南昌 dans la province du Kiangsi, il étudia en Amérique, puis enseigna successivement dans les Universités de Ts'ingtao et de Ouhan. Il est connu pour ses poésies dans le genre nouveau, ses critiques littéraires et ses traductions. Entre autres: The tragedy of Lan, de T. Masefield: 蘭姑娘的悲劇, 1934, 中華; etc...

Tchou Siang 朱湘. Naquit à T'aihou 太湖 dans la province du Nganhoei en 1904. Il étudia d'abord à l'Université Ts'ing-hoa et alla se spécialiser par après en littérature occidentale à Laurence University, Michighan, aux Etats-Unis, où il fut diplômé. Ensuite il se spécialisa encore durant deux années à Chicago. Revenu en Chine, il obtint immédiatement le poste de Doyen de la Faculté de Littérature à l'Université de Nganhoei. Il n'y resta cependant pas longtemps. Souffrant de neurasthénie aiguë, il démissionna en 1933, se retira à Shanghai et mit fin à ses jours en se noyant. Il publia ses oeuvres dans les "Siao-chouo-yue-pao" et "Tch'en-pao-fou-k'an" dont il partagea la direction avec Siu Tche-mo et d'autres depuis 1925.

Parmi ses critiques littéraires nous avons: 評徐君志摩之詩, 評聞君一多之詩; 文學閑談, 1934, 世界書局 etc... Quant à ses poésies: 夏天; 王嬌, qui est une longue poésie épique de plus de 900 vers, considérée comme son chef-d'oeuvre: 草莽集; 石門集; etc. Il publia aussi quelques traductions d'ordre secondaire.

Tchao Chao-heou 趙少侯. Né à Hangtcheou 杭州 dans la province du Tchekiang en 1899, il s'appliqua particulièrement à la littérature dès ses études à l'Université Nationale de Pékin. Ensuite il devint professeur dans plusieurs universités: L'Université Nationale de Pékin; l'Université Franco-chinoise de la même ville; l'Université de Tsinan (山東大學), où il fut Doyen de la Faculté de Littérature occidentale; Directeur des Etudes Moyennes à l'Ecole K'ong-te (孔德學校); professeur et Secrétaire à l'Institut des Beaux Arts de Pékin (北平藝術專科學校) et en plus Secrétaire à l'Ecole Normale pour jeunes filles de la même ville. (女子師範學院). En 1941 il devint en plus membre du Conseil supérieur de l'enseignement (中華教育總會). En 1944 on le retrouve professeur à l'Ecole Normale Spéciale de Paotingfou.

Comme professeur, Tchao Chao-heou a exercé une grande influence sur la jeunesse intellectuelle de nós jours.

Il publia plusieurs traductions d'oeuvres françaises, entre autres: "La poudre aux yeux" de Labiche, 迷眼的沙子, 1929, 新月; "Le misanthrope" de Molière, 恨世者, 1934, 正中; 山大王, 1935, Comm. Press, par E.F.V. Abon, etc...

Yang Tchen-cheng 楊振聲. Né à P'englai 蓬萊 dans la province du Chantong en 1890, il étudia dans les Universités de Harvard et de Columbia aux Etats-Unis. Depuis son retour en Chine il fut successivement professeur à l'Université Nationale de Pékin; de Ouhan; à l'Université Sun Yatsen; et à Yen-ching. En 1928 il est Doyen de la Faculté de Littérature à l'École Ts'ing-hoa. L'année suivante il devint Recteur de la même Ecole, qui fut élevée au rang d'Université Nationale en 1929. Il y resta jusqu'en 1937. Après l'invasion japonaise il partit pour le sud avec Wen I-touo, et plusieurs amis et devint bientôt secrétaire et professeur de Littérature Chinoise à l'Université Fédérale du Sud-ouest. (西南聯合大學) En 1944 il alla aux Etats-Unis comme membre de l'Institut Oriental.

Yang Tcheng-cheng commença la publication de ses ouvres littéraires en 1921 dans les colonnes de la revue "The Renaissance" (新潮). Il était alors étudiant à l'Université Nationale de Pékin et ne produisit pas beaucoup, ses études absorbant trop son temps pour lui laisser beaucoup de loisirs. Lorsqu'en 1924 la revue "The Renaissance" revécut sous le nom de "Hien-tai-p'ing-luen" 现代评论 (Revue critique), qui contenait des rubriques de culture générale, de littérature, de politique, d'économie, de Droit et de Sciences, comme jadis la revue "The Renaissance", il entra dans la rédaction avec Louo Kia-luen, Ting Si-lin, Hou Che, Tch'en Yuen, ses amis de jadis. Ils étaient pour la plupart des hommes modérés qui restèrent impartiaux dans la crise culturelle de la Chine nouvelle. Il y avait bien parmi eux quelques membres plus extrémistes comme Kouo Mo-jo et Yu Ta-fou, mais ceux-ci n'atteignant pas le niveau culturel des premiers, ne furent que des collaborateurs de second ordre.

Yang Tchen-cheng n'appartient pas au groupe du "Croissant" pour les polémiques littéraires de 1928. Son champ d'activité ne se limite pas exclusivement à la littérature, mais vivant à Ts'ing-hoa dans l'ambiance de plusieurs auteurs du groupe du "Croissant" il y eut une grande influence sur eux et en particulier sur les jeunes. Par ailleurs, il accédait à plusieurs des principes directeurs du groupe.

Nous avons de lui un roman caractéristique, qu'il publia par parties dans la revue "Hien-tai-p'ing-luen" en 1924, et édita en volume séparé l'année suivante: 玉君, 1925, 北京, 现代社. Ce livre ne se distingue pas par sa beauté littéraire, mais mérite une attention spéciale pour la tendance et les idées. Alors que la plus grande partie de la littérature chinoise moderne peut être réduite à trois thèmes communs: l'amour sensuel chez les jeunes, les difficultés économiques et le mécontentement social et familial (青年的烦闷; 经济的困难; 社会的不满足), il est intéressant de voir Yang Tchen-cheng négliger la dispute de "l'art pour l'art" et de "la littérature pour la vie", et produire une oeuvre qui met en relief le beau côté de l'homme. Par là il élargit d'une façon très heureuse le champ des thèmes pour romans. Il est regrettable que même jusqu'à nos jours il ait si peu de disciples dans ce genre. Ni la littérature prolétarienne, ni le néoréalisme, ni même la littérature de guerre ne parviennent à sortir des bornes ordinaires. Ces genres sont encore tous trop négatifs ou bien trop utopiques, et ne peuvent satisfaire toutes les aspirations matérielles et spirituelles de l'homme. "Yang Tchen-cheng n'est ni sarcastique ni sentimentaliste. Il sait exciter l'admiration saine et noble pour ses héros". (Cfr. 王哲甫, o.c. p. 164.)

Liang Che-ts'ieou 梁實秋. Né à Hangtcheou 杭州 dans la province du Tchekiang en 1901, il fit ses études à l'Université Ts'ing-hoa puis à Columbia et Harvard, aux Etats-Unis. Rentré en Chine, il devint professeur à l'Université Koang-hoa (光華) de Shanghai d'abord, ensuite à Fou-tan (復旦) de la même ville.

En 1929-1931 il soutint la controverse véhémente de la Société "Le Croissant", qu'il représentait, contre les auteurs de la Ligue de Gauche (Cfr. Lou Sin: 二心集, passim).

En 1926 il avait déjà fait une mise au point technique assez dure au sujet des positions de Hou Che dans la révolution littéraire. Liang y adopta en gros les thèses du "Hiue-heng-p'ai" (學衡派), de l'Université Tong-nan de Nankin (東南大學), exposées dans la revue "Hiue-heng-tsa-tche" (學衡雜誌 : The Critical Review).

Formé aux Universités de Columbia et Harvard, Liang y avait étudié l'histoire de la littérature américaine contemporaine. Il remarqua que le programme de la révolution littéraire lancée par Hou Che·était fait en bien des points sur le modèle américain. Il découvrit que le Romantisme et l'Impressionnisme ou Imagisme étaient entrés en Chine par voie d'Amérique. Il donna ses critiques dans un livre édité en 1927 : "Romantisme et Classicisme" :

"Il ne faut pas distinguer vieux et nouveau dans la littérature chinoise moderne, mais bien plutôt : étranger et chinois. De fait la Chine subit les mêmes vicissitudes que les littératures étrangères" y disait-il, prouvant dûment cette thèse.

A Harvard, Liang eut l'occasion d'entendre disserter le professeur T.S. Eliot sur la thèse : "La vie d'aujourd'hui est vide de sens et stérile, si elle n'est pas éclairée par les grandes traditions du passé. Où en arriverons-nous si chaque génération prétend refaire pour son propre compte le travail des générations passées durant plusieurs milliers d'années?" (Cfr. A History of American Letters, Taylor, 1936, American Book C°, New York, p. 434). Eliot veut rompre avec le réalisme en littérature — entendez le naturalisme, — rompre avec le romantisme utopique, pour en revenir à la discipline du classicisme. D'après lui c'est sur cette base seulement qu'on peut construire une oeuvre complète et mûre selon l'ordre de la nature humaine, tandis que le romantisme mène vers des oeuvres fragmentaires, éphémères, chaotiques et utopiques.

Eliot lui-même avait subi en cela une grande influence de ses propres professeurs à Harvard : Irving Babbitt et Paul Ermer More, dont Liang Che-ts'ieou, Ou Mi et plusieurs autres littérateurs chinois se déclaraient aussi les disciples.

Babbitt et More démontrèrent l'insuffisance du romantisme à donner une conception adéquate de la vie humaine. Ils insistaient surtout sur la valeur de la tradition culturelle comme base de jugement tant en littérature qu'en philosophie. Ils estimaient que c'est dans la tradition chrétienne, dans les grandes oeuvres de la Renaissance, dans Shakespeare, Goethe, et surtout dans les grands penseurs de la Grèce : Socrate, Platon, Aristote. qu'il faut chercher la formation culturelle qui sera la base de la vraie littérature. S'appuyant sur les données de ces grands esprits du passé, il faut tâcher de se former personnellement une base nouvelle pour juger de la vie et de l'art.

Suivant ces principes, ces auteurs s'occupent surtout de l'homme détaché des éventualités particulières des temps, et par suite donnent l'impression de négliger les nécessités actuelles du moment présent. C'est précisément sur ce point que Liang Che-ts'ieou entra en conflit direct avec les auteurs de la Société "Création" qui se basaient sur un utopisme faux; et avec le "Yu-seu" qui défendait le réalisme social.

L'idéal des classicistes — et Liang Che-ts'ieou le partagea complètement — était "une vie saine, morale, bien équilibrée qui engendrera un art sain, moral et bien équilibré". (Cfr. Taylor, o.c. pp. 437-439.)

En Chine il faut faire une œuvre analogue avec la tradition chinoise et créer ainsi une nouvelle littérature qui aura ces mêmes qualités.

Sur l'invitation du Rév. Père Lebbe en 1932, Liang Che-ts'ieou accepta la rédaction de la revue "Wen-hiue-tcheou-k'an" 文學週刊, attachée au Journal "T'ientsin I-Che-Pao." 天津益世報. (Cfr. 文學論文索引續編 par 劉修業, 1933, 中華圖書館協會.)

Parmi ses œuvres et traductions remarquons 浪漫的與古典的, 1927, 新月; 罵人的藝術, 1931, 新月; 西塞羅文錄, 1934, 國立編譯館; 威尼斯商人 (Shakespeare); 織工馬南傳, traduction de l'Anglais Eliot, 1932, 新月; 文學的紀律, 1928, 新月; 偏見集, 1933, 正中, 快樂的僞善者, traduction de "The Happy Hypocrite" par M. Beerbohm; 亞伯拉與哀狠綺思的情書, Abélard et Héloïse; etc...

Ou Mi 吳宓. Né à Kingyang (涇陽) dans la province du Chensi en 1894, il fut diplômé en littérature de l'Université de Harvard, puis alla se perfectionner durant quelque temps à Oxford. Rentré en Chine il devint immédiatement professeur à l'Université Tong-nan de Nankin, puis à l'Université Tong-pei de Mukden.

En 1925 on le retrouve à Ts'ing-hoa, puis à Yen-ching. Il y travaille avec Liang Che-ts'ieou dans le groupe du Croissant. En 1932 il devint professeur à l'Ecole Normale Supérieure de Pékin et en 1936 professeur à l'Université Nationale de la même ville.

Il suit l'humanisme et le classicisme de Irving Babbitt, qu'il apprit à connaître à Harvard et qui prétendait que la littérature possède un lien intrinsèque avec la morale.

Il travaille aussi à rendre à la vieille littérature traditionnelle la place qui lui revient dans l'ensemble de la culture chinoise, place qui lui était déniée par Hou Che et les auteurs de la révolution littéraire.

Mr Ou fut pendant quelque temps rédacteur en chef de la revue "Hiue-heng-tsa-tche" (學衡雜誌). Il est surtout connu pour ses études littéraires, entre autres: 白壁德 (Babbitt) 與人文主義, 新月.

• *Tch'en Heng-tche* 陳衡哲 Connue aussi sous le nom de plume de Souo Fei (莎菲). Originaire de Outsin (武進) dans la province du Kiang-sou elle est l'épouse de Jen Chou-yong (任叔永), compagnon d'études et ami de Hou Che. Elle étudia d'abord à l'Université Ts'ing-hoa de Peking, puis au Passar College et prit ses grades en littérature à l'Université de Chicago. Rentrée en Chine en 1920 elle devint professeur d'histoire occidentale et d'anglais à l'Université Nationale de Pékin où son mari enseignait la chimie. En 1922 tous les deux devinrent professeurs à l'Université Tong-nan de Nankin. En 1926 ils firent un voyage à Hawai, et l'année suivante rentrèrent à Pékin où elle reprit son cours d'histoire à l'Université Nationale.

A partir de 1918 elle avait commencé à déployer ses talents littéraires dans les colonnes de la revue "La Jeunesse nouvelle" elle y publia des poésies, des récits brefs et des essais. Son recueil le plus connu est 小雨點, 新月 1928. Elle a cependant plus de renom comme historienne, et elle composa plusieurs ouvrages d'histoire. (Cfr. 黃英, o.c. p. 91 sq.)

9. LA REVUE ET LE GROUPE DU YU SEU: 語絲

Après 1920, la Chine traversa une des crises les plus pénibles de son histoire, tant au point de vue politique, qu'au point de vue national, international, économique, social, militaire et religieux. Le monde intellectuel et littéraire n'échappa pas à la contagion. Le groupe du "Croissant", qui prétendait constituer l'élite intellectuelle de la nation et porter le flambeau de la culture nouvelle, faillit sombrer dans une inertie bourgeoise, dans l'individualisme et le libéralisme spencérien. La Société "Création", plus fougueuse, partit en guerre, portée par son idéalisme romantique. Ses partisans voulaient rompre les liens qui unissent l'art à la morale, et en affaiblirent d'autant les liens qui l'unissent à la vie. Ils rompirent toutes les "entraves" et se précipitèrent dans la littérature pessimiste, dans l'érotisme sans frein, dans la révolte morale et sociale pour finir par le désespoir et le suicide à la Nietsche. D'autres comme Kouo Mo-jo, réussirent à échapper à ce danger, mais uniquement pour tomber dans une littérature à tendance prolétarienne et exclusiviste. Un groupe cependant, celui de la Société d'Etudes Littéraires, quoique affaibli et languissant, conservait son idéal.

Pour raviver la "culture nouvelle" vieillie et à la veille de sa ruine au bout de si peu d'années, Tcheou Tsouo-jen et son frère Lou Sin, fondent en 1924 un nouveau groupe, ils lui donnent pour organe la Revue "Yu-seu" (語絲). Tcheou Tsouo-jen la dirigea sous e pseudonyme de K'ai Ming (開明 ou 豈明). Son but est plus ou moins semblable à celui de la Société d'Etudes Littéraires, fondée en 1920: "Nous ne nous occuperons pas directement de politique et d'économie. Nous voulons uniquement détruire l'atmosphère malsaine et chaotique qui tend à étouffer la pensée et la vie de la Chine nouvelle. Nos idées ne sont pas uniformes, mais nous voulons former un front uni contre les préjugés et les vices des temps présents. Ce que nous désirons avant tout c'est restaurer la vraie liberté de pensée et l'indépendance du jugement personnel fondé sur la vérité et la sincérité; rendre la vie belle et féconde, à l'encontre de l'esprit grégaire d'aujourd'hui". (Cfr. 史料. par 阿英, o.c. p. 112.)

Dans un article intitulé "Mes relations avec le Yu-seu" (我和語絲的始終), écrit en Décembre 1929, (Cfr. 三閑集, pp. 160-171.) Lou Sin donna à sa façon l'histoire de la revue: le rédacteur en chef de la revue "Tch'en-pao-fou-k'an" avait refusé d'accepter un article de Lou Sin. Là-dessus Suen Fou-yuen, ami de Lou Sin intervint, mais ne put arranger l'affaire. Suen donna sa démission comme membre de la rédaction et fonda avec Lou Sin et Tcheou Tsouo-jen une nouvelle revue, le "Yu-seu." Ils s'adjoignirent comme co-rédacteurs Tch'oan Tao (川島) et Li Siao-fong (李小峰). Ce dernier devint bientôt rédacteur-en-chef à la place de Suen. En 1926 la revue fut prohibée à Pékin par Tchang Tsouo-lin.

Siao-fong alla trouver Lou Sin, et lui proposa de continuer l'édition de la revue à Shanghai sous sa direction. Celui-ci accepta. Alors commencèrent des années difficiles pour la revue: D'abord critiquée par le gouvernement elle fut prohibée ensuite dans la province du Tchekiang, puis ce fut la guerre avec la Société "Création" de Canton En 1929, Lou Sin, harcelé de toute part, voulut démissionner. mais Siao-fong insista:. on finit par un compromis: Lou Sin pourrait abandonner mais il devait d'abord trouver un remplaçant. Jeou Che (柔石) accepta le poste mais ne le tint que pendant six mois. Le "Yu-seu" vivota encore pendant quelques mois, mais finit par disparaître en 1931.

Le nouveau groupe est né sous le signe de la littérature humanitariste préconisée par la plupart de ses collaborateurs. On peut y rencontrer cependant des collaborateurs d'autres nuances, comme Kou Kiekang, Ts'ien Hiuen-t'ong, Siu Tche-mo, et même Lin Chou. Seuls Hou Che, le héraut de la révolution littéraire, et Tch'en Tou-sieou, exclu du parti communiste a cause de son attachement à la doctrine de la révolution permanente, n'y figurent plus.

Les années 1928 et 1929 furent les plus dures, mais aussi les plus fécondes dans les fastes de la revue. A ce moment sévit la seconde lutte littéraire (第二文藝論戰). Nous y voyons le "Yu-seu" engagé dans une violente polémique contre la Société "Création" et la Société "Le Soleil" (太陽社) d'une part, et contre la Société "Le Croissant" de l'autre

Tous reprochent au "Yu-seu" le ton sarcastique et la critique impitoyable de plusieurs de ses écrivains les plus en vue. Lou Sin, le porte drapeau du groupe jusqu'en 1930 était surtout visé ici, mais il y en avait bien d'autres encore tels que Lin Yu-t'ang, Lao Che, Tchang T'ien-i, qui étaient portés à la même tendance de critique et de raillerie. Ces derniers n'eurent cependant pas l'esprit, ni la verve, ni surtout l'autorité et la sincérité du maître et ne firent qu'accentuer la caractéristique péjorative de raillerie propre au groupe. On parlait "du ricanement du Yu-seu" (語絲的冷笑熱罵). Cela augmentait évidemment l'apreté de la lutte.

Les démêlés avec la Société "Création" surtout furent violents de part et d'autre. Inclinant fortement vers le communisme cette dernière venait de lancer la littérature révolutionnaire, et voulait interdire le droit d'existence à toute littérature qui n'accédait pas a ses idéologies

Les auteurs du "Yu-seu" étaient bien convaincus aussi de la nécessité pressante d'une réforme sociale fondamentale, mais ils ne partageaient pas l'optimisme romantique de la Société "Création" et de sa littérature révolutionnaire qui voulait transformer le monde en un paradis terrestre. Pour Lou Sin et les siens, la révolution n'est pas exclue à priori, mais elle n'est qu'un moyen qu'on emploie en cas d'extrême nécessité, parce qu'elle comporte trop de sacrifices sanglants. Ils cherchent plutôt en tâtonnant une solution plus humaine. Cette indécision fut naturellement qualifiée de lâcheté par tous les adversaires

Le "Yu-seu" prétend se battre pour la liberté dans le champ littéraire. (Cfr. 中國文藝論戰; 革命文學問題 par 冰禪 pp. 42-62.) "La concurrence et la compétition, qui découlent naturellement de la liberté ne feront qu'augmenter la valeur de notre littérature. La liberté est un principe primordial pour nos écrivains." Ils appuient ce principe sur l'exemple des grands écrivains russes du 19ième siècle: Boukanine, Tolstoï etc...Non que par là ils veuillent donner des arguments plus admissibles pour les communistes, mais parce que de fait leurs sympathies se portent vers ces auteurs.

En principe ils ne s'opposent pas à la révolution, ils l'approuvent même; ils ne s'opposent pas non plus à une littérature révolutionnaire Ce qu'ils attaquent c'est l'exclusivisme intolérant et exagéré de Tch'eng Fang-ou, Kouo Mo-jo, et de toute la Société "Création" cantonaise. Ces derniers disaient avec Upton Sinclair: "All arts are propagande: 一切的 藝術都是宣傳" (Cfr. 中國文藝論戰, o.c. p. 45). Ceci pouvait bien être concédé en une certaine mesure, car toute communication d'idées, par écrit, est plus ou moins propagande. Mais si on veut déduire de là que tout ce qui n'est pas propagande devrait être exclu du champ de la littérature; que la littérature ne peut être que l'arme pour la lutte des classes et la révolution, on devient illogique. C'est uniquement quand la littérature devient l'expression de la vie humaine qu'elle contient une partie de propagande. Or vouloir limiter toute la vie humaine à la lutte des classes, c'est une absurdité. Est-ce que Shakespeare, Goethe, Dante, Milton ne sont pas de vrais littérateurs? Et cependant on ne peut pas prétendre qu'ils furent des propagateurs prolétariens". Lou Sin lui-même énonça clairement sa position dans cette controverse: "Je pense que toute littérature est propagande, mais que toute propagande n'est pas nécessairement littérature... Il faut d'abord rechercher la vérité et la sincérité du contenu ainsi que la perfection de l'art, et non pas s'empresser d'appliquer telle ou telle étiquette sans plus..." (我以為一切的 文藝固然是宣傳, 而一切宣傳卻並非全是藝文 ... 先當求內容的充實和技巧的 上達, 不必忙于掛招牌 ... o.c. p. 96.)

Mais d'un autre côté, le "Yu-seu" prétendait que la littérature ne peut être séparée de la vie réelle de la société. En cela il se heurta aux positions classicistes de Liang Che-ts'ieou et de la Société "Le Croissant" C'est encore Lou Sin qui se fait l'interprète le plus explicite de la pensée de tout le groupe: "La littérature doit être l'expression de la vie complète de notre société. Si donc la littérature ne doit pas être exclusivement révolutionnaire, elle portera néanmoins des empreintes révolutionnaires parce qu'elle reflète la société actuelle animée d'un esprit de révolution."

Les auteurs du "Yu-seu" ne furent cependant pas logiques avec eux-mêmes. Pour eux la littérature devait être en accord avec la vie humaine. Or aucun d'eux ne trouva jamais la vraie solution du problème fondamental de la vie. Ils étaient d'ailleurs eux-mêmes conscients de leur insuffisance: de là leur doute, leur indécision, qualifiée de lâcheté par leurs adversaires qui, eux, avaient trouvé une solution, quoique fausse et inadmissible, pour les esprits droits et sincères du "Yu-seu."

C'est précisément la position que Lou Sin prit dès le début de sa carrière littéraire. Il ne prétend pas "qu'il faut faire la révolution", ni que "la littérature doit être prolétarienne". Il "n'excite pas les autres à faire la révolution". Sincèrement il compatit aux peines du peuple. il gémit à leur place, il produit une littérature de larmes et de sang. (.. 淚裡有着血的文學 ... Cfr. 文藝論戰 o.c. p. 63.) Mais il ne veut pas se borner uniquement à une seule classe du peuple à l'exclusion de toutes les autres, il reste humain et veut s'intéresser à toutes les classes de la société. Dans la peine et la douleur il cherche une route nouvelle pour la génération future.

Comme il ne réussit jamais à résoudre adéquatement le problème
de la vie humaine, il ne parvient pas non plus à indiquer au peuple la
route à suivre. Quelquefois cependant il donne l'impression de l'avoir
entrevue vaguement et de loin, mais il reste indécis et avoue lui-même:
"Au fond, il n'y a pas de route, ce sont les empreintes de passants qui
ont fini par délimiter une route." Le maître resta cependant toujours
sincère et avoua son ignorance. (Cfr. Par exemple, l'épiloge de 填.)
D'autres membres du même groupe, comme Lin Yu-tang, Tchang Tien-i
Lao Che, etc... prirent une position sceptique et railleuse, mais eux non
plus ne parviennent pas à cacher complètement leur indécision et leurs
doutes.

En tout cas, Lou Sin tient pour certain qu'une littérature fondée
sur le matérialisme ne pourra jamais être une vraie littérature, parce
que la littérature ne peut pas se contenter uniquement des données de la
matière, elle doit englober la vie humaine entière （文藝所依賴的不是
物質的供給 ... 文學以人生的全部寫背影...o.c. p. 77) Lou Sin continue
plus loin son argumentation contre le matérialisme communiste: "Celui
qui pratiquerait un régime de nutrition matérielle, identique à celui que
suivirent les grands poètes, ne deviendra pas par le fait même un grand
poète. Ce qui fait l'artiste, c'est avant tout la vie de l'esprit （精神的生
活）, or cette vie ne dépend pas essentiellement des choses matérielles.
On peut bien ranger un auteur dans une classe du peuple bien déterminée, mais on ne peut en faire autant pour ses oeuvres, car celles-ci
sont l'expression non de la classe sociale d'où il sortit, mais de sa personnalité entière. （自我的表現）. Or cette personnalité ne tombe pas
sous les catégories de la matière. Le sophisme primordial du communisme, d'après Lou Sin, est de réduire toutes les questions sociales à
un problème économique dont la solution procurerait le bonheur au monde.
Un tel postulat est faux au point de vue sociologique et encore bien plus
faux au point de vue littéraire. L'histoire est là pour nous prouver qu'il
y a eu beaucoup d'auteurs pauvres qui ont produit de très belles
oeuvres. Dans ce domaine il ne s'agit pas uniquement d'économie et de
matière, mais essentiellement et avant tout d'une chose qui se trouve en-
dehors et au-dessus de la matière, à savoir: de la vie de l'esprit, du génie
qui eux seuls peuvent produire la vraie littérature.

Résumant les points en litige et les positions du "Yu-seu" durant
la lutte littéraire de 1928-1930 on peut dire:

1° L'idéologie de la Société "Création" divisait le monde en deux
classes: les révolutionnaires et les antirévolutionnaires, ou bien, les
capitalistes et les pauvres. Leur lutte mutuelle et la victoire finale du
prolétariat donnerait la solution à tous les problèmes sociaux. （文藝論
戰, o.c. p. 165.)

A cela Lou Sin et le groupe du "Yu-seu" répondaient que cette
division est simpliste et fausse. Ils ajoutaient qu'en fait la Société
"Création" divisait le monde en meneurs et menés, en démagogues et
peuple qui n'a qu'à suivre aveuglément. (主義的支配階級 et 主義的被支
配階級).

2° Le "Yu-seu" impute en plus à la Société "Création" de confondre: l'expression de la personnalité en littérature (自我的表現), avec
l'individualisme en littérature (個人主義的文學). Dans la littérature la
personnalité s'exprime, mais on ne peut pas oublier qu'en fait la personnalité humaine ne peut s'exprimer séparément de la société. (自我若不是
一塊死東西, 他當然不能離開社會, 當然不能不受現代思潮的影響, o.c. p
122.) Quand donc un écrivain de valeur exprime sa personnalité, il exprime par là-même la grande personnalité de son peuple et de son temps.
La littérature exprime directement la personnalité de l'écrivain mais elle
influence et est influencée par la masse de la société.

D'ailleurs la personnalité en littérature est l'écho de la vie humaine,
du moins si la littérature est vraie et sincère.

3° Enfin le "Yu-seu" prétendait contre la Société "Le Croissant"
que, lorsqu'un auteur emploie une langue trop difficile, use d'une
idéologie que seuls quelques intellectuels peuvent comprendre et goûter,
il faut dire qu'on a à faire à une littérature individualiste qui néglige
l'élément social.

Les disputes se terminèrent par la suppression officielle de la
Société "Création" en 1929 et la constitution de la Ligue des Ecrivains
de gauche en 1930. Depuis lors la revue "Yu-seu" déclina visiblement
et cessa d'exister en 1931, après un an d'agonie. "Louo-t'ouo-ts'ao"
(駱駝草) lui succéda, sous la direction de Tcheou Tsouo-jen, mais disparut
aussi en 1932, après une vie d'une année seulement.

Parmi les principaux auteurs apparentés à ce groupe on rencontre:

Siu Hiu-cheng 徐旭昇, connu aussi comme *Siu Ping-tch'ang* 徐炳昶
Né à T'angho (唐河) dans la province du Honan, il fit ses études supé-
rieures à Paris. Rentré en Chine il commença par enseigner dans une
Ecole preparatoire aux études à l'étranger: (河南歐美留學預備學校).
L'Université Nationale de Pékin se l'attacha ensuite comme Préfet des
études, puis comme professeur et Doyen de la Faculté de Philosophie. Il
dirigea en même temps le groupe de Recherches Scientifiques du Nord-
Ouest (西北科學考查團長). En 1925 il était parmi le groupe de professeurs démis de leurs fonctions par ordre du gouvernement de Pékin.
En 1931 il fut nommé recteur de l'Ecole Normale Supérieure pour filles,
de Pékin (北平大學女子師範學院), mais démissionna l'année suivante,
ne gardant que le titre de professeur honoraire à l'Université Nationale.
Il rentra dans l'enseignement en 1941, comme professeur à l'Université
fédérale du Sud-Est.

Il est l'auteur de plusieurs traductions, dont "Quo Vadis" 你往何
處去, 1922, Commercial Press; et de 徐旭生西遊記, 1930; 教育罪言, 1933,
北平著者書店; etc...

Lieou Fou 劉復, connu aussi comme *Lieou Pan-nong* 劉半農 Né à
Hoaiin (淮陰) dans la province du Kiangsou en 1891, il commença sa
carrière comme traducteur au service d'une maison d'édition à Shanghai.
En 1917 il entre dans l'enseignement comme professeur d'un cours préparatoire à l'Université Nationale de Pékin. Il eut une part active dans

la révolution littéraire de ces années et collabora à la revue "La Jeunesse Nouvelle". Dès 1920 il travaille dans le groupe du "Siao-chouo-yue-pao," mais résigna bientôt toutes ses fonctions pour continuer ses études en France, à l'Université de Paris, où il obtint le titre de Docteur ès Lettres. Rentré en Chine il fut nommé professeur à l'Université Nationale de Pékin, dirigeant en même temps l'Institut de Littérature pour jeunes filles (女子文理學院長). L'Université Catholique de Pékin se l'attacha ensuite comme Préfet des études. Il déploya une grande activité littéraire tan comme poète que comme écrivain, traducteur et critique dans les colonnes de la revue "Yu-seu." En même temps il s'occupa beaucoup de linguistique.

En 1934 il fit un voyage dans la province du Suiyuen pour y étudier les dialectes locaux. Au retour de cette expédition il contracta une fièvre pernicieuse et mourut à l'Hôpital Rockfeller de Pékin.

Parmi ses poésies notons 瓦釜集, 1926, 北新 et 揚鞭集, 1926 ibidem Parmi ses traductions: 失業, Le Chômage, par E. Zola et 貓的天堂, Le Paradis des Chats, par le même. Ce genre de traduction prouve assez les prédilections de l'auteur pour le réalisme en littérature.

Tchong King-wen 鍾敬文. Né à Hoeitcheou (惠州) dans la province du Koangtong en 1930, il étudia à l'Université Sun Yatsen de Canton, et devint ensuite professeur dans plusieurs universités de la province du Tchekiang. Il publia ses articles littéraires dans la revue "Wen-hiue-tcheou-pao" (文學週報), annexe de la Société d'Etudes Littéraires pour le groupe de Shanghai. Quand la revue "Yu-seu" fut fondée il y collabora activement. Depuis 1927 il collabore au Cercle d'Etudes de Folklore sous la direction de Kou Kie-kang.

Parmi ses oeuvres citons: 狻猊情歌, 1928; 西湖漫拾, 1929, 北新; 荔枝小品, 1927, ibidem; 湖上散集, 明日書店; 蛋歌 , 1927, 開明; etc...

Tchong King-wen s'est surtout spécialisé en littérature populaire et ses oeuvres portent nettement la marque de cette préférence. "Il possède une valeur littéraire indiscutable, il est simple dans son élocution, calme et serein, sans violence, sans fard ni ornementation superflue, juste et de bon goût. En cela il ressemble quelque peu à Tcheou Tsouo-jen, dont il reconnait d'ailleurs avoir subi l'influence, sans avoir eu l'intention formelle de l'imiter. Il reste par ailleurs plus libre mais aussi moins profond que le maître"... "La simplicité de son style est quelquefois recherchée, au point que la force d'expression et la perfection de la composition en souffrent". (小品文研究, par 李素伯, o.c. p. 179.)

Suen Fou-hi 孫福熙. Originaire de Chaohing (紹興) dans la province du Tchekiang, il est le frère cadet de Suen Fou-yuen (孫伏園), rédacteur de la revue "Yu-seu". Connu surtout comme littérateur et peintre il étudia en France. Rentré en Chine il devint d'abord professeur à l'Institut des Beaux-Arts de Hangtcheou. En 1941 nous le retrouvons comme professeur à l'Ecole d'Arts Sin-hoa (新華).

Ses oeuvres les plus connues sont: 三湖遊記; 春城; 北京乎; 歸抗; 山野掇拾; etc... Ce dernier livre fut écrit en France, l'auteur y décrit l'ancien continent et en particulier la France, avec ses paysages, ses us et coutumes et la vie paysanne. (牟素伯, o.c. p. 189).

Tchao King-chen 趙景深. Né à Ipin (宜賓) dans la province du Seutch'oan en 1902, il fit ses études secondaires à l'Ecole Moyenne Nan-k'ai (南開) de T'ientsin. C'est-là toute la formation scolaire qu'il reçut. Il commença cependant assez tôt sa carrière littéraire, perfectionna son instruction et grâce à ses efforts personnels finit par se faire un certain nom dans le monde des Lettres. Collaborateur assidu du "Siao-chouo-yue-pao" et du "Wen-hiue-tcheou pao" à partir de 1923, il publia ses productions littéraires dans la revue "Yu seu" depuis 1925.

Il débuta comme professeur d'Ecole Moyenne, puis de l'Ecole Normale de Tch'angcha 長沙第一師範學校), et finit par une chaire universitaire à Fou-tan d'abord, puis à l'Institut Chinois (中國公學), ensuite à l'Université de Shanghai (上海大學). Il collabora en même temps aux éditions K'ai-ming (開明) et Pei-sin (北新書局).

Ses oeuvres principales sont: 梔子花球, 北新; 漂泊; 失敬; 總餅; 行路難; 失戀; 青蠅; 賑氣裡的婚禮; 輕雲; 銅壺玉滴; 梨花; 海棠; 紅腫的手; 榆錢; 嬌嫡的兒子; 荷花; 天鵝歌劇; 廬管; 羅亭; 自己的話; 皇帝的新衣; 小妹; 燈花; etc... Plusieurs traductions, surtout de A. Tchekov; et des études littéraires et pédagogiques.

Fong Wen-ping 馮文柄, plus connu sous le nom de plume *Fei Ming* 廢名. Né à Hoangmei (黃梅) dans la province du Houpei en 1901. En 1925 il était professeur à l'Université Nationale de Pékin.

Parmi ses oeuvres nous avons: 竹林的故事, 1925. 北新; 橋, 開明; 桃園, 1928, ibid.; 莫須有先生傳, 1932, ibid.; 牪, 1931, ibid.; etc...

D'après les critiques contemporains, il fut un des auteurs les plus en vogue vers 1924. "Il décrit la vie de la jeunesse campagnarde dans un style très simple, proche du langage parlé. Son succès semble être dû à la fraicheur et à la simplicité de son style. Dans les descriptions psychologiques de ses personnages il fait ressortir la sincérité aimable en usage dans les relations avec le prochain". (王哲甫 o.c. p. 162.)

Wang T'ong-tchao 王統照. Né à Tchouich'eng 諸城 dans la province du Chantong, il est étudiant à l'Université Chinoise (中國大學) en 1921. Dès l'année suivante il devint collaborateur assidu des organes de la Société d'Etudes Littéraires: le "Siao-chouo-yue-pao," le "Wen-hiue-tcheou-pao" et le "Yu-seu". Avec Siu Tche-mo et K'ju Che-ing il accompagna, en 1924, Rabindrana Tagore dans ses voyages en Chine. Après 1925 il semble avoir cessé complètement ses activités littéraires.

Wang T'ong-tchao prend souvent les relations entre hommes et femmes — l'amour libre — comme sujet de ses oeuvres. Il sait décrire les complications tragiques de la vie et les attribue surtout au régime social et aux moeurs. Par là il exprime d'une façon caractéristique les tendances de la culture nouvelle d'après 1920. Mais les dissertations philosophiques occupent trop de place dans certains de ses romans, surtout dans ses 黃昏 et 一葉. Sa technique aussi est trop recherchée et rend ses livres parfois difficiles à lire. Tchao King-chen (趙景深) dit de lui: "Il a plus de chair que d'os" (肉多於骨). C'est qu'il travaille trop sa langue et par suite devient souvent artificiel. (沈從文評集 dans 現在創作文庫, introduction par 蘇梅 p. 15). Bref il connut un succès temporaire, mais son astre s'éteignit bien vite du fait surtout qu'il voulait être trop "actuel".

Il publia d'abord deux romans dans la revue "Siao-chouo-yue-pao," dont il donna plus tard une édition séparée: 一葉, 1923, Commercial Press, et 黃昏, 1925, ibidem. 焦心 est son recueil de poésies le plus connu. Composé entre 1924-1928, il fut édité dans la série 文學研究會叢書, 1925, Commercial Press. Un autre recueil de poésies est intitulé 春雨之夜, 1924, ibidem.

Hiu K'in-wen 許欽文. Né à Chaohing (紹興) dans la province du Tchekiang. Il fut longtemps professeur à Hangtcheou. Il fit ses débuts littéraires dans les revues "Siao-chouo-yue-pao" et "Tch'en-pao-fou-k'an" et fut un collaborateur fidèle du "Yu-seu". Compatriote de Lou Sin, il imita, bien que de loin, le réalisme social du Maître. C'est un romancier à production intense: 故鄉, 1926, 北新; 毛線襪, ibid.; 回家, 1926, ibid.; 趙先生的煩惱, 1926, ibid.; 鼻涕阿二, 1927, ibid.; 幻象的暖象; 若有其事; 彷彿如此; 蝴蝶; 西湖之夜; 一罈酒; 短篇小說三冊, 1924; etc.

Wang Heng 王衡, mieux connu sous le nom de *Lou Yen* 佟彥. Né à Yinhien (鄞縣), dans la province du Tchekiang. Membre de la Société d'Etudes Littéraires, il publia ses oeuvres dans le "Tch'en-pao-fou-k'an," le "Siao-chouo-yue-pao," et collabora surtout au "Yu-seu".

Il doit son succès surtout à son livre "You-tze" (柚子), qu'il publia d'abord dans le "Siao-chouo-yue-pao" et édita ensuite en volume séparé (北新, 1927). L'auteur s'y révèle littérateur de valeur mais d'un tempérament plutôt mélancolique. Son ironie pessimiste rappelle en bien des points la littérature de Lou Sin, et en particulier celle du "Ah-Q-tcheng-tchoan". Lou Yen y décrit l'exécution capitale d'un condamné, il y montre au vif la masse des spectateurs mus par un esprit naïf et cruel à la vue d'un spectacle terrible.

Lou Yen est à ranger parmi les écrivains du réalisme social, pessimistes et plutôt sentimentalistes, critiquant la société dans laquelle ils vivent. (王哲甫 o.c. p. 162.)

Parmi ses autres ouvrages originaux il y a encore: 黃金, 新生命書店; 童年的悲哀, 亞東; etc...

Suivant les tendances humanitaristes de la Société d'Etudes Littéraires, il travaille à faire connaître en Chine la littérature étrangère, et particulièrement celle des "peuples faibles" (弱小民族文學), qui se rapproche plus de l'esprit général de la société. Parmi ses traductions, notons: 世界短篇小說, 亞東, qui donne une série de nouvelles écrites par différents auteurs russes: A. Kuprin, M. Sibirjak, Konduruskin, Prus et Sierozervsky. 世界的盡頭, 神州; neuf nouvelles, par Reymont, Prus, Tuglas, Nemirov; Shehkov, etc...; 失了影子的人 Peter Schlemihl, par A. von Chamisso; 肖像, The portrait, par N. V. Gogol; 苦海 La Furdo del mizeria, par W. Sierotzwesky; 花束, Bukedo, par Ch. Lambert; etc...

Mao Toen publia une étude assez complète sur Wang Lou-yen, dans le "Siao-chouo-yue-pao" de 1927, vol. XVIII.

Li Kin-ming 黎錦明. Né à Siangt'an (湘潭) dans la province du Hounan en 1906, il est le frère cadet de Li Kin-hi (黎錦熙). Il publia ses oeuvres dans les divers organes de la Société d'Etudes Littéraires d'abord, collabora au "Tong-fang-tsa-tche," mais travailla presque exclusivement dans le groupe du "Yu-seu" depuis 1925; néanmoins il fait montre de certaines sympathies pour la Société "Création" (後期的創造社).

"Li Kin-ming imite le style et l'esprit sarcastique de Lou Sin. Il composa surtout des romans d'amour, mais d'une façon humoristique et ironique. Après 1925 il incline visiblement vers la littérature de la révolution. Il a beaucoup d'humour, mais manque de vie, et par suite n'eut pas grande influence". (王哲甫, o.c. p. 162.)

Parmi ses oeuvres, notons: 塵影, 1927, 開明; 破壘集, 1927, ibidem; 烈火, 1926, 開明; 瓊昭, 1929, 北新; 茫; 蹈海; 一個自殺者; 馬大少爺的奇蹟, 1933, 現代, 獻身者, 1933; etc...

Wang Tsing-tche 汪靜之. Né à Hangtcheou (杭州) dans la province du Tchekiang en 1903, il fut d'abord professeur à l'Université Kinan de Shanghai, puis Doyen de la Faculté de Littérature à l'Université Centrale de Nankin. A partir de 1918 il se fit un nom de poète dans le genre nouveau. Depuis 1925 il s'est tourné surtout vers le "roman", mais même dans ses romans il reste poétique. L'amour est le centre vers lequel convergent tous ses écrits. On a de lui deux recueils de poésies: 蕙的風, 1922, 亞東, et 寂寞的國, 1927, 開明. Parmi ses romans, citons: 耶穌的吩咐; 父與子; 翠英及其夫的故事. Il écrivit en outre plusieurs études au sujet des poètes anciens.

Tchang I-p'ing 章衣萍, ou *Tchang Hong-hi* 章鴻熙. Né à Tsiki (績溪) dans la province du Nganhoei en 1902, il fut diplômé de l'Université Nationale de Pékin. Avec Lou Sin et Tcheou Tsouo-jen, il est l'un des principaux fondateurs de la revue "Yu-seu". En 1926 il publia un volume de "Lettres d'amour": 情書一束, 北新, qui lui valut le renom de littérateur.

On a encore de lui 深智, recueil de poésies, édité en 1925. Ce volume parut une seconde fois sous le titre 楊樹集, dans une édition revue, corrigée et augmentée; 友情; 櫻花集; 青年集; 枕上隨筆; 窗下隨筆; 若月樓書信; 衣萍小說選; 衣萍文存; 隨筆三種; 古廟集; 小娟娘; etc..

Tchang T'ing-kien 章廷謙, mieux connu sous le nom de plume de *Siao Tao* 小島. Né à Chaohing (紹興) dans la province du Tchekiang en 1903, il est compatriote de Lou Sin. Il fut diplômé de l'Université Nationale de Pékin et collabora ardemment à la revue "Yu-seu" depuis 1925.

3

En 1930 il est nommé Secrétaire du recteur de l'Université Nationale de Pékin. En 1936 il est professeur à l'Institut Féminin de Littérature de l'Université Nationale de Pékin (北平女子文理學院). En 1941 il devint Secrétaire de l'Université Fédérale du Sud-Ouest

Lin Yu-t'ang 林語堂. Né à Longk'i (龍溪) dans la province du Foukien en 1895, il étudia la littérature à l'Université Protestante Saint John de Shanghai (聖約翰大學). Diplômé en 1916 il enseigna à l'Université Ts'ing-hoa de Pékin jusqu'en 1919. Cette année il passa à l'Université Harvard en Amérique, et y obtint le grade de M.A.. Il fit ensuite un voyage en France, puis étudia à l'Université de Leipzig en Allemagne jusqu'en 1923. Il y obtint le grade de Docteur en linguistique et philologie indo-germanique. Rentré en Chine, il devint professeur à l'Université Nationale de Pékin et à l'Ecole Normale Supérieure pour jeunes filles de la même ville. En 1926 il dut quitter Pékin avec 46 autres professeurs suspects au gouvernement du nord et se rendit à Amoy, où l'Université se l'attacha comme Doyen du département des Beaux-Arts. Le gouvernement de Ouhan le nomma Secrétaire au ministère des Affaires Etrangères en 1926, mais il ne garda pas longtemps ce poste, il démissionna et se retira à Shanghai, s'occupant uniquement de revues, entre autres "Luen-yu" (論語) et "Si-fong" (西風). Après quelques années il rentra de nouveau dans la filière des fonctionnaires du ministère des Affaires Etrangères. Il y travaille encore jusqu'à ce jour.

S'intéressant surtout aux questions sociales qu'il considère d'un point de vue ethnologique, et à la politique internationale, il écrivit entre-temps un grand nombre d'articles dans le New-York Times. Il manie l'anglais aussi aisément que sa langue maternelle et plusieurs de ses ouvrages furent publiés d'abord en anglais et traduits en chinois ensuite par lui-même ou par d'autres. Doué d'un sens particulier d'humour, il créa un genre nouveau dans les Lettres Chinoises et mérita le qualificatif de "Maître de l'humour" (幽默大師).

En dehors de ses ouvrages anglais, il faut noter: 女子與知識; 北新; 我的國與我的國民 (My country and my people); 中國的鄉土生活, Country life in China; 京華烟雲 Moment in Peking; 剪拂集, 開明, 新的文評, 北新; 大荒集; 我的生活覺見; 淚笑之間勿忘中國, édité à New-York en 1943, alors que Lin était attaché à l'Ambassade de Chine aux Etats-Unis d'Amérique.

Lin Yu-t'ang est célèbre pour sa critique pénétrante de la société chinoise et des travers psychologiques de celle où il vit. En cela il marche quelque peu sur les pas de Lou Sin. Il est cependant moins tragique, moins amer, mais aussi moins profond et plus hautain que le maître. En plus, ayant grandi dans un milieu protestant, Lin Yu-t'ang connut de très près le christianisme, mais il prouve dans tous ces écrits n'en avoir jamais voulu pénétrer le vrai sens. Formé ensuite aux disciplines ethnologiques dans l'ambiance d'idéalisme esthétique et aprioriste de Leipzig, il se forma une mentalité sceptique. Il ne considère le problème religieux que du point de vue ethnologique et esthétique, avec l'attitude détachée du scientiste rationaliste dilettante. Il se montre incapable de pénétrer les rapports intimes et vrais de la religion et de la vie; de saisir les influences de la religion sur les aspirations intellectuelles de l'homme, parce qu'il ne sait pas se défaire de son positivisme matérialiste et pragmatiste. Ces préjugés lui voilent une large partie des aspects de la vie humaine morale et sociale, aspects réels mais immatériels et partant placés au-delà de son champ visuel. De là son indifférence affectée et son ton hautain vis-à-vis de la religion, la patrie et la société.

Chou K'ing-tch'oen 舒慶春, plus connu sous le nom de *Lao Che* 老舍. Né à Pékin en 1898, d'une famille mandchoue, il suivit les cours de l'école normale de sa ville natale, puis devint professeur d'Ecole Moyenne à Pékin et à T'ientsin. En 1924 il partit pour l'Angleterre, il y étudia à l'université de Londres et y devint professeur de chinois après avoir conquis son diplôme. Dans cette fonction il eut l'occasion d'observer de près la mentalité anglaise et en particulier l'attitude des Européens envers les Chinois. Doué d'un talent d'observation très développé, il ne pouvait manquer de prendre conscience de la méfiance et du manque de respect de la part de certains étrangers envers la Chine et son peuple. Lao Che dut en souffrir, la note de rancune qu'on remarque dans ses écrits en est la preuve.

Durant la première année de son séjour en Angleterre, il écrivit: 老張的哲學, publié par parties dans le "Siao-chou-yue-pao," il l'édita ensuite en volume. C'est une satire des vices et défauts apparents dans la famille et la société actuelle. L'auteur semble être inspiré par le 阿Q 正傳 de Lou Sin, sans atteindre cependant les profondeurs intimes et concises du maître. Vers la même époque parut 趙子曰, une critique pleine d'humour de la vie estudiantine à Pékin. Puis vint 二馬, qui raconte la vie et les aventures de deux Chinois: Messieurs Ma, Père et Fils, à Londres. Mieux encore que les précédents ce livre montre l'esprit d'observation de Lao Che. Il y saisit sur le vif et y dépeint avec sa verve habituelle l'attitude des Anglais envers le peuple chinois, critiquant au passage — et assez vertement — les ministres protestants. Pendant son séjour à Londres il publia encore: 趕集, 1926, 良友公司; 貓城記, 1925; 現代; 離婚, 1925, 良友; 櫻海集, 1927, 人間青局; 駱駝群子, 1927, 文化生活.

Il rentra en Chine en 1929, s'arrêtant six mois à Singapour où il composa 小坡的生日, histoire très simple et amusante d'un petit Chinois à Singapour. Lao Che y fait montre d'une connaissance intime de la psychologie enfantine qui rappelle quelque peu le livre "Mon petit Trot", par Lichtenberger. Viennent encore 牛天賜傳, histoire d'un enfant trouvé et adopté dans une bonne famille; 文博士, où il critique l'orgueil et l'arrogance de l'étudiant revenu d'Amérique; 老字號, une collection de nouvelles; 大明湖, roman dont le texte original périt dans les flammes lors de l'incident de Chapei en 1932.

Après son retour, Lao Che devint professeur de littérature à l'Université Tsi-lou dans la province du Chantong. Les dernières années il dirigea surtout ses activités vers le théâtre moderne. A la fin de 1945, il quitta la Chine pour accepter une chaire à l'Université Harvard en Amérique.

Il est à ranger parmi les humoristes, comme Lin Yu-t'ang, Tchang T'ien-i, Li Kien-ou etc...; moins érudit et moins dilettante que Lin, il est bien plus naturel, plus spontané, plus observateur. Sa langue est plus naturelle et plus fraîche et est très proche du langage parlé.

La critique chinoise a dit fort à propos: "Lao Che est le meilleur narrateur parmi les auteurs modernes. La plupart des écrivains travaillent sous l'inspiration d'un moment ou sous une impression unique, de sorte qu'ils ne parviennent qu'à composer des essais ou des nouvelles, mais pas de romans d'envergure. Lao Che, au contraire, a des conceptions plus larges et sa composition est plus ample. Il crée ses intrigues et les mène au dénouement voulu, avec tranquillité et naturel. On a dit de lui qu'il apprit chez Dickens l'art de raconter, cela semble vrai, mais il apprit de plus chez cet auteur, l'humour qui crée l'atmosphère particulière des romans de Dickens. Lao Che prétend se tenir toujours à la vie réelle, ses sarcasmes sans pitié et son ironie à jet continu le font cependant tomber quelquefois dans l'invraisemblable. Ce défaut est surtout apparent dans 趙子曰, où il se montre plus caricaturiste qu'humoriste. C'est peut-être pour cette raison que ses romans, du reste très intéressants à lire, ne font généralement pas une impression durable sur le lecteur" (Cfr. 寒餘集 par 常風, 1944, 新民書局, Pékin). Dans ses derniers ouvrages, comme 趕集 et 櫻海集, Lao Che se montre plus simple, moins ironique, plus profond et plus sincère. (Cfr. 你我 par 朱自清 1936, Comm Press, pp. 198 - 208.).

Tchang T'ien-i 張天翼. Né dans la province du Hounan, Tchang se fit une réputation de littérateur en 1928 avec sa nouvelle: 三天半的夢. Ensuite il fit paraître 從空虛到充實, 1931; puis 二十一個; et se rangea définitivement parmi les auteurs humoristes avec Lin Yu-t'ang et les autres. Il est connu surtout par ses romans pour enfants.

Parmi ses oeuvres il y a encore: 一年, 1933, 良友公司; 小彼得 1931, 湖南北出版; 移行, 1934, 良友; 群蜂, 1933, 現代; 團圓, 1935, 文化生活; 鬼土日記; 反攻 1934 Pendant la dernière guerre il publia: 華威先生; 新生; etc...

Dans l'appréciation générale qu'il donne de cet auteur, Monsieur Hou Fong (胡風) dit: "Tchang T'ien-i veut rejeter les influences des formes vieillies. Ce que nous appelons ici "formes vieillies" ce sont le sentimentalisme, l'individualisme, le pessimisme décadent et toutes les autres formes du romantisme qui dérivent d'un idéalisme. Tchang T'ien-i veut produire un genre nouveau, il prétend vouloir regarder autour de lui, rester en contact avec la réalité des choses et rendre dans ses oeuvres ce qu'il a vu, mais d'une manière personnelle. Il prétend non seulement observer, mais faire éprouver personnellement à ses lecteurs ce qu'il a observé lui-même. Pour lui, l'observation objective doit être la base des vues personnelles. Ainsi il en vient à exploiter des cas particuliers qu'il semble présenter comme prémisses d'arguments non exprimés". (Cfr. 張天翼選集 dans la série 現代創作文庫; éd. 萬象片, Shanghai.)

Après le premier enivrement de la culture nouvelle, beaucoup de littérateurs commencèrent à exprimer de façon sincère leurs soucis devant le désordre moral, conséquence assez naturelle de l'émancipation politique. sociale et religieuse. Ils décrivent souvent la méchanceté de la société et des hommes avec un certain accent de fatigue morale, ils son' méco . tents et désillusionnés d'eux-mêmes, et de tout dans le monde. Beaucoup d'entre eux s'excusent eux-mêmes de n'avoir pas assez d'abnégation (忘我) ni de force morale (熱心) pour faire face aux tempêtes qui menacent l'avenir, et qu'ils ont aidé à déchaîner eux-mêmes. Ils expriment la nécessité pressante d'un revirement fondamental, d'une route nouvelle qu'ils cherchent en tâtonnant.

Tchang T'ien-i décrit d'une manière poignante et brutale cette lutte et ce doute. Il sait montrer à nu le vrai visage de la vie dans ce tournant de l'histoire. (Cfr. 常風, 寒餘集 , o.c. p. 16). D'un côté se lève la solution matérialiste et communiste. D'un autre côté se montre la culture humaine défendue par des auteurs sans ardeur vitale et trop éloignés des nécessités sociales du présent. Ils savent bien plaindre d'une manière tendre la nature humaine misérable, ils voudraient être les défenseurs d'une tradition qui meurt, sapée déjà dans ses fondements. mais il leur manque la patience et l'énergie pour se soumettre à la réalité actuelle qu'ils sont par ailleurs incapables de comprendre.

Devant ce soi-disant dilemme. Tchang T'ien-i prétend avoir trouvé une solution nouvelle, il l'appelle lui-même "real politic" (現實主義). Il déclare que la vie n'est qu'une comédie, suivant en cela l'adage fameux de Romain Roland "la vie est un jeu." Tchang T'ien-i prend une attitude indifférente ou sceptique envers toutes les valeurs de vie. L'idéalisme est nié sans plus, le moralisme ne compte pour rien, les aspirations "fictives" des hommes sont ridicules. La vie telle qu'elle se présente aux hommes est vaine, vide de sens et ridicule, pleine de contradictions. L'amour des parents n'est qu'une comédie bien jouée et ne sert qu'à enchaîner .a liberté des enfants; mais étant donné que la société actuelle n'admet pas qu'on brise ces entraves, donnons-leur raison, avec un sourire de compassion, et "faisons comme si"; cela fera plaisir à tous et nous nous épargnerons bien des ennuis. (Cfr. 三天半的夢, o.c. p. 17). L'amour doit être jugé de même; ce n'est qu'une comédie inepte. Il sera cependant souvent plus pratique de faire comme si on le prenait au sérieux. L'ambition, commune à tous les hommes, de monter de quelques degrés dans la société (往上爬) est une pure sottise qui, hélas, devient trop souvent la cause de tragédies et de malheurs. Il faut donc se libérer de toute entrave, du moins intérieurement, pour devenir vraiment libre envers toutes les conventions sociales fictives.

Avec une telle conception du monde et des hommes, Tchang T'ien-i se montre souvent simpliste, voire naïf dans ses descriptions. Il pose trop souvent des prémisses mal fondées ou simplement irréelles et en déduit des conclusions qui pèchent par le même défaut. Une telle phraséologie peut tromper certaines gens, mais n'aura pas d'effet sur un lecteur averti.

Dans les descriptions des états d'âme de ses personnages, Tchang T'ien-i reste toujours très incomplet. Il n'en donne qu'un croquis en quelques lignes, choisies à dessein dans le but qu'il veut atteindre. Par suite il perd évidemment le sens du réel, tout en prétendant être réaliste.

De plus l'auteur se tient toujours en dehors du monde réel qu'il veut décrire et dont il prétend, pourtant vouloir donner une vue personnelle. En le lisant on a trop souvent l'impression qu'on a à faire à un homme assis sur un trône bien loin des autres humains et les regardant avec un sourire impertinent, sarcastique, dur, sans compassion aucune.

Tchang T'ien-i prétend être réaliste, il ne veut connaître que la vie qui tombe sous les sens; les réalités immatérielles, le beau esthétique même ne le touchent pas. Pour ce qui est de la vie morale, il pose le principe pragmatique: "faire comme si". Quelquefois cependant il est entraîné malgré lui et ne sait tenir cette attitude fictive. Quand ses narrations deviennent trop tragiques, quand la fougue littéraire l'emporte, il ne peut s'empêcher d'exprimer son anxiété, son doute, ou du moins son état d'âme psychologique quel qu'il soit vis-à-vis des problèmes les plus profonds de la vie humaine. L'angoisse s'échappe alors, malgré lui, de son coeur et il s'écrie: "S'il pouvait y avoir seulement ce qu'on appelle âme!" (Cfr. 成業恒, p. 136). C'est le cri de la nature humaine, déchirant et profond, mais vague et incertain, quasi désespéré, qu'on retrouve chez tant de ses contemporains déçus par le passé et non encore totalement enivrés de nouvelles illusions.

Voici comment Hou Fong conclut son jugement sur notre auteur: "La connaissance profonde de la vie des enfants et l'art qu'il met à rendre les particularités personnelles du langage de chacun, l'ont amené à déclencher un courant nouveau dans la littérature pour enfants. Nous espérons cependant qu'il changera son sarcasme maladif et ses vues bornées, qu'il examinera les formes de la vie concrète avec un regard plus intelligent, pour créer des oeuvres "réalistes" plus savoureuses, plus larges d'esprit et sauver la génération des jeunes lecteurs du poison des lectures qui sèment le trouble et le désordre." (o.c.).

"L'auteur a entrevu la valeur réelle de la vie actuelle, sa banalité, son ridicule, sa méchanceté et son ironie, et il la met à nu devant ses lecteurs. Il faut l'en louer sans doute. Mais il doit bien savoir qu'il regarde la vie d'un angle trop étroit, et que gardant toujours une distance trop grande, il n'apprend pas à compatir avec le monde mais s'en éloigne de plus en plus. L'auteur doit bien comprendre que la tâche de l'artiste n'est pas uniquement de présenter un tableau ou une vérité à son public. Il doit pénétrer son monde, agir sur l'homme complet, doué d'intelligence, de volonté et de coeur. L'artiste ne peut pas regarder et juger la vie avec des idées fixes, préconçues. Il doit au contraire exprimer la vie vécue telle qu'elle se présente dans sa réalité complète. Il doit y chercher la chaleur bienveillante et vivifiante pour la déverser sur son public et en faire sortir des germes nouveaux. C'est-là la pensée et le sentiment qui devraient animer tous les auteurs; ils doivent connaître et exprimer la vie avec sympathie et compassion" (o.c.).

Hoang Ing 黃英, mieux connue sous le nom de *Lou In* (廬隱). Originaire de la province du Foukien, elle fut diplômée de l'Ecole Normale pour jeunes filles de Pékin, puis devint professeur successivement à l'Ecole Moyenne pour jeunes filles, annexe de l'Ecole Normale de Pékin

108

（師範大學附屬中學校），à l'Ecole Moyenne Publique （公立女子中學），et à l'Ecole Moyenne Municipale du Settlement de Shanghai （上海工部局女子中學）. Elle mourut en couches à Shanghai.

Lou In est l'auteur de l'esprit d'émancipation et de liberté selon le progamme conçu par le mouvement de la culture nouvelle. Elle met tous ses espoirs dans l'amour et le mariage libres. Mais ces principes mêmes la menèrent à la désillusion, à la solitude, voire même au pessimisme. Elle est avant tout l'auteur de l'amour ardent entre l'homme et la femme; mais en plus son humanitarisme donne à ses oeuvres une portée spéciale, elle compatit aux maux et aux malheurs de ses semblables. Si elle est inférieure à Sie Ping-sin en tant que littérateur, elle l'emporte sur cette dernière, et de loin à ce point de vue-là. (Cfr. 中國新文學運動史 par 王哲甫, p. 146.)

En 1921 elle commença sa carrière littéraire dans les revues "Siao-chouo-yue-pao" et "Wen-hiue-tcheou-pao". 海濱故人, 1925, Commercial Press, est le premier volume qu'elle publia. D'après les critiques chinois, ce livre reste son chef-d'oeuvre. L'auteur y raconte l'histoire de cinq jeunes filles qui ayant passé l'âge de l'enfance deviennent conscientes de la vie. Animées de rêves grandioses, elles se sont lancées dans le mouvement de la culture nouvelle, et sont prêtes à tous les sacrifices pour la cause de l'émancipation féminine et l'opposition à la tradition stérile. Une à une elles finissent par l'amour et le mariage libres. Rassasiées du monde elle tombent dans la désillusion, désespèrent de leur idéal social, deviennent pessimistes et ne gardent au fond de leur âme qu'un désir intense de paix et de repos qu'elles ne trouvent nulle part.

Lou In décrit dans ce livre l'état d'esprit de sa jeunesse personnelle. Elle l'avoue d'ailleurs clairement dans son étude littéraire: 現代中國女作家 (Cfr. Le chapitre: 廬隱 pp. 45-89.) Dans son ardeur romantique elle s'est méprise sur les valeurs réelles de la vie. "Elle a pris pour nourriture solide ce qui n'était que de l'opium", pour emprunter l'image que Tcheou Tsouo-jen emploie au sujet de Yu Ta-fou, et elle finit par la désillusion, sans avoir la force ni l'aide nécessaires pour rectifier sa conception de la vie sur une base plus juste. Sa "vie de l'esprit" (精神生活), a heurté contre les réalités brutales et cruelles et a fini par succomber. Elle ne perçoit plus d'autre issue que la fin noire: la mort. La vie n'est plus pour elle qu'une tragédie poignante où l'homme tâche de trouver quelques moments de joie (游戲人間), mais ces brefs moments de joie éphémère ne font paraître que plus fortement encore la mélancolie de la vie.

Plus poignante encore que l'accent mélancolique de ses écrits, est sa personnalité intime elle-même. Nous nous sentons en présence d'un coeur humain qui cherche le bonheur et la vérité, mais ne peut l'atteindre. On ne peut s'empêcher de se rappeler le texte de l'Ecriture Sainte en lisant les écrits de Lou In: "Ils se creusèrent des citernes, des citernes disjointes, qui ne peuvent contenir l'eau". (Jérémie, II, 13). Elle s'écrie: "L'incertitude et le désespoir partout; il ne me reste que le doute." (彷徨失望無論在什麼地方；我只是彷徨着啊, o.c. p. 63.). Elle est pourtant incapable de réprimer son désir intime de certitude et de vérité, son appel intime vers un Dieu suprême. "Dans ce monde je ne suis qu'un nuage qui flotte dans les airs, une brise légère suffit pour me dissiper. Dois-je me préoccuper dès lors de ce qui peut arriver plus tard" Si l'esprit de l'intelligence ne m'illuminai: pas, les pleurs de la tristesse ne couleraient plus jamais de mes yeux". (我在世界上不過是浮在太空的行雲！一陣風便把我吹散了，還用得着想前想後麼？假若智慧之神不光臨我，苦悶的淚永遠不會從我心裡流出來啊 o.c. p. 64.)

Elle se sent poussée à résoudre pour elle-même les grands problèmes de la vie. C'est la lutte de la conscience d'une âme enchaînée dans les ténèbres de l'erreur. Elle l'exprime d'une façon qui rappelle presque littéralement les mêmes appels du coeur de Saint Paul dans sa lettre aux Romains (VII, 14) : "Le plus triste c'est que je suis continuellement engloutie dans le tourbillon des sentimen's, je voudrais en sortir mais je ne puis. Mon esprit se sent lié, me force à chercher le pourquoi de la vie humaine. J'y ai dépensé tant de labeurs, mais je ne sais trouver la réponse. Maintenant mon coeur est incertain au plus haut degré. Songeant au monde et ne pouvant en trouver la raison d'être, je me demande quelle valeur vitale il peut y avoir encore pour l'homme? Quel est le résulta' fina' de notre travail et de nos peines" Je suis tombée au fond d'une mer profonde. Heureusement je sens encore une force dans mon coeur Quand je veux consentir aux désirs de la chair, cette force me frappe sur la tête, je m'éveille alors de nouveau et n'ose poursuivre cette voie Mais enfin où dois-je diriger mes pas? J'y songe toutes les nuits, couchée sur mon lit, mais je ne trouve pas la solution". (最不幸的是接二連三，把我陷入感情的漩渦，使我欲拔不能！這時，一方又被智識苦糾纏，要探求人生的究竟，化了不知多少心血，也求不到答案，這時的心傍徨極點了，不免想到世界就是找不出究竟來，人間又有什麼生的價值呢？努力奮鬥又有什麼結果呢？...唉，這時的我，幾乎深陷墮落之海了。幸一方面好強的心得占勢力，當我要想放縱性慾的時候，他在我頭打了一棒，我不覺又驚醒了，不敢往這裡走，但是究竟什麼地方去呢？我每天夜裡，躺在床上，硬精竭慮的苦事搜求，然而沒有結果 o.c. p. 65.)

La grande différence des cris du coeur de Lou In et de ceux de Saint Paul, c'est que l'Apôtre trouva la solution parfaite dans la grâce du Christ, tandis que Lou In continue "à marcher dans des sentiers difficiles, ignorant la voie de Dieu". (Sap. V, 7.) A la recherche de l'eau vive, elle se creuse des citernes disjointes qui ne peuvent abreuver sa soif ardente.

En 1927 un second volume parut de sa main: 曼麗集，文化。Elle y pleure la perte de son mari bien-aimé avec l'accent mélancolique qui lui est propre.

Puis viennent 歸雁集, 1930, 神州, et 雲海湖沙, 1931, 開明, qui parlent encore du mari défunt, mais aussi de l'amour naissant pour un autre homme. On y ressent les mêmes cris de détresse et d'incertitude morale, (o.c. p. 81). Avec l'âge ses peines deviennent plus atroces et plus cruelles: 雪峰情書集, 神州,, est une série de lettres d'amour; 象牙戒指, 1934, Commercial Press, est une biographie de son amie Che P'ing-mei (石評梅).

On a encore d'elle: 玫瑰的刺, 中華; 現代中國女作家, 1934; 現代女人的心, 1938, 四社; 廬隱自傳, 1934; 廬隱短篇小說遺, 1935, 女子書店, etc...

Sie Ping-sin 謝冰心 Née à Minheou (閩候) dans la province du Foukien en 1903. Son père était un officier de marine cultivé et affectueux. Avant même de fréquenter l'école, elle reçut au foyer familial une instruction très étendue pour son âge. A dix ans, elle lisait déjà tous les romans qui lui tombaient sous la main.

En 1913 sa famille vint s'installer à Pékin et l'année suivante Ping-sin fut admise dans une école protestante (貝滿中學). Elle reconnaît que c'est surtout à cette formation chrétienne qu'elle doit sa "philosophia de l'amour" (愛的哲學). Rabindrana Tagore eut aussi une grande influence sur elle.

En 1919 elle commença ses études supérieures à l'Institut Rockfeller (協和女大學), elle les poursuivit à l'Université Yen-ching. Elle passa néanmoins une bonne partie de sa première année universitaire malade à l'Hôpital Allemand de Pékin. C'est cette année-là qu'elle commença à collaborer au "Tch'en-pao-fou-k'an" et au "Siao-chouo-yue-pao". dans les groupes de la Société d'Etudes Littéraires. Ses 超人, 愛的實現, 兩個家庭 datent de cette période. Elle connut dès le début un succès assez grand, surtout dans le monde des étudiantes. (Cfr. 王哲甫 o.c. p. 89).

En 1923 elle passa en Amérique et continua ses études pendant trois ans à l'Université Wensley. Elle rentra en Chine en 1926 et fut nommée professeur à l'Université Yen-ching. Résidant à Shanghai elle fait la navette entre les deux villes. Pendant les années 1926 à 1929 elle n'écrit guère que quelques poèmes et lettres à son fiancé. En juin 1929 elle épousa Ou Wen-sao (吳文藻), un de ses collègues à Yen-ching. Deux deuils successifs, ceux de son beau-père et de sa mère vinrent attrister les premiers mois de ce mariage heureux. mais la naissance d'un fils, Tsong-cheng (宗生) en 1931, ramena la joie au foyer.

第一次宴會, 南歸 et 分, furent écrits sous l'impression de ces événements familiaux. Les années suivantes se passèrent dans la paix de la vie familiale, heureuse et active.

Au début des hostilités japonaises Ping-sin se trouve à Shanghai, où elle rassemble un groupe de jeunes filles qui veulent se dévouer sous sa conduite au service des soldats blessés pour la patrie.

En 1944, elle et son mari sont professeurs à l'Université de Ouhan, établie provisoirement à Kiating (嘉定) sous le nom de Université Fédérale du Sud-Ouest (西南聯合大學).

Sa vie paisible explique bien les caractéristiques particulières des oeuvres de Ping-sin. Elle ne connut pas les difficultés économiques comme tant de ses contemporains, sa famille étant de condition plus qu'aisée. Elle vit dans le cercle privé de son foyer souvent inconsciente des tragédies qui se jouent au dehors. Dès sa jeunesse, elle apprit à aimer la mer et toutes les merveilles de la nature et à voir avant tout les bons côtés des hommes.

Parmi ses oeuvres il faut citer: 春水, poésies, 1923. 北新; 繁星. poésies, 1923. Commercial Press; 創作成功之路, 良友公司; 玄圃; 姑姑; 超人; 往見姑娘; 冰心小說集; 冰心散文集; 冰心詩集; 北新; 往事, 1930, 開明; 南歸; 閒情寄小讀者; etc.

Ping-sin est la femme auteur la plus connue dans la Chine moderne. Ralliée au groupe des auteurs libéraux (Cfr. infra) depuis 1932, elle manifeste depuis les derniers temps certaines sympathies pour le communisme, mais on continue à ressentir partout dans ses écrits l'influence protestante. Religieuse dans tous ses écrits elle parvint à introduire plusieurs termes chrétiens dans l'usage courant.

Avant tout Ping-sin est née poète; tant dans sa prose que dans ses vers, elle traduit le charme du rythme et de la poésie. En cela elle ressemble un peu à Tagore-lui-même. Sous un style réservé et délicat, on sent vibrer continuellement une nature féminine sensible et noble. Ses thèmes ordinaires sont l'amour maternel, les enfants, la mer et toute la nature, la vie de famille. Toute son oeuvre est d'une tenue morale très élevée.

A partir de 1929 (第一次宴會), c'est l'épouse et la mère qui parle, l'analyse des sentiments devient plus ferme, le jugement plus mûr, mais ce sont les mêmes vues qu'elle expose avec les mêmes envolées artistiques.

On reproche quelquefois à Ping-sin de ne jamais sortir du cercle étroit de l'école enfantine et de la famille, de n'avoir aucun contact avec le peuple et la société, et ainsi de n'exercer aucune emprise sur notre génération. Il y a peut-être du vrai dans ce dernier grief; elle n'exerce certainement aucune influence politique ou démagogique et c'est là une grande lacune aux yeux de ceux qui n'estiment la littérature que comme instrument de propagande sociale. Il est faux de dire qu'elle n'exerce aucune influence sur la société, mais sa manière n'est pas celle des communistes ni celle des autres démagogues. Le sort de la masse du peuple ne lui est pas indifférent, mais c'est en prêchant l'amour du prochain (博愛的哲學), avec l'amour maternel comme symbole et modèle, qu'elle veut améliorer la société. Dans ce sens, ses oeuvres, vibrantes de l'écho de ses expériences personnelles et de sa compréhension de la vie, parées en plus de qualités littéraires indiscutables, exercent une influence certaine sur ses lecteurs. (Cfr. 模範小說 par 謝六逸, p. 394; 現代中國女作家 黃英 p. 16 sq.).

Sou Mei 蘇梅, connue aussi sous le nom de *Sou Siue-lin* (蘇雪林) ou sous le pseudonyme de Liu I (綠漪). Née à T'aip'ing (太平) dans la province du Nganhoei en 1897, elle étudia à l'Ecole Normale Supérieure pour jeunes filles de Pékin, et y prit une part active dans les mouvements de révolte et d'émancipation à l'égard de la tradition, mouvements dont les centres principaux se trouvaient alors à cette école.

En 1922 elle fut diplômée, et la même année elle s'embarqua pour la France. Alors que son fiancé étudiait en Amérique, elle s'inscrivait au département des Beaux-Arts à l'Université d'Outre-mer de Lyon. D'un tempérament très sensible et d'une constitution physique peu robuste elle tomba bientôt malade, eut des crachements de sang et dut aller se reposer dans un sanatorium en Savoie. La grâce de la conversion l'y attendait. Elle était arrivée de Pékin, la tête bourrée de préjugés contre la religion. Depuis lors, les lettres de son fiancé avaient bien dissipé, ou du moins ébranlé un peu son sectarisme. Mais elle ne voulut encore avoir

112

aucun rapport avec la religion. Dans cet état d'esprit elle arriva au sanatorium. Là elle entra en contact avec le catholicisme en action et apprit à connaitre l'esprit de charité et de sacrifice qui le caractérise. L'exemple et les enseignements d'une Soeur de Charité, qu'elle appelle Ma Chao (馬紹) dans ses écrits, ainsique d'une jeune fille vertueuse, mademoiselle Pei Lang (貝郎), la menèrent pas à pas vers le catholicisme. L'adversité et la Grâce firent le reste. En 1927 Liu I apprit que sa maison natale avait été pillée par les brigands et que sa mère était gravement malade. Elle promit de se convertir si sa mère guérissait; et de fait elle reçut le saint Baptême cette même année. Dans sa ferveur nouvelle elle songea quelque temps à entrer en religion. (Cfr. Bulletin de l'Aurore, 1943, série III, tome IV, n° 4, pp. 920 sq. article sur Sou Mei, par Brière. S.J.)

En 1928 elle rentra en Chine, et après une brouille temporaire se maria avec son fiancé de jadis revenu d'Amérique.

Entre-temps elle s'occupe de littérature. Après ses premiers débuts dans la revue "Tch'en-pao-fou-k'an," elle collabora à l'organe "Hien-tai-p'ing-luen" 現代評論, au "Pei-sin" 北新 et au "Yu-seu". En 1928 elle publia 漾天, 北新. Elle y célèbre l'amour conjugal, disant que le monde des hommes est vain, seuls l'amour maternel et conjugal peuvent donner la force de vivre. (王哲甫 o.c. p. 232). L'année suivante, 1929, elle publie 棘心. 北新, où elle raconte sa vie à l'étranger. Bien qu'elle y donne un nom fictif à son héroïne, il est clair qu'il s'agit là d'une autobiographie.

Dans la suite elle devint professeur successivement à l'Université Hou-kiang de Shanghai (滬江大學); Tong-ou, de Soutcheou (蘇州東吳大學); à l'Université Provinciale du Nganhoei (安徽省立大學), et finalement à l'Université Fédérale du Sud-Ouest à Kiating.

Ses oeuvres principales sont: 李義山戀愛事蹟考, vie romancée de Li I-chan, un poète célèbre de la dynastie Song. 1927, 北新; 綠天, Contes et menus faits poétisés, 1928, 北新; 窮魚的生活, théories et critiques littéraires, 1929, 真美善書局; 遼金元文學, La littérature sous les Liao, les Kin, les Yuen, Commercial Press; 唐詩概論, 1934, Commercial Press; 青島集, critiques littéraires, 1928; 南明忠烈傳, biographies de héros restés fidèles aux derniers Ming, où l'auteur fait montre de préoccupations apologétiques surtout, 1942, Tch'ongk'ing; 屠龍集, contes et récits personnels, 1942, Hongkong; etc...

Sou Mei admet la théorie de l'art pour l'art. Par là elle se rapproche des auteurs de la Société "Création" de la première période. Elle n'adhéra cependant pas aux tendances nouvelles qui se font jour dans cette Société après 1925.

Douce et plutôt pacifique par nature, elle connut néanmoins des heures d'impulsion et de passion. Elle est d'humeur inégale: tantôt optimiste, elle entraîne, tantôt sombre, rien ne lui semble bon ni beau dans ce bas monde. Dans ses convictions elle suit un peu l'oscillation de ses sentiments. Elle se décrit elle-même comme "une jeune fille à l'intelligence pénétrante, mais aux sentiments abondants". Elle approuve la philosophie matérialiste, mais en même temps elle ressent le besoin de la vie de l'esprit. Elle incline vers les sciences positives, mais en même temps elle est pénétrée de sentiments et d'aspirations artistiques, esthétiques et spirituelles. Des pensées contradictoires se heurtent continuellement dans son coeur ... elle ne sait en définitive où diriger ses pas..."

她是一個理性頗強而感情又極豐富的女青年，她對成唯物派哲學，同時又要求精神生活，傾向科學原理，同時又富有文藝的情感，幾種矛盾的思潮常在她腦海中衝突，正不知趨向那方面好。(Cfr. 棘心.)

On constate cependant chez elle un romantisme de bon aloi. Elle rejette l'idéal des "tours d'ivoire" dont parle Lou Sin. Elle méprise les écrivains qui ne parlent que de révolution, mais qui refusent de prendre leurs responsabilités parce qu'ils sont incapables de guider les foules. Ce sont pour elle des lâches qui se laissent aller à la dérive, des combattants qui fuient le champ de bataille, qui ne méritent aucune place dans la grande oeuvre de la reconstruction de la Chine.

Bien que Sou Mei se meuve dans un cercle plus large que Ping Sin, elle n'atteint cependant pas la perfection littéraire de celle-ci.

Ling Chou-hoa. 凌叔華. Originaire de la province du Koangtong elle étudia à l'Université Yen-ching de Pékin. Elle se maria avec Tch'en Si-ing 陳西瀅, le grand adversaire de Lou Sin en 1926, et rédacteur de la revue "Hien-tai-p'ing-luen".

Ling Chou-hoa ne peut être classée dans le groupe du "Yu-seu", elle écrivit surtout pour le "Tch'en-pao-fou-k'an," le "Hien-tai-p'ing-luen" et le "Sin-yue"; ses oeuvres révèlent cependant un esprit de critique contre la société existante qui la rapproche des tendances du groupe du "Yu-seu".

En 1925 elle commença ses activités littéraires dans la revue dirigée par son mari. Son récit 酒後 lui mérita le renom d'auteur littéraire. Après 1930 elle cessa pratiquement sa carrière littéraire.

· On a d'elle: 花之詩, 1928, 新月; 女人, 1930, Commercial Press, 小哥兒俩, Commercial Press; etc...

Depuis quelques années les rayons des libraires chinois étaient inondés de tragédies et de mélodrames mettant en scène des chômeurs en haillons, souffrant la faim et la soif; des mariages libres contrecarrés par les traditions familiales; des enfants tendrement chéris, enlevés à l'affection de leurs parents par des morts cruelles; des meurtres et des exécutions capitales; etc... le tout décrit d'un style amorphe, superficiel et prétentieux. Toute cette production, soi-disant littéraire, conduit, consciemment ou non, les lecteurs, vers la révolte, la lutte des classes, l'anarchie. Littérature sensationnelle, mais qui s'en tient à la surface de la vie (浮面的生活), sans jamais pénétrer jusqu'aux luttes intimes et aux tragédies qui se jouent dans les âmes. Kouo Mo-jo reste un des représentants les plus typiques de ces idéologies romantiques.

Ling Chou-hoa rejette tout ce fatras creux. Elle décrit les tragédies intimes et invisibles. Chez elle, pas de larmes ni de sang pour la galerie; son oeuvre est silencieuse et profonde. Sans recherche systématique du beau, elle l'atteint cependant efficacement par son expression simple, modeste et sincère. Elle mène ses intrigues sans heurts ni invraisemblances à leurs conclusions naturelles, respectant toujours la logique et la psychologie. (王哲甫, o.c. p. 232; 黃英, o.c. p. 125-132.)

Ting Ling 丁玲, de son vrai nom *Tsiang Ping-tche* 蔣冰之. Elle naquit à Nganfouhien 安福縣, dans la province du Hounan, en 1907. Son père avait étudié l'économie politique dans une université japonaise, et avait une situation sociale aisée. En 1911 il était sans emploi, attendant le cours des événements pour recommencer sa carrière. Il mourut bientôt, laissant après lui une jeune femme et deux enfants, l'aînée Ting Ling et un frère cadet. Après la mort du père, la famille déménagea à Tch'angte 常德 dans la même province auprès de la famille de la mère (Cfr. 沈從文, 記丁玲, 1933.) Soucieuse de la bonne éducation des enfants, la jeune veuve fonda deux écoles, une pour garçons et une pour filles, y enseigna elle-même et aida financièrement. C'est là que Ting Ling reçut sa première éducation. Son frère mourut jeune et elle resta seule avec sa mère dans le grand clan familial.

Elle fit deux années d'études moyennes à l'Ecole Normale de T'ao-yuen dans l'ouest de la province du Hounan (桃源縣，省立第二女子師範) L'école suivait des méthodes périmées et parmi les étudiantes régnaient l'esprit de révolution et le désir de culture nouvelle. Ting Ling avec quelques amies prit une part active à ce mouvement.

Les événements de Pékin et de Shanghai, en 1919, eurent leur répercussion jusqu'à Tch'angcha 長沙: cette même année on établit une école moyenne mixte dans cette ville, et une vingtaine d'élèves de T'ao-yuen, sous la conduite de Ting Ling, voulurent s'inscrire immédiatement. Les familles s'opposèrent à ce projet inouï; mais les filles partirent en cachette sans attendre le consentement familial. Quelques jours plus tard elles entendirent parler de l'Université de Shanghai, et malgré ses douze ans, Ting Ling emmena sa petite troupe vers la capitale commerciale de la Chine, pour entrer dans la nouvelle université. Ce plan échoua évidemment.

Cette année, 1920, Tch'en Tou-sieou venait d'organiser son "P'ing-min-niu-hiao" 平民女校 à Shanghai. Ting Ling et ses compagnes y furent les premières candidates. Sa famille s'opposa en bloc à ce projet par trop téméraire, mais l'énergie de la fille et la condescendance de la mère surmontèrent tous les obstacles. Elle finit par obtenir la permission d'y entrer. Le niveau moral de l'école laissait beaucoup à désirer, au point que Ting Ling et ses amies en furent écoeurées et décidèrent de s'enfuir. Elles menèrent pendant quelque temps une vie entièrement indépendante à Nankin, où elles s'étaient réfugiées, essayant de gagner leur vie en écrivant pour des revues. C'était là une ambition vraiment trop optimiste. Elles connurent la misère, firent appel à leurs familles, qui refusèrent de les aider. De guerre lasse, elles furent réduites à retourner à leur école de Shanghai.

En 1923, Ting Ling et son amie Wang Kiun-hong s'inscrivirent à la Faculté de Lettres de l'Université de Shanghai. Son amie se lia bientôt avec le professeur K'iu Ts'ieou-pe, 瞿秋白, alors secrétaire du parti communiste, tandis qu'elle-même s'éprit du frère de K'iu. Ting Ling n'avait alors que seize ans, et ces liaisons firent scandale dans le monde des étudiants. Peu de temps après, Wang Kiun-hong mourut phtisique. Ting Ling en fut profondément émue. Elle écrivit plusieurs nouvelles dédiées à la mémoire de son amie défunte, entre autres: 一個 女性 et 莎菲女士的日記, décrivant l'éveil des passions, et leurs aventures commues en 1923. Surtout 韋護, publié plus tard, rappelle les souvenirs de son amie défunte. Ting Ling y dépeint une jeune fille lancée dans le tourbillon de la "culture nouvelle", enivrée par sa nouvelle liberté et rejetant tous les liens et toutes les obligations morales, même celles contractées librement dans le mariage. Son héroïne a pour but unique l'amour libre et sensuel, et se prétend maîtresse unique et absolue de sa propre vie. Ces écrits eurent immédiatement un grand succès parmi la jeunesse, surtout féminine, et nombreuses furent celles qui en subirent l'influence et les pénibles conséquences.

Shanghai n'étant pas l'endroit idéal pour les études, Ting Ling, par ailleurs attirée par la renommée de Lou Sin, pressa son départ: en 1924 elle arrive à Pékin. Elle prend domicile dans une école préparatoire à 通才胡同, y prépare son examen d'entrée à l'Université Nationale de Pékin et en même temps suit des cours d'art et de peinture. Bientôt elle s'installe dans un appartement privé. C'est en ce temps-là qu'elle fit la connaissance de Chen Ts'ong-wen et de Hou Ye-p'in, avec lequel elle se maria.

Ting Ling ne fut pas acceptée immédiatement à l'Université, elle s'installa alors dans les collines de l'Ouest (西山) afin de travailler plus à l'aise, et vivre plus tranquillement avec son mari Hou Ye-p'in. Ils écrivaient des articles littéraires. Elle-même eut quelques succès, mais son mari ne parvint pas à faire accepter ses articles. Oublieux des besoins économiques ils furent bien vite accablés par les difficultés financières. Ting Ling ne put supporter ces conditions pénibles, et décida de risquer une chance qui les sauverait de la détresse économique et leur donnerait un nom dans le monde. Elle irait à Shanghai, essaierait la carrière de filmstar et tâcherait de gagner assez d'argent pour vivre aisément. Son nom une fois établi, ils pourraient lancer une revue littéraire à leur propre compte. De fait, elle passa quelques mois à Shanghai et écrivit ses impressions sous forme de Nouvelle dans son livre 什黑暗中 (édité à Shanghai, K'ai-ming, 1930). Elle en eut vite assez et retourna à Pékin. (Cfr. 沈從文, o.c. p. 92.) En 1927, elle suit des cours, comme élève libre, à l'Université Nationale de Pékin. Entre-temps son mari Hou Ye-p'in est toujours à la recherche de revues voulant accepter ses écrits littéraires, mais en vain. Soutenus par les amis du "Wei-ming-che" 未名社, Hou et Ting Ling projettent de lancer un organe nouveau, le "Ou-hiu-che" 無須社: Chen Ts'ong-wen promet de faire paraître un ouvrage dans la nouvelle revue, mais le projet n'aboutit pas.

Puis survint la purge politique et la démission forcée de quarante huit professeurs à Pékin; la révolution Kouo-min suivit bientôt et le trio jugea que Shanghai donnerait dorénavant plus de chance de succès que Pékin. Ils s'y rendirent et Ting Ling s'y adonna complètement à la littérature, vivant assez retirée. A cette époque le rédacteur en chef du journal "Tchong-yang-je-pao" 中央日報, nommé P'ong Hao-siu 彭泓徐 invita Hou Ye-p'in à prendre la direction d'une revue annexe du journal: le "Hong-he-yue-k'an" 紅黑月刊 parut, pour disparaître six mois plus tard. Après cette nouvelle débacle Hou abandonna définitivement la carrière littéraire et essaya de l'enseignement. Par l'intermédiaire de Hou Che et Siu Tche-mo il obtint un poste dans une école moyenne à Ts'ingtao. Ting Ling resterait à Shanghai pour continuer ses activités litteraires. Hou partit en effet, enseigna pendant quelque temps, mais revint bien vite écoeuré de cet emploi. Il se jeta dès lors dans l'activité révolutionnaire et essaya d'y entrainer Ting Ling. Chen Ts'ong-wen, leur ami commun fut cependant plus réservé et put persuader à Ting Ling de s'abstenir de toute activité positive. En 1930 elle avait néanmoins déjà sa carte de membre du groupe de gauche.

La chasse aux communistes commença bientôt: en 1931, vingt membres du groupe tombèrent, parmi eux était Hiu Ye-p'ing, âgé de 23 ans. L'indignation de Ting Ling ne connut plus de bornes. Elle se déclara ouvertement pour le parti persécuté et prit en mains le travail de son mari défun'. Elle jura de combattre "la terreur" par sa plume jusqu'à la mort, et assuma la rédaction en chef de la revue communiste "Peiteou-yue-k'an" 北斗月刊. Elle ne suivit cependant pas complètement l'idéologie communiste. C'étaient plutôt des raisons personnelles de rancune contre le régime existant qui semblaient la guider. La critique communiste disait même de l'ouvrage 母親, 1933, que Ting Ling était trop subjective dans ses jugements, qu'elle ne reflètait pas assez la réalité objective des choses de son temps, qu'elle ne se basait pas sur la dialectique matérialiste. (Cfr. La critique de 母視 par Wang Chou-ming 王淑明 dans la revue "Hien-tai" 現代, vol. III, 5, pp. 712-714.)

En 1932 le gouvernement de Nankin mit la main sur les directeurs de la revue "L'Etoile Polaire" màis Ting Ling put échapper et continua son travail en cachette. (Cfr. T'ien-hia monthly, 1937, pp. 226-236; et ib. 1938, pp. 228 sq.)

Le 14 mai 1933, elle fut surprise par la police de Nankin dans son appartement de la Concession Internationale de Shanghai et conduite à la capitale. On n'entendit plus parler d'elle pendant plus d'une année. Tandis que les uns croyaient qu'elle avait été exécutée, d'autres supposaient qu'elle avait passé au Kouo Min Tang. En réalité elle était détenue dans une maison privée, sans contact avec l'extérieur. Quelques mois plus tard on relâcha quelque peu la sévérité de son confinement: sa mère fut autorisée à venir habiter auprès d'elle, elle-même fut libre de sortir en ville, sous parole d'honneur de ne pas s'enfuir. Elle menait alors une vie paisible, écrivant seulement quelques articles pour le "Takong-pao". On commença à chuchoter qu'elle avait trahi la cause. Chen Ts'ong-wen écrivit alors sa biographie sous forme d'apologie très partiale: (記丁玲, 1933, 良友公司) Le fait que Lou Sin même la considérait comme traîtresse et qu'il mourut dans cette conviction, au mois d'octobre 1936, fut pour Ting Ling la cause d'une grande douleur. (Cfr. 關於丁玲 par Tchang Wei-fou 張惟夫, 1933.)

Elle profita de la première occasion pour s'évader, fuyant d'abord à Pékin, elle atteignit ensuite Singanfou, se tint cachée là tout un temps et arriva enfin en territoire rouge à Yennanfou. Depuis lors elle dirige l'école militaire féminine (女子軍官學校) et est à la tête des organisations féminines de l'armée rouge du Chensi.

Parmi ses oeuvres on peut noter: 在黑暗中, 1928, 開明; 自殺日記 1929; 一個女性, 1930, 中華; 韋護, 1930, 大江; 一個人的誕生, 1931, 新月; 水, 1933 新中國; 法網, 1931, 良友; 母親, 1933, 良友; 夜會, 1933, 現代; (Cfr. 讀書月刊, vol. II, 11, 1933.) 一九三〇年春上海, 1931, 小說月報.

On pourrait distinguer deux grandes périodes dans la carrière littéraire de Ting Ling: Avant 1930 son oeuvre s'apparente à celle des écrivains mitigés de la Société "Création", et plus particulièrement a celle de Yu Ta-fou. Femme avant tout, passionnée, ardente et impulsive, elle prend pour thème habituel l'amour. Elle l'entoure d'une atmosphère de sentimentalité vague, parfois malsaine. D'un tempérament de feu elle est enivrée d'amour et de liberté, coupant toutes les attaches avec la tradition, même les plus respectables. Elle nie la moralité en littérature, comme les auteurs de la Société "Création". Le ton est cependant plus viril que celui de Yu Ta-fou, et ses sentiments semblent plus profonds et plus sincères.

Après 1930 ses écrits ont une allure plus combative Elle s'est ralliée au néo-réalisme tel qu'il se présente dans la littérature prolétarienne (無產階級文學). D'une plume exceptionnellement vigoureuse elle dénonce les vices de la société et décrit la psychologie des divers types sociaux. Ses talents analytiques et descriptifs se révèlent particulièrement dans son "水". La valeur générale de ce morceau est cependant quelque peu diminuée par la conclusion, qui sent trop la propagande et n'a pas l'ardeur d'une conviction raisonnée. (現代中國女作家, par 黃英, pp. 185, sq.; 評丁玲的「水」par Ho Tan-jen 何丹仁, critique communiste, dans 關於丁玲 par 張惟夫, 1933; p. 27).

Chen Ts'ong-wen 沈從文. Il naquit à Fenghoang 鳳凰 dans la province du Hounan en 1903 d'une famille favorisée par la fortune Son père qui occupait un poste dans l'armée, essaya de le faire étudier, mais sans grand succès; l'enfant ne montrait aucun goût pour l'étude. A douze ans il commença à gagner sa vie en rendant quelques services aux soldats. En 1915 "son" régiment eut à soutenir une longue lutte contre les guerillas du Seutch'oan: il vit mourir des centaines de soldats autour de lui; lui-même ne porta cependant jamais les armes. Sa vraie vocation se dessina bientôt: il s'était lié d'amitié avec un lieutenant qui possédait une bibliothèque bien fournie et lui en permettait l'accès; il la dévora, pour ainsi dire, complètement. Comme il maniait le pinceau avec une élégance particulière il fut exempté de travail manuel, et promu copiste. Sa nouvelle situation lui laissant plus de loisirs, il se mit à lire de la poésie, puis les contes de Dickens, dont un parent lui avait fait cadeau. Dickens lui donna le goût d'écrire des nouvelles et lui en enseigna l'art. Entre-temps sa réputation de calligraphe se répandit dans l'armée et un officier supérieur le prit comme secrétaire. Comme son premier protecteur, celui-ci était un lettré: et dans sa riche bibliothèque Ts'ong-wen apprit à connaître la littérature et l'histoire de Chine tout en se perfectionnant dans les divers genres de calligraphie.

Il quitta cependant l'armée pour assumer la direction d'une imprimerie nouvellement établie à Tch'angcha. Cette nouvelle position le mit en relation avec le monde intellectuel et lui permit de faire imprimer ses premiers essais. Ce n'était cependant là qu'une étape dans sa carrière. Pour poursuivre plus aisément ses études et gagner plus amplement sa vie, il alla s'établir à Pékin, la capitale intellectuelle de la Chine. Ses débuts y furent difficiles: les éditeurs refusant nouvelle sur nouvelle.

118

Siu Tche-mo, avec qui il était entré en relation, fut le premier à accepter
sa copie pour le "Tch'en-pao-fou-k'an" qu'il éditait alors avec Hou Che
et Yu Ta-fou. Le premier article fut bien reçu par le public et sa réputation s'étendit rapidement. Quittant Pékin avec ses amis Hou Ye-p'in
et Ting Ling, il alla se fixer à Shanghai. La revue "Hong-he-yue-k'an,"
qu'ils lancèrent ensemble cessa de paraître au bout de six mois, après
avoir absorbé toutes leurs économies. Chen et Hou se brouillèrent peu
après cette banqueroute au sujet de questions politiques. En 1929 Chen
Ts'ong-wen entra dans l'enseignement comme professeur à l'Institut Ou-
song (吳淞中國公學). En 1931 il passa à l'Université de Ouhan et de
là à celle de Ts'ingtao.

En moins de dix ans il publia une cinquantaine de romans et de
nouvelles, dont voici les principaux: 從文文集, 新月; 沈從文甲集, 神州;
阿黑小史, 新時代; 一個女戲員的生活; 火車; 都市一婦女, 新中國; 虎雛, 新
中國; 石子船, 中華; 山鬼, 光華; 十四夜間, 光華; 龍珠, 晚星; 好管閒事的人,
新月; 入伍後, 北新; 旅店及其他, 中華; 篁君日記, 文化; 舊夢, Commercial
Press; 記胡也頻, 光華; 一個天才的通訊, 光華; 長夏, 光華; 蜜柑, 新月; 阿麗
思中國遊記, 新月; 神巫之愛, 光華; 老實人, 現代; etc...

Sou Mei fit une étude littéraire des œuvres de Chen Ts'ong-wen
et les divise en quatre catégories:

1° Descriptions de la vie militaire. L'auteur a été élevé à l'armée;
il en connaît tous les détails de la vie quotidienne. Ses tableaux de la
vie militaire eurent le mérite d'introduire dans la littérature un sujet
nouveau et intéressant pour le public. Mais la place qu'il occupait, plutôt
en marge du régiment, ne lui donna qu'une idée restreinte et faussée de
certains aspects de la vie de soldat. Il ne connut guère personnellement
les privations, les souffrances, les dangers et les combats; ni les excès
et les débauches qui accompagnent souvent les jours de victoire ou de
repos. Par là il reste de beaucoup inférieur à Jen King-ho 任敬和, mieux
connu sous le pseudonyme de He Yen 黑炎, qui traita le même sujet dans
son livre 戰線, et à Kouo Mo-jo dans son 北伐途次.

2° Descriptions des peuplades barbares du Hounan occidental et
des Miao (苗). Au pays natal de Ts'ong-wen on peut encore retrouver
les peuplades barbares, généralement peu connues du grand public chinois.
Pendant ses randonnées à la suite de l'armée, Ts'ong-wen eut l'occasion
de les observer d'assez près. Il décrit leurs habitats, leurs us et coutumes,
leur psychologie, tels qu'ils se reflètent dans leurs légendes fantastiques
et merveilleuses. Ce sujet donne à certains de ses livres une atmosphère
exotique qui plaît au lecteur, mais s'éloigne trop souvent de la réalité.
Son imagination romantique déforme les scènes qu'il a vues; il représente
les Miao comme des bergers et des bergères à la Watteau, qui se font
la cour, entourés de fées, de nymphes, de lutins et de diablotins, sous des
arbres centenaires. Dieux grecs, héros de l'antiquité, histoires fantastiques dont le cadre original est l'Afrique ou l'Australie, et qu'il a vus
au cinéma, tout cela fait farine à son moulin, et est étiqueté "folklore
Miao". A première lecture cela intéresse, mais cela devient bien vite
fade, sonne creux et...ennuie.

3⁰ Descriptions de la société. Chen Ts'ong-wen décrit tour à tour toutes les classes de la société avec leurs défauts et qualités respectifs. En cela il a un champ d'activité extraordinairement large mais c'est au dépens de la profondeur. Sa psychologie est superficielle. Il fait prononcer à ses personnages quelques phrases qui sont supposées découvrir les replis de leurs âmes et classer chacun d'eux selon son type, mais qui en réalité ne donnent des caractères qu'une silhouette floue e· creuse. Sous ce rapport il reste bien inférieur à Mao Toen, Ting Ling ou Lou Sin

4⁰ Histoires pour enfants et pastiches. A ce genre appartient 阿麗思遊中國記, un pastiche de "Alice in Wonderland" de Carrol. L'auteur y décrit la Chine ancienne et ses monuments, puis fait faire à Alice un voyage de Shanghai au Hounan occidental, au cours duquel elle rencontre les peuplades barbares Lolo, Miao, etc... qui s'y sont maintenues jusqu'aujourd'hui. Tant pour le fond que pour la forme c'est la plus médiocre des oeuvres de Chen.

月下小景, dans une première édition intitulé 新十日談, imite le Décameron: les clients d'une auberge racontent à tour de rôle des histoires pour passer le temps. Certaines sont émouvantes, mais en général l'auteur y mêle un fatras de considérations philosophiques et de réflexions personnelles qui rompent le charme.

Si on veut rechercher les idéologies qui inspirent les oeuvres de Chen Ts'ong-wen, on retrouve un désir ardent de rajeunir la Chine, en transfusant dans ses veines le sang des peuplades barbares du Sud-Est. Il voit la culture chinoise décadente et opposée à tout progrès; parmi le peuple la doctrine quiétiste et nihiliste du bouddhisme a tué tout élan de vitalité — qualités qui font la grandeur de l'Occident et dont l'absence causèrent la déchéance de la Chine — ; il croit avoir trouvé cette même ardeur chez les peuplades du Hounan et c'est cette ardeur vitale qu'il voudrait injecter dans l'organisme décrépit de la Chine.

Chen Ts'ong-wen ne manque pas de qualités littéraires: sa composition est aisée et il traite un nombre quasi illimité de sujets. La plupart des auteurs modernes s'en tiennent continuellement à un même genre de sujets, traités toujours dans un même esprit, de sorte qu'il suffit de lire un de leurs livres pour savoir ce qu'on pourra retrouver dans les autres. Chen, lui, sait trouver partout des thèmes de composition. Quoiqu'il n'ait pas reçu d'éducation supérieure, il sait écouter et observer, et sa vive imagination lui fait découvrir partout de nouveaux matériaux. Il a cependant des défauts sérieux: il écrit d'une plume trop aisée, ce qui rend ses écrits longs et diffus. Il manque souvent d'idées et est très limité dans ses vues et dans ses jugements parce qu'il n'a observé les hommes et les choses que d'un regard rapide et superficiel; aussi ne produit-il pas d'impression durable sur le lecteur. Il n'occupe parmi ses contemporains en littérature qu'une place de second rang (Cfr. 沈從文選集 dans la série 現代創作文庫, édition 上海, 萬象書局, introduction par 蘇梅.)

10. LOU SIN 魯迅, L'HOMME ET SON OEUVRE.

(Cfr. Wang Chi-chen, professeur de Littérature Chinoise à l'Université Columbia, U.S.A.: Lusin, a Chronological Record. édité dans le Bulletin de l'Institut Chinois, vol. III, 4, janvier 1939; Revue Nationale Chinoise, juin, 1943, p. 180; T'ien-Hia monthly, novembre 1936, p. 348 sq.)

La personnalité et l'activité de Lou Sin forment le point central de la littérature chinoise contemporaine, et par suite, méritent une étude plus approfondie et une place toute spéciale dans le travail qui nous occupe. Depuis plus de vingt ans tant d'ambiguïtés, de malentendus et de préjugés viennent défigurer sa personnalité, son caractère et son oeuvre qu'il est devenu bien difficile de l'apprécier à sa juste valeur, surtout si on veut tenir compte en même temps du milieu social, moral et intellectuel du Maître.

La lutte qu'il mena en 1926-1927 contre Tch'en Yuen 陳源 et le combat de plume qu'il eut à soutenir, provoquèrent des critiques et des jugements trop injustes, discréditant en grande partie la vraie valeur de l'oeuvre de Lou Sin.

La Société "Création" le condamna comme retardataire: "Lou Sin n'est pas un écrivain de notre époque... Dans ses oeuvres il rend seulement les pensées en cours à la fin de la dynastie Ts'ing et du temps des Boxeurs... Lou Sin ne comprend pas son époque... et ses écrits, tout comme ceux de Hou Che, ne pouvant suivre leur temps, sont rejetés parmi les vieux papiers... L'oeuvre de Lou Sin est fondée sur le libéralisme et est sans caractère durable. Cette oeuvre est insignifiante, inutile, semblable à un bijou enseveli, dépendant de la classe capitaliste." (Cfr. Li Tchang-chan: Les écrivains contemporains chinois. Dans la collection de la Politique de Pékin, 1933. Cet article n'est que la traduction de 現代中國文學作家, 1930, 泰東書局 par 錢杏邨.)

La Société "Le Croissant" le condamne, avec une ardeur pareille, comme communiste.

D'un autre côté, après 1930, les critiques de gauche affirment que Lou Sin est des leurs: "Avant 1919 l'évolutionnisme et l'individualisme constituent les bases de la pensée de Lou Sin. Il met tous ses espoirs dans la jeunesse; il attaque avec aigreur le traditionalisme raide de la vieille société, il travaille pour l'émancipation de l'individu. Petit à petit il devient conscient du système des classes dans le régime féodal et de toutes les oppressions dans la société chinoise. En 1924 sa pensée se modifie, et depuis 1926 ses oeuvres respirent l'ardeur de l'attaque virulente contre le système des classes." (Cfr. L'introduction à 魯迅雜感集, édition 青光書局, 2ème édition, 1935, par Li Ning 李霓, p. 11: 魯迅在五四前的思想，進化論和個性主義是他的基本。他熱烈的希望着青年，他明征的襲擊着宗法社會的優尸統治，要求個性的解放。可是不久他就漸漸的了解到封建的等級制度和中國社會裡的層層壓榨。一九二四——五年，他的「墳末談」，「燈下。漫筆」，「雜憶」(墳)，以及較都的「華蓋集」，尤其是一九二六的「華蓋集續編」都包含着猛烈的攻擊階級統治的火焰。)

Lou Sin fut-il de fait communiste? La question ne nous intéresse pas directement ici, puisque nous voulons nous tenir au point de vue littéraire uniquement. Il n'est pas inutile cependant d'en dire un mot. Avant 1930 il ne peut être question de le condamner comme tel. En effet, lors de ses voyages à Amoy et Canton il critiqua vertement le communisme et proclama à plusieurs reprises qu'il n'était pas de ce parti. Durant la lutte littéraire de 1928 il réfuta clairement les positions fondamentales du matérialisme historique.

Mais dès 1927 il critique aussi fortement les mesures terroristes du Kouo Min Tang envers le communisme. Cette attitude l'obligea de se ranger, quasi malgré lui, du côté des gauches en 1930. Et comme ces deux partis sont en opposition, n'étant pas du Kouo Min Tang on le considérait comme communiste. Il garda de fait une profonde rancune contre le Kouo Min Tang jusqu'à la fin de sa vie.

Après 1930 il est communiste, mais communiste mencheviste, adoptant les théories de Plekhanov et Lunacharsky, et non bolcheviste (二心集 pp. 74 et 113). Dans la préface de son livre 二心集 il dit clairement qu'il ne faut pas le considérer comme communiste sans plus.

Il semble certain néanmoins qu'il fut "communisant" et que plusieurs de ses idées sociales se rapprochent en bien des points du communisme. Ses oeuvres sont jugées à juste titre comme "lecture dangereuse et suspecte" par le parti de l'ordre. On peut aisément comprendre dès lors que des jugements partiaux, prononcés dans l'ardeur de la lutte, et exploités par des gens de parti pris ont influencé beaucoup la critique générale de Lou Sin, et ont obscurci la valeur réelle de l'homme et de son oeuvre. Ces dernières années les esprits se sont calmés. Tout le monde est d'accord pour dire que Lou Sin est la figure la plus importante de la littérature contemporaine: "Ses écrits pénètrent profondément le coeur du lecteur: réalisme aigu et pénétrant, humanitarisme universel, don rare pour discerner l'ironie de la vie et pour exposer avec mordant les vérités difformes de la société. Ardent, impétueux, vindicatif; bref une personnalité pas toujours sympathique mais vigoureuse." (Cfr. Revue Nationale Chinoise, juin, 1943, p. 180.) Un autre critique chinois va même jusqu'à dire: "Lou Sin occupe la place la plus en vue dans le monde littéraire de la Chine d'aujourd'hui, tant par le succès de ses créations littéraires que par ses idées avancées. Ses "Cris" et "Hésitations" sont des oeuvres que tout jeune homme, qui a passé par l'enseignement secondaire, devrait avoir lues. Il y a même des gens qui veulent comparer Lou Sin à Tchekov, le célèbre romancier russe. Il est intéressant de comparer la vie, les sujets traités, les idées et l'atmosphère de ces deux auteurs. Surtout quant aux idées, tous deux se montrent sceptiques mais sans désespoir. Ils ont la ferme conviction de la réalisation future d'un avenir magnifique". 他是以小說創造的成功和激進思想, 占有了中國現代文壇的最高的地位. 吶喊和彷徨幾乎是每個受過中等教育的青年所必讀的書了. 並有人把作者和俄國最有名的小說家柴霍甫作比較的觀察. 舉出在生活, 題材, 思想, 作風等項上兩位作家的相同之點, 確是頗有興趣的事, 尤其是在思想一點上, 兩家雖都是懷疑主義者, 但都希望有美麗將來的實踐而並不絕望. (Cfr. 李素伯, o.c. p. 104.)

Et le professeur Wang Chi-chen, dans l'article cité plus haut va jusqu'à dire: "Comme Maxime Gorky, qu'il tenait en haute estime, Lou Sin s'est vu mêlé à tous les mouvements révolutionnaires de son temps. Comme Voltaire, Lou Sin est aigre dans son ironie; mais alors que Voltaire critique et condamne les autres d'un air hautain, Lou Sin se met toujours lui-même dans la catégorie des critiqués. Bref, en France Lou Sin aurait pu être un Voltaire, en Russie un Gorky ou un Tchekov, en Angleterre un Dean Swift. En Chine il est Lou Sin sans plus: un produit de la Chine, de la Chine purifiée et ennoblie par les souffrances intenses qu'elle éprouva durant les cinquante dernières années et qu'elle éprouve encore aujourd'hui. Lou Sin est le premier à mettre à nu les côtés faibles du caractère chinois. Il est le premier qui nous montre le "Ah Q" en nous-mêmes. Il nous montre cet "Ah Q" avec ses façons exaspérantes de justifier ses fautes au lieu de tâcher de les corriger, qui sait tourner ses défaites en victoires en prétendant que, bien que battu et humilié dans le combat, il reste néanmoins victorieux, parce que sa civilisation supérieure finira par triompher. Lou Sin a voué toute sa vie à attaquer le "Ah Q" en nous, et en le tenant continuellement devant nos yeux il a fini par nous mettre en branle. Evidemment la décision de résister au Japon fut prise directement par les dirigeants politiques et militaires de notre gouvernement. Mais la Chine n'eut jamais été capable de résister si longtemps si l'esprit de "Ah Q" eut encore prévalu. Si "Ah Q" n'est pas encore complètement mort maintenant, du moins il ne domine plus. La Chine est animée aujourd'hui d'un esprit nouveau de liberté et de courage. La Chine est animée d'une foi nouvelle, de la conviction qu'il vaut mieux mourir au combat que vivre dans la honte et l'humiliation. Plus qu'à aucun autre, c'est à Lou Sin que nous sommes redevables de ce changement."

D'ailleurs immédiatement après l'apparition de "Cris" et "Hésitations", plusieurs années avant les disputes sociales et littéraires actuelles, la critique chinoise disait déjà à bon droit de lui: "C'est un homme qui sait s'arracher aux rêves de jeunesse. Il s'est délivré de l'exaltation et de la violence pour méditer en silence. Son imagination travaille encore, mais elle est mise au service d'un idéal bien déterminé. En plus, il a un talent d'observation tout particulier et sait entrer dans l'état d'âme de ses contemporains, des rustres aussi bien que des intellectuels et des citadins. Il ne nous conduit pas dans un monde de rêves romantiques ou impressionnistes, mais il nous rend conscients de la vie réelle de tous les jours. Quel jugement l'avenir lui réserve-t-il? Nous ne pouvons le savoir, mais deux choses sont certaines: Lou Sin est un artiste, et un artiste fidèle. Il décrit ce qu'il entend et voit, et nous rend conscients de ce que nous voyions et entendions sans le comprendre. Il nous donne la conscience de la vie, de la mort, de toutes les tragédies humaines. En plus Lou Sin est sincère. C'est là une qualité fondamentale qu'on retrouve cependant chez peu d'écrivains." (Cfr. 現代評論, vol. I, n° 7,13 décembre 1924, critique littéraire de Lou Sin, par Tchang Ting-hoang, 張定璜.)

Tcheou Chou-jen naquit à Chaohinghien 紹興縣 dans la province du Tchekiang en 1881 d'une famille aisée. Celle-ci possédait environ cinquante "meou" de terre fertile. Son père était un lettré et avait passé les examens; sa mère était originaire de Loutchen; Lou Sin décrit souvent cette place dans ses nouvelles.

Au temps où l'enfant vit le jour, son grand-père, Kie-fou 介孚 occupait un poste officiel. Lorsque la nouvelle de l'heureuse naissance d'un petit-fils lui parvint, Tchang Tche-tong 張之洞 était en visite chez lui En l'honneur de l'hôte distingué on inséra le mot "Tchang" dans le nom du nouveau-né; mais par respect pour le visiteur on l'écrivit par un autre caractère de même prononciation: Cheou-tchang (壽樟), son surnom fut Yu-chan 豫山, plus tard on remplaça ce nom par Yu-ts'ai 豫才 pour éviter la similitude avec le mot signifiant "parapluie: yu san". (Cfr. 周作人 article 關於魯迅.)

Lou Sin commença son instruction chez un vieux maître de l'ancien régime (Cfr. son autobiographie: 自叙傳). En 1893 la famille éprouva de grandes difficultés qui la réduisirent à la pauvreté. Son grand-père tombé en disgrâce à la Cour, fut emprisonné à Pékin et la famille eut à donner toutes ses propriétés en rançon. La mort du père en 1896 aggrava encore l'état financier de la famille. Ces malheurs firent une impression très profonde sur le jeune homme. Il devint conscient de l'instabilité des choses du monde. La maladie pénible de son père lui inspira l'idée d'étudier la médecine. (Cfr. son autobiographie, o c.)

Depuis 1882 Tchang Tche-tong était vice-roi des deux Kiang, il se montra promoteur ardent des sciences occidentales. En vue d'attirer plus de candidats, le gouvernement donna des bourses d'études et alloua des subsides aux meilleurs étudiants. Lou Sin en profita, car depuis la mort de son père il ne lui restait pas d'autre moyen pour continuer ses études. Sa mère lui procura huit dollars pour le voyage et l'enfant partit pour Nankin. (Dans son autobiographie Lou Sin ajoute encore une autre raison pour laquelle il voulut quitter sa famille, à savoir des faux soupçons de vol à son égard. Cfr. son 瑣記). En 1898 il entra comme cadet à l'Ecole Navale de Kiangnan (江南水師範學堂), mais au bout de six mois il passa à l'Ecole des Mines de Nankin (南京礦物學堂), il voulait devenir ingénieur. C'est à cette époque qu'il prit le nom de Chou-jen (樹人). Il y resta deux ans et c'est là qu'il apprit à connaître l'Evolutionnisme par une traduction chinoise du livre "Evolution and Ethics" de Huxley. Il continua en même temps, mais seulement en amateur et sans professeur, ses études littéraires. Ses examens finis, il obtint une bourse d'études pour le Japon. Il coupa sa tresse chinoise et s'embarqua pour entrer dans une école préparatoire à Tokyo où il fut diplômé au bout de trois ans. La plus grande partie de son temps fut prise par l'étude de la langue japonaise, mais en même temps il s'occupa aussi de philosophie et de littérature.

De son propre aveu, trois questions le préoccupent particulièrement: 1° Quel est l'idéal que l'homme doit poursuivre? 2° Quel est l'obstacle principal à la reconstruction de la Chine? 3° Quel est le défaut fondamental du Chinois? La première question ne trouva jamais de réponse adéquate dans l'esprit de Lou Sin. Mais il résolut les deux dernières d'une façon admirable, comme on peut en juger par ses oeuvres ultérieures.

Au lieu de continuer ses études d'ingénieur des mines, il entra en 1904 à l'Ecole de Médecine de Sendai (仙台). Il y demeura deux ans, et y ressentit particulièrement le manque de respect, souvent inconscient d'ailleurs, que les Japonais manifestaient envers les étudiants chinois.

Il en garda une vive rancune au fond du cœur. En 1906 il interrompit ses études et alla s'installer à Tokyo pour s'occuper exclusivement de politique et de littérature. En plus de la langue anglaise qu'il avait déjà apprise à Nankin, il se mit à l'étude du russe. Il apprit à connaître les oeuvres de V. Eroshenko et en commença de suite la traduction en chinois. Il ne semble cependant pas avoir réussi dans l'étude de cette langue car la plupart de ses traductions sont faites sur texte japonais. Nietsche et Schopenhauer firent sur lui une impression également profonde dans leurs traductions japonaises.

En cette même année 1906, il revint passer les vacances d'été en Chine et se maria. Quelques mois plus tard il rentra à Tokyo avec son frère Tsouo-jen 作人, qui venait de terminer ses études à l'Ecole Navale de Nankin.

En 1907 il lança une revue "La vie nouvelle" (新生), et s'inscrivit dans le parti révolutionnaire ayant son siège à Tokyo. Sa revue devait devenir un organe essentiellement antimandchou. Mais elle fit rapidement faillite. Cependant sa ligne de vie est fixée maintenant: il sera écrivain.

Il commence par publier des articles dans "La Revue du Honan")河南雜誌) sous le nom de plume de Lou Sin 豫迅 et Ling Fei 令飛. Il y cite continuellement Nietsche, Schopenhauer, Ibsen, Stirner et d'autres représentants de l'idéalisme individualiste et de l'évolutionnisme positiviste: "Puisque la civilisation est bâtie sur le passé, elle est continuellement en état de mouvement, et est toujours sujette à changement et à amélioration. Le caractère matérialiste de la civilisation occidentale n'est que le produit des conditions particulières qui existaient en Europe au début du 19ième siècle. Il a eu son utilité en son temps, mais il est allé trop loin et doit être rectifié", écrit-il déjà en 1907. Lou Sin n'eut cependant pas de succès. Son style comme ses idées n'étaient pas assez radicales pour les réformateurs et trop risquées pour les conservateurs.

Le cours d'étymologie chinoise donné par le professeur Tchang T'ai-yen à Tokyo en 1908 eut une influence assez notable sur son style durant ces années.

En 1909 il rentra de nouveau en Chine pour pourvoir au soutien de sa mère et de sa famille. A Shanghai il acheta une fausse tresse pour ne pas trop se distinguer de ses compatriotes, mais un mois plus tard il ne la porta plus. En ce temps on se moquait encore fortement en Chine des "têtes chauves", mais Lou Sin supporta courageusement toutes les railleries. Avec son frère Tsouo-jen il entreprend la traduction d'une série de récits de Russie, Pologne, France etc... Hou Che recommanda chaleureusement cet ouvrage au grand public, mais ce fut un nouvel échec. Après six mois les auteurs firent l'inventaire de la vente: volume I, vendu: vingt exemplaires; volume II, vendu: vingt et un exemplaires. C'était désolant.

En 1910 Lou Sin devint professeur de chimie à l'école normale de Hangtcheou. En 1911 il est nommé préfet d'études à l'école moyenne de Chaohing. A l'automne de la même année il démissionne et postule pour un emploi dans l'imprimerie de la Commercial Press. Nouvel insuccès.

Après l'occupation de Chaohing par les troupes révolutionnaires, au mois d'octobre, il devint directeur de l'école normale de cette ville. L'année suivante, en 1912, le gouvernement de la nouvelle République fut érigé à Nankin. Ts'ai Yuen-p'ei devint ministre de l'Instruction et Lou Sin reçut le poste de conseiller au ministère.

En 1913 le gouvernement fut installé officiellement à Pékin, Lou Sin l'y suivit et garda son poste jusqu'en 1925. Entre-temps il travaille à l'étude du roman chinois et édite plusieurs oeuvres sous le nom de son frère Tsouo-jen.

En 1918 il composa sur l'invitation de son ami Ts'ien Hiuen-t'ong une nouvelle pour la revue "La Jeunesse Nouvelle", intitulée "Le Journal d'un Fou" (狂人日記). Elle parut au mois de mai de cette même année (vol. IV, n° 5). Lou Sin y fait une critique virulente du moralisme confucianiste qui ne sert qu'à opprimer les gens. "C'est une doctrine anthropophagiste (吃人的禮教) qui tue les individus et ruinera tout le peuple, y dit-il, il faut donc l'extirper. Il est bien difficile de guérir ceux qui se sont assimilé déjà cette étrange nourriture, mais il reste les enfants qui n'ont pas encore goûté la chair humaine. Sauvons les enfants." (...沒有吃過人的孩子或者還有，救救孩子...). C'est là sa conclusion pleine de sens. En même temps il commença ses terribles "Pensées" (雜感). Il y déclare la guerre ouverte au formalisme, à l'hypocrisie, et aux superstitions. Il s'y montre toujours réaliste et professe que la valeur vitale est le critère dernier de toute littérature. C'est d'ailleurs là le principe fondamental de la littérature humanitariste (為人的文學) qu'il a défendu toujours.

En 1920 l'Université Nationale de Pékin offrit à Tcheou Tsouo-jen une chaire du "roman chinois". Celui-ci passa l'invitation à son frère Lou Sin, qui l'accepta. Immédiatement il obtint grand succès chez les étudiants.

En 1921 il devint professeur à l'école normale supérieure de la même ville. La même année il publia 阿Q正傳 dans le "Tch'en-pao", du 4 décembre au 2 février, sous le pseudonyme de Pa Jen 巴人. Cette nouvelle fut traduite, dans le cours des années suivantes en 13 langues différentes. Ce fut le début du succès. Allégorique par nature, ce chef-d'oeuvre est rempli de sens et d'allusions. Les critiques discutent très fortement sur l'esprit et la signification que l'auteur y a mis. Pour l'estimer à sa juste valeur il faut tenir compte de toute la vie et de l'oeuvre de Lou Sin. Plus tard il publia cette nouvelle avec vingt cinq autres dans deux volumes: 吶喊 (Cris) et 徬徨 (Hésitations). On doit les prendre comme un tout si on veut comprendre l'idée et les tendances que Lou Sin a voulu y mettre. Il faut se souvenir que Lou Sin est né en un temps où la Chine ressentit péniblement les humiliations de la part des Puissances étrangères et se vit obligée d'introduire des réformes politiques, militaires et sociales pour faire face aux besoins des temps. Le mot d'ordre général était: enrichir le pays et renforcer l'armée (富國強兵). Le fait que Lou Sin commença ses études dans une école de mines, fit ensuite des études médicales, montre assez clairement que lui aussi était sous l'influence générale de son époque. Au Japon il apprit ensuite la théorie darwinienne de l'évolutionnisme, la philosophie pessi-

miste de Nietsche et de Schopenhauer, l'humanitarisme russe, et entra
en contact avec le rationalisme libéral des républicains. Il garda un esprit
d'aigreur contre l'état de choses existant, un esprit de doute envers les
réformes utopiques, et un désir ardent de chercher la route, pour soi-
même d'abord, pour la génération à venir ensuite.

L'empire des Mandchous fut renversé en 1911, mais la révolution
fut une faillite. La souveraineté de l'impérialisme passa dans d'autres
mains. L'état réel des choses ne fut guère amélioré.

La tempête de la révolution intellectuelle se préparait en cachette.
Elle éclata en 1917 lors de la publication d'un article de Hou Che en
faveur de la révolution littéraire. Tch'en Tou-sieou s'en saisit immédiatement pour élargir le mouvement et le porter sur le plan moral, social et
culturel. Le mot d'ordre général devint : A bas tout ce qui est tradition!

Renouveler de fond en comble la Chine sur un modèle occidental,
cela était impossible. La nature se venge. Un telle révolution devait
mener à la ruine à bien des points de vue. Lou Sin a entrevu le danger
et l'impossibilité d'une telle solution. Il veut en montrer l'inutilité à ses
jeunes lecteurs, en réveillant leur consciences. Il tient toujours compte
de la mentalité concrète du peuple chinois comme groupe social et
national. C'est dans cet esprit général qu'il fait l'analyse critique du
mouvement nouveau qui voudrait rejeter la vieille culture périmée pour
prendre une culture nouvelle, positiviste et rationaliste, celle qui est déjà
à son déclin en Europe et intrinsèquement incompatible comme telle avec
l'esprit chinois. Il faut une route nouvelle à la Chine de demain. C'est
évident mais laquelle? Lou Sin ne la déterminera que très vaguement
après 1930: ce sera celle de l'humanitarisme russe du 19ième siècle qui
défend la liberté, l'amour universel, l'abolition du système des classes
sociales, et qui prêche l'aide et le respect mutuel en vue d'intensifier le
bonheur de tout le genre humain.

Avant cette date il se limitait plutôt à ce qu'on appelle le réalisme
social. Dans "Cris" il nous décrit les conséquences de la révolution et
la culture nouvelle chez le menu peuple. Dans "Hésitations" il nous fait
voir l'effet de ce mouvement chez les intellectuels. "Ah Q" est le centre
des vingt-six nouvelles.

Harold Acton résuma ainsi l'idée fondamentale de ce double ouvrage: "Ah Q représente la mentalité de la plupart des villageois chinois
au début de la révolution. Dans l'ouvrage on retrouve aussi une esquisse
de la psychologie des citadins, réveillés d'une façon dure de leur rêve
d'enfants obéissants du Fils du Ciel. Weitchoang, la localité où se joue
l'histoire, représente une Chine en miniature. Les Ah Q sont encore nombreux dans la Chine d'aujourd'hui, ils vivent et meurent sans attirer
l'attention. Dans l'existence de notre Ah Q particulier il y a une idée
directrice: la révolution est bonne comme telle. Tuez le monde de mon
village, il est digne de haine. Pour moi, je suis résolu de me joindre à
la révolution.

"Les derniers jours de sa vie, Ah Q subît des coups assez rudes.
Il est mécontent. Un après-midi — il avait bu du vin à jeun et se sentait
intoxiqué par la boisson — il se promenait dans le village, songeant à

l'état actuel des choses. Il rêvait en l'air une fois de plus. Il éprouva l'impression que la Révolution, c'est lui-même, que tous les habitants de Weitchoang étaient ses captifs. Dans un tressaillement de joie excessive il ne pût s'empêcher de crier: Révolution, révolution... mais ce n'est qu'un rêve fou de sa part. Quelques jours plus tard, survient la vraie révolution, et le premier, qui tombe, c'est notre Ah Q. Lou Sin nous en raconte l'exécution capitale avec une ironie admirable...

"Na Han et P'ang Hoang abondent en pathos, mais c'est un pathos satirique, où brillent les glaçons de l'ironie. On y assiste à l'agonie d'une pauvre veuve qui va consulter un charlatan de la vieille école pour son enfant mourant, à la curiosité d'une foule sans cœur devant le spectacle d'une exécution capitale, accentuée par les cris rauques d'un garçon qui vend de la pâte cuite. Quand Lou Sin décrit ces thèmes, un frisson nous prend, on songe plus à un ricanement qu'à un rire en face de la souffrance. Lou Sin ne sut jamais être sentimental." (Cfr. Tien-Hia monthly, 1935, pp. 378-380: The Creative Spirit in Modern Chinese Literature, par Harold Acton.)

Si Lou Sin reste froid et ironique, il est cependant toujours sincère. Elevé dans l'évolutionnisme, le libéralisme, le positivisme, les problèmes religieux ne l'atteignent pas directement. Il voudrait résoudre toutes les questions fondamentales de la vie humaine sans la religion. Quelquefois cependant son réalisme pathétique semble l'entraîner malgré lui, quelquefois la vie qu'il veut décrire fidèlement, le prend, l'emporte et lui fait dire des choses qui jaillissent directement de son cœur, sans qu'il semble être conscient de leur portée profonde. Ecoeuré par le vide et la cruauté du monde où nous vivons il voudrait croire à l'âme, à l'au-delà, à un Dieu. (...我願意真有所謂靈魂. 有所謂地獄, Cfr. Hésitations pp. 182-191.) Il voudrait croire surtout à un ciel où commence une vie nouvelle, car la vie d'ici-bas est bien trop sombre et trop remplie de misères. Il n'en a cependant pas la capacité ni la force. Lou Sin reste comme aveugle en face de tout spiritualisme. Lors des incidents de l'école normale pour jeunes filles à Pékin contre le gouvernement de Toan K'i-joei, le 25 mars 1926, une de ses étudiantes préférées Licou Ho-tchen 劉和珍, fut tuée dans la bagarre; il écrivit à ce sujet: "...On me demande de dire quelques mots. Cela n'est d'aucune utilité pour la morte, mais nous, les vivants, nous ne pouvons évoquer son souvenir que de cette façon-là. Si je pouvais croire à la survivance de l'âme je serais bien plus consolé. Maintenant je ne puis faire rien de plus que d'écrire quelques lignes..." 這雖然於死者毫不相干, 但在生者却大抵只能如此而已. 倘使我能夠相信真有所謂「在天之靈」, 那自然可以得到更大的安慰...但是現在却只能如此而已. (Cfr 魯迅雜感選集 par 何凝, éd. 青光, 1931, p. 120.)

Lou Sin désire une vie nouvelle. Dans "Cris" il écrit: "Je ne veux pas que la jeunesse souffre et se tourmente comme moi. Je ne veux pas qu'elle vive dans un rêve inconscient comme le démon de la mort. Je ne désire pas qu'elle vive dans les douleurs comme tant d'autres. Les jeunes doivent avoir une vie nouvelle, une vie que nous n'avons pas connue..." Sceptique il se demande quelle est la route à suivre, et il répond: "Il n'y a pas de route fixe, c'est l'empreinte des passants nombreux qui trace une route." (其實地上本沒有路, 走的人多了便成了路

128

Cfr. 故鄉.) C'est l'écho du doute d'un rationaliste devant les questions qu'il ne sait pas résoudre. Il explique cette pensée pour la jeunesse: "Vous les jeunes, vous êtes riches en force de vie. Vous pouvez changer la forêt vierge en terre fertile; vous pouvez transformer la terre sauvage et y planter des arbres; vous pouvez creuser des puits dans le désert. Qu'avez-vous encore besoin d'une vieille route jonchée d'épines et couverte de boue...?" (你們青年所多的是生力, 遇見深林可以闢成平地的, 遇見曠野可以栽種樹木的, 遇見沙漠可以開掘井泉的. 問什麼荆棘塞途的老路...?

Mais le doute perce dans cette exhortation optimiste. Il se contredit lui-même en ajoutant "j'espère marcher le premier dans cette nouvelle voie pour découvrir un monde magnifique". (作者是如何的希望走那沒有路的路以實現那美麗的世界). Il reste cependant trop sceptique devant l'avenir pour oser dire: suivez moi.

L'année 1927 nous montre Lou Sin, conscient de la nécessité des changements à faire, mais retenu par le doute et les difficultés: "Révolution, anti-révolution, non-révolution. Les révolutionnaires sont tués par les anti-révolutionnaires. Les anti-révolutionnaires tombent sous les coups des révolutionnaires. Les non-révolutionnaires qu'on suspecte d'être révolutionnaires sont tués par les anti-révolutionnaires. Ou bien ceux qui sont suspects d'être anti-révolutionnaires sont tués par les révolutionnaires. Ou bien encore des gens qui ne sont rien sont tués par les révolutionnaires ou les anti-révolutionnaires... Révolution, révolution, révolution...." (革命, 反革命, 不革命...革命的被殺於反革命的. 反革命的被殺於革命的. 不革命的或當作革命的而被殺於反革命的, 或當作反革命的而被殺於革命的, 或並不當作什麼而被殺革命的...或反革命的...革命, 革命, 革命, 革命, 革命... Cfr. 而已集 p. 150, 小雜感 août 1927).

En 1926 des difficultés éclatèrent à l'école normale de Pékin, à la suite de manifestations d'étudiants contre la politique de Toan K'i-joei. Plusieurs élèves y trouvèrent la mort ou furent blessés. Lou Sin prit la défense des étudiants contre le directeur de l'école, Yang Ing-yu. La conclusion fut que notre auteur perdit son poste dans le Bureau de l'Enseignement. On en arriva à se disputer ouvertement avec le parti de l'ordre, dont Tch'en Yuen était le chef. Lou Sin énonça clairement son programme: "Nous devons vivre. Nous exigeons nourriture, vêtements et habitation. Nous devons progresser. Tout ce qui va à l'encontre de ce programme est objet de combat". La lutte le rendit plus radical. (On peut retrouver tous les renseignements relatifs à cette lutte dans 閒話集 par 陳源, et 華蓋集 par Lou Sin.)

C'est à cette époque que Lou Sin se remaria avec Hiu Koang-p'ing 許廣平, une de ses élèves à l'école normale de Pékin. De ce mariage naquit un fils Hai-ing 海嬰

En 1926 le gouvernement de Pékin prit des mesures sévères contre les infiltrations du Kouo Min Tang et du mouvement pour la culture nouvelle. Lou Sin fut mis sur la liste noire de quarante-huit professeurs qui devaient être arrêtés. (Cfr. La liste complète dans 而巳集 pp. 203-215, édition, 1928.) Au mois d'août il s'enfuit à Shanghai, et en septembre il passe à l'université d'Amoy sur l'invitation de Lin Yu-t'ang, son collaborateur dans la revue "Yu-seu". Il y devient professeur de littérature chinoise, mais ne peut y rester longtemps, comme il l'avoue lui-même.

Il "avait peur". De fait les révolutionnaires du Sud le surveillèrent de très près et lui rendirent la vie impossible. Vers la fin de cette année il donna sa démission et se rendit à Canton, le foyer de la révolution. Les jeunes l'y accueillirent avec enthousiasme. Il devint doyen du département des Arts et Lettres à l'Université Sun Yatsen. Sa femme obtint un poste de professeur-assistant dans la même université. On veut faire de lui le "Chef de la révolution intellectuelle" (，坐在高台上...指揮思想革命 Cfr. 而巳集.) On propage par tout le pays que Lou Sin est converti à la révolution, qu'il ira bientôt à Hankow. Entretemps on s'efforce de le gagner par le succès et la gloire. On l'invite continuellement à donner des conférences publiques sur des sujets révolutionnaires bien déterminés. Cela le dégoûta bien vite. "Suis-je donc un vieux lettré (老八股), qu'on m'oblige continuellement à faire des compositions d'examen?" (Cfr. 而巳集.) Il proteste ouvertement contre toutes les rumeurs qu'on répand sur son compte. Par ces récriminations il perd évidemment toute sympathie. La surveillance sévère commence, tout comme à Amoy. Lou Sin ne veut pas être communiste, il ne veut même pas sympathiser avec eux. Il n'est plus en sécurité à Canton. Dégoûté du régime, il écrit: "Faites attention à ceux qui se nomment justes et qui pensent qu'ils le sont de fait. Peut-être ne sont-ils que des bandits et des voleurs. Il ne faut pas faire attention à ceux qui en public s'appellent eux-mêmes voleurs et bandits, parce que s'ils sont autres qu'ils se disent, vous avez à faire à des gens justes. Mais faites plutôt attention à ceux qui se disent justes, car s'ils sont autres qu'ils se montrent, vous avez à faire à des voleurs."

Entre-temps la scission entre la gauche et la droite se fit plus profonde. Le gouvernment rouge déménagea à Hankow, la "purge de 1927" suivit. Lou Sin lui-même n'était pas communiste, mais on le compta néanmoins au rang des gens suspects. Plusieurs de ses amis et élèves étaient communistes ou sympathisaient avec leur cause, ils disparaissent l'un après l'autre, discrètemen mais sûrement. Lou Sin prit peur. Deux fois il fit un voyage à Hongkong, partout il rencontra les mêmes soupçons. Pris de terreur il quitta Canton pour toujours. Poursuivi par les communistes, tenu pour suspect par le Kouo Min Tang, condamné par le gouvernement militariste du nord, il ne sut où se réfugier. Dans l'introduction de son 而巳集 il avoue sa peur et son doute: "Au cours de cette demi-année j'ai vu tant de sang et de larmes. Mais je ne puis donner que mes "pensées" ... c'est tout. Les larmes ont séché, le sang a disparu, le bourreaux s'en vont au loin, avec leurs glaives d'acier; moi je n'ai que mes "pensées". Même ces "pensées" étaient de trop et durent disparaitre...depuis lors il ne me reste plus qu'un simple "c'est tout". (這半年我又看見了許多血和許多淚，然而我只有雜感而巳. 淚揩了，血消了；屠伯們逍遙復逍遙，用鋼刀，用軟刀的，然而我有雜感而巳。連「雜感」也被「放逐了應該去的地方」時我於是只有「而巳」). "Tout ce que je n'ai pas le courage de dire directement, je l'ai réuni dans mon livre intitulé "C'est tout". (沒有膽子

真說的話，都載在而已集，Cfr. introduction à 三閑集, "Recueil du Triple Loisir" 1927. Au mois de septembre 1927 il partit pour Shanghai. Là il devint de nouveau le point de mire de l'attaque générale. Rédacteur de la revue "Yu-seu" et de plusieurs revues de moindre envergure mais plus prononcées: 奔流月刊; 奔原; 萌芽; 新地, il se voit mêlé à la fameuse lutte littéraire de 1928-1930, au sujet de la définition et de la signification sociale de la littérature. (Cfr. 中國文藝論戰。李何鱗編, 1930, 亞東書局.)

　　Les antagonistes principaux furent Tch'eng Fang-ou et Kouo Mo-jo, partisans de l'exclusivisme de la littérature révolutionnaire, défendu dans le groupe de la Société "Création", Tsiang Koang-ts'e 蔣光慈 défendant des idées similaires dans le groupe radical de la Société "Le Soleil", et Liang Che-ts'ieou, représentant de la littérature libérale et bourgeoise. Nous en avons assez parlé dans l'étude générale de ces diverses Sociétés. La lutte fut ardue et dura deux ans. Lou Sin dut finir par se rendre. Il se rallia en 1930 à la gauche. Tout de suite il en devint le chef et le héraut. Tch'eng Fang-ou et même Kouo Mo-jo tombèrent au second rang. De la part de Lou Sin, il s'agissait cependant plus d'une conversion de fait que de principes. Ce qu'il n'avait pu obtenir par la bataille ouverte, il l'obtint par le compromis. Depuis lors il exerça une influence modératrice sur les littérateurs de la gauche, surtout sur les jeunes.

　　D'ailleurs ce geste ne semble pas en contradiction avec sa vie et ses activités précédentes. Il a toujours critiqué les défauts et les injustices de la société où il vivait. Il a toujours combattu l'influence néfaste de la tradition stéréotypée, et préconisé la nécessité d'une révolution culturelle. Mais depuis 1919 jusqu'en 1925 il n'a jamais mis son réalisme social en rapport direct avec les systèmes économiques et sociaux. Il resta sur le terrain culturel et ne s'occupa pas directement du prolétariat. Il était idéologue (理想家), non agitateur-démagogue (社會主義者).

　　D'autre part il n'a jamais combattu la littérature de la révolution comme telle, mais uniquement l'exclusivisme de la Société "Création". Même après 1930 Lou Sin garde ses théories d'humanitarisme universel. La révolution communiste rejetait bien ces théories en pratique, mais en principe on pouvait les garder, même dans cette révolution. C'est précisément par là que Lou Sin a élargi et mitigé les vues trop bornées des auteurs de gauche extrémistes.

　　Les luttes de 1928-1930 obligèrent Lou Sin à faire son choix définitif; elles eurent aussi une influence sur son activité littéraire subséquente. Il l'avoue lui-même: "Je dois remercier la Société "Création" parce qu'en m'attaquant elle m'obligea à lire plusieurs traités scientifiques d'art et de littérature, qui me donnèrent la solution de plusieurs problèmes que je n'avais pu résoudre jusque-là. C'est en ces jours que je commençai à traduire "La Théorie de l'Art" par Plekhanov, et en vins à corriger mes vues trop partiales de l'évolution, en moi-même et chez d'autres autour de moi". Cela explique pourquoi, en ces années, la plus grande partie de son temps fut employée en travail de traduction. Il publia successivement: "La Théorie de l'Art, de la Littérature et de la Critique" par Lunacharsky; "Théorie et Pratique de la Littérature Prolétarienne" par Pienhansen; "Annihilation" par Fadeyev; etc... A côté de ces traductions il publia encore de nombreuses "Pensées" (雜感) sur les événements courants. Ses "Miscellanea" firent la terreur de ses adversaires, mais furent hélas trop souvent censurés. Lou Sin s'y montre toujours profond et sincère, mais quelquefois aussi, sans le vouloir d'ailleurs, partial. Cela semble provenir du fait qu'il n'était pas toujours renseigné sur la vraie portée des événements et des choses. Il manque quelquefois aussi de pondération dans ses jugements. Il s'ensuit qu'ils fournissent une lecture assez défectueuse pour les lecteurs bien informés. La critique qu'on fit de lui, et qu'il rapporte lui-même dans son livre 准風月談 1933 (p. 237) est très juste: "Monsieur Lou Sin, vous devriez avoir une idée plus nette de la place que vous occupez. Même vos adversaires avouent en silence que vous êtes le plus grand écrivain de la Chine. Puisque vos paroles ont une telle répercussion chez les jeunes, elles devraient toujours être graves. Songez, s'il vous plait, combien de temps vous avez perdu en disputes vaines au sujet de la littérature depuis la première publication de votre 阿Q正傳. Quel résultat avez-vous obtenu chez les jeunes par cette lutte de plume?" (魯迅先生, 你要認清了自已的地位. 就是反對你的人, 暗裡總不敢否認你是中國頂出色的作家. 既然你的言論, 可以影響青年, 那麼你的言論應該慎重. 請你自已想想: 在寫阿Q正傳之後有多少時間浪費在筆戰上? 而這個筆戰對一般青年發生何種影響?)

Jusqu'à sa mort il déploya une activité très intense. Durant sa dernière maladie il écrivit encore sa fameuse "Lettre ouverte de 10.000 mots" au sujet du front uni en Chine contre le Japon.

Il mourut le 19 novembre 1936, dans sa résidence de Shanghai, en présence de sa femme et de son fils.

Voici la liste complète de ses oeuvres et traductions:

1. 墳, dissertations (論文随筆), 1907-1925; 2. 吶喊, récits brefs, (短篇小說), 1923; 3. 野草, essais, (散文), 1924-1928; 4. 熱風, critiques brèves (短評) 1918-1924; 5. 彷徨, récits brefs, (短篇小說), 1926; 6. 朝花夕拾, mémoires, (囘憶文), 1927; 7. 故事新編, récits historiques (歴史小說). 1926-1936; 8. 華蓋集, critiques brèves, (短評), 1926; 9. 華蓋集続編, critiques brèves, (短評), 1926; 10. 而巳集, critiques brèves (短評), 1927; 11. 三閑集, critiques brèves, (短評), 1927-1929; 12. 二心集, miscellanea, (雜文), 1930-1931; 13. 僞自由書, critiques brèves, (短評), 1933; 14. 南腔北調集, miscellanea, (雜文), 1932-1933; 15. 准風月談, critiques brèves, (短評), 1933; 16. 花邊文學, critiques brèves, (短評), 1934; 17. 且介

亭雜文初稿, miscellanea, (雜文), 1934; 18. 且介亭雜文二稿, miscellanea, (雜文), 1935; 19. 且介亭雜文末稿, miscellanea, (雜文), 1936; 20. 兩地書, Lettres, (書信), 1933; 21. 集外集, miscellanea, (雜文), 1930; 22. 集外集拾遺, miscellanea, (雜文); 23. 會稽郡故書集, études littéraires (輯錄); 24. 古小說鉤沉, études littéraires, (輯錄); 25. 稽康集, études littéraires, (輯錄並考證), 1933; 26. 中國小說史略, études littéraires, (論著), 1923; 27. 小說舊聞鈔, études littéraires, (輯錄並考證), 1926; 28. 唐宋傳奇集, études littéraires, (輯錄並考證), 1928; 29. 漢文學史綱要 études littéraires, (論著), 1927-1929.

Traductions: 1. 月界旅行, roman scientifique, 1903, traduction de "Voyage à la lune" par J. Verne; 2. 地底旅行, roman scientifique, 1903, traduction de "Voyage au centre de la terre" par J. Verne; 3. 域外小說集, choix de récits brefs, 1909, traduits de différents auteurs européens et américains; 4. 現代小說譯叢, choix de récits brefs, 1921, traduits de différents auteurs japonais; 5. 現代日本小說集, idem, 1922; 6. 工人綏惠略夫, roman, 1921, traduction du russe "The working man Shevyrev" par M. Artzydashev; 7. 一個青年的夢, théâtre, 1922; 8. 愛羅先珂童話集, récits pour enfants, 1922, traduits de l'auteur russe V. Eroshenko; 9. 桃色的雲, théâtre pour enfants, 1923, traduit de l'auteur russe V. Eroshenko, sur texte japonais; 10. 苦悶的象徵, dissertations, 1924; 11. 出了象牙之塔, pensées et notes, 1926, traduites du japonais; 12. 思想, 山水, 人物, pensées et notes, 1928, traduites du japonais; 13. 小約翰, roman pour enfants, 1928, traduction de "De kleine Joannes" par F. Van Eeden; 14. 小彼得, roman pour enfants, 1931; 15. 錶, roman pour enfants, 1935, traduction de "Die Uhr" par L. Panteleev; 16. 俄羅斯童話, récits brefs pour enfants, traduits du russe, 1935; 17. 藥用植物, dissertation scientifique, 1931; 18. 近代美術思潮論, traité d'Art, 1929 traduit du Russe A. V. Lunacharsky, sur texte japonais;; 19. 藝術論, traité d'art, 1929, traduit du même; 20. 壁下譯叢, dissertations, 1929; 21. 譯叢補, dissertations, 1924-1930; 22. 藝術論, traité d'art, 1930, traduit du Russe G. Plechanow; 23. 現代新興文學的諸問題, dissertations, 1929, traduit du japonais; 24. 文藝與批評, dissertation, 1930, traduit du Russe A.V. Lunacharsky; 25. 文藝政策, dissertation, 1930; 26. 十月, roman, 1930, traduit du russe "October" par H. Jakovlev; 27. 毀滅, roman, 1931, traduit du russe par A. A. Fadeev; 28. 山民牧唱, récits brefs, 1935; 29. 壞孫子和別的奇聞, récits brefs, 1936; 30. 豎琴, récits brefs, 1933, par divers auteurs russes; 31. 一天的工作, récits brefs, 1933, par divers auteurs russes; 32. 死靈魂, roman, 1935, traduction de "Die toten Seelen,, par N. V. Gogol; 33. 果樹園, recueil de récits brefs russes, par V. Lidin et d'autres; 34. 血痕 recueil de récits brefs russes, par M. Artzyashev et d'autres; 35. 惡魔 récits brefs traduits du russe, par M. Gorky; etc...

11. LA SOCIETE "SANS NOM" OU "THE UNNAMED ASSOCIATION": 未名社

Vers 1924 une jeune société littéraire se constitua à Pékin sous le patronage de Lou Sin. Les deux directeurs en étaient Li Tsi-ye 李霽野 et Wei Sou-yuen 韋素園. Ils se proposaient de faire connaître en Chine, par des traductions, les littératures étrangères, surtout celle de la Russie.

En 1926 ils traduisirent ensemble un ouvrage de L. Trotsky, "Littérature et Révolution". Le gouvernement de Tchang Tsouo-Lin mit plusieurs membres du groupe en prison et supprima officiellement la Société. Ils continuèrent cependant leur travail sous un autre nom. Après la démission des quarante-huit professeurs, ordonnée par le gouvernement à la suite des difficultés à l'Ecole Normale de Pékin, la dissension éclata au sein même du groupe. Un des membres, Kao Tch'ang-kiang 高長江 qui résidait à Shanghai, accusa le rédacteur Wei Sou-yuen de refuser la publication de quelques articles écrits par Hiang P'ei-liang 向培良. Lou Sin fut mêlé à l'affaire. Kao Tch'ang-kiang se vengea en critiquant durement Wei et Lou Sin dans la revue "K'oang-piao" 狂飆.

La Société avait son siège principal à Pékin (景山東街) et se servait pour son travail de la revue "Mang-yuen" 莽原 éditée par Lou Sin, mais dont ils avaient changé le titre en "Wei-ming-che-pan-yue-k'an" 未名社半月刊. Elle vécut deux ans et quatre mois (1926-1928) puis disparut.

Harcelés par les partisans de l'ordre, les membres durent faire leur choix en 1930. Lou Sin et la majorité des membres se rangèrent du côté des gauches, mais un certain nombre d'entre eux se déclarent plus sympathiques aux Libéraux, tout en gardant complètement leurs convictions menchevistes. Depuis lors ils ne parlèrent plus de politique, du moins pas en public, mais se contentèrent de publier des oeuvres étrangères qui répondaient à leurs convictions et aspirations politiques et sociales. Ils devinrent donc plutôt un parti d'opposition, à programme négatif, incliné vers l'anarchisme.

Disciples du réalisme social (Cfr. Lou Sin, Mao Toen, etc., durant les premières années de la Société d'Etudes Littéraires), ils sont désillusionnés et écoeurés de la solution communiste préconisée par Tch'en Tou-sieou, Kouo Mo-jo et le régime politique de Hankow. En même temps, la "dictature", comme ils l'appellent, du Kouo Min Tang, leur répugne également. Leur revue est dès lors remplie d'articles décriant "l'intolérance" du parti au pouvoir.

En dehors de leur programme négatif ils sympathisent très fortement avec l'humanitarisme vague et anarchique de Tolstoï. Ils voudraient comme lui "abolir la société fondée sur le système des classes et des nations, et établir une nouvelle forme de société qui aurait plus à coeur les besoins des classes inférieures, qui donnerait plus de pouvoir aux ouvriers, qui s'opposerait aux excès des classes supérieures, non en poursuivant les individus qui constituent cette classe, mais en agissant contre les principes et les lois établies par le gouvernement pour assurer le bien-être de cette classe..." (Cfr. Tolstoï, par Lunacharsky, traduit par Wei Sou-yuen, dans 未名社半月刊, vol. II, p. 33).

Comme société littéraire, ils n'eurent pas grande influence. Mais on peut retrouver souvent leurs principes essentiels chez plusieurs des écrivains les plus connus de la Chine entre 1930 et 1937.

Les représentants principaux sont:

Wei Sou-yuen 韋素園, écrit aussi 韋漱園: Né à Houok'ieou 霍邱 dans la province du Nganhoei, en 1902, il fit ses études en France. Depuis 1926 il fut membre actif de la Société "Sans Nom". Atteint de phtisie il mourut dans un hôpital de Pékin en 1932.

Il est connu surtout pour ses traductions du russe: 外套 The Cloak, par N.V. Gogol; 黃花集, poésies de l'Europe septentrionale; etc...

Li Tsi-ye 李霽野: Originaire de Houok'ieou 霍邱 comme le précédent, il collabora avec lui à la direction de ce groupe; il est connu aussi pour son travail de traduction d'auteurs russes: 往星中黑假面人, par I. Andreev; 被侮辱的與被損害的, "The Insulted and Injured", par F. Dostoiewski; 不幸的一羣, "An Honest Thief" par Dostoiewski; "Marseillaise" par Andreev; etc...

Wei Ts'ong-ou 韋叢蕪: Originaire de la même ville que les deux précédents, il étudia à l'Université Yen-ching, collabora à la Société et est connu aussi pour ses traductions du russe: 窮人, "Poor People" par F. Dostoiewski; 罪與罰 "Crime and Punishment" par le même; 張的夢, "The Dream of Chang", par J. Bonin; etc...

Ts'ao Tsing-hoa 曹靖華: Originaire de Louche 盧氏 dans la province du Honan, il naquit en 1897. Il obtint son diplôme à l'Université Orientale de Moscou (東方大學), puis devint professeur à l'Université Sun Yat-sen de Canton, mais travailla surtout à faire connaître la littérature nouvelle de la Russie et devint le héraut de la littérature prolétarienne en Chine.

En 1935 il vint à Pékin et obtint le poste de professeur à l'Institut de Littérature pour jeunes filles, attaché à l'Université Nationale de Pékin. En même temps il était professeur à l'Université Chinoise (中國大學).

Parmi ses ouvrages citons: 鐵流, "Sheleznyipotok" par S.A. Serafimovitch, 1931: 慈貨, par A. Neverov; 不走正路的安得倫, par Anderin; etc...

Yang Tchen-wen 楊震文, connu aussi sous le nom de *Ping Tch'en* 丙辰: Né à Nanyang 南陽 au Honan, en 1891, il étudia à l'Université de Berlin en Allemagne. Rentré en Chine il fut successivement professeur et doyen du Département de Littérature Allemande de l'Université Nationale de Pékin, puis professeur à Ts'ing-hoa et à l'Institut de Littérature de l'Université Nationale. Parmi ses traductions nous trouvons: 強盜 (J.C.F. Schiller); 軍人之福 (G.E. Lessing); 費爾利克小姐 (F. Dahn); 獺皮 (Hauptman); etc...

Kao Tch'ang-kiang 高長江: Originaire du Chansi, il travailla d'abord avec Lou Sin, Wei Ts'ong-ou et d'autres à la direction de la revue "Mang-yuen" 莽原. Lorsque celle-ci changea de nom pour devenir la 未名社半月刊 en 1926, Kao tomba en désaccord avec les autres rédacteurs et se retira. Avec son frère Kao Ko 高歌 et Hiang P'ei-liang

向培良 il commença la Société "Tempête" (狂飆社), et édita successivement les revues "K'oang-piao-tcheou-k'an" 狂飆週刊 et "Tch'ang-kiang-tcheou-k'an" 長江週刊.

En 1930 il quitta la Chine. Depuis lors il ne produisit guère plus d'oeuvres littéraires.

On a de lui: 光與熱, 1927, 開明; 時代的先驅; 從荒島到林原, 1928, 遊峰, 1928, 泰東; 實生活, 1928, 現代; 心的探險; etc..

Tai Wang-chou 戴望舒: Il fit ses études à l'Université l'Aurore de Shanghai et s'y spécialisa en littérature française. Dans ses poésies il tâcha d'imiter le symbolisme français mêlé à l'impressionnisme américain; ainsi il lança un genre poétique nouveau en Chine, connu sous le nom de 現代派詩. Vers 1934 il fit un voyage en France. En 1912 il était rédacteur de la rubrique littéraire du journal "Ta-kong-pao" 大公報 à Hongkong.

Parmi ses oeuvres il faut citer: 雨巷 qui le mit en évidence dans le monde des Lettres; 望舒草, poésies, 1935; 我的記憶, poésies, 1931, 東華.

Parmi ses traductions: 比利時短篇小說集, 1935, Commercial Press; 意大利短篇小說集, ibid.; 法蘭西現代短篇集, 1934, 天馬; 少女之誓, Atala et René par F.R. de Chateaubriand, 1928, 開明; 西萬提斯的未婚妻, La Fiancée de Cervantes, par J. Azorin, Espagnol, 1930, 神州; 高龍巴, Colomba, par P. Mérimée, Français, 1925, 中華; etc...

Hoang Sou-jou 黃素如 mieux connue sous le pseudonyme de *Pai Wei* 白薇: Originaire de la province du Hounan, elle est connue comme romancière et mieux encore comme dramaturge. Elle est la femme d'un littérateur bien connu, Yang Sao 楊騷, qui partageait ses idées sociales et travailla avec elle dans la même Société.

En 1926 elle publia sa première pièce de théâtre: 琳麗, Commercial Press, drame en vers en trois actes. L'auteur y exalte l'amour comme le ressort vital de l'homme: "Supprimez l'amour, et la vie devient terne et fade, elle ne vaut plus la peine d'être vécue..." dit-elle.

Puis vient 訪雯, comédie en un acte qui célèbre l'amour d'un coeur pur et noble. Ensuite 愛網, roman qui traite du même sujet, édité sous le pseudonyme Tch'ou Hong 楚洪.

Après son retour du Japon, une ère nouvelle s'ouvre pour elle. Les rêves de jeunesse s'évanouissent peu à peu. Elle commence à prendre contact avec les réalités de la société actuelle. En 1928 elle publia dans la revue "Pen-lieou" 奔流 une série de drames sociaux sous le titre: 打出幽靈塔. Puis vinrent successivement 革命神的受難, drame en un acte, qui critique aigrement les faux-révolutionnaires. 薔薇酒, drame en un acte, critique du militarisme; 姨娘, drame social en un acte; 假洋人 attaque contre le dilettantisme.

Après 1930 elle écrivit encore: 炸彈與征鳥, 1930, 北新; 昨夜, 1934, 前緹, en collaboration avec son mari; etc...

La tendance générale de Pai Wei est le mécontentement social et l'opposition à la bourgeoisie aristocratique. Elle veut mettre à nu les plaies intimes, cachées sous le masque d'une fausse honnêteté. (Cfr. 王哲甫 o.c. p. 250; 現代中國女作家, o.c. p. 157, sq.)

A côté de ces auteurs principaux, signalons encore quelques auteurs d'ordre secondaire dans la Société "Sans Nom": Che Tsi-hing 史濟行 Yao Tch'ao-hoa 傀超華; Suen Song-ts'iuen 孫松泉; et d'autres.

12. LA LIGUE DES ECRIVAINS DE GAUCHE: 中國 左翼作家聯盟 ET LE NEO-REALISME: 新寫實主義.

En 1927 Tch'eng Fang-ou, alors professeur à l'Université Sun Yat-sen de Canton, publia un article intitulé "De la révolution littéraire à la littérature révolutionnaire" dans lequel il prétendait développer les principes de la littérature prolétarienne. Il voulait par là déclencher un mouvement littéraire qui embrasserait tout le champ littéraire nouveau et se déroulerait autour de la Société "Création" et de la Société "Le Soleil" (太陽社). Le programme en était: propager la littérature révolutionnaire, combattre l'individualisme, propager le néo-réalisme communiste (Cfr. 郭沫若: 革命與文學; 何提: 個人主義執術的滅之; 穆木天: 寫實主義 文學). L'activité de ce groupe se limitait cependant pratiquement à la province de Canton.

Entre-temps un mouvement similaire se dessine dans le nord de la Chine, centré autour de Lou Sin et de la revue "Yu-seu". Cette tendance vient s'opposer à "la littérature de salon" et à "la littérature de la tour d'ivoire" des principaux membres de la Société "Le Croissant". Le groupe de Pékin ne se montrait cependant pas si radical que celui de Canton. Lou Sin défendit plutôt un néo-réalisme issu du réalisme social. Ni lui, ni la plupart de ses amis ne sont communistes, ils n'ont rien à faire avec la Troisième Internationale. Ils attaquent même l'ingérence de Moscou dans les affaires chinoises et combattent aussi les principes communistes du matérialisme historique et de la lutte des classes comme unique solution de la question sociale. Leur idéologie est cependant visiblement influencée par la doctrine menchéviste (minimaliste) de Plechanow et Lunacharsky, qui mettaient le communisme agraire à l'avant-plan et insistaient plus sur un humanitarisme universel que sur l'internationalisme et l'anti-impérialisme militaire, social et religieux exploité par les bolchevistes (extrémistes). (Cfr. Lou Sin. 二心集 pp. 74-96).

L'article de Tch'eng Fang-ou, commenté ensuite par Kouo Mo-jo, provoqua des disputes très âpres entre les diverses écoles de littérature. Lou Sin défendant une sentence moyenne, se trouva exposé aux traits des deux camps adverses; batailleur habile et courageux il soutint la lutte vaillamment durant deux années, mais les règlements de police mirent fin à ces disputes venimeuses.

La victoire du Kouo Min Tang inaugura une ère de "purge communiste et anti-Kouo Min Tang". En 1934, les communistes se concentrèrent dans les provinces du Hounan-Kiangsi sous la conduite de Mao Tse-tong 毛澤東. Bientôt ils durent abandonner leur fief; poursuivis qu'ils étaient par les armées du gouvernement, ils entreprirent leur exode fameux vers le Chensi. A travers toute la Chine, mais spécialement dans le sud, l'idéologie communiste et anti-Kouo Min Tang fut traquée systématiquement par les censures de la police gouvernementale. Les agitateurs politiques disparurent sans laisser de traces. Les prisonniers politiques furent nombreux. La censure gouvernementale de la presse était sans pitié tant pour la propagande communiste proprement dite que pour tous les écrits sympathiques au parti de l'opposition. Lou Sin nous rapporte dans un de ses Miscellanea (且亨雜文 p. 153) qu'en 1934 "le bureau de la Propagande Centrale prohiba un grand nombre de livres, en tout 149 volumes de ceux qui étaient les plus en vogue. Les ouvrages des auteurs de la Ligue de Gauche y figuraient presque tous, même plusieurs traductions étaient du nombre, entre autres, les oeuvres de Gorky, de Lunacharsky, de Fedin, de Fadeev, de Serafimovich, de U. Sinclair, de Maeterlinck, de Sologrub et de Strindberg..." 中央宣傳委員會也查禁了一大批書，計一百四十九種。凡是銷行較多的，幾乎都包括在裡面。中國左翼作家的作品，自然大抵是被禁止的，而且又禁到譯文，要舉出幾個作者來，那就是高爾基，Gorky，盧那卡爾斯基，Lunacharsky，斐定，Fedin，法捷耶夫，Fadeev，綏拉斐摩維支，Serafimovich，辛克萊，U. Sinclair，其而至於梅迪林克，Maeterlinck，檢羅克勃 Sologrub，斯忒林培克，Strindberg.)。 Shanghai et Canton étaient les centres principaux des répressions. Pékin n'occupait qu'une place de moindre importance. Cela s'expliquait par le fait qu'un grand nombre d'intellectuels communistes s'étaient réfugiés à Shanghai après la défaite du gouvernement de Hankow en 1928, et continuaient en cachette leur activité de propagande à l'abri des concessions étrangères, surtout la française. Leur bannissement et les règlements sévères du gouvernement excitèrent l'ardeur chez les uns, et chez plusieurs membres du groupe "Yu-seu" augmentèrent la compassion pour l'humanité souffrante.

C'est en raison de ces circonstances que la Ligue des Ecrivains de Gauche fut fondée le 2 mars 1930 à Shanghai. Elle compta environ cinquante membres dont les plus connus furent: Lou Sin, Yu Ta-fou, T'ien Han, Ts'ien Hing-ts'uen, Chen Toan-sien, Fong Nai-tch'ao, Tsiang Koang-ts'e, P'ong K'ang, Ting Ling, Kong Ping-lou, Hong Ling-fei, Hou Ye-p'in, etc... La juxtaposition de ces noms nous indique clairement qu'il s'agissait là plus d'un front uni, avec quelques idées communes, que d'un groupe compacte à programme uniforme et à tendances homogènes, et que par conséquent il serait injuste de leur appliquer le qualificatif de "communiste" sans autre distinction.

La Ligue se proposait d'étudier trois questions spéciales dans des commissions séparées: 1° Les principes de l'art et de la littérature marxiste; 2° La culture mondiale, surtout russe, en accord avec le programme de la Société "Sans Nom"; 3 La vulgarisation de l'art et de la littérature (文藝大衆化).

Wang Tche-fou (o.c. p. 85) donne une définition de la littérature révolutionnaire qui correspond assez bien à l'idée de certains auteurs affiliés à ce mouvement, mais qui n'est cependant pas généralement admise par les membres de la Ligue des Ecrivains de Gauche: "La littérature révolutionnaire est celle qui s'est développée en accord avec l'évolution historique et avec le cours des changements économiques de la société actuelle. Elle prend pour point central l'idée et la conscience de la classe prolétarienne. Elle choisit pour objet de ses descriptions la vie de la communauté prolétarienne. Ainsi elle a la tâche de conduire cette classe du peuple vers le but final..." (革命文學是隨歷史進化的原則，隨着經濟社會的變遷，而產生的一種新的文學，以無產階級的思想與意識爲它的內容，以無產階級的大衆生活爲描寫的對象，而能領導無產羣衆向着最後的方向進行的文學)

Comme principaux organes littéraires on peut noter: "Mong-ya" 萌芽, "T'ouo-hoang-tche" 拓荒者; "Hien-tai-siao-chouo" 現代小說, "Ta-tchong-i-chou" 大眾藝術, "Che-kiai-wen-hoa" 世界文化, "Pei-teou" 北斗 "Wen-hiue-yue-pao" 文學月限, etc.

Dans la séance de fondation Lou Sin explique les principes directeurs de la Ligue (二心集 pp. 49-58): La Ligue veut prendre une part directe à la lutte sociale (和實際的社會鬪爭接觸). Contrairement à l'attitude antérieure des littérateurs et des poètes, qui se tenaient éloignés de la mêlée réelle et se contentaient généralement d'un socialisme de salon, ils veulent dorénavant être réalistes et tenir compte des circonstances concrètes de la révolution. Les membres de la Ligue ne doivent pas rêver d'une révolution utopique et romantique, à la façon des socialistes du siècle passé, qui faisaient miroiter devant les yeux des dépossédés un paradis terrestre à venir qui serait, pour employer le langage apocalyptique hégélien, "la synthèse, succédant à la thèse (le capitalisme oppresseur) et à l'antithèse (la révolution)". Dans ce paradis les littérateurs et les poètes seraient vénérés comme des dieux. L'histoire a démontré que de tels rêves mènent inévitablement à la désillusion, au désespoir, à la ruine et au suicide. Il faut être bien convaincu que la révolution est douloureuse, qu'elle demande du sang et exige des morts, et que même après la victoire il n'y aura pas de repos. Il faudra continuer à travailler et à souffrir pour le bien commun, parce que la lutte est inhérente à la vie, et le sera toujours.

Lou Sin résume les positions générales de la Ligue en disant: Nous voulons engager la lutte contre la vieille société impérialiste. Cette lutte sera intégrale, ardente et persévérante. Nous la mènerons jusqu'au bout sans capitulation ni compromis, car les compromis divisent les forces et sont le début de la défaite.

Le but de la Ligue est de répandre ces principes par la plume et de former des écrivains capables de continuer et d'étendre partout ces convictions, tant par des oeuvres originales que par des traductions.

Avant 1930, continue Lou Sin, les révolutionnaires étaient trop soviétiques, ils copiaient trop aveuglément les méthodes russes, sans les adapter aux circonstances spécifiques de la société chinoise. (二心集, p. 132). De plus, la vie privée de certains démagogues de la révolution ne correspondait pas à l'idéologie qu'ils prêchaient. Il leur manquait la sincérité. Tch'eng Fang-ou, par exemple, se représentait la révolution comme une terreur prolongée, proposant qu'après la victoire finale tous les antirévolutionnaires soient passés au fil de l'épée, et les auteurs non-révolutionnaires bannis du terrain social et littéraire. Ce terrorisme, dit Lou Sin, est à condamner. La révolution ne veut pas la mort mais la vie. (Ibidem. p. 142).

Dans la bouche de Lou Sin et de ses amis, ces théories inspirées de Boukanief, Lunacharsky, Kropotkine et d'autres, sont une nouveauté pour la Chine de 1930. (二心集 pp. 74, 113,137). En fait plusieurs auteurs avaient déjà défendu ces théories depuis 1911. Li Che-tseng 李石曾 les avait apportées de France où on leur donna le nom d'anarchisme. Elles furent cependant de nouveau mises à l'ordre du jour en

Russie après la victoire politique de Staline sur Trotzky en 1927, mais plus ou moins adaptées aux circonstances nouvelles; depuis lors elles rentrèrent de nouveau peu à peu en Chine.

On veut parfois identifier la littérature révolutionnaire ou prolétarienne avec les romans néo-réalistes (新寫實主義的小說) qui ont pour sujet l'oppression du peuple, la tyrannie, les résistances et les révoltes. Sans vouloir les identifier complètement, on ne peut s'empêcher de reconnaître aux deux mouvements plusieurs points de ressemblance. Tch'en Chao-choei détermine assez clairement la physionomie du néo-réalisme et sa parenté avec le mouvement des écrivains de gauche. (Cfr. 陳勺水, 論新寫實主義 où il renvoie à son article 現代的世界左派文壇 dans la revue 樂羣, vol. I, n° 3):

"On est parfois enclin à penser que la description du mécontentement, de la colère et de l'opposition des prolétaires envers les propriétaires constitue l'essence du néo-réalisme. Il n'en est cependant rien. De pareilles descriptions peuvent bien satisfaire les goûts romantiques de quelques jeunes audacieux; ils peuvent bien fomenter l'esprit de mécontentement et de révolte, mais ils ne donnent aucune directive positive pour la vie, ni bons sentiments, ni consolations, ni lumières. La vie n'est pas guidée par la haine ou l'amour simplement. De tels auteurs ne sont pas à ranger parmi les néo-réalistes, car, bien qu'ils s'appuient sur la réalité des choses, ils n'en restent pas moins au niveau du romantisme réaliste". (寫實的浪漫主義).

"Il y en a qui pensent que les descriptions de la vie des prolétaires, tragique, noire et odieuse, sont des produits du néo-réalisme. Si cela était vrai, le néo-réalisme aurait déjà existé au 19ième siècle; les écrivains naturalistes comme Zola, ont en effet déjà décrit d'une manière poignante la vie dure des prolétaires; mais ces écrits étaient passifs, pessimistes et pleins de désespoir. Ils ne correspondent nullement au caractère des prolétaires du 20ième siècle."

"D'autres ouvrages décrivent le prolétaire idéal et modèle, sa vie et sa conduite. Ces écrits ont peut-être l'avantage d'introduire une note optimiste et d'enseigner au peuple comment il doit penser et agir; mais ils appartiennent au domaine de l'idéal et du rêve, et comme tels n'ont pas de place dans le néo-réalisme. Ce sont simplement des ouvrages de propagande".

"D'autres encore ne décrivent la vie des prolétaires que pour avoir l'occasion de développer leurs théories sur le mouvement ouvrier. Ils introduisent dans leurs récits des capitalistes, et leur infligent des litanies entières de malédictions et d'insultes. Ce genre-là n'appartient pas non plus au néo-réalisme; il constitue une autre forme de propagande".

"Il y a enfin toute une série d'auteurs qui se disent réalistes, et décrivent les imperfections et les vices de la société contemporaine, l'impérialisme, le capitalisme, la politique, etc... (Tchang Hen-choei est le type de cette catégorie). On ne peut cependant pas les appeler néo-réalistes, parce qu'ils ne s'adressent pas aux sentiments ni à la volonté de leurs lecteurs pour leur communiquer de l'ardeur et de la force vitale".

Parmi les marques distinctives du néo-réalisme, Tch'eng Chao-choei indique les descriptions qui se tiennent sur le plan social et communau-

taire et ne considèrent pas le héros individuel. Cette attitude est, selon
lui, adaptée à l'état actuel et peut inspirer la psychologie des masses.
Il admet que l'auteur devra procéder à l'analyse et à la description de
caractères individuels, mais rappelle qu'il devra le faire, non en vue de
l'individu lui-même, mais seulement au point de vue de sa place dans le
cadre de la communauté. Une autre caractéristique du néo-réalisme est
qu'il ne décrit pas uniquement des milieux et des intrigues (環境, 境遇),
mais aussi l'activité de la volonté (意志), dans le but de susciter parmi
les prolétaires une recrudescence d'activité vitale, qui soit capable de
transformer le milieu traditionnel. Le néo-réalisme ne décrit pas non
plus les caractères (性格) pour l'intérêt psychologique qu'ils présentent,
mais comme un moyen de traduire la vitalité de la société. Il ne considère
d'ailleurs pas la nature humaine sous son aspect individuel, mais seulement comme une partie de la communauté; c'est pour cela que dans les
romans néo-réalistes souvent il n'y a pas de personnage principal.

Pour pouvoir se dire néo-réaliste, une oeuvre doit encore posséder
une certaine ardeur de sentiment (情熱) et tendre à relever le sens
esthétique du lecteur. Il ne s'agit pas ici d'un esthétisme théorique ou
artistique, apanage d'une élite, que la masse du peuple ne saurait comprendre ni goûter. Il est au contraire question d'un sentiment qui pousse
le peuple vers tout ce qui peut accroître le bien-être social.

Le néo-réalisme enfin a pour fondement la vérité et la réalité; il
ne laisse aucune place aux idéalismes abstraits (夢想派); le seul idéal
(理想) qu'il admette est celui qui part des faits, reste vraisemblable, tient
compte de toutes les circonstances actuelles et est vraiment réalisable.
Tout idéal qui ne remplit pas ces conditions est vain et nuisible et doit
être rejeté.

Les événements politiques empêchèrent les écrivains de cette école
de développer et d'exécuter les plans qu'ils avaient conçus. Le régime
du front uni leur donna bien, à partir de 1936, quelque liberté de parole,
mais leur attention et leurs forces sont depuis cette date entièrement
absorbées par une autre tâche plus pressante: la littérature de guerre.

Parmi les écrivains les plus représentatifs de cette école il faut
citer:

Tchao P'ing-fou 趙平復 ou *Jeou Che* 柔石: Naquit à Chement'eou
市門頭, Ninghaihien 寧海縣 dans la province du Tchekiang en 1901, d'une
vieille famille de lettrés que le malheur des temps avait réduite à la pauvreté. Ses parents vivaient du produit d'un petit commerce, et P'ing-fou
ne put commencer ses études qu'à l'âge de dix ans. En 1917 il entra à
l'école normale de Hangtcheou. Immédiatement il montra son intérêt
pour les lettres en entrant dans un cercle littéraire, le "Tch'en-koang-che"
de Hangtcheou (杭州晨光社). Après avoir obtenu son diplôme d'instituteur, il enseigna dans diverses écoles, produisant à ses heures de loisirs
des nouvelles et des essais, entre autres 瘋人, qui fut édité à Ningpouo.

En 1923 il vint s'établir à Pékin comme élève libre de l'Université
Nationale. Au bout de deux ans il retourna au Sud et obtint le poste de
préfet d'études dans une école secondaire. (鎮海中學). Sa mauvaise

santé — il était phtisique — l'obligea à se retirer de l'enseignement, mais il continua à s'occuper de la jeunesse à Ninghai, en lançant une revue destinée aux jeunes étudiants (寧海中學). En 1926 il fut nommé directeur du Bureau de l'enseignement public de son district (教育局長) et s'acquitta avec zèle de ces fonctions. En avril 1928 il fut mêlé à certaines rébellions, rapidement réprimées d'ailleurs, qui éclatèrent un peu partout dans la contrée. L'école de Ninghai ayant dû fermer ses portes il alla s'installer à Shanghai et y consacra tout son temps à la littérature. Il s'appliqua, par des articles dans la revue "Yu-seu," à faire connaître en Chine les littératures étrangères, principalement celles du Nord et de l'Est de l'Europe.

En 1930 il devint membre de la Ligue des Écrivains de Gauche. Son ardeur au service de la littérature prolétarienne fit rapidement de lui une des figures les plus en vue de la Ligue. La même année il représenta son groupe littéraire au Congrès Soviétique National (全國蘇維埃區域代表大會). Peu après il publia 一個偉大的印象. En 1931 la purge communiste mit fin à sa carrière révolutionnaire. Il fut arrêté le 17 janvier et exécuté le 7 février suivant.

Il publia plusieurs pièces de théâtre, entre autres: 人間的喜劇, et des romans, parmi lesquels: 舊時代的死; 三姊妹二月; 希望, etc. Enfin il fit plusieurs traductions de Lunacharsky, Gorky et d'autres auteurs russes.

T'ai Tsing-nong 臺靜農: Né en 1902 à Houok'ieou 霍邱 dans la province du Nganhoei, il fit ses études à l'Université Nationale de Pékin et fut pendant cinq années professeur agrégé et secrétaire de l'Université Catholique de Pékin. Deux fois il fut emprisonné pour cause de sympathies communistes. En 1942 il était professeur à l'Université du Seutch'oan. Il fut membre actif de la Société "Sans Nom" et publia dans l'organe de cette société plusieurs romans dans lesquels il s'insurge contre le régime gouvernemental, comme 地之子, 建塔者; etc.

Ts'ien Hing-ts'uen 錢杏邨 connu aussi sous les noms de *Ah Ing* 阿英 et de *Wei Jou-hoei* 魏如晦: Originaire de la province du Nganhoei, il est connu surtout pour ses travaux de critique littéraire. Il est l'auteur de: 現代中國文學作家, 2 volumes, 1929-1930, 泰東; 創作與生活, 良友, 安特烈夫評傳, 文藝書店; 現代中國文學論, 合衆社; 中國新文學運動史, 光明; 現代中國女作家; etc. Son 史料索引, édité dans la série 中國新文學大系. 1933, sous le nom de Ah Ing, restera un livre indispensable pour l'étude de la littérature contemporaine.

Ts'ien Hing-ts'uen est connu aussi comme auteur. Dans ses critiques comme dans ses oeuvres littéraires il se tient toujours sur le plan de la littérature prolétarienne et du marxisme léniniste. Il publia ses oeuvres surtout dans les revues de gauche: "T'ouo-hoang-tche" 拓荒者, "T'ai-yang-yue-k'an" 太陽月刊, "Hien-tai-siao-chouo" 現代小説, "Hai-fong-tcheou-pao" 海風週報, "Sin-sing" 新星, etc.. Parmi ses productions littéraires il faut noter: 義塚; 一條鞭痕; 暴風雨的前夜; 餓人與飢鷹 où il décrit l'oppression des classes ouvrières par les capitalistes et excite ainsi à la révolution. (Cfr. 王哲甫 o.c. p. 239-240; 文藝自由論辯集 par, 蘇汝 1932, 現代).

142

Il essaya aussi le théâtre; son 不佞城, édition 湖鋒社, Lichoei, Tchekiang, 1940, est un drame social en trois actes. Fade, sans intérêt ni valeur littéraire, il est encombré d'idéologies communistes. Fidèle au programme proclamé par la littérature révolutionnaire de 1927 il en possède toutes les caractéristiques particulières. On connait de lui d'autres drames tels que: 滿城風雨, 翠鸞鳳飛, 碧血花, 海國英雄, 楊娥傳, etc.

Tsiang Koang-tch'e 蔣光赤 ou Koang-ts'e 光慈: Né à Houok'ieou 霍邱 dans la province du Nganhoei en 1901, il fit ses études à l'Université Orientale de Moscou. Il s'y spécialisa surtout dans la nouvelle littérature russe; rentré en Chine, il devint le héraut de la littérature révolutionnaire. Bien avant les autres il fit paraître sur ce sujet, dans la revue "La Jeunesse Nouvelle", un article intitulé "La révolution prolétarienne et la littérature" (無產階級革命與文學). En 1925 il devint professeur à l'Université de Shanghai, patronnée par Tch'en Tou-sieou, et commença ses activités littéraires dans les revues "Tch'oung-tsao-yue-k'an" 創造月刊, "Wen-hiue-tcheou-pao" 文學週報, "Hong choei" 洪水, etc...

Au début de 1928 il fonda à Shanghai la Société "Le Soleil" et lança la revue "T'ai-yang-che-yue-k'an" 太陽社月刊, éditée dans l'imprimerie Hien-tai 現代, en collaboration avec Ts'ien Hing-ts'uen, Yang Ts'uen-jen, Mong Tch'ao 孟超, Sin Lei 迅雷 et d'autres. En 1929 la revue fut supprimée par ordre du gouvernement. En 1930 Tsiang fonda la revue "T'ouo-hoang-tche" 拓荒者 avec les mêmes collaborateurs. C'est le "T'ai-yang-che" renouvelé sous un autre nom. Mais six mois après cette revue fut supprimée aussi. (Cfr. 楊之華, 文壇史料, éd. 中華日報, 1943, p. 392). En même temps Tsiang collabora aux revues "Sin-lieou" 新流, "Che-tai-wen-i" 時代文藝, et bien d'autres à tendances communistes.

Faible de constitution il mourut de consomption dans un hôpital de Shanghai le 31 août 1931, assisté seulement d'une infirmière amie, Ou Seu-hong 吳似鴻

Ts'ien Hing-ts'uen, qui lui-même est du parti de gauche, donne une critique assez juste de l'oeuvre de Tsiang Koang-ts'e. (現代中國文學作家 vol. I. pp. 142-186, édition 1928). "On peut comparer Tsiang Koang-ts'e à l'auteur russe moderne Demian Bedny. Celui-ci s'identifie avec la masse du peuple. Il n'estime jamais qu'il doive s'élever au-dessus d'elle en qualité de littérateur. Les poésies qu'il a composées sont toutes liées à la réalité des choses. Elles sont, pour ainsi dire, faites sur commande. Quand la collectivité souffre d'un besoin, il saisit la plume et écrit. Il manie simplement son pinceau comme les ouvriers et les laboureurs manient leurs outils de travail: dans un but uniquement réaliste et concret. Au point de vue esthétique ses poésies ont bien des défauts, car il n'emploie que le langage ordinaire du peuple, mais cela ne le préoccupe pas. Il n'est que le combattant de la masse du peuple. Il traduit les plaisirs et les tristesses du prolétariat. C'est là un résultat que beaucoup de grands littérateurs n'ont jamais obtenu. Les critiques littéraires le malmènent, l'excluent même du champ clos de la littérature. Soit, mais les ouvriers, les soldats, les paysans le vénèrent, le regardent comme leur poète, celui dont ils ont besoin. Tsiang Koang-ts'e a fait une oeuvre analogue. Les critiques littéraires l'ont traité de la même façon, et de fait, sa valeur littéraire n'est pas très élevée. Mais il a compris le peuple."

Dans toutes ses oeuvres on respire une atmosphère de communisme fanatique et un érotisme dégoûtant et cruel. On ne s'étonnera pas dès lors, que la plupart de ses livres furent mis à l'index par le gouvernement. Un exemple illustrera ce jugement: Dans son livre 衝出雲圍的月亮, 1930, il raconte l'histoire d'une jeune fille exaltée par le communisme de la Troisième Internationale. Elle en espère "l'émancipation radicale" de la Chine. En 1928 elle voit cependant le communisme défait par le Kouo Min Tang. Elle désespère du changement radical rêvé. Sa désillusion se tourne en aigreur, en haine pour la société: "Si nous ne pouvons vaincre le monde, nous pouvons du moins aider à détruire la société par le mécontentement social, en soudoyant les gens, même par la prostitution..." (o.c. p. 86). Elle trouve un plaisir diabolique à séduire des jeunes gens de la bourgeoisie. "Et, quand nous ne pouvons plus même faire cela, suicidons-nous. C'est la manière suprême de porter encore un coup à la société". (o.c. p. 87) En tout cas la seule raison de vivre c'est la haine et la vengeance: faire le mal, corrompre autant de gens que possible pour ruiner la société.

Le même esprit, mais plus sensuel encore souffle dans son livre 三對愛人兒, 1932.

Le premier livre qui sortit de sa plume fut un recueil de poésies: 新夢, 1925, 上海书局. Ce livre fut composé durant ses études à Moscou. Puis vint 哀中國, 1925, 新青年版, collection de poésies composées après son retour à Shanghai. En 1927 il réédita ces deux livres réunis en un seul volume intitulé 戰鼓. Sans valeur littéraire aucune, ces deux livres sont remplis de cris exaltés et de louanges frénétiques pour la Russie bolcheviste. On n'y rencontre aucun doute, aucun soupçon, aucune hésitation. C'est l'idéalisme irréel en plein. Les trois éditions furent mises à l'index par le gouvernement. Après son retour en Chine, l'auteur prit contact avec la situation réelle du pays et dès lors le doute et l'anxiété se font jour.

La même année l'auteur commença une grande trilogie révolutionnaire: 革命青年三部曲, où il développe les trois étapes vers l'accomplissement de la révolution complète.

少年飄泊, 1925, 亞東: où l'auteur nous met en contact avec la jeunesse de la première phase. On y respire le doute universel, sans issue. On pressent la nécessité d'une révolution. Mais quand et comment?

鴨綠紅, 1926, fait un pas de plus. L'auteur a assisté à la fusillade de Shanghai, le 30 mai 1925, et au mouvement ouvrier de la grande ville. Dans cet ouvrage on assiste aux débuts de ce mouvement nouveau. Où va-t-il conduire? Tsiang n'en semble pas encore conscient. Mais il veut être le meneur des jeunes gens dans la lutte qui commence: "Amis, ne m'appelez pas poète, je ne suis que la trompette qui vous excite à la lutte pour la gloire. Quand vous aurez remporté la victoire, mon devoir est terminé", déclare-t-il dans la préface de ce livre.

短裤黨, 1927, 泰東 vint l'année suivante. Le plan de bataille est prêt maintenant: Ouvriers, agents révolutionnaires, soldats et jeunesse, tous doivent travailler ensemble à l'oeuvre de la révolution. Dans cet ouvrage l'auteur montre surtout l'activité de la jeunesse, les sacrifices qu'elle sait faire pour le triomphe de la cause.

Après 1927 Tsiang Koang-ts'e se retira à Hankow. De nouveau il élabore une trilogie qui se jouera dans le cadre de la capitale rouge. Dans 野祭, 1927, 創造社, il décrit le sacrifice d'une jeune fille révolutionnaire. Le roman est construit autour d'une histoire d'amour mais on y respire fortement l'atmosphère et l'activité révolutionnaire communiste. Vient ensuite 菊芬, qui traite le même sujet, puis 哭訴, un recueil de poèmes sentimentaux qu'il adresse à sa mère, mais où il flétrit les injustices sociales des sept dernières années en Chine. Surtout dans cette dernière oeuvre il est trop sentimental et abonde en slogans révolutionnaires (標語口號).

Ensuite parait 罪人, qui reunit toutes les exagérations bonnes et mauvaises éparpillées dans les ouvrages précédents.

Entre-temps il composa encore 紀念碑, 1927, qui n'est qu'une double série de lettres de l'auteur à sa femme Song Jo-yu 宋若瑜 pour commémorer son décès en 1927. 異鄉與故國, composé après son voyage au Japon en 1929. 脆弱的哀怨; 最後的微笑; 一週間, traduction du Russe Y.N. Libendinsky: The Week; 愛的分野, traduction du Russe P. Romanov: The New Commandant; 冬天的春笑; etc...

En dehors des romans on a encore: 俄羅斯文學, 1927, 創造社. La première partie est une étude sur la nouvelle littérature russe par lui-même; la seconde une étude sur l'ancienne littérature russe par K'iu Ts'ieou-pe 瞿秋白, professeur comme lui à l'Université de Shanghai.

Comme on peut le constater aisément, dans toutes ses oeuvres il y a une direction unique; chacune d'elles semble avoir une place spéciale dans un plan bien déterminé. Tsiang ne veut pas être humoriste ni amateur de l'art pour l'art. Il n'a qu'un seul souci: la propagande révolutionnaire par la littérature. Pour la critique littéraire de son oeuvre nous laissons la parole à Ts'ien Hing-ts'uen: "... trivial, superficiel, grossier, incohérent, poèmes en slogans, trop raisonneur, pornographique, vide..." (... 粗俗，淺薄，矜持，句子不通，詩歌是標語口號，太重理論 ... 寫的太壞了 .. Cfr. o.c. p. 166. — Cfr. La critique de l'étude de Ts'ien Hing-ts'uen sur Tsiang Koang-ts'e dans 文藝自由論辯集 par 蘇汶, 1932, 現代, pp. 79 sq.)

Hiang P'ei-leang 向培良: Né à K'ienyang 黔陽 dans la province du Hounan, il est connu surtout comme critique littéraire et auteur dramatique. Ami de Kao Tch'ang-kiang, il travailla avec lui dans la Société "La Tempête" (狂飆社) mais se convertit dans la suite à la littérature nationaliste (民族主義文學).

Il est l'auteur de: 沈悶的戲劇; 光明的戲劇; 不忠實的愛巢; 飄渺的夢, 北新; 我離開十字街頭, 光華; 英雄與美人; 人類的藝術; etc...

Sie Ping-ing 謝冰瑩: Née à Sinhoa 新化 dans la province du Hounan en 1908, elle fit ses études secondaires à l'Ecole Normale de Tch'angcha, et entra ensuite à l'Ecole Militaire de Ou han (中央軍事政治學校); après y avoir obtenu son diplôme elle alla continuer ses études au Japon. Au temps du gouvernement de Ouhan elle suivit les troupes révolutionnaires dans le bataillon féminin de l'école militaire de Ouhan (中央軍事政治學校女生徒隊).

Elle décrivit ses expériences de camp dans un petit livre: 從軍日記, qu'elle publia par parties dans le Journal Central (中央日報), tandis que Lin Yu-t'ang le traduisit pour l'édition anglaise du même journal. C'est une oeuvre qui mérite à juste titre le qualificatif de "littérature révolutionnaire". Elle ne parut en volume séparé qu'en 1929, et fut traduite en français, japonais, russe et anglais (The Letters of a Chinese Amazon).

Autres ouvrages: 血流；干國村；偉大的女性，前路；從山集；中學生小說, édité dans 中學生書局；我的學生生活；一個女兵的自傳，etc

Hong Ling-fei 洪靈菲, connu aussi sous le pseudonyme de *Li T'ie-lang* 李鐵郎 et de *Han Tchong-i* 韓仲洕: C'est un représentant caractéristique de la littérature révolutionnaire et du néo-réalisme. On a de lui 流亡 où il raconte ses voyages aux Iles du Sud 轉變，歸家，地下室，手記, traduction de "Letters from the Underworld" par F. Dostoiewski, 賭徒 traduction de "Igrok, The Gambler" par F. Dostoiewski, etc

Yang Ts'uen-jen 楊邨人: Commença par écrire dans les colonnes du "Tch'en-pao-fou-k'an" 晨報副刊 en 1924, sans grand succès cependant. Bientôt il se rallia à Tsiang Koang-ts'e, Ts'ien Hing-ts'un et à d'autres auteurs de la littérature révolutionnaire.

On a de lui: 失蹤；狂瀾；戰線上；四女兵, etc

Chen Toan-sien 沈端先: Est connu dans le groupe des auteurs de gauche pour ses oeuvres de traductions. Entre autres: 平林泰子集, 1933, 現代；高爾基傳, 良友；敗北, 1930, 神州，奸細，北新；戀愛之道, 開明 et plusieurs traductions d'oeuvres japonaises. 沈醉的太陽, traduction de "Pijanoe Solnz" par F. Gladkov, traduction sur texte japonais 母親 traduction de "Mother" par M. Gorky; 戀愛之路, traduction de "Wege zur Liebe" par A. Kollontay, traduit sur texte japonais.

Ye Ling-fong 葉靈鳳: Originaire de Nankin il fut membre de la Société "Création" après 1925. Ayant commencé sa carrière littéraire dans les colonnes de la revue "Hong-choei" 洪水, il fonda bientôt le "Hoan-che" 幻社 avec P'an Han-nien et d'autres, et entra dans la direction de plusieurs revues: "Hoan-tcheou" 幻州, "Kouo-pi" 戈壁, "Hien-tai-siao-chouo" 現代小說, "Hien-tai-wen-i" 現代文藝, "Wan-siang" 萬象 etc...

Il est connu surtout pour ses descriptions de l'amour triangulaire pathologique et tragique. On a de lui: 菊子夫人, 1927. 光華；女媧氏之遺孽, 1927, ibidem; 鳩綠媚；紅的天使；處女的夢；白葉日記；天竹；靈鳳小品集 九月的玫瑰, nouvelles, traduites d'Anatole France et autres; 白利與露西, traduction de "Pierre et Lucie" par R. Rolland; 新俄短篇小說集, série de nouvelles russes; 蒙地加羅, traduction de "Monte Carlo" par H. Sienkiewicz; etc...

P'an Tse-nien 潘梓年: Né à Tch'angtcheou 常州 dans la province du Kiangsou en 1895, il est le frère ainé de P'an Han-nien 潘漢年. Il étudia la philosophie à l'Université Nationale de Pékin. Il est connu surtout comme idéologue communiste et pédagogue. Il fut professeur successivement à l'Ecole Normale de Paotingfou, à l'Université Franco-chinoise de Pékin, à l'Université Sino-russe, puis a diverses universités de Shanghai. Rédacteur du journal communiste "Sin-hoa-je-pao" 新華日報, il fut pris par la police gouvernementale le 14 mai 1933, en même temps que Ting Ling, et disparut.

Parmi ses oeuvres on a: 文學概論, 1933, 北新; 大塊文章, traduit de W.J. Burton, Anglais, 1927, 北新; 明日之學校, traduit de T. Dewey, Américain, 1924, Commercial Press; 動的心理學, traduit de R.S. Woolworth, Américain; 邏輯歸納法和演釋法, traduit de A.L. Jones, Américain, 1927; etc...

Tai P'ing-wan 戴平萬 nommé aussi *Wan Ye* 萬葉: Auteur néoréaliste et prolétarien, il écrit spécialement pour les enfants et les laboureurs révolutionnaires. Il est connu surtout pour ses oeuvres de traduction, entre autres: 求異者, traduction de "Samuel, The Seeker" par U. Sinclair.

Yao Chan-tsuen 姚杉尊, mieux connu sous le nom de *P'ong-tze* 蓬子 ou *Siao Ing* 小瑩: Originaire de Chaohing (紹興) dans la province du Tche-kiang, il prit part à la révolution littéraire de Pékin. Puis il devint directeur de la revue "Wen-hiue-yue-pao" 文學月報 à Shanghai, où il prit la tête parmi les auteurs de gauche en 1930. En 1939 il assista au Congrès pour la Culture Musulmane (回教文化研究會). En 1942 on le voit à Tch'ongk'ing dirigeant la "Littérature de la Résistance" (抗戰文學) dans la revue "Sin-wen-tsa-tche" 新文雜誌.

Il est connu comme romancier et traducteur. On a de lui: 銀鈴, 蓬子詩鈔; 剪影集, 1933, 良友; 結婚集, traduit du suédois "Giftas, (Married)" par J.A. Strindberg, 1929, 光華; 婦人之夢, traduit du français "Le Songe d'une Femme" par R. de Gourmont, 1930, 光華; 處女的心, traduit du français "Un Coeur Virginal" par R. de Gourmont, 北新; 飢餓的光芒, série de nouvelles traduites de L. Tourgenev, L. Tolstoï, M. Gorky, et F. Sologub; 小天使 traduit du russe "The Little Angel" par L. Andreev, 光華; 我的童年 traduit du russe "My Childhood" par M. Gorky, Commercial Press; 沒有櫻花, traduit du russe "No Cherry Blossom" par P. Romanov, 現代; 盜用公欵的人們, traduit du russe "Embezzlers" par V. Katayev; etc...

Tcheou K'i-ing 周起應: Originaire de Iyang 益陽 dans la province du Hounan. Les dernières années il était doyen du département de littérature à l'Institut Lou Sin à Yennan (延安, 魯迅藝術學院). Parmi ses oeuvres on compte: 餓饞的音樂, 良友; 果爾德短篇傑作選, traduction de l'Américain M. Gold, 1932, 辛墾書店; 大平生私生活, traduction de "Dog Lane" par L. Goomilevsky, 現代; 偉大的戀愛, traduction de "The Great Love" par A. Kollontay, 水沫; etc...

Notons, pour finir la série, quelques auteurs dont nous ne pûmes faire une recension plus précise mais qui se groupent néanmoins dans la Ligue des Auteurs de Gauche:

Li Cheou-tchang 李守章 connu pour son livre 跋涉的人們; Ye Yong-tchen 葉永蓁 avec son 小小的十年; Wei Kin-ki 魏金技 qui composa 七封信的自傳; Lieou I-mong 劉一夢, l'auteur de 失業以後; P'ong K'ang 彭康; Kong Ping-lou 龔冰廬; etc...

13. LA LITTERATURE NATIONALISTE: 民族主義文學.

Le parti Kouo Min Tang comptait dans ses rangs un bon nombre de jeunes gens, diplômés d'universités européennes ou américaines, imbus des théories pragmatistes, démocratiques et raciques en cours dans certains pays vers les années 1930. Rien d'étonnant donc que semblables idées s'implantassent en Chine. Les attaches politiques de ces littérateurs devaient fatalement provoquer une opposition violente de la part des écrivains de gauche. Ceux-ci les dénoncent comme "fascistes", les accusent de tendre à la destruction de toute liberté politique et idéologique. Ici les écrivains de gauche se trouvaient cependant en contradiction flagrante avec leurs propres principes d'exclusivisme littéraire. Ils reprochèrent aussi aux Nationalistes de défendre le capitalisme et l'impérialisme, en joignant à ces termes la signification spéciale que la propagande communiste leur donna depuis 1920.

Le mouvement en faveur d'une littérature nationaliste commença au mois de juin 1930. Dans ses statuts officiels il déclarait que "Deux dangers menaçaient la littérature chinoise d'alors: le conservatisme de quelques auteurs qui restent trop préoccupés de la tradition comme telle, et d'un autre côté, l'exclusivisme des auteurs de gauche, qui ne veulent qu'une littérature prolétarienne, et enchaînent les Beaux-Arts dans le cercle fermé des "Classes". Devant ces deux dangers la littérature nationaliste prétend prendre une position intermédiaire en disant: "Nous comprenons très bien qu'en fin de compte les oeuvres artistiques ne sont pas nées de la conscience individuelle d'un seul homme, mais de la conscience vitale de la race. Ce qui apparait dans une oeuvre n'est pas seulement le talent, l'art, l'esprit et la forme, mais aussi l'atmosphère de la race à laquelle l'artiste appartient. Dès lors la mission suprême de l'artiste est de développer l'esprit et la conscience de la race". (王哲甫 o.c. p. 85-86)

En fait la littérature nationaliste exalte le renouveau patriotique et la reconstruction nationale (復興中國). Elle est si étroitement liée à la politique qu'elle semble presque n'être qu'une des activités du parti de l'ordre. (Cfr. La critique qu'en fait Lou Sin dans son 二心集 pp. 148-166: 民族主義文學的任務和運命).

Parmi les auteurs les plus en vue il faut citer: Hoang Tchen-hia 黃震遐; Fou Yen-tch'ang 傅彥長; Sou Fong 蘇鳳, pseudonyme de Yao Keng-k'oei 姚庚夔; Kan Yu-k'ing 甘豫慶; Cha Chan 沙珊; Ki Tche-tsin 給之律; Wang P'ing-ling 王平陵; Fan Tcheng-p'ouo 范爭波; Tch'en Pao-i 陳抱一; Che Tche-ts'uen 施蟄存; et tous les auteurs qui se rangent autour des revues: "Kouo-min-tang-wen-i-yue k'an" 國民黨文藝月刊 et "Ts'ien-fong-yue-k'an" 前鋒月刊.

14. LA LIGUE DES AUTEURS LIBERAUX: 自由運動大同盟

La Ligue des Ecrivains de Gauche groupait les hommes de lettres
à tendances communistes et soviétiques. Poursuivis par la police, et
décimés par des exécutions périodiques, ils furent réduits à vivre cachés
jusqu'en 1936, lors de la formation du front uni. A l'autre extrême se
rangeaient les écrivains de Droite, ralliés au parti du gouvernement et à
la littérature nationaliste. Entre les deux se tenait toute une catégorie
d'auteurs qui, sans approuver le radicalisme de gauche, voulaient cependant rester en dehors des conflits de partis et défendre uniquement "la
Liberté en danger". C'est dans ce but qu'ils se réunirent en Ligue des
Auteurs Libéraux à Shanghai. Une des figures centrales fut Ts'ai Yuen-
p'ei, partisan éprouvé du Kouo Min Tang, mais en même temps bien connu
partout pour la largeur de ses vues politiques, philosophiques et littéraires.
Bien que tous luttassent pour la liberté en littérature, il y eut cependant
bien des divergences entre eux pour le reste du programme. D'aucuns
voulaient combattre le marxisme léniniste, d'autres en voulaient spécialement à la littérature prolétarienne ou à la littérature nationaliste. Les
uns sympathisaient avec la Gauche, d'autres continuaient les tendances
du gouvernement de Hankow. On y rencontra des Trotzkyistes ralliés
au parti de l'Opposition (反對派) de Tch'en Tou-sieou, et des anarchistes
qui prétendaient suivre Tolstoï. Plusieurs travaillaient en particulier à
faire connaître favorablement la Russie menchéviste de Plechanov, Bog-
danov, Andreev, etc... A leurs côtés on rencontrait enfin tout un groupe
de littérateurs plutôt indépendants: Hou Che, Lin Yu-t'ang, etc... Mais
l'objectif commun de tous était d'obtenir la liberté de parole dans une
république démocratique qui admet l'existence de partis opposés. En
plus, la plupart de ces écrivains s'évertuaient à propager les idées de résistance armée immédiate aux empiètements du Japon, bien que la politique du gouvernement fût de surseoir plutôt à toute action, aussi longtemps
que la pacification et l'unification internes de la Chine ne seraient pas
achevées. Cet état de choses obligea les auteurs libéraux à user de
beaucoup de prudence dans toutes leurs activités.

Le 2 février 1930, plusieurs auteurs de renom comme Lou Sin, Yu
Ta-fou, T'ien Han, Tcheng Po-k'i s'unirent à un groupe de commerçants,
de journalistes, d'avocats et de pédagogues, en tout environ cinquante
personnes, pour former une Ligue en faveur de la Liberté (自由運動大同
盟). Dans leur proclamation officielle ils déclarèrent: "La liberté est
la seconde vie de l'humanité. Nous voulons plutôt mourir que de n'être
pas libres. Sous le régime actuel il ne nous reste plus la moindre liberté:
on censure les livres, par là nous ne sommes plus libres de penser; on
censure la presse, et par suite nous ne sommes plus libres de parler; on
ferme les écoles, la liberté d'éducation et d'enseignement est supprimée;
toute organisation du peuple qui n'a pas obtenu l'approbation du gouvernement est interdite, nous ne sommes donc plus libres de nous réunir en
société; tous les mouvements politiques, toutes les activités de grèves et
d'oppositions de la part des masses ouvrières en vue d'améliorer leur état
de vie sont défendues sévèrement. On arrête les gens, une parole pro-

noncée au hasard peut vous perdre. Il n'y a plus aucune sécurité pour la vie elle-même. La perte de la liberté a porté cette douleur à son comble. Notre Ligue veut se battre pour obtenir ce bien perdu" (新月, vol. II, n° 9 自由是人類的第二生命，不自由毋寧死！我們處在現在統治之下，從無絲毫自由之可言！查禁書報，思想不能自由；檢查新聞，言論不能自由，封閉學校，教育讀書不能自由。一切集衆組織，未經委員批准，便遭封禁，集會結社不能自由。至於一切政治運動與勞苦羣衆作求改進自由生活的能工抗租的行動更遭絕對封禁，甚至任意拘捕，偶語棄市，身體生命，全無保障，不自由之痛苦，真達於極點。我們組織自由運動大同盟，堅決爲自由而鬥爭。故受不自由痛苦的人們團結起來，團結到自由運動大同盟旗幟之下來共同奮鬥。)

A côté de ce groupe un autre encore prend naissance, c'est celui connu sous le nom de "La Littérature des Tierces Personnes" (第三種人文學). Comme le nom l'indique ils veulent garder un juste milieu entre les groupes extrêmes de gauche et de droite. Ils s'attaquent à la littérature nationaliste parce que, disent-ils, "elle tue la liberté de pensée et entrave la production libre d'oeuvres littéraires. La littérature et l'art doivent être complètement libres et républicains. Pour cette raison tous ceux qui estiment à sa juste valeur la littérature doivent mépriser la littérature nationaliste". (... 摧殘思想的自由，阻礙文藝之自由的創造 ... 文學與藝術率死也是自由的，民主的，因此，所謂民族文藝是應該使一切真正愛護文藝的賤視人的。Cfr. 文藝自由論辯集 o.c. p. 7). Mais ils s'attaquent avec une ardeur pareille l'exclusivisme de la littérature prolétarienne, qu'ils appellent par dérision "革命八股" aussi formaliste et rigoriste que les vieux lettrés du style ancien. (ib. 45). K'iu Ts'ieou-pe 瞿秋白 décrit concrètement la raison d'être du groupe en disant, "Nous ne voulons ni être des agitateurs, nous ne voulons pas non plus être les flatteurs des capitalistes. Quand on lit les critiques littéraires et les théories des littératures nouvelles, on se sent vraiment écoeuré. Combien nous sommes privés de liberté! Il suffit d'écrire quelque chose pour que le blâme suive instantanément: ceci c'est du capitalisme, cela de la petite bourgeoisie, ou bien même, c'est du facisme. Oh, combien notre destinée est triste! Les auteurs finissent par déposer la plume." (干酒甫 o.c. p. 90)

De fait, au début de l'année 1932, la littérature nouvelle semblait être arrivée à un point mort: Le "Siao-chouo-yue-pao" avait cessé d'exister depuis que les bâtiments de la Commercial Press à Shanghai avaient été détruits en janvier de cette année; Le "Pei-teou" 北斗 et le "Wen-hiue-yue-pao" étaient supprimés par la censure du gouvernement. La Société "Hien-tai" 現代 voulut raviver cette littérature branlante. Fondée au mois de mai 1932 par Che Tche-ts'uen 施蟄存, Tai Wang-chou 戴望舒, Tou Heng 杜衡 et Lieou Na-ou 劉吶鷗, cette société existait depuis plusieurs années bien que sous des noms différents. En 1926 nous trouvons déjà les quatre amis à l'Université l'Aurore de Shanghai: ils y suivent les cours de littérature française dans le but de se préparer à des études ultérieures en France. Shanghai était alors en pleine ébullition: l'incident de Nanking road venait de déclencher les mouvements d'étudiants et d'ouvriers à caractère social et patriotique. Ces évènements menèrent nos quatre amis à ce qu'ils appellent eux-mêmes "le croisement des chemins" (走到十字街頭); ils prennent contact avec la société réelle et se jettent dans l'oeuvre de la révolution par la plume. Ensemble ils fondent un hebdomadaire littéraire, le "Ing-louo-siun-k'an" 瓔珞旬刊, qui ne connut cependant que quatre livraisons. Après ce premier échec ils commencent immédiatement à recueillir des articles pour une nouvelle publication: "Wen-hiue-kong-tch'ang" 文學工塲, qui sortirait des presses de la librairie Koang-hoa. Mais les imprimeurs jugent que cet organe incline par trop vers la gauche extrémiste. Avant même de paraître la nouvelle revue cesse d'exister.

En même temps ils commencent deux séries d'éditions; l'une est nommée "Ing-houo-ts'ong-chou" 螢火叢書, dans l'imprimerie Koang-hoa, l'autre "K'i-tch'ou-ts'ong-chou" 弓于叢書 dans l'imprimerie K'ai-ming. Ils s'appellent eux-mêmes la Société "L'Ecume" (水沫社). Quelques livres parurent, mais ce ne fut pas un succès. En 1927 Lieou Na-ou commença une librairie pour son propre compte, la "Ti-i-sien-chou-kiu" 第一線書局 et une revue annexe, "Ou-koei-lie-tch'e" 無軌列車 en collaboration intime avec ses amis. Pas plus d'une année après, la revue connut le même sort que les précédentes. La librairie elle-même dut changer de nom et devint l'imprimerie "L'Ecume" (水沫書店). Lieou en put garder la direction, il pressa ses amis de lui procurer des oeuvres de traductions russes. De fait plusieurs livres parurent dans ces éditions, tous teintés de sympathies russes très intimes. Cette librairie vécut jusqu'en 1932, des difficultés financières obligèrent Lieou Na-ou à fermer ses portes, et les amis se séparèrent.

Bientôt Che Tche-ts'uen voulut recommencer une société littéraire qui n'inclinerait ni vers la droite ni vers la gauche. Il s'en avisa avec le directeur de l'imprimerie "Hien-tai," rappela ses amis de jadis, en chercha encore quelques nouveaux et commença l'édition de la revue "Hien-tai". Il eut grand succès cette fois; les collaborateurs lui arrivèrent de partout. Il dut s'adjoindre Tou Heng comme co-directeur. Celui-ci fut mêlé par la suite à des discussions au sujet de la définition et du but de la littérature. Che n'était pas de son avis, et en 1935 ils se retirèrent tous les deux, laissant la direction de la revue à Wang Fou-ts'iuen 汪馥泉. Quelque temps après la Société cessa d'exister.

Dans la revue "Hien-tai" on peut rencontrer les noms de Tch'en Siue-fan 陳雪帆, Ngeou-yang Yu-ts'ien 歐陽予倩, Mao Toen 茅質, Lou Yen 祷産, Pa Kin 巴金, Ye Chao-kiun 葉紹鈞, Lao Che 老舍, Li Kin-fa 李金髮, Tchang T'ien-i 張天翼, Ye Ling-fong 葉靈鳳, Mou Che-ing 穆世英, et de bien d'autres auteurs de renom. (Cfr. 文壇史料 par 楊之華, 1943, 中華日報社 p. 393 - 394).

Un autre groupe d'auteurs libéraux se réunit autour de Lin Yu-t'ang. On lui donna le nom plutôt dérisoire de "Tch'a-hoa-p'ai-wen-hiue" 茶話派文學. Il représente l'esprit capitaliste et petit bourgeois qui prétend s'occuper de littérature comme passe-temps. Leur principe fondamental est de ne pas se compromettre, mais de ridiculiser tout, sans tenir compte de ce qui est juste ou de ce qui ne l'est pas. Leur revue principale fut "Luen-yu" 論語, fondée au mois de septembre 1932, sous la direction de Lin Yu-t'ang, qui est d'ailleurs le représentant le plus caractéristique de cette tendance. On y retrouve cependant aussi des collaborateurs comme Tcheou Tsouo-jen, Yu P'ing-po, Fei Ming, Siu Yu, etc. En 1934 le "Luen-yu" cessa de paraître et fut remplacé par un autre périodique du même genre, le "Jen-kien-che" 人間世 qui à son tour fut remplacé par la revue "Si-fong" 西風 en 1935, donnant surtout des oeuvres de traductions étrangères. La revue "Wen-i-tch'a-hoa" 文藝茶話 n'est qu'un organe régional, édité à Hangtcheou depuis décembre 1932 par le même groupe. (Cfr. 楊之華 o.c. p. 399 - 400).

Enfin parmi les revues qui luttent pour la liberté, s'opposent à l'oppression, veulent protéger la vie et faire progresser la culture par leurs forces unies, il faut encore noter le "Wen-hiue-tsa-tche" 文學雜誌 fondé en 1933, et édité par la librairie Cheng-hoa (生活書店). Ce groupe veut continuer l'oeuvre interrompue par le "Siao-chouo-yue-pao," réunissant dans sa rédaction les membres de l'ancienne Société d'Etudes Littéraires. Le conseil de la direction est composé par Tcheng Tchen-touo 鄭振鐸, Fou Tong-hoa 傅東華, Mao Toen, Ye Chao-kiun, Tch'en Wang-tao 陳望道, Yu Ta-fou, Hong Chen, Hou Yu-tche 胡愈之 et Siu Tiao-fou 徐調孚. Cette revue cessa de paraître en 1937. (Cfr. 楊之華 o.c p 395)

Depuis 1934, la section de Pékin des membres de la Société d'Etudes Littéraires édita une revue spéciale: "Wen-hiue-ki-k'an" 文學季刊 sous la direction de Tcheng Si-ti 鄭西諦 mieux connu sous le nom de Tcheng Tchen-touo, Pa Kin, Li Kien-ou 卡健吾, Sie Ping-sin, Kin I 靳以 et Ts'ao Yu 曹禺. L'année suivante le groupe tomba en désaccord. Pa Kin et Kin I abandonnèrent la rédaction et allèrent à Shanghai où ils fondèrent une nouvelle société, le "Wen-ki-che" 文季社 avec organe spécial "Wen-ki-yue-k'an" 文季月刊 qu'ils éditèrent dans la librairie Liang-yeou 良友. Mais le mois de juillet 1937 en vit paraître le dernier numéro (Cfr. 楊之華 o.c. p. 403).

Parmi les auteurs libéraux qui eurent une influence plus profonde sur leurs contemporains il faut citer:

Pa Kin 巴金, de son vrai nom *Li Fei-kan* 卡芾甘 (Bulletin de l'Université de l'Aurore, 1942, tom. III. pp. 577-598; Revue Nationale Chinoise, février 1943, p. 123; The XXth. Century, vol V, July 1943, p. 67).

Né en 1905 à Tch'engtou 成都 dans la province du Seutch'oan d'une vieille famille mandarinale, Pa Kin semble avoir passé une triste enfance au sein d'une famille divisée par des discordes intérieures. Il n'avait que cinq ans lorsqu'il perdit sa mère, et malgré son jeune age, ce deuil fit sur lui une profonde impression. En 1917 son père aussi lui fut ravi et la tristesse prit définitivement possession de son coeur. Cette mélancolie tourna en aigreur, puis en révolte ouverte, sous le gouvernement despotique et dur de ses oncles et tuteurs, qui eux-mêmes menaient une vie facile et n'écoutaient que leurs caprices. Quand il écrira sa trilogie "Ki-lieou" 激流, qui comprend Kia 家, Tch'oen 春 et Ts'ieou 秋, il se souviendra d'eux, et les prendra pour modèles de plusieurs de ses personnages. Il traça d'eux des portraits si vivants, qu'il eut à se défendre, dans la longue introduction à "Kia", de ce procédé indélicat. A la longue, son ressentiment envers sa famille gagna d'ampleur, et devint une profonde hostilité envers tout le système familial chinois. N'ayant connu que les aspects amers de ce système, il ne vit plus que ceux-là, fermant les yeux sur ce qu'il pouvait avoir de bon. Il se mit à en désirer l'abolition pure et simple, sans même envisager la possibilité de sa trans-

152

formation et de son adaptation. Il n'indique cependant pas quel système il veut voir à la place. Les héros de ses romans quittent leur famille pour aller vivre dans un milieu qu'il ne décrit pas positivement, mais qui ne fait aucune place à l'organisation familiale. Son attention est entièrement absorbée par son désir de révolution destructrice

Il fit ses premières études à l'Ecole de Langues Etrangères de sa ville natale (成都外國語學校). En 1920 une traduction des oeuvres du précurseur de l'anarchisme, le Russe Kropotkine (1842 - 1921), disciple et collaborateur de Bakounine, lui tomba entre les mains. Il trouvait dans ces livres l'écho de son état personnel et de ses aspirations, et fut converti aux idées de ces deux écrivains. Comme symbole de son attachement aux nouveaux maîtres, il prit le pseudonyme de Pa Kin, composé du premier et du dernier caractère de la translittération chinoise de leurs noms.

En 1923 il se rendit à Shanghai, puis à Nankin où il étudia pendant trois ans à l'école moyenne annexe de l'Université Tong-nan (東南附中). C'est là qu'il entra en relations avec Li Che-tseng 李石竹 et Ou Tche-hoei 吳稚輝, qui étaient devenus anarchistes en France en 1910.

En 1926 il fut envoyé à Paris pour y poursuivre ses études polytechniques, mais un changement dans le gouvernement de son pays interrompit l'arrivée des subsides et il fut réduit à gagner péniblement sa vie dans une usine. Il menait alors une vie déréglée, qui lui laissa beaucoup de désillusions et de dégoût. (Cfr. Ses "Nouvelles," dans lesquelles il raconte les histoires d'amour et de débauche de son séjour à Paris). C'est pendant ces jours de misère qu'il composa 滅亡, édité en 1927 par la librairie K'ai-ming, mais qu'il publia d'abord par parties dans la revue "Siao-chouo-yue-pao".

Il rentra en Chine en 1929, s'établit à Shanghai et publia une traduction de l'autobiographie de Kropotkine (我的自傳). En 1930 il entra définitivement dans la carrière littéraire, l'âme toute remplie d'aigreur et d'amertume. Il publia un roman 新生, édité par la librairie K'ai-ming en 1932. Entre-temps il parcourt toute le Chine: Shanghai, Canton, Ts'ingtao, T'ientsin, Pékin, sans trouver nulle part ce qu'il cherche.

En 1934 il dut s'exiler au Japon, pour échapper aux poursuites de la censure gouvernementale et ne put rentrer en Chine qu'en 1936, à la faveur du front uni. Depuis lors il réside dans le Sud de la Chine, poursuivant avec grande ardeur son activité littéraire.

Parmi ses oeuvres il faut noter: 死的太陽, K'ai-ming; 復仇, ibid; 光明, éd. 新中國; 點滴; 夢與醉; 海底夢; 電椅; 地底下的俄羅斯, éd. 啟智; 俄羅斯十女傑, éd. 太平洋; 沙丁, éd. K'ai-ming, 1934; 家, 1933, K'ai-ming; 春, 1938, ibid.; 秋, 1940, 啟智; 愛情的三部曲, comprenant 霧, 1932, 新中國; 雨, 1933, 良友; 電, 1935, 良友; 幽靈, 1934, 中華; 旅途隨筆; 海行, éd. 新中國; 海行雜記 1935, K'ai-ming; 將軍; 金, 1934, éd. 生活; 沈歇, ibid; 神鬼人, 1935, éd. 文化生活; 雪, 1935, San Francisco; 草原故事, éd. 新時代; etc...

Pa Kin ne s'unit jamais au communisme, il le rejette au contraire de toutes ses forces: "Je ne crois pas au matérialisme dialectique ni à la lutte des classes", dit-il. Pour lui, le problème social, en Chine surtout, ne peut être résolu que par l'aide mutuelle (互助論), opinion prêchée par Kropotkine et Tolstoï. Toutes ses sympathies vont vers la Russie du XIXième siècle, avec son anarchisme humanitaire, ésotérique et utopique dont il fit la connaissance en France et qui ressemble tant aux théories également vagues, nihilistes et mystérieuses du vieux philosophe chinois Tchoang-tze 莊子.

En anarchiste convaincu, il rejette toute autorité et toute religion. La lecture de ses romans, d'une psychologie d'ailleurs très perspicace, laisse une impression de vide, due à l'absence de l'idée de Dieu et de l'au-delà. Aucun de ses livres ne contient cependant d'attaques directes contre la religion. Quelquefois même, quand la douleur qui l'étreint devient trop forte, il ne peut s'empêcher d'en appeler à Lao-T'ien-Ye. La moralité de ses oeuvres est généralement élevée mais elle ne se base que sur une conscience sociale très vague et sans fondements ultérieurs, ce qui la rend plus spéculative que pratique. L'auteur de la critique de Pa Kin, dans la revue Nationale Chinoise (l.c.) dit fort bien que les livres de Pa Kin "furent écrits par un homme qui a subi l'influence des naturalistes français Maupassant et Zola, des romanciers russes, d'Ibsen du communisme humanitaire, et qui est décidé à se faire l'interprète de cette idéologie de fin de siècle, en l'assimilant aux conditions particulières d'une nation "entre deux âges" d'une nation, qui tout en renonçant à bien des enseignements du passé, n'a pas encore pu trouver son chemin dans le labyrinthe du monde actuel".

Che Tche-ts'uen 施蟄存: Né à Hangtcheou dans la province du Tchekiang en 1903, il commença à faire de la poésie dès ses années d'études à l'école moyenne en 1916, cherchant son inspiration surtout chez les grands poètes des dynasties Song et T'ang. Lorsque Hou Che fit paraître ses "Essais poétiques" (嘗試集), Che Tche-ts'uen les étudia d'une façon particulière. Il cherchait un renouveau dans la poésie chinoise, mais la tendance de Hou Che ne lui donna pas la satisfaction qu'il en avait espérée. En 1922 parut le livre "La Muse" (女神) de Kouo Mo-jo; Che prit le livre en mains pour une étude approfondie, ce genre lui plaisait davantage parce qu'on y trouvait une richesse d'inspiration poétique plus intense. Il essaya quelques poésies dans ce genre et les publia dans "L'Eveil" (覺悟) et le "Min-kouo-je-pao" 民國日報.

C'est vers ce temps-là qu'il commença à s'intéresser plus particulièrement aux récits brefs russes. Il en traduisit plusieurs dans la revue "Siao-chouo-yue-pao", mais sans succès apparent. Ses articles étaient souvent refusés tant dans la revue "L'Eveil" que dans le "Siao-chouo-yue-pao", de sorte que seuls des périodiques de seconde classe comme le "Samedi" (禮拜六) et le "Dimanche" (星期) lui restaient ouverts. Pour ces raisons, plusieurs critiques l'accusèrent de suivre les tendances frivoles du Yuen-yang-hou-tie-p'ai 鴛鴦蝴蝶派. Mais l'auteur s'en défendit énergiquement, prétendant qu'il voulait se tenir uniquement au réalisme et qu'il collaborait à ces revues pour la seule raison que les autres n'acceptaient pas ses articles. Après ces accusations il cessa cependant temporairement ses publications.

Après 1923 nous le retrouvons comme étudiant successivement à l'Université de Shanghai (上海大學), l'Université Ta-t'ong (大同大學) et l'Aurore (震旦大學). Il lit tout ce qui lui tombe sous la main en fait de littérature; en même temps il cherche mais ne trouve pas d'issue pour la publication de ses productions littéraires. C'est alors qu'il fit la connaissance de la Société "Création". Il envoya deux articles à Kouo Mo-jo dans l'espoir de se voir publié dans le "Tch'oang-tsao-yue-pao". 創造月報 Kouo accéda de fait à sa demande et l'invita à venir le voir chez lui Che hésita d'abord à se compromettre, puis quelques jours après, il se décida cependant à aller le voir, mais Kouo Mo-jo venait de partir pour le Japon emportant avec lui les deux manuscrits. De nouveau quelques semaines se passèrent, la revue "Tch'oang-tsao-yue-pao" cessa de paraître, tout espoir était perdu. Alors il se tourna du côté de la revue "Hien-tai-p'ing-luen" 現代評論, où de fait quelques-unes de ses poésies furent acceptées.

Entre-temps il s'appliqua à l'étude de la poésie anglaise et donna plusieurs traductions d'oeuvres de Spencer et Shakespeare. En 1928 il fonda la revue "Le Collier" (環珞旬刊) avec le concours de ses amis Tai Wang-chou, Tou Heng et Lieou Na-ou. Dans les quatre livraisons que connut cet organe, Che Tche-ts'uen publia deux récits brefs; cela raviva son goût pour ce genre et il se remit à composer plusieurs récits; 娟子姑娘, sur modèle japonais parut en 1928 dans la revue "Siao-chou-yue-pao"; et 追, imitation du livre "Flying Osip", recueils de récits russes édités en anglais, virent le jour. D'autres récits suivirent dans la revue "Ou-koei-lie-tch'e", revue de littérature dirigée par son ami Lieou Na-ou.

Enfin en 1928 parut son premier livre: 上元集, édité par la librairie "L'Ecume" (水沫書店). Le succès de ce volume encouragea l'auteur à continuer le genre des récits brefs. Six mois plus tard un second volume parut.

Cette même année la littérature prolétarienne et révolutionnaire commença sa propagande intense. Sous l'influence de ses amis Tai Wang-chou, Tou Heng et Li Siao-fong notre auteur montra quelques sympathies pour le genre nouveau. Il publia successivement 阿秀 et 花 comme essais de littérature prolétarienne, mais il sentit bien vite qu'il ne pourrait jamais travailler dans un cadre bien déterminé d'avance Seule l'inspiration personnelle devait guider son génie et il abandonna immédiatement cette direction. Quelques critiques le condamnèrent dès lors comme néo-sentimentaliste (新感覺主義).

Après 1932 il reprit ses études sur la poésie anglaise et américaine, et son goût pour ce genre revint en même temps. Il publia plusieurs poèmes dans la revue "Hien-tai" qu'il édita à partir de cette année. Il s'éloigna de plus en plus des vues de gauche qu'il avait suivies quelque temps sous l'influence de ses amis, et finit par se séparer complètement de Tou Heng en 1935, pour suivre son propre chemin. (Cfr. 燈下集, éd. 開明, 1937, le chapitre 我的創作生活的歷程, pp. 72-82).

Che Tche-ts'uen se montre dans toutes ses oeuvres homme de la classe moyenne. D'une vie calme et régulière, ses écrits respirent cette ambiance de sa vie: rien de théâtral, de factice, d'excessif. D'une façon fine et modérée il critique la vieille Chine (Cfr. 王哲甫, o.c. p. 245).

Parmi ses oeuvres il faut noter encore: 將軍的頭, éd. 新中國; 梅雨之夕, ibidem; 李師師, 良友. 無相庵小品; 霄緤詞; 域外文人日記抄, 1934,

天馬書局: 晚明二十家小品, 1935, 光明; 終女人行品, 1933, 良友. 婦女三
部曲, traduction de "Frau Bertha Garlan, Frau Beate, Fraulein Else"
par A. Schnitzler. (Cfr. 讀書月刊, vol. II, n 10, 1933); 燈下集, 1937,
開明; etc...

Tai K'o-ts'ong 戴兒樂, connu aussi sous les pseudonymes de *Tou
Heng* 杜衡 et *Sou Wen* 蘇汶 : Originaire de la province du Kiangsou il
fit ses études à l'Université l'Aurore de Shanghai et collabora à partir de
1925 avec Che Tche-ts'uen dans différentes revues Il se distingue par
ses sympathies envers la littérature russe mencheviste durant les années
de lutte pour la liberté en littérature, mais ne se prononce cependant pas
ouvertement pour la littérature de gauche.

Nous avons de lui: 懷鄉集, 1933, 現代. 哨兵, traduction du
polonais, par P. Boleslaw, 1930, 光華; 結婚集, traduction de "Giftas",
Married, par J.A. Strindberg, 1929, 光華, 道連格雷畫像, traduit de "The
Picture of Dorian Gray" par O. Wilde, 1928, 金屋書店; 黛絲, traduction
de "Thais" par A. France, 1928, 開明; etc..

Hou Ts'ou-yuen 胡秋原: Né à Cheming 信明 dans la province
du Houpei en 1900, il fut diplômé de l'Université Tchong-hoa de Outch'ang
Il poursuivit ses études spéciales à l'Université Waseda au Japon. Ren're
en Chine, il s'affilia au parti Kouo Min Tang et se lança dans les activités politiques et littéraires. Mais bientôt il fut en désaccord avec le parti
En 1932 il entra dans le parti socialiste (社會民主黨) et travailla avec
les membres du "Chen-tcheou-kouo-koang-che" 神州國光社. Il defend le
matérialisme historique mais attaque vigoureusement le léninisme des
communistes.

En 1933 il devient membre du gouvernement du Foukien, en 1942
il se distingue encore toujours comme membre actif du parti socialiste
chinois. Il est surtout connu pour ses études littéraires et sociales On
a de lui: 帝國主義與中國革命; 唯物史觀藝術論; etc.

Tchang Fang-siu 章方敘, mieux connu sous le nom de *Kin-I*. 靳以
Co-rédacteur de la revue "Wen ki-yue-k'an" 文季月刊 avec Pa-Kin, il est
connu surtout pour ses critiques de la société actuelle et sait dénoncer
avec vigueur les abus qui existent dans les milieux des fonctionnaires
publics. Alors que Pa-Kin s'attaque avant tout au système familial
chinois, Kin I mène une opposition similaire contre le système social des
fonctionnaires d'Etat.

On a de lui: 青的花, 1934, éd. 生活; 珠落集, 1935, éd 文化生活
群偶, 1934, éd. 新中國; 聖型, 1933, 現代. 遠天的冰雪, 秋花; 萬沙 虫蝕,
etc.

Siao Hong 蕭紅, femme auteur très inclinée vers le communisme
En 1942 elle est professeur à l'Institut Lou Sin de Yennan. Elle écrivit
entre autres: 牛車上, série de nouvelles.

Ho K'i-fang 何其芳, diplômé en littérature de l'Université Nationale de Pékin, se retrouve en 1942 comme professeur à l'Institut Lou
Sin de Yennan comme la précédente. Parmi ses ouvrages on peut noter.
劃意集: 街夢錄; etc...

Ts'ao Pao-hoa 曹保華: Né à Lochan 樂山 dans la province du Seutch'oan en 1905, il obtint son diplôme de littérature à l'Université Ts'ing-hoa et devint membre de l'Institut de Recherches à la même université. On a de lui: 寄詩魂, poésies, 1930; 無題 poésies, 1937; etc...

Ngai Ou 艾蕪, ami intime de Cha Ting 沙汀, fit plusieurs voyages pleins d'aventures et finit par s'installer à Shanghai. C'est là que, à l'instigation de son ami, il se mit à écrire tout ce qu'il avait vu et entendu. On a de lui: 南行集: 夜景; etc.

Pien Tche-lin 卞之琳: Originaire de la province du Seutch'oan, fut diplômé en littérature chinoise à l'Université Nationale de Pékin. Après 1937 il devint professeur à l'Université Nationale du Seutch'oan. Parmi ses ouvrages il y a: 魚目集, 1936, éd. 文化生活: 漢園集, Commercial Press; etc.

Tch'en Pe-tch'en 陳白塵: Originaire de la province du Kiangsou, est mieux connu sous le pseudonyme de *Me Cha* 墨沙. Après 1937 il se retira dans la province du Seutch'oan et s'occupa surtout de littérature-propagande de guerre. En 1942 il était professeur à l'Ecole Dramatique de Tch'ongk'ing. Il écrivit: 曼陀羅集, 小魏的江山, 1937, éd. 文羣叢書; etc

Li Lie-wen 黎烈文: Originaire de la province du Houhan, étudia d'abord au Japon, puis en Europe. En 1932 il rentra en Chine, devint journaliste dans l'Agence Havas puis obtint un poste dans la rédaction du journal "Chen-pao". Il est connu surtout pour ses oeuvres de traduction.

Pour la facilité du groupement on pourrait ajouter ici encore une liste de jeunes auteurs dont le renom littéraire croît de jour en jour.

Siao K'ien 蕭乾, connu surtout pour ses critiques littéraires, entre autres 書評研究, éd. 1935, Commercial Press. Il écrivit aussi plusieurs romans, parmi lesquels: 夢之谷.

Toan-mou Hong-leang 端木蕻良, de son vrai nom *Ts'ao Tche-lin* 曹之林 ou *Ts'ao King-p'ing* 曹京平, est connu surtout pour ses romans néo-réalistes: 大地的海: 科爾沁旗草原, 1939, K'ai-ming; 憎恨; etc.

Louo Chou 羅淑, connue pour son roman: 生人妻.

Lou Yen 蘆焚 écrivit: 野鳥集; 里門拾記; etc.

Siao Kiun 蕭軍 composa 十月十五日; 羊; 江上; 綠葉的故事; etc.

Li Ni 麗尼, pseudonyme de *Kouo Nyan-jen* 郭安仁 dont on a déjà: 黃昏之獻; 鷹之歌: 白夜; etc.

Tsiang Meou-liang 蔣牧良: 鐵砂; 夜工; etc.

Tcheou Wen: 周文: 多產集 、 苗季; 周文短篇小說; etc.

Ngeou Yang-chan 歐陽山 de son vrai nom *Yang Li-ts'iao* 楊鳳歧, signe aussi quelquefois du nom de *Louo Si* 羅西. Il est l'auteur de plusieurs romans de longue haleine mais assez fades et dénués de valeur littéraire. 桃君的情人: 玫瑰殘了; 愛的奔流; 你去吧; 寄綠紅; 流浪的篳踪; 生的領略; etc.

Hou Fong 胡風, de son vrai nom *Tchang Koang-jen* 張光人 est connu surtout comme critique littéraire et romancier.

Cha Ting 沙汀, de son vrai nom *Yang T'ong-fang* 楊同芳, composa: 苦難; 航線; etc...

15. LE THEATRE NOUVEAU.

Dès 1918 on vit paraître dans la revue "La Jeunesse Nouvelle" une série d'articles signés de Fou Seu-nien 傅斯年, Ngeou-yang Yu-ts'ien 歐陽予倩 et Hou Che 胡適 attaquant ouvertement le vieux théâtre chinois. Ils lui reprochaient surtout d'être partie intégrante de la vieille civilisation chinoise périmée et formaliste et partant, condamnée à disparaître comme telle. Fou Seu-nien, en particulier, fit une étude très nette de l'état actuel du théâtre et des changements à introduire. (Cfr. vol V, n° 4, octobre 1918, pp. 360-375: 戲劇改良各面觀. reproduit dans 建設理論集 pp. 360-375). L'auteur y expliquait très clairement le double aspect du problème: celui de l'adaptation du vieux théâtre et celui de la création d'un nouveau. Il part de la supposition admise que "le théâtre est la représentation et l'interprétation de l'activité et de l'esprit humain lui-même, et non un simple assemblage d'acrobaties". Cela posé le vieux théâtre ne peut continuer à vivre comme tel, car d'après lui, on n'y retrouve aucune des notes positives indiquées. Ce vieux théâtre néglige complètement les sentiments humains. (全以不近人情爲貴，近於人情反說無味. o.c. p. 361). L'intérêt de la comédie chinoise, continue-t-il, ne réside nullement dans la trame elle-même (精神上的奇託 ib. p. 363), mais uniquement dans les désirs matériels (物質上的情慾, ibidem), ce qui au fond revient à un égoïsme matériel. Or cela est contraire à l'esprit de notre époque. Il faut donc inaugurer une route nouvelle.

De plus, continue le même auteur, le vieux théâtre chinois est plein de contradictions. La loi de la proportion est négligée (美學上的均比例): on représente un prisonnier en costume de soie et de satin; cela doit déplaire à un spectateur normal. L'excitation est trop forte et sans mesure aucune (刺激性過強), cela produit la monotonie et la fatigue Enfin ce théâtre est trop formaliste (形式太嫌固定); rien n'y est naturel. La trivialité dans les gestes des acteurs est trop exagérée. Enfin la musique est dissipée et incompatible avec la nature même d'un drame.

Ce qui est surtout à réprouver dans le vieux théâtre, d'après le même article, c'est le manque d'idées nobles et élevées: on ne trouve nulle part une conception de vie ni de philosophie qui donneraient un fondement solide. On n'y trouve rien, sinon un amusement et un passe-temps d'un instant. (ib. p. 366).

Ainsi la question de changer le théâtre prend un aspect social et moral. Tel qu'il est maintenant il vaudrait mieux le supprimer simplement. Mais cela est impossible. Nous ne pouvons, pour le moment, qu'encourager le théâtre de transition (過渡戲) qui garde provisoirement bien des défauts propres au vieux théâtre, mais qui du moins tâche d'y insérer une idée et une thèse. C'est ce que firent Pao T'ien-hiao 包天笑 dans son 思凡 (ibid. p. 368) et Mei Lan-fang 梅蘭芳 dans son 一縷麻.

Le but à atteindre est de créer un théâtre nouveau. Cela est difficile, autant de la part du public que des auteurs dramatiques, à cause du manque de pièces et d'acteurs. Nous devons y tendre néanmoins. Il

158

nous faut des pièces culturelles (文明戲). Commençons par traduire le tréâtre occidental. Il y a là cependant un grand inconvénient: ces pièces dépeignent une société occidentale inconnue à notre public chinois. On pourrait y remédier en tâchant de les adapter à notre pays tout en gardant le thème et l'esprit de l'original.

Quand nous composons nous-mêmes, cherchons les sujets dans notre société actuelle, non pour la décrire simplement mais pour en critiquer les défauts (批評社會的戲劇, 不專形容社會', ibid. p. 373). De fait Hou Che fut un des premiers à essayer ce genre nouveau dans son 終身大事. Cette pièce fut cependant loin d'être un succès. D'autres firent des essais analogues, mais sans réussir. La mentalité n'était pas encore mûre pour un changement si considérable.

Ces premières attaques dans la revue "La Jeunesse Nouvelle" furent suivies d'une longue série d'études sur le théâtre nouveau. On commença à traduire le théâtre de H. Ibsen, de B. Shaw, de O. Wilde, pour ne citer que les plus connus. Des groupes dramatiques surgirent çà et là, mais en général les résultats ne répondirent pas aux espoirs rêvés.

Au mois de mai 1921, Chen Yen-ping 沈雁冰, Tch'en Ta-pei 陳大悲 et plusieurs autres auteurs fondèrent la Société du Théâtre Populaire à Pékin (民眾戲劇社). Ils n'eurent cependant pas grand succès. Leur revue "Hi-kiu-yue-k'an" cessa de paraître dès la sixième livraison. (Cfr. 史料 o.c. p. 132).

L'hiver suivant, en 1922, Tch'en Ta-pei et son ami P'ou Po-ing 蒲伯英 fondèrent ensemble "l'Ecole d'Art Dramatique de Pékin" (北京人藝戲劇專門學校). Deux ans plus tard elle fut dissoute pour des raisons financières, disait-on.

En même temps Tchao T'ai-meou 趙太侔 et Yu Chang-yuen 余上沅 fondèrent l'Ecole Spéciale d'Art (國立藝術專門學校), mais elle eut le même sort que la précédente.

Lorsqu'enfin Siu Tche-mo 徐志摩 devint rédacteur du "Tch'en-pao-fou-k'an" en 1926, il introduisit dans son journal une rubrique spéciale du théâtre (劇刊). Il tâcha d'y donner plus d'importance au théâtre nouveau, qui jusqu'ici s'était limité à quelques traductions et à des pièces chinoises trop fragmentaires, trop à thèse, sans technique de composition, et trop sous l'influence du mouvement excessif pour la culture nouvelle. C'est vraisemblablement l'influence des revues "Hien-tai-p'ing-luen" et "Sin-yue" qui modifia de façon heureuse le nouveau théâtre chinois. Adaptant la conception trop classique de Wen I-touo au réalisme social trop raide de T'ien Han et de Tch'en Ta-pei, Siu Tche-mo exprimait ainsi son opinion au sujet du théâtre nouveau: "Le théâtre est l'art des arts. Il comprend en soi la poésie, la littérature, la peinture, la sculpture, l'architecture, la musique, la danse et tous les autres arts. Bref, le théâtre est l'art de toute la vie humaine. Les maîtres anciens de la Grèce disaient que l'art doit consister dans l'imitation de la vie humaine; les modernes, par contre, prétendent qu'il consiste plutôt dans une critique de la vie; dans les deux suppositions on doit avouer que tout art trouve son expression idéale dans le théâtre. Et si on veut admettre que les Beaux-Arts en général sont un moyen d'exciter et de perfectionner l'âme, quel autre que le théâtre pourrait être plus efficace, plus pénétrant, plus émouvant et plus satisfaisant? Tout le passé est là pour nous témoigner qu'il émeut l'âme des individus et ébranle l'esprit des masses. Entre tous les arts, le théâtre possède en soi une force qu'on ne saurait sousestimer". (Cfr. 史料, o.c. p. 123). Si on ajoute à cette conception théorique du théâtre l'influence de la littérature mencheviste russe et celle d'un humanitarisme vague, pessimiste et fataliste, on pourra aisément se faire une idée du contenu de la plupart des pièces actuelles (Comparez p. ex. 卡昆岡 de Siu Tche-mo, 1928, et toutes les pièces de Ts'ao Yu.).

A côté de Siu Tche-mo les principaux adeptes de cette théorie furent Tchao T'ai-meou, Yu Chang-yuen, Hiong Fou-si 熊佛西, Ting Si-lin 丁西林, Wang Tsing-ngan 王靜庵 et Hong-teou Koan-tchou 紅豆館主. Ils ne s'en tinrent pas uniquement aux théories mais fondèrent aussi une société pour la pratique dramatique (實驗劇社) (Cfr. ibid p. 128)

Jusqu'ici le centre principal avait été Pékin, après 1925, Shanghai prit définitivement la première place pour le théâtre nouveau

· A partir de 1920 T'ien Han 田漢 et sa femme I Chou-yu 易漱瑜 posèrent les fondements de ce qui devint bientôt la "Société du Midi" (南國社). T'ien avoue lui-même avoir subi une double influence qu'il voudrait exprimer dans son théâtre: comme membre du "Cercle d'Etudes de la Jeunesse Chinoise" (少年中國學會), il veut participer au mouvement de la culture nouvelle sous tous ses aspects. En tant que collaborateur de la Société "Création", il admet quelque peu l'idéalisme romantique qui caractérisait ce groupe. Après 1924 T'ien Han se sépara cependant de la Société "Création", ne voulant pas se soumettre au chauvinisme de Tch'eng Fang-ou. Ce que T'ien Han désire c'est d'infuser une vie artistique nouvelle à la littérature chinoise qui vers ces années-là semble aller à la dérive. (史料 o.c. p. 140).

Après cette date, et surtout depuis la mort de sa femme, T'ien Han commença à s'intéresser particulièrement au cinéma, un peu au détriment de ses talents de dramaturge. Il rédigea successivement les revues "Nan-kouo-pan-yue-k'an" 南國半月刊 et "Nan-kouo-t'e k'an" 南國特刊, fonda l'Ecole d'Art (藝術大學) à Shanghai et lança la Société Dramatique et Cinématographique du Midi (南國電影戲劇社).

Un autre groupe, très important dans les annales du théâtre nouveau, fut la "Ligue Dramatique de la Chine Nouvelle" (新中華戲劇協社), (王指南, o.c. p. 386; 阿英 o.c. p. 135). La Ligue fut fondée à l'Ecole Industrielle de Shanghai (中華職業學校) en décembre 1922, sous le direction de Kou Kien-tch'en 谷劍塵. La saison suivante il dirigea une pièce composée par lui-même (孤身) et une autre de Tch'en Ta-pei (英雄與美人). Ce ne fut qu'un demi-succès. La même année cependant la Société fit un pas en avant en s'adjoignant quelques actrices. Ngeou-yang Yu-ts'ien donna aussi sa collaboration et introduisit un ami, dramaturge de renom, Hong Chen 洪深 qui venait de rentrer d'Amérique. Hong dirigea la pièce 潑婦 composée par Ngeou-yang Yu-ts'ien et une autre 終身大事 de Hou Che. Ce fut enfin le succès. En 1924 le groupe donna deux représentations: 少奶奶的扇子, adaptation de la pièce "Lady Windermere's Fan" par Oscar Wilde, traduite et arrangée par Hong Chen, et 好兒子 par Wang Tchong-hien 汪仲賢. Bien que le groupe comme tel n'eut pas de programme bien déterminé et exclusif, il y avait cependant un plan d'action concret auquel tous les collaborateurs pouvaient souscrire. Dans la proclamation officielle ils affirmèrent vouloir propager le théâtre moderne, culturel et artistique. Tous sont convaincus que le théâtre nouveau est une arme de première valeur tant pour démolir la vieille civilisation que pour créer une Chine nouvelle. En frayant une voie nouvelle au théâtre, ils espèrent tracer une route neuve à tous les hommes, le résultat en devra être le changement tant désiré de la société chinoise tout entière. Voici comme ils résument la mission du théâtre nouveau dans la société actuelle: "faire disparaitre le théâtre retardataire et superstitieux du genre Boxeurs, et jeter les fondements d'un théâtre artistique, capable de guider l'humanité sur le chemin d'un avenir glorieux." (使義和團式的退化的迷信戲，早早把跡於中國的劇場，使引導人類向光明的人的路上去的藝術的戲劇，早立基礎在我們新中華底國土內. Cfr. 阿英 o.c. p. 136).

La formule est peut-être vague en elle-même, elle a cependant une signification bien definie quand on la considère dans le cadre de l'évolution littéraire depuis 1917.

Il y eut encore plusieurs groupes de moindre importance, comme la Société Dramatique "Sin-yeou" (辛酉劇社) sous la direction de Tchou Jang-tch'eng 朱穰丞 et de Ma Yen-siang 馬彥祥; celui de la Société "Tempête" (狂飆社) dirigée par Hiang P'ei-liang 向培良, et Kao Tch'ang-kiang 高長江.

En 1926 fut fondée une ligue commune ayant pour but d'englober tous les efforts faits pour le théâtre nouveau tant à Pékin qu'à Shanghai et à Nankin, c'est le "Hi-kiu-yun-tong-hie-che" 戲劇運動協社. Mais les différences entre les diverses écoles littéraires étaient trop marquées pour pouvoir en venir à une collaboration effective. Il y avait cependant quelques caractéristiques communes qu'on peut retrouver chez la plupart des dramaturges: ils abandonnent l'individualisme (個人的), le romantisme (浪漫的), le faux-sentimentalisme (頹廢的), et veulent aller à la masse du peuple inclinant vers un réalisme combatif (戰鬥的寫實). Les événements sociaux, politiques et nationaux laissèrent leurs empreintes sur le théâtre nouveau comme sur toute la littérature actuelle. A partir de 1930 on connut le théâtre prolétarien; et après l'incident de Moukden en 1931 et celui de Chapei en 1932 le théâtre entra définitivement dans la voie qu'il continua à suivre durant toute la guerre, à savoir: propager les idées de défense nationale et de résistance armée aux envahisseurs. A partir de l'année 1936, même les idées de justice sociale et de critique politique sont tombées à un rang secondaire. La défense de la patrie en danger prime tout.

Parmi les dramaturges les plus en vue, connus comme prolétariens, il faut mentionner Yeou King 尤兢 auteur d'une pièce: 回聲; Tchang Min 章民 qui composa 塞兒; Ts'oei Wei 崔嵬, auteur de 工人之家, 失去了家鄉的母女們, et 捐印. Ces drames ont encore aujourd'hui leur grand succès en particulier dans les villes.

De leur côté les communistes mènent, surtout dans la province du Chensi, une propagande intense par le théâtre populaire. Chaque école, chaque bataillon de soldats a son groupe dramatique ambulant, qui donne des représentations simples et populaires partout. Le sujet ordinaire est la résistance nationale et la justice sociale.

Plusieurs auteurs essayèrent aussi de créer un théâtre nouveau, essentiellement chinois, en reprenant des sujets historiques et en les adaptant aux cadres du théâtre occidental. Mais ils se montrèrent toujours plus préoccupés des idées qu'ils voulaient y défendre que de la technique et de la psychologie. Ce fut la cause principale sinon unique de leur insuccès. Prenons par exemple le drame 王昭君 de Kouo Mo-jo. Le fond historique appartient aux temps de la dynastie Yuen, et le héros du drame n'est cependant qu'un démagogue de l'anti-impérialisme communiste de 1927! Dans une autre pièce, 文君 du même auteur, des héros anciens nous déclament tous les arguments contre le formalisme religieux (神牧) comme on put les lire dans tous les pamphlets du mouvement pour la culture nouvelle après 1920! Wang Tou-ts'ing essaya encore la même méthode dans sa pièce 楊貴妃之死, falsifiant le fond même d'une pièce historique bien connue.

Kou Tchong-i 顧仲彝 critiqua assez sévèrement ce genre de théâtre (Cfr. revue "Sin-yue", vol. I, n 2, 10 avril 1928.) Il avoue que la technique dramatique de l'Occident, appliquée à l'histoire des grandes figures du passé chinois, peut produire des oeuvres immortelles. Cette histoire est remplie de sujets magnifiques. D'ailleurs plusieurs chefs-d'oeuvre de la littérature mondiale ont puisé leurs thèmes dans l'histoire des peuples. Mais quand on songe d'autre part au nombre relativement restreint de pareils chefs-d'oeuvre, on ne s'étonnera plus que le nouveau théâtre chinois n'ait pas encore atteint le succès qu'on espérait de ce genre.

De telles oeuvres, continue le critique, supposent un génie tout particulier chez l'auteur, et d'autre part, elles exigent en même temps une connaissance approfondie de la technique et de la composition du théâtre occidental avec une étude historique et psychologique sérieuse des héros mis en scène. C'est le manque de ces éléments essentiels qui sont la cause de la faillite du théâtre historique de Kouo Mo-jo et Wang Tou-ts'ing, nous dit Kou Tchong-i. Ils falsifient l'histoire à leur gré. Or l'attrait spécial pour les spectateurs dans les pièces historiques est de voir revivre sur la scène le caractère, l'âme et la gloire des héros connus. Si on n'atteint pas ce but, on produit l'ennui, voire même le dégoût chez les auditeurs.

Ce qui choque surtout chez ces deux dramaturges, c'est qu'ils mettent dans la bouche de leurs héros des tirades complètement déplacées. Un personnage historique qui nous fait un monologue sans fin au sujet de l'oppression du peuple par l'impérialisme, produit sur nous l'effet d'un vieux ministre du temps de l'empire portant un casque d'aviateur au lieu du chapeau de cérémonie. Dans une pièce historique il faut se tenir au cadre. Cela ne veut pas dire qu'on ne puisse exploiter les sentiments humains, qui étant de tous les temps, ne forment jamais un anachronisme, comme par exemple, l'amour de la patrie, la fidélité dans le mariage, etc. Mais on doit garder une unité vraisemblable dans toute la pièce, sous peine de se condamner à la faillite.

Nous pouvons ajouter ici que le défaut primordial du théâtre historique de Kouo Mo-jo semble bien trouver une explication plus profonde dans la définition que cet auteur donna lui-même de la littérature en général. (Cfr. Supra, le Société "Création"). Il y disait: La littérature doit être révolutionnaire; elle doit être l'instrument pour répandre la révolution". De fait son théâtre historique est complètement dirigé vers la révolte et la révolution. Les princes et princesses d'il y a mille ans prononcent des discours de démagogues, qu'on peut entendre de nos jours aux coins des rues au sortir du théâtre.

En outre, comme l'explique Kou Tchong-i dans le même article, les pièces historiques présentent encore une autre difficulté, celle de la langue à employer. Il est évident que dans une pièce historique les costumes et la scène doivent être appropriés au sujet traité. Il semble cependant qu'une langue trop commune diminue un peu la dignité du sujet. Dans le grand théâtre occidental cette difficulté est résolue en employant la poésie, ce qui contribue grandement à garder le charme du milieu et du sujet. En Chine, le critique propose d'employer pour ce genre de pièces la langue des romans historiques, comme celle du "San-Kouo-tche-yen-i" par exemple, qui garderait mieux le ton grave et sérieux requis par le sujet traité qu'une langue plus proche de la vie réelle qui étonnerait trop et romprait le charme.

Dans ces dernières années plusieurs groupes d'auteurs reprirent la méthode du théâtre à thème historique. Parmi eux Chou Yen 舒湮 occupe une place d'élite avec ses éditions dramatiques "Koang-ming" de Shanghai (光明戲劇叢書). Ils ne traitent les thèmes anciens que pour les leçons qui y sont cachées. En effet l'histoire de la chute de la dynastie chinoise des Ming et de l'usurpation des Ts'ing mandchous est remplie d'exemples de résistance héroïque contre les envahisseurs étrangers, comme aussi d'anecdotes typiques d'exploiteurs et de traitres sans conscience qui vendent lâchement leur pays et leurs concitoyens pour un avantage méprisable. Vieux quant à leur contenu, ces thèmes sont éminemment actuels par leur signification profonde et sont très aptes à nourrir l'amour envers la patrie qui souffre sous la griffe d'un envahisseur injuste. C'est d'ailleurs là le but immédiat de ce genre. Chou Yen le déclara clairement dans l'introduction du drame 戀愛與陰謀 en 1939: "L'expérience de la guerre de libération que nous menons depuis deux ans et demi nous a démontré tous les services que l'art peut rendre à la patrie. Le théâtre, avant tout, est très utile pour éduquer le peuple, il fait connaître les événements de la guerre, en publiant les vrais faits de l'invasion ennemie et en soulevant le peuple pour la défense de la patrie. Il peut armer l'esprit de notre pays dans l'accomplissement d'un noble devoir. Tout cela forme une page glorieuse dans l'histoire du mouvement pour le théâtre en Chine."
這兩年半以來的民族解放戰爭，證明了文藝為國家服役的功績；特別是戲劇部門的幇助教育羣衆，紀錄抗戰史實，宣傳反侵略異端，勤員民衆保衛國土...它把國民的精神武裝起來，協同完成偉大的任務。這一切將是中國戲劇運動史上最光榮的一頁。

Parmi les plus grands dramaturges actuels nous devons citer:

T'ien Han 田漢: Né à Tch'angcha, dans la province du Hounan, en 1899, il fit ses études supérieures à l'Ecole Normale Supérieure de

Tokyo au Japon (東京高等師範學校) Rentré en Chine il apprit à connaître Kouo Mo-jo, Yu Ta-fou, Tch'eng Fang-ou et Tchang Tse-p'ing, et se lia durant quelque temps à eux dans la Société "Création" Mais bientôt il se mit en désaccord avec Tch'eng et se sépara du groupe. C'est alors qu'il posa les fondements de la Société "Nan-kouo" (南國社) en collaboration avec sa femme I Chou-yu, qui avait étudié comme lui à l'Ecole Normale Supérieure de Tokyo. Parfois cependant Kouo Mo-jo et Yu Ta-fou lui apportèrent aussi leur collaboration. T'ien veut traiter tous les arts, mais surtout le théâtre et le cinéma L'organe de la Société ne vit que quatre livraisons, la maladie de sa femme lui prenant trop de temps. T'ien publia dans sa revue ses : 獲虎之夜; 咖啡店之一夜 et 午飯之前, pièces de théâtre en un acte dont l'auteur lui-même disait plus tard : "ce sont les produits de mon temps d'essai Ils expriment la sentimentalité de l'adolescence, ses doutes et ses amours, et avant tout l'esprit d'opposition de toute la jeunesse à la vieille société." (阿英 o.c p. 110)

Durant l'automne de 1923 il accompagna sa femme malade au Hounan. Trois mois après elle mourut. T'ien Han en souffrit cruellement Il rentra seul à Shanghai l'été de l'année suivante, le coeur brisé et sans goût pour le travail ultérieur. Il passa son temps dans la dissipation Mais les événements du mois de mai 1925 secouèrent sa torpeur Il se reprit et se lança avec une ardeur nouvelle dans la mêlée. Quelque temps après il se remaria avec Hoang Pe-ing 黃白英, une actrice de renom, originaire du Koangtong. Il rêva de composer une trilogie grandiose : "Le drame historique des trois Hoang" (三黃史劇); la première partie aurait pour sujet la rébellion de Canton, le 29 mars 1911 (黃花岡) une deuxième traiterait de la révolution de Outch'ang en octobre 1911 (黃鶴樓); et une troisième décrirait l'incident de Nanking road, le 30 mai 1925 (黃浦潮). De fait il publia la première partie dans la revue "Nan-kouo-t'e-k'an" 南國特刊, annexe de la revue hebdomadaire "Sing che" 醒獅. Mais ce dernier organe inclinait trop vers la droite et T'ien Han ne put jamais réaliser son rêve magistral.

En 1926 une jeune société cinématographique de Shanghai (新少年影片公司) l'invita à composer un scénario pour film. Il s'éprit de cet art nouveau, et s'y donna corps et âme. Il fonda dans la suite la Société Dramatique et Cinématographique Nan-kouo (南國影劇社) et au bout d'une année publia son premier film, intitulé "Allons vers le peuple" (到民間去). Comme il l'avoué lui-même, il a voulu y exprimer l'idéal qu'il poursuivait depuis longtemps et qu'il avait puisé dans la littérature russe de 1870, particulièrement chez Tolstoï : mécontentement envers la tradition formaliste; abolition du soi-disant prestige des classes; attention spéciale pour la vie des laboureurs. (阿英 o.c p 141)

T'ien Han était conscient des défauts essentiels du théâtre et du cinéma en Chine, surtout du manque de personnel bien formé. Sans tergiverser il s'aboucha avec l'Université des Beaux-Arts de Shanghai (上海藝大) et tâcha d'unir tous les départements de cette université dans un grand "front artistique uni". Il fit représenter plusieurs pièces de théâtre avec grand succès. Mais la dissension survint. T'ien se sépara de l'université et fonda en 1928 "l'Institut d'Art Nan-kouo" (南國藝術學院) qui d'ailleurs ne vécut que six mois.

Parmi les oeuvres de ce temps nous trouvons: 古潭裡的聲音 drame
d'amour en un acte, musique de Ou Po-tch'ao 吳伯超; 南歸, drame d'amour
en un acte, musique de Tchang Ngen-hi 張恩襲; 第五號病室, drame
social en un acte; 火之跳舞, drame social en trois actes; 孫中山之死,
tragédie en un acte; (Cfr. 阿英 o.c. pp. 154 sq.) 蘇州之夜話; 暴風雨中的
七個女性; 名優之死; 湖上的悲劇; 卡門; 銀色的夢; 江春小景; 生之意志; 垃
圾; 梅雨; etc. "Toutes ces pièces renferment une signification profonde.
Quoique le vulgaire soit incapable de les goûter comme il faut, elles possèdent une grande valeur pour tous ceux qui ont étudié". (王哲甫 o.c.
p. 167.)

Il donna aussi des traductions de Hamlet, de Shakespeare, 1930,
éd. 中華; Roméo et Juliette, du même; La Mort de Tinlagilez, de M.
Maeterlinck; Salomé, de Oscar Wilde; etc.

Parmi ses pièces de théâtre composées après 1930 il faut noter
surtout 戰友, qui nous décrit l'esprit d'opposition au Japon et la nécessité
de la défense nationale après l'incident de Chapei en 1932.

Malgré son inclination pour la gauche, T'ien Han ne rompit pas
avec le Kouo Min Tang. Depuis le début des hostilités sino-japonaises
en 1937 il dirigea un service de propagande dans le gouvernement central
(軍事委員會總政治部第三廳宣傳科長).

Ngeou-yang Yu-ts'ien 歐陽予倩: Originaire de Lieouyang 瀏陽
dans la province du Hounan, il s'intéressait déjà au théâtre nouveau
pendant ses études de littérature à l'Université Waseda au Japon et
défendit ses opinions dans les colonnes de la revue "La Jeunesse Nouvelle"
aux côtés de Hou Che et Fou Seu-nien.

Rentré en Chine en 1923, il s'allia à la Ligue Dramatique de la
Chine Nouvelle (新中華戲劇協社) et fit sa réputation en jouant lui-
même le rôle principal dans sa première pièce 潑婦.

En 1928 il travailla avec T'ien Han à l'Institut d'Art Nan-kouo
(南國藝術學院), et se fit connaître par ses talents dans l'art cinématographique. Depuis lors il travailla activement dans les rangs des socialistes (社會民族黨) en combattant le Kouo Min Tang et fut mêlé à la
révolte du Foukien en 1933.

Son 回家以後 peut être considéré comme le type de son théâtre.
L'auteur y met en scène un étudiant chinois à l'étranger qui abandonne
une épouse restée en Chine pour vivre avec une étudiante résidant comme
lui à l'étranger. Rentré en Chine il découvre les vertus de sa première
femme. Au moment où toute la famille est réunie, la seconde femme fait
son entrée et la catastrophe a lieu. Le tout ne prend qu'un seul acte,
mais la technique et la psychologie de la pièce eurent un grand succès.
(Cfr. 王哲甫 o.c. p. 170). Il composa encore 潑婦, drame social; 潘金蓮,
publié en 1928 dans la revue "Sin-yue"; 國軒; 日姑娘; 楊貴妃; 荊軻; 車
夫之家; etc.

Après 1937 il édita plusieurs drames anciens mis sous forme nouvelle, entre autres 梁紅玉. C'est l'histoire d'une amazone chinoise combattant les Tartares aux côtés de son mari, sous la dynastie Song. Par

ces pièces l'auteur voulait contribuer à l'éveil de la conscience et de la
solidarité nationales chinoises devant l'invasion japonaise. Parmi ses
drames de guerre il y a encore: Lou-keou-k'iao (Marco Polo Bridge)
drame en quatre actes; Orage sur le Yangtzekiang, en un acte, Le nouveau passage de Yen-nien; la Mère d'Abyssinie, La Soirée; etc.

Houg Chen 洪深: Est né à Outsin 武進 dans la province du
Kiangsou en 1893. Après avoir obtenu son diplôme à l'Université Ts'ing-
hoa de Pékin, il alla se perfectionner en littérature à l'Université de Ohio
(U.S.A.), puis passa à Harvard Coply School, où il s'appliqua particulièrement à l'étude de l'art dramatique. Rentré en Chine il enseigna d'abord
à l'Université Fou-tan de Shanghai, puis à l'Université Nationale de
Ts'ingtao. Ensuite il prit en mains la direction de la Ligue Dramatique
de la Chine Nouvelle (新中國戲劇協會), collaborant en même temps à
la Société Nan-kouo de T'ien Han, et à une société cinématographique
de Shanghai (上海明星影片公司). Il visita Hollywood et produisit le premier film parlant en Chine.

Il est connu surtout pour ses oeuvres de traductions adaptées
第二夢, adaptation de "Dear Brutus" par J.M. Barrie; 少奶奶的扇子
adapté de "Lady Windermere's Fan", par O. Wilde, etc. Parmi ses oeuvres
originales il y a 五奎橋, 1932, 現代; 花花草草; 趙閻王; 寄生草; 洪深戲
劇曲集, 1932, 現代. Il eut surtout grand succès avec sa pièce 桃花扇
(Peachblossom Fan), adaptation d'un drame ancien, qui met en scène la
lutte contre les Mandchous à la fin de la dynastie des Ming, représentée
à Shanghai en 1938.

Tch'en Ta-pei 陳大悲: Originaire de Hangtcheou 杭州 dans la
province du Tchekiang, il collabora de bonne heure avec Mao Toen à la
Société pour le Théâtre Populaire (民衆戲劇社). Plus tard il fonda à
Pékin l'Ecole Spéciale d'Art Dramatique (人藝戲劇專門學校) avec P'ou
Po-ing 蒲伯英 et lança en même temps la revue "Théâtre" ("Hi-kiu":
戲劇).

Il était réputé surtout comme régisseur. Vers 1921 toutes les
écoles qui voulaient faire du théâtre nouveau l'invitèrent à prendre la
direction des pièces à représenter.

Oeuvres: 虎去狼來; 幽闌女士; 張四太太; 說不出; 英雄與美人; 愛美
的戲劇; etc.

P'ou Po-ing 蒲伯英: Originaire de la province du Seutch'oan, il
est le collaborateur bien connu de Tch'en Ta-pei. Ils travaillèrent
ensemble dans la Société pour le Théâtre Populaire et à l'Ecole Spéciale
d'Art Dramatique. Il mourut en 1935 par suite de maladie.

En 1923 il publia son premier drame dans le "Tch'en-pao-fou-
k'an". C'est le 道義之交, pièce en six actes qui fut représentée immédiatement dans plusieurs écoles et rencontra un succès énorme.
L'auteur y prend pour thème la fidélité entre amis. C'est une oeuvre de
grande valeur pour la culture morale de la jeunesse.

L'année suivante, 1924, parut dans le même organe une autre pièce de sa plume: 國人之孝道, en quatre actes. L'auteur y décrit comment les riches oppriment les pauvres, ne recherchant que leur propre profit et plaisir sans égard pour les misères des infortunés.

Depuis 1935 P'ou·Po-ing ne produit guère plus d'œuvres littéraires.

Heou Yao 侯曜: Originaire de Fanyu 番禺 dans la province du Koangtong. Depuis sa jeunesse il s'intéressait au théâtre nouveau. En 1920 il entra à l'Ecole Normale Supérieure de Nankin (高等師範) qui changea plus tard son nom en Université Nationale du Sud-Est (國立東南大學), et fit ses études à la Faculté de Pédagogie. Durant ces années il se fiança avec Pou Choen-k'ing 濮舜卿 et fonda avec elle la Société Dramatique Tong-nan (東南劇社).

En 1921 il publia 復活的玫瑰, puis 可憐閨裡月, deux tragédies qui décrivent la tyrannie du vieux système familial et l'absence de liberté dans le choix du mariage. Représentées immédiatement à Nankin, Pékin et dans les autres centres culturels, ces créations eurent quelque succès. La Société d'Etudes Littéraires l'invita à prendre place parmi ses membres; Heou accepta. Ses études terminées, il se lança dans le mouvement pour l'éducation du peuple (平民教育運動), voyagea à cette fin à travers toute la Chine sans rechercher ni profit ni gloire.

En 1925 il devient directeur de la Société Cinématographique Tch'ang-tch'eng de Shanghai (長城畫片公司).

Heou Yao a bien mérité du théâtre nouveau en Chine. Dans presque toutes ses pièces il emploie une langue simple, comprise de tout le monde; il cherche ses thèmes dans la vie de famille, dans la société, dans le mariage et dans la conscience des hommes.

Parmi ses oeuvres il faut encore citer 山河淚, qui décrit la tragédie de la Corée vaincue et réduite en esclavage par l'ennemi; une autre pièce 棄婦 traite de l'émancipation féminine telle qu'on put la constater dans la Chine des années 1924-1928. Dans son 春的生日 l'auteur semble changer de méthode, il s'y montre quelque peu symboliste, soigne plus son style et y ajoute de la musique. (王哲甫 o.c. p. 167).

Parmi les films qu'il produisit il y a 棄婦, composé sur le texte de sa pièce; 春閨夢裡人, d'après son oeuvre du même nom; 一串珍珠, 摘星之女; etc.

Pou Choen-k'ing 濮舜卿 connue aussi sous le nom de *Pou Tsuen* 濮瑞: Originaire de Hang-tcheou 杭州 dans la province du Tchekiang, elle fit ses études secondaires à l'Ecole Normale Provinciale pour jeunes filles, puis entra dans la faculté d'Economie Politique de l'Université Tong-nan à Nankin. Bien douée comme actrice et dramaturge, elle se fiança avec Heou Yao qui étudiait à la même université et fonda avec lui la Société Dramatique Tong-nan. Actrice principale dans les pièces de son mari, elle le suit dans la Société d'Etudes Littéraires et dans la carrière de cinéaste, composant elle-même des pièces de théâtre et de cinéma.

Elle est l'auteur d'une série de trois drames, tous édités par la Société d'Etudes Littéraires: 人間之樂園, trois actes; 愛神之玩偶 quatre actes; et 黎明, un acte. Les thèmes traités sont presque toujours: l'émancipation féminine et le mariage libre. La première pièce "Le Paradis terrestre" montre Adam et Eve qui ont désobéi à Dieu et mangé du fruit défendu, mais l'auteur y mêle une intrigue contraire à la vérité historique comme relatée dans le livre de la Genèse. Elle décrit une Eve qui préfère la vie ardue hors du paradis terrestre à une vie non libre et dépendante, et qui veut chercher un autre paradis sur terre par ses propres moyens. (王哲甫 o.c. p. 254). On y ressent le romantisme utopique caractéristique des premières années du mouvement de la culture nouvelle.

Dans son 愛神的玩偶 elle traite de la liberté dans le choix du mariage. Ce drame fut mis en film par la Société Tch'ang-tch'eng de Shanghai.

Elle composa encore 到光明之路, qui traite aussi de la question féminine.

Hiong Fou-si 熊佛西: Né à Fengtch'eng 豐城 dans la province du Kiangsi en 1900, il fit ses études primaires et secondaires à Hankow où son père s'était réfugié lors de la révolution de 1911. Ses premiers essais de théâtre datent déjà de ces années-là. En 1919 il vint à Pékin et s'inscrivit à la Faculté de la pédagogie et de Littérature à l'Université Yen-ching. Attiré vers le théâtre, il y consacrait une bonne partie de son temps. Il fut le fondateur de la revue "Yen-ta-tcheou-k'an" 燕大週刊. En 1923 il obtint son diplôme et pendant l'automne de la même année il s'embarqua pour les Etats-Unis d'Amérique et suivit des cours d'art dramatique à l'Université Columbia. Il y obtint le degré de M.A. en 1926. Rentré en Chine il devint professeur à la section dramatique de l'Institut des Arts de l'Université Nationale de Pékin (國立北平大學藝術學院戲劇系) donnant en même temps des cours à la Faculté de Littérature à Yen-ching.

En 1932 nous le voyons directeur du Théâtre Populaire Agricole de Tinghien, Hopei (中華平民教育促進會，河北，定縣實驗區農民劇團).

En 1941 il fut nommé directeur de l'Institut Dramatique Experimental de la province du Seutch'oan (四川省立實驗劇院長).

Doué d'un talent remarquable de régisseur et d'acteur, il commença à composer des pièces durant ses études moyennes à Hankow. 新聞記者 et 青春的悲劇 datent de 1919. Peu après il écrivit 新人的生活 et 這是誰的錯. Les quatre pièces traitent de la question familiale en Chine, du mariage et de la question ouvrière. Ce sont des pièces de début mais elles remportèrent cependant un certain succès. En 1924 il publia 一片愛國心 dans la revue "Tong-fang-tsa-tche" 東方雜誌. C'est la première pièce qui nous montre l'auteur avec toutes ses qualités littéraires et qui lui donna définitivement le renom mérité de dramaturge. Il écrivit encore: 洋狀元, 1925; 蟋蟀, 1926; 王三, 1927; 詩人的悲劇, 1927; 喇叭, 1928, 藝術家, 1928; 愛情的結晶, 1929; 模特兒與裸體, 1930; 蒼蠅世界, 1930, 臥薪嘗膽, 1931; 囈語睡兒, 1932; 屠者, 1932.

En dehors de son théâtre, Hiong Fou-si est encore connu pour ses études théoriques sur le théâtre nouveau (王哲甫, o.c. p. 355)

Tong Si-lin 丁西林：Né à T'aihing 泰興 dans la province du Kiangsou en 1893, il est M. A. en sciences naturelles de l'Université de Birmingham en Angleterre. Il fut successivement professeur de physique à l'Université Centrale, puis à l'Université Nationale de Pékin, ensuite directeur de l'Institut National de Recherches Physiques (國立中央研究院物理研究所). Mais il collabora en même temps à la revue "Hien-tai-p'ing-luen" et se fit un nom comme dramaturge.

Nous avons de lui: 一隻馬蜂；親愛的丈夫；酒後；壓迫，et 北京的空氣. Presque toutes ces pièces furent réunies en un volume: 西林獨幕劇. Ses personnages sont ordinairement des gens qui veulent se défaire des entraves du vieux formalisme. Il rend très bien l'opposition entre le vieux et le nouveau genre. (王哲甫, o.c. p. 171).

Wang Tchong-hien 汪仲賢：Collaborateur principal de Tch'en Ta-pei et de P'ou Po-ing dans la Société pour Théâtre Populaire (民衆戲劇社) depuis 1921. Il fut rédacteur de l'organe officiel de cette société, le "Hi-kiu" 戲劇. Sa pièce la plus connue est 好兒子, représentée à Shanghai en 1924, où elle eut un grand succès. A partir de 1925 il collabora aussi avec Ngeou-yang Yu-ts'ien et Hong Chen dans la Ligue Dramatique de Shanghai (戲劇協社).

Ma Yen-s'ang 馬彥祥：Originaire de Ningp'ouo 寧波 dans la province du Tchekiang, il collabora à la Société Dramatique Ta-tao (大道劇社) puis devint directeur de la revue "Hien-tai-hi-kiu-yue-k'an 現代戲劇月刊. Au début de la guerre il résidait à Hankow et s'occupa beaucoup de théâtre de guerre (抗戰戲劇). Dans la suite il se réfugia à Tch'ongk'ing. Il est l'auteur de 劇場的演像；etc.

Kou I-ts'iao 顧一樵, connu aussi sous le nom de *Kou Yu-sieou* 顧毓琇：Né à Ousi 無錫 dans la province du Kiangsou en 1902. Après ses études à l'Université Ts'ing-hoa de Pékin, il continua à l'Université de Massachusetts (U. S. A.), et y conquit les diplômes d'ingénieur et de docteur ès sciences. Rentré en Chine il devint professeur titulaire d'Electricité à l'Université Nationale du Tchekiang, puis directeur de l'Institut Industriel à l'Université Centrale. Plus tard il occupa le même poste à l'Université Ts'ing-hoa.

Homme de sciences il est cependant plus connu comme dramaturge et écrivain. Avant 1930 il avait déjà publié un roman: 芝蘭與茉莉 qui lui fit un nom dans les annales de la littérature moderne. Il publia aussi plusieurs pièces de théâtre qui présentent sous une forme moderne des thèmes anciens, historiques et patriotiques Ecrivant après l'incident de Moukden de septembre 1931, il a pour but d'exciter à l'amour de la patrie. Mais l'intrigue romanesque de ses oeuvres ainsi que quelques scènes parfois trop crues, recouvrent souvent le thème principal au point de le cacher complètement.

On a déjà de lui: 岳飛與其他；西施與其他；etc.

Ts'ao Yu 曹禺, de son vrai nom *Wan Kia-pao* 萬家寶: Né à T'ien-kiang 潛江 dans la province du Houpei en 1905, il s'appliqua tout particulièrement à l'étude du théâtre pendant ses années d'études de littérature étrangère à l'Université Ts'ing-hoa de Pékin. Après un stage très court de professeur à l'Ecole Normale pour jeunes filles à T'ientsin, il fut nommé directeur de l'Ecole Dramatique de Nankin (南京國立戲劇學校). En 1937 il était professeur à l'Université Ts'ing-hoa lorsqu'éclata la guerre. Avec plusieurs de ses amis il partit pour la Chine libre au mois d'août de la même année, et devint bientôt directeur de l'Ecole Nationale de Théâtre à Tch'ongk'ing.

Ts'ao Yu est sans contredit l'auteur le plus célèbre dans le théâtre chinois contemporain. Plusieurs de ses oeuvres ont été traduites en japonais, en français, en anglais et ont été adaptées à l'écran. Dans tous ses ouvrages l'auteur se montre en pleine possession de la technique théâtrale. La conception et la composition de ses drames nous prouvent la valeur géniale de l'auteur. Il sait pénétrer la psychologie de ses personnages jusqu'aux recoins les plus cachés de l'âme. De plus Ts'ao Yu sait exprimer son génie dans une langue claire et simple mais profonde et poignante qui ne le cède en rien à celle des plus grands maîtres de la littérature nouvelle.

Sa pièce la plus connue est 雷雨. En la lisant on est tenté de la comparer aux oeuvres des grands dramaturges de la littérature mondiale, et en particulier à l'Oedipe roi de Sophocle. De fait Ts'ao Yu étudia avec un soin particulier le théâtre classique grec, surtout durant ses années d'études à Ts'ing-hoa.

Il y a bien des critiques à faire. D'aucuns prétendent, non sans raison, qu'il est trop poignant et trop comprimé dans les intrigues de ses pièces; que le développement n'est pas assez gradué mais arrive trop tôt au point culminant; qu'il est quelque peu invraisemblable dans la composition de l'intrigue; etc. (Cfr. 從「雷雨」說到「日出」 par Siu Yun-yuen, 徐遜元, dans 文藝月刊, vol. X, n° 4 et 5, 1 mai 1937, pp. 331-335; et 評曹禺的「日出」 ibidem, pp. 343-346).

De plus Ts'ao Yu est mélancolique, pessimiste et fataliste. Conscient du désir ardent vers la lumière, on sent vibrer le coeur de l'auteur dans chacune de ses oeuvres, dans chacun de ses personnages. Ts'ao Yu hait les ténèbres et les méfaits d'un monde mauvais et sans issue. La seule solution qu'il trouve au problème du mal dans le monde c'est qu'il y a une vengeance fataliste pour les coupables... qui implique aussi les innocents. Dans la préface de son 日出 il cite un passage du "Tao-te-king" 道德經: ... "Le ciel humilie les superbes, et élève les humbles. Il ruine ceux qui sont dans l'abondance et secourt les indigents. Mais le ciel ruine plus qu'il ne secourt..." (天之道…高者抑之,下者舉之;有餘者損之,不足者補之。天之道,損有餘而補不足). Bien qu'il admette cette position, qui de fait se réalise quelquefois dans ce bas monde, Ts'ao Yu ne peut se défendre d'aspirer à quelque chose de plus haut, de plus stable. C'est le cri de la conscience, de la raison, de toute l'âme vers un Dieu inconnu, vers la lumière. Dans la même préface de 日出 Ts'ao Yu transcrit des textes de l'Ecriture Sainte: "Je suis la lumière du monde, celui qui me suit ne marche pas dans les ténèbres... il obtiendra la lumière de la vie..." Il est particulièrement caractéristique que l'auteur ait entouré sa grande ʻragédie du Destin, "Lei-yu", d'un prologue et d'un épilogue où il montre le catholicisme comme un Ange Gardien qui ouvre les ailes au dessus d'un monde en faillite et se dévoue corps et âme au salut des épaves et des débris des hommes ruinés par le destin.

Bref, on trouve un dualisme mystérieux chez Ts'ao Yu, incompréhensible pour lui-même, semble-t-il, mais dont il soupçonne déjà l'harmonie possible par son intuition géniale. Puisse l'auteur voir un jour l'Aurore apportée par Celui dont il cite les paroles: "Je suis la lumière du monde".

Après ces considérations on comprendra aisément que le théâtre de Ts'ao Yu n'est pas une lecture à recommander sans réserve. Son pessimisme et son fatalisme sont bien compensés par la richesse de ses talents d'artiste et de technicien; il n'en reste pas moins vrai qu'en assistant à la représentation de ses pièces on tombe sous le charme d'une atmosphère dangereuse et irréelle qui laisse dans l'âme des spectateurs des empreintes difficiles à effacer.

Espérons que l'auteur pourra trouver la solution harmonieuse au problème de la vie et à celui du mal dans le monde. Espérons en outre qu'il parviendra à une possession plus consciente de son grand génie. Alors il produira des oeuvres qui ne feront pas seulement la gloire des Lettres Chinoises modernes, mais se rangeront parmi les chefs-d'oeuvre de la littérature mondiale. (Cfr. L'univers de Ts'ao Yu, par Gérard de Boll, dans Collect. Comm. Synod. vol. XVII, 1, janvier, pp. 175-188.)

Parmi ses autres drames citons: 原野; 北京人; 正在想; 蛻變; 家. d'après le roman de Pa Kin du même titre.

Kou Tchong-i 顧仲彝, connu aussi comme *Kou Te-long* 顧德隆: Né à Yuyao 餘姚 dans la province du Tchekiang en 1904, il fit ses études à l'Université Tong-nan 東南 de Nankin. Ensuite il devint professeur d'anglais à l'Université Ki-nan 暨南 et collaborateur à la Commercial Press. En 1941 il est professeur de littérature étrangère à l'Université Fou-tan de Shanghai et en même temps à l'Ecole Dramatique Sino-française (中法劇藝學校). Il est connu au triple titre de romancier, de dramaturge et de traducteur.

Parmi ses oeuvres on trouve: 相鼠有皮, Commercial Press, 1937, traduction de "The Skin Game" par J. Galsworthy; 英利堅小說史, Commercial Press, 1927, traduction de J. Finnemore; 梅麗香, K'ai-ming, 1927, traduction de E. Walker; 閣鮑姊妹, Sin-yue, 1928, traduit de St. Houghton; 埃及一夕, Commercial Press, 1928, traduit de R.T. Kelly; 威尼斯商人 Sin-yue, 1930, traduit de W. Shakespeare; 哈代短篇小說選, K'ai-ming, 1930, traduit de T. Hardy; 劉三爺, K'ai-ming, 1931; 歐美演說文選, Pei-sin, 1931; 獨幕劇選, Pei-sin, 1931; 富於思想的婦人, éd. 黎明, 1933, traduit de T. Hardy; 劇場, Commercial Press, 1937; 戀愛與陰謀 éd. 光明, 1943; etc.

Li Kien-ou 李健吾: Né à Ngani 安邑 dans la province du Chansi en 1908. A l'âge de quinze ans il donna déjà une preuve de ses talents littéraires en écrivant un article dans la revue "Wen-hiue-tcheou-pao" 1923: 獻給可愛的媽媽們. Plus tard il étudia la littérature étrangère à l'Université Ts'ing-hoa de Pékin. Diplômé, il fut pendant quelque temps professeur-assistant à la même université, puis alla poursuivre ses études à Paris.

En 1936 il est un des collaborateurs les plus assidus de la grande Ligue des Ecrivains Chinois (中國文藝家協會). Connu pour ses essais et ses romans, il est avant tout dramaturge.

On représente quelquefois Li Kien-ou comme auteur "humoriste" à côté de Tchang T'ien-i, Lao Che, et Lin Yu-t'ang. Li sait bien voir et exprimer les petits côtés et le ridicule de la société où il se meut. Il y a cependant une distance énorme entre son humour et celui des autres auteurs cités. Li ne fait pas de l'humour par un dilettantisme malsain et hautain comme celui dont Lin Yu-t'ang donne l'impression, ni par un dilettantisme sceptique comme celui que l'on remarque quelquefois chez Lao-Che. Li Kien-ou est bien plus humain, sérieux, profond et surtout plus sincère. S'il est humoriste et critique à sa façon, son but n'est pas de railler mais uniquement de rendre ses lecteurs conscients et de les mener vers une voie plus humaine et plus parfaite. Voyez par exemple son 撒謊世家, drame en quatre actes, écrit en 1939, où il fait une satire poignante du mensonge, et de la ruine qu'il peut opérer. Contrairement au pessimisme de son ancien condisciple Ts'ao Yu, c'est la vérité qui sort victorieuse de la lutte chez Li; elle parvient à détruire le mensonge, à convertir les hommes coupables et à les amener à une vie noble et élevée. C'est là une différence immense avec Ts'ao Yu.

Au point de vue artistique et technique il doit cependant céder le pas à Ts'ao Yu. Celui-ci se montre un génie dans toutes ses oeuvres. Li Kien-ou se montre toujours homme, équilibré, sain d'esprit, conscient de son talent et de ses facultés, qu'il sait mettre au service d'une grande cause; cette cause n'est pas le renversement fanatique d'une société mauvaise à bien des points de vue, mais le changement, la conversion par l'extirpation systématique de toutes les souillures. Li Kien-ou ne dirige pas son esprit ni son coeur vers la ruine et la mort, mais vers la vie complète et riche. Par là son oeuvre mérite le titre de "Reconstruction réelle de la Chine".

Il composa: 西山之雲; 蝸子, K'ai-ming, 1931; 心病, K'ai-ming, 1933; 梁允達, Cheng-houo, 1934; 意大利遊簡, K'ai-ming, 1936; 以身作則, Wen-hoa-cheng-houo, 1936; 新學究, 1937; 撒謊世家, Wen-hoa-cheng-houo, 1939; etc.

Yuen Mou-tche 袁牧之, connu aussi sous le nom de *Yuen Mei* 袁梅: Originaire de Ningp'ouo au Tchekiang, il est renommé surtout comme régisseur de théâtre et de cinéma; il travailla longtemps dans la Société Dramatique Fou-tan (復旦劇社).

Il écrivit 愛神的箭, édité à Koang-hoa, 1930, volume qui contient quatre pièces de théâtre distinctes: 愛神的箭, 叛徒, 水銀 et 愛的面目. Comme la plupart des auteurs de la période de transition il n'y traite que des questions d'amour. Son second volume 玲玲, est un drame en quatre actes, où l'auteur fait montre de progrès remarquables tant pour le fond que pour la forme. En 1931 il publia encore 兩個角色演底戲, Sin-yue, et 三個大學生 dans la librairie Sin-che-tai 新時代.

Yuen Tch'ang-ing 袁昌英 : Née à Liling 醴陵 dans la province du Hounan en 1894, elle étudia la littérature aux universités de Edimbourg en Angleterre, et à Paris. Rentrée en Chine elle fut successivement professeur aux Universités Fa-tcheng (法政大學) de Pékin, Ousong (吳淞) de Shanghai et à l'Université Nationale de Ouhan.

Yuen Tch'ang-ing n'est pas littérateur de profession, mais elle s'occupe avant tout de l'histoire de l'art et de l'étude du théâtre. Ses oeuvres principles sont: "L'Histoire de la Littérature Française" (法蘭西文學小史) et "L'Histoire de la Musique Occidentale" (西洋音樂史).

La littérature n'est pour elle qu'un passe-temps, du reste agréable et utile. Voici comment elle explique sa conception de la littérature et de l'art en général: "D'après Schopenhauer le plus grand malheur de l'humanité est la volonté de vivre. Quelque pauvre, quelque malade que vous soyez, vous voulez encore lutter pour la vie. Plus vous vivez et plus vous avez à souffrir, mais aussi plus vous voulez vivre. La volonté de vivre ne vous laisse aucun répit. Les hommes doués d'intelligence ont néanmoins trouvé un moyen pour briser ces entraves. Ils ont la consolation de l'Art. Quand nous jouissons d'un beau tableau, quand nous assistons à une pièce de théâtre, quand nous entendons un concert ou lisons une poésie, nous ne cherchons en fin de compte rien d'autre qu'à éloigner notre esprit de la réalité qui nous opprime et nous menace. Nous voulons entrer dans une autre région calme et douce. C'est pourquoi l'art est à l'homme ce qu'est l'eau au poisson, et le théâtre est la somme de tous les arts, il a avec l'homme une relation plus intime que le sang et la chair". (現代中國女作家, par 英英, p. 103).

Pour Yuen Tch'ang-ing, l'art est l'instrument magique qui enlève l'homme aux réalités de la vie pendant quelques moments, qui lui ouvre le champ de la vie de l'esprit. Mais d'un autre côté le théâtre qui représente la vie a une influence sur la société et la vie des individus... (ibidem p. 103.)

Cette double contradiction se retrouve dans la plupart de ses oeuvres, surtout dans son 孔雀東南飛, tragédie adaptée d'une poésie ancienne.

On a encore d'elle: 活詩人; 究竟誰是掃帚星; 前方戰士; 結婚前的一吻; etc. Bien qu'elle ait ses mérites certains, on ne peut cependant la ranger parmi les dramaturges de premier ordre.

Ye Ni 葉尼 : Jeune dramaturge qui s'est fait un nom depuis le début de la guerre, surtout en composant du théâtre patriotique pour les résidents chinois aux Indes et en Malaisie. Il n'a produit jusqu'ici que des oeuvres de propagande, très utiles à leur heure et qui ont une valeur certaine au point de vue social et patriotique. Mais au point de vue littéraire il y a bien des critiques à faire.

Les péripéties de la vie de l'auteur et les circonstances particulières dans lesquelles il dut travailler sont assez typiques. Elles nous montrent le champ d'action et les moyens de travail de plusieurs écrivains connus, durant les dernières années de guerre.

En 1939 Ye Ni édita à Hongkong quelques pièces de théâtre réunies en un volume: 沒有男子的戲劇, imprimé par 潮鋒出版社 a Li-choei 麗水 Tche-kiang. Dans l'introduction l'auteur explique ainsi la genèse de sa carrière littéraire: étant étudiant au Japon il assista un jour à une représentation de la pièce "Lei-yu" de Ts'ao Yu. Cela lui donna l'idée de fonder avec ses amis une société dramatique qui s'appellerait "Réunion Dramatique Chinoise" (中華戲劇座談會). On débuta par la représentation d'un drame de N. Gogol, et Ye Ni y ajouta une autre pièce en un acte, composée par lui-même. Dès ce premier travail on se rend compte immédiatement de la préoccupation principale de l'auteur: être utile aux auditeurs.

En 193. il rentra à Shanghai, puis fit un voyage aux Indes et en Malaisie. Il y composa un nouveau drame, à l'usage des Chinois émigrés dans ces pays. De nouveau il fait montre de la même préoccupation unique. Sur ces entrefaites la guerre éclata, il voulut rentrer à Shanghai, mais il en fut empêché et résolut de se mettre au service de la patrie là où il se trouvait. Il composa à Singapour deux drames patriotiques représentés avec grand succès par l'unique groupe dramatique chinois de cette ville: 業餘話劇社. L'auteur y critique surtout les marchands chinois qui s'enrichissent dans le commerce japonais aux dépens de la patrie. C'était là un sujet dangereux, et l'auteur eut à subir les conséquences de son audace. Malgré son grand succès auprès du public chinois, il dut se taire pendant quelque temps, mais il sut profiter de ce repos forcé en continuant à composer. Deux pièces de théâtre "de rue" (街頭戲劇) parurent bientôt. Elles traitaient des thèmes de propagande pour les Forces Alliées contre le Japon. Entre-temps la Société "Ye-yu" avait organisé un groupe d'acteurs ambulants qui parcoururent toute la presqu'île et se nommait "Théâtre Ambulant Sino-malais". 馬華巡迴劇社.

En 1941 la déclaration de guerre du Japon à l'Amérique changea l'état des conditions politiques en Malaisie. Le gouvernement eut à prendre des mesures officielles contre le commerce japonais et les activités dissimulées des marchands chinois. Ye Ni devint par le fait même plus libre dans son action patriotique.

Cet auteur n'écrit, dirait-on, que dans un but pratique: en vue du public qu'il aura devant lui et en tenant compte des acteurs d'occasion dont il dispose et des circonstances de temps et de lieu où la pièce sera représentée. C'est précisément ce qui rendit sa propagande patriotique très effective. Il donne cependant des signes certains de talent dramatique, tant par la forme que par le sujet de ses oeuvres, ce qui est un gage de son succès dans l'avenir.

EPILOGUE

Quand on lit quelques drames du nouveau théâtre chinois, on est surpris du progrès inouï réalisé depuis les premiers essais de Hou Che et Wang Tou-ts'ing jusqu'à nos jours. Néanmoins on ne peut s'empêcher de ressentir l'impression générale qui y domine: tristesse, mélancolie, aigreur, pessimisme. Rares sont les auteurs qui exhalent le parfum de l'optimisme et de la joie de vivre. C'est là d'ailleurs la lacune principale de la littérature nouvelle chinoise. Tantôt elle pousse, inconsciemment ou non, à la révolte et à la révolution, utopique chez certains, pessimiste chez d'autres; tantôt elle invite à la soumission à un destin inexorable sous forme sceptique et sardonique ou pessimiste et fataliste.

La conclusion s'impose qu'il manque quelque chose au théâtre et à toute la littérature telle que nous la connaissons aujourd'hui. Beaucoup d'auteurs chinois eux-mêmes ont cette impression. Ils rendent souvent témoignage d'une aspiration ardente vers cet élément inconnu, tant dans leurs oeuvres que dans leur vie entière. Ils cherchent quelque chose qui satisfasse le coeur et l'âme. D'aucuns prétendent l'avoir trouvé dans l'idéal d'une solution communiste et d'une révolution radicale de toute la société. Mais une telle solution ne peut satisfaire. Elle néglige les besoins de l'âme, elle ne fait que renverser les rôles et n'entraîne avec elle que la destruction. Or, comme le disait Lou Sin "Nous ne voulons pas la mort". Le même auteur ajoutait: "La révolution n'est pas un rêve romantique et doucereux qui nous donnera un paradis sur terre. Non, elle est cruelle, aigre, sanglante Ceux qui en sortiront vainqueurs devront continuer à se battre, à souffrir et à peiner comme auparavant". (Cfr. Lou Sin, Eul-sin-tsi). Lou Sin voudrait donner une solution plus adéquate mais il ne parvient pas à la trouver avec certitude.

Dans un article intitulé "Le drame historique dans le futur" (今後 的歷史劇, Revue "Sin-yue", vol. I n° 2, 10 avril, 1928) Kou Tchong-i, nous met plus sûrement sur la voie d'une solution certaine. Il découvre dans le théâtre chinois moderne une imperfection subtile, d'ordre psychologique mais très caractéristique: les dramaturges en général ne scrutent pas assez les états d'âme vivants et réels de leurs personnages. Ils n'étudient pas assez les luttes intérieures, les étapes et les péripéties des conversions dans l'âme de leurs héros principaux. Li Kien-ou est ici une exception heureuse. Dans sa tragédie fameuse "Lei-yu", le grand dramaturge Ts'ao Yu exploite un instant cette lutte intérieure chez Che-p'ing, lorsque Seu-fong demande la permission de se marier. L'auteur arrive là à l'endroit le plus poignant de toute la pièce: en effet, le pathétique dans une tragédie ne s'obtient pas uniquement en décrivant la lutte entre deux idées identifiées à des personnages à caractère prononcé et invariable. On peut obtenir un pathétique bien plus noble et plus élevé en exploitant la décision libre que doit prendre un héros dans des circonstances tragiques, en montrant comment il est tiraillé de plusieurs côtés et comment il sait prendre une décision héroïque mais conforme à la nature humaine et dont il a le courage de porter la responsabilité

Ce qui est intéressant à noter dans cette considération, c'est qu'elle suppose une idéologie que Kou Tchong-i, tout comme plusieurs grands dramaturges contemporains, a prise chez les grands maîtres de l'Occident. Cette idéologie forme précisément le fond même de leurs chefs-d'oeuvre, qui ont pour base la doctrine ou l'enseignement de la philosophie chrétienne sur la liberté et le libre arbitre, sur le problème du mal dans le monde, sur la Providence divine qui gouverne l'univers, sur Dieu et la vie de l'âme.

Ce sont ces fondements et ces certitudes qui peuvent remplir le vide qu'on ressent dans la littérature nouvelle chinoise. Ce sont ces vérités qui dissiperont l'atmosphère générale de mélancolie et de pessimisme dans laquelle elle se meut.

Longtemps nos auteurs chinois n'ont pas entrevu cela, parce qu'ils n'avaient pas eu l'occasion de prendre un contact intime avec la culture occidentale réelle. Ils n'en avaient vu qu'un aspect, celui de la civilisation matérielle, présenté par le rationalisme et le positivisme. Ces systèmes n'ont produit ni philosophie ni littérature qui méritent une place dans la culture mondiale. Aujourd'hui le Scientisme est à la veille de sa faillite et on revient de plus en plus aux fondements de la vraie culture occidentale, si horriblement déformée par le XIXième siècle. La place fondamentale que les vérités catholiques tiennent dans cette culture apparait de plus en plus. Ce rôle culturel, l'Eglise Catholique doit le remplir en Chine, comme elle l'a rempli dans les pays de l'Occident.

Durant les années 1928-1930 la Chine fut témoin d'une lutte littéraire ardente et âpre au sujet de la définition de la littérature. Upton Sinclair disait: "Toute littérature est propagande". D'aucuns en concluaient qu'en Chine la littérature devait être révolutionnaire. D'autres prétendaient qu'elle devait créer ou du moins manifester la vie.

En fait, toute littérature qui s'éloigne de la vie est vaine. Séparée de la vie, la littérature en vient à n'être qu'une représentation rêveuse et fausse des réalités et doit finir par la faillite.

La solution de cette dispute se trouvait dans une distinction assez simple: Il ne faut pas confondre la forme et le contenu de la littérature. La forme est du ressort direct de la littérature. Le contenu et les idées sont dépendants d'une certaine conception du monde, de l'homme et de Dieu. C'est d'ailleurs la solution que plusieurs des grands penseurs de la Chine, comme Lou Sin, Tcheou Tsouo-jen et bien d'autres encore, ont indiquée dès le début. Il faut cependant avouer que si la Chine d'aujourd'hui possède beaucoup de littérateurs dignes de ce nom, le nombre des penseurs n'a pas encore atteint une proportion équivalente.

Dans ce domaine l'Eglise Catholique peut apporter l'aide et la lumière qu'elle donna aux autres pays du monde. Elle répand sur l'humanité ses trésors de vérité et de vie en donnant la solution réelle et satisfaisante du problème de la conception de l'univers, du problème du mal dans le monde, de la relation entre l'individu et la société. L'Eglise enseignera comment les individus peuvent tendre au bien commun social et trouver le bonheur dans la paix individuelle, familiale et sociale. Elle indiquera l'attitude à prendre vis-à-vis de la tradition: pas de rigorisme, pas de formalisme, pas d'esclavage ni de l'esprit ni du corps, mais aussi pas d'émancipation outrée ni de liberté sans freins qui voudrait renverser dans un cataclysme foudroyant tout ce qui est sain et raisonnable pour chaque homme bien pensant.

C'est là la lumière éternelle que le Christ est venu apporter au monde et dont Ts'ao Yu parle dans l'introduction de son grand drame "l'Aurore". Cette lumière, le Christ l'a confiée à l'Eglise Catholique pour qu'elle la garde toujours dans son éclat primitif, sous la protection toute spéciale du Saint Esprit, et la déverse sur les hommes de bonne volonté dans tous les pays et dans tous les temps.

Cette lumière seule établira sur la terre "le règne de la justice, de la paix et de l'amour, le règne de la vérité et de la vie, le règne de la sainteté et de la grâce".

PRINCIPAUX OUVRAGES CONSULTES.

陳 炳 堃: 最近三十年中國文學史, éd. 太平洋, 1931, Shanghai.

郭 湛 波: 近五十年中國思想史, éd. 人文書局, 1936, Peiping

梁 啟 超: 飲水室文集 9 vol. éd. 新民書局, 1934, Shanghai.

胡 適: 胡適文存, 3 Séries de 4 volumes, éd. 亞東, Shanghai

胡 適: 人權論集, éd. 新月, 1930.

" 建設理論集, (中國新文學大系) éd. 良友, 1940, Shanghai.

阿 英: 史料索引, (中國新文學大系) éd. 良友, 1940, Shanghai.

鄭 振 鐸: 文學論戰集, (中國新文學大系) éd. 良友, 1940, Shanghai

李 季: 胡適中國哲學史大綱批評, éd. 神州國光社, 1932

袁 湧 進: 現代中國作家筆名錄, éd. 中華圖書館協會, 1936.

楊 恰 維, 等合編: 北新活葉文選作者小傳, éd. 北新, 1936, Shanghai

橋川時雄: 中國文化界人物總鑑, éd. 大谷仁兵衞, 1941, Peiping

平 心: 全國總書目, éd. 生活, 1935.

楊 蔭 深: 中國學術家列傳, éd. 光明, 2° éd. 1941, Shanghai

" 中國文學家列傳 éd. 中華書局, 1939, Shanghai

阮无名 (錢杏邨): 新文壇秘錄 éd. 南強社.

張 若 英: 中國新文學運動史料.

林 何 林: 近二十年來中國文藝思潮論, éd. 生活, 1938.

王 哲 甫: 中國新文學運動史, éd. 傑成印書局, 1933, Peiping.

史 秉 慧: 張資平傳 éd. 現代, 1932, Shanghai.

梁 實 秋: 浪漫的與古典的, éd. 新月, 1927

樂華編輯部: 當代中國文藝論集, éd. 樂華圖書公司, 1933, Shanghai

黃 英: 現代中國女作家, éd. 北新, 1934, Shanghai.

賀 玉 波: 中國現代女作家, éd. 現代, 1930, Shanghai.

草野 (勺汝鈞): 現代中國女作家 éd. 人文書局, 1932, Peiping.

李 何 驣: 中國文藝論戰 éd. 東亞, 1932, Shanghai.

李 國 林: 中國文藝論戰集, éd. 中國書局.

蘇 汶: 中國自由論辯集, éd. 現代, 1932, Shanghai.

郁 達 夫: 中國文學論集, éd. 一流, 1942, Shanghai.

伏 志 英: 茅盾評傳 éd. 現代, 1931, Shanghai.

錢 杏 邨: 現代中國文學作家, éd. 泰東, vol. I. 1930; vol. II. 1931, S'hai.

李 素 伯: 小品文研究, éd. 新中國, 1932.

施 蟄 存: 燈下集, éd. 開明, 1937, Shanghai.

楊 之 華: 文壇史料, éd. 中華日報, 1943, Nanking.

沈 從 文: 沈從文選集, éd. 萬象書局, 1937, Shanghai.

張 惟 夫: 關於丁玲, 1933.

沈 從 文: 記丁玲: éd. 良友, 1933, Shanghai.

張天翼選集: 現代創作文庫, éd. 萬象書局, 1937, Shanghai.

朱 自 清: 你我, éd. Comm. Press, 1936, Shanghai.

常 風: 棄餘集, éd. 新民書店, 1944, Peiping.

張 少 峰: 鬼影, éd. 震東書局, 1930, Peiping.

謝 六 逸: 模範小說選, éd. 黎明, 1941, Shanghai.

張次溪： 燕飛集, éd. 印財廠, 1939, Peiping.
郭沫若代表作： 現代作家選集, éd. 三通書局, 1939, Shanghai.
　　,,　　,,　：我的幼年, éd. 光華, 1931, Shanghai.
　　,,　　,,　：創造十年, éd. 現代, 1933.
　　,,　　,,　：敬禮, éd. 現代, 1931.
劉修業： 文學論文索引, éd. 中華圖書館協行, 1933.
梁實秋： 偏見集, éd. 正中, 1934.
周作人： 中國新文學的源流, éd. 人文書局, 1934, Peiping.
　　,,　：點滴, éd. 新潮叢書, 1920, Peiping.
　　,,　：自己的園地, éd. 晨報社叢書, 1923, Peiping; éd. 北新, 1927, S'hai.
周作人： 代表作選： éd. 全球書店, 1937, Shanghai.
李 瑞： 魯迅懺悔集, éd. 青光, 2ᵉ éd. 1935, Shanghai.
魯 迅： 集, éd. 蕊文書局, 1943, Peiping.
　　,,　：二心集, éd. 合樂書局, 3ᵉ éd. 1940, Shanghai.
　　,,　：三閒集, éd. 魯迅紀念委員會, 1942
　　,,　：而已集, éd. 北新, 1935, Shanghai.
　　,,　：准風集, éd. 魯迅紀念委員會, 1939.
　　,,　：且亭雜文, éd. ibid.
　　,,　：華蓋集, éd. ibid.

現代評論, 1924, 1925.
讀書月刊, 1932
新月刊, 1928, 1929.
未名社半月刊, I, II.
文藝月刊

———◆———

Wieger Léon: La Chine Moderne, 10 vol. Hienhien.

Legouis E.: Histoire de la Littérature Anglaise, Hachette, Paris, 1921.

Taylor W. F.: A History of American Letters, The American Book Company, New-York, 1936.

Hu Shih: The Chinese Renaissance. The university of Chicago, Chicago, Illinois, 1934.

Li Tchang-chan: Les Ecrivains Contemporains Chinois, Collection de la Politique de Pékin, 1933.

T'ang Liang-li: The New Social Order in China.

Collectanea Commissionis Synodalis, vol. XVII.

The XXth. Century.

Revue Nationale Chinoise; 1943.

China Institute Bulletin, Columbia University, vol. III.

Bulletin de l'Aurore, Université l'Aurore, Shanghai. 1944-1945.

T'ien Hsia Monthly, 1935, 1937, 1938.

LISTE ALPHABETIQUE DES AUTEURS CITES.

文藝批評叢著之二

新文學運動史

文寶峯編

史地傳記類　PC0145

新文學運動史

主　　編 / 謝　泳、蔡登山
責任編輯 / 孫偉迪
圖文排版 / 鄭佳雯
封面設計 / 蕭玉蘋

發 行 人 / 宋政坤
法律顧問 / 毛國樑　律師
印製出版 / 秀威資訊科技股份有限公司
　　　　　114 台北市內湖區瑞光路 76 巷 65 號 1 樓
　　　　　電話：+886-2-2796-3638　傳真：+886-2-2796-1377
　　　　　http://www.showwe.com.tw
劃撥帳號 / 19563868　戶名：秀威資訊科技股份有限公司
　　　　　讀者服務信箱：service@showwe.com.tw
展售門市 / 國家書店（松江門市）
　　　　　104 台北市中山區松江路 209 號 1 樓
　　　　　電話：+886-2-2518-0207　傳真：+886-2-2518-0778
網路訂購 / 秀威網路書店：http://www.bodbooks.com.tw
　　　　　國家網路書店：http://www.govbooks.com.tw
圖書經銷 / 紅螞蟻圖書有限公司
　　　　　114 台北市內湖區舊宗路二段 121 巷 28、32 號 4 樓
　　　　　電話：+886-2-2795-3656　傳真：+886-2-2795-4100

2011 年 5 月 BOD 一版
定價：1100 元

國家圖書館出版品預行編目

新文學運動史 / 謝泳, 蔡登山編. -- 一版. -- 臺北市：秀
　威資訊科技, 2011.05
　　面；　公分. -- (史地傳記類；PC0145)
　BOD 版
　ISBN 978-986-221-719-1(精裝)

　1. 五四新文學運動　2. 中國當代文學　3. 中國文學史

820.9082　　　　　　　　　　　　　　　　100003050

讀者回函卡

感謝您購買本書，為提升服務品質，請填妥以下資料，將讀者回函卡直接寄
回或傳真本公司，收到您的寶貴意見後，我們會收藏記錄及檢討，謝謝！
如您需要了解本公司最新出版書目、購書優惠或企劃活動，歡迎您上網查詢
或下載相關資料：http:// www.showwe.com.tw

您購買的書名：＿＿＿＿＿＿＿＿＿＿＿＿＿＿＿＿＿＿＿＿＿＿＿＿＿

出生日期：＿＿＿＿＿年＿＿＿＿＿月＿＿＿＿日

學歷：□高中 (含) 以下　　□大專　　□研究所 (含) 以上

職業：□製造業　□金融業　□資訊業　□軍警　□傳播業　□自由業
　　　□服務業　□公務員　□教職　　□學生　□家管　　□其它＿＿＿

購書地點：□網路書店　□實體書店　□書展　□郵購　□贈閱　□其他

您從何得知本書的消息？

　　□網路書店　□實體書店　□網路搜尋　□電子報　□書訊　□雜誌
　　□傳播媒體　□親友推薦　□網站推薦　□部落格　□其他＿＿＿＿＿

您對本書的評價：（請填代號　1.非常滿意　2.滿意　3.尚可　4.再改進）

　　封面設計＿＿＿　版面編排＿＿＿　內容＿＿＿　文／譯筆＿＿＿　價格＿＿＿

讀完書後您覺得：

　　□很有收穫　□有收穫　□收穫不多　□沒收穫

對我們的建議：＿＿＿＿＿＿＿＿＿＿＿＿＿＿＿＿＿＿＿＿＿＿＿＿＿

＿＿＿＿＿＿＿＿＿＿＿＿＿＿＿＿＿＿＿＿＿＿＿＿＿＿＿＿＿＿＿＿＿

＿＿＿＿＿＿＿＿＿＿＿＿＿＿＿＿＿＿＿＿＿＿＿＿＿＿＿＿＿＿＿＿＿

＿＿＿＿＿＿＿＿＿＿＿＿＿＿＿＿＿＿＿＿＿＿＿＿＿＿＿＿＿＿＿＿＿

11466
台北市內湖區瑞光路 76 巷 65 號 1 樓

秀威資訊科技股份有限公司　　　收

BOD 數位出版事業部

....

（請沿線對折寄回，謝謝！）

姓　　名：＿＿＿＿＿＿＿＿＿　年齡：＿＿＿＿　性別：□女　□男

郵遞區號：□□□□□

地　　址：＿＿＿＿＿＿＿＿＿＿＿＿＿＿＿＿＿＿＿＿＿＿＿＿

聯絡電話：(日) ＿＿＿＿＿＿＿＿＿＿＿＿　(夜) ＿＿＿＿＿＿＿＿＿＿＿＿

E-mail：＿＿＿＿＿＿＿＿＿＿＿＿＿＿＿＿＿＿＿＿＿＿